Para onde vão os guarda-chuvas

COLEÇÃO GIRA

A língua portuguesa não é uma pátria, é um universo que guarda as mais variadas expressões. E foi para reunir esses modos de usar e criar através do português que surgiu a Coleção Gira, dedicada às escritas contemporâneas em nosso idioma em terras não brasileiras.

CURADORIA DE REGINALDO PUJOL FILHO

DE AFONSO CRUZ
Vamos comprar um poeta
A boneca de Kokoschka
Nem todas as baleias voam
Para onde vão os guarda-chuvas

Edição apoiada pela Direção-Geral do Livro,
dos Arquivos e das Bibliotecas / Portugal

Para onde vão os guarda-chuvas

Afonso Cruz

2ª IMPRESSÃO

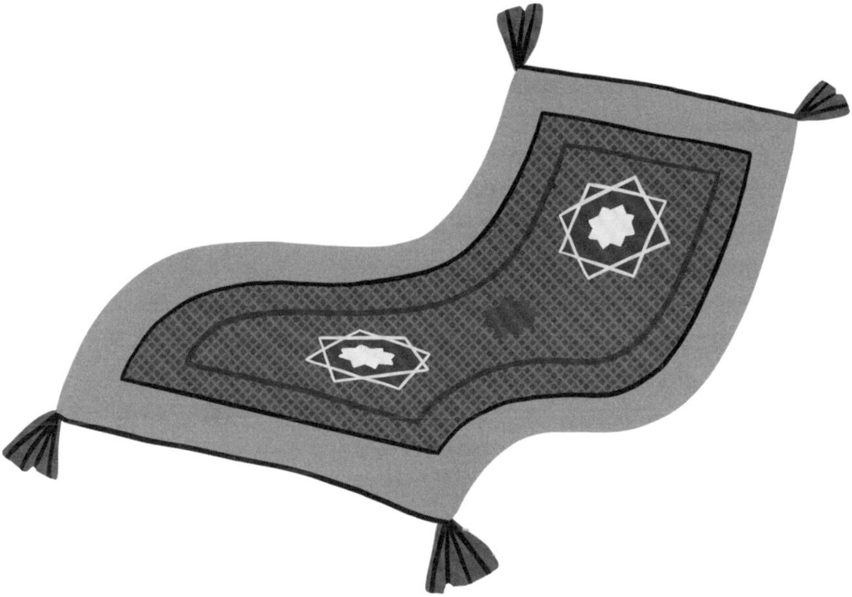

Porto Alegre · São Paulo · 2023

Distraído, Azizi tinha engolido um caroço de cereja pouco antes de o anjo da morte — que é todo coberto de olhos — o ter beijado. Depois de morto e enterrado, do corpo de Tal Azizi cresceu uma árvore. Uma bela cerejeira, de madeira escura.

(*Enciclopédia da estória universal* — Antologia de Théophile Morel)

Como é que te vou ouvir se és mudo? Não te preocupes; cá me arranjo. Aprendi a ouvir as palavras que não se dizem; e a ler as que se formam na cabeça e juramos não pronunciar. Imagina simplesmente que falas, e eu ouvir-te-ei. Pensa que falas, e falarás. Confias em mim?

(Testamento de um poeta judeu assassinado, Elie Wiesel)

De certeza que já te cruzaste comigo mil vezes, mas o teu olhar nunca se fixou em mim. Admiras-te? Sou assim: não atraio a atenção. Sou um camaleão humano ou algo parecido. Dissolvo-me no que me rodeia, faço parte da paisagem: não tenho nada em que os olhos se prendam. Tudo em mim é de tal forma comum que as pessoas olham e não me veem.

(Testamento de um poeta judeu assassinado, Elie Wiesel)

Primeira parte

– Com licença

— Com licença — disse Fazal Elahi —, o pedinte tinha um pássaro mágico que, em vez de voar para o céu, voava para dentro das pessoas e, quando voltava para o ombro do dono, cantava uma melodia, ou seria um verso?, tanto faz, adiante, e essa melodia, ou poema, conforme fosse uma coisa ou a outra, era a mais perfeita tradução da alma que o pássaro acabara de visitar, com todos os quartos e divisórias que as almas têm, com as mesas cheias de doces velhos, com o chão forrado de tapetes feitos à mão, com as lâmpadas fundidas, com o Alcorão deitado junto à cama. Accha! Esse pedinte chamava-se Tal Azizi e acreditava que os homens têm duas almas, olha para os meus dedos, Isa, duas almas, uma, duas, vês? Uma que está dentro do corpo e outra que está dentro do céu, como um pensamento está dentro do cérebro, como o verbo sentar está dentro das cadeiras. Há muito tempo, glória a Alá, essas almas viviam juntas, eram marido e mulher, antes de o tempo ter começado a existir, antes de o tempo ter começado a envelhecer-nos, a apodrecer o pão, a abrir buracos na roupa, a fazer as cadeiras ranger, a arruinar as casas, a abandonar os velhos, a deixar ossos por todo o lado, a fazer iogurte do leite fresco. Antes disso, meu pequeno Isa, antes disso era tudo uma unidade, como esta mesa e a madeira de que é fabricada.

Foi isto que Fazal Elahi disse, mais para si do que para Isa, o rapaz magro, tão magro, e calado — era raro falar —

que estava sentado ao seu colo. Pela janela entrava uma luz avermelhada, de final de dia, que abria caminho pelo ar denso até se deixar cair no tapete do chão da sala. Elahi estava sentado junto a uma mesa de madeira folheada revestida de fórmica, redonda, coberta por uma toalha de plástico e alguns insetos mortos. Em cima da toalha havia três pequenas jarras enfeitadas com flores, sendo a do meio a mais alta e de vidro transparente. As das pontas eram brancas. Todas tinham rosas vermelhas de plástico, com gotas de cola a fazer de gotas de água. As mãos de Fazal Elahi tremiam enquanto tirava um cigarro do bolso da camisa de linho. Passou os dedos pelo nariz, cheirou o cigarro verde-acastanhado, fininho, atado com corda de cânhamo. Com licença, disse ele, e, do bolso das calças, tirou um isqueiro, acendeu o cigarro, expeliu o fumo contra o ar à sua frente. Com a mão esquerda pegou numa chávena de chá e levou-a à boca, sentiu o calor a envolver-lhe a língua, o palato, os dentes, o nariz, a garganta, enquanto Isa se mantinha encolhido debaixo do fumo que se enrolava com a luz da janela.

Aminah, irmã de Fazal Elahi, agarrada à ombreira da porta da sala, com as unhas compridas cravadas na madeira velha, gritava:

— Uma vergonha! Uma vergonha para a nossa família!

Elahi tinha trazido um miúdo para casa, uma criança da rua, pior ainda, cristão, pior ainda, um americano. Fazal Elahi sentara-o nos seus joelhos e, com esse gesto simbólico, pois era assim que se fazia no tempo de Abraão, o primeiro monoteísta, adotava-o e fazia-o herdeiro da fortuna que ele garantia não possuir.

Isa tinha: uns cabelos pretos, um corpo magro, uns lábios secos. As pernas eram arqueadas, ossudas.

— Uma vergonha! — insistia Aminah.

Isa esfregou os olhos por causa do fumo. Olhou para Fazal Elahi, que parecia alheado dos gritos da irmã, e voltou a esfregar os olhos.

Uns meses antes desta vergonha que Aminah gritava, tinha acontecido uma grande tragédia.

Quando Salim nasceu, Fazal Elahi abriu as mãos para cima num gesto

ب

Quando Salim nasceu, Fazal Elahi abriu as mãos para cima num gesto de felicidade, com os braços para os lados, com os braços a tremer, com os braços ossudos, com a pele suada e brilhante. Glória a Alá, disse Fazal Elahi, glória a Alá. A luz entrava por uma pequena janela da apertada divisória do hospital e batia nas paredes, escorrendo com a humidade, desenhando pequenos veios em cima da tinta. Elahi reparou nas gotas de água na madeira branca da porta, quis contá-las, começou a fazê-lo mentalmente: um, dois, três, quatro, cinco, quis desistir, seis, sete, quis desistir com mais força, oito, nove, não conseguia parar, dez, onze, doze, treze, estava muito nervoso. Atrapalhou-se com a contagem quando a sua mulher disse qualquer coisa que ele não percebeu. Fazal Elahi reparava no modo como a água, como as pequenas gotas de água prendem a luz dentro delas. Como nós, os homens, pensou Fazal Elahi, pequenas gotas que são armadilhas para a luz, Alá seja louvado. Olhou finalmente para Bibi, a sua mulher, baixando os braços. Tinha a camisa colonial com manchas de suor, uns colarinhos com décadas de atraso em relação à moda, mas conforme a arquitetura do hospital, conforme as janelas pequenas e grandes e os estores partidos, conforme a madeira a desfazer-se debaixo do sol e da chuva, debaixo dos anos, debaixo dos gritos dos pacientes e dos nascituros e das mães e dos moribundos. Usava calças de linho branco, tinha barba e cabelo pretos. O penteado era alisado com brilhantina, que derrapava para a testa e para a nuca, fazendo brilhar a pele mais do que fazia brilhar o cabelo. Bibi tinha ao colo uma criança, um recém-nascido, o seu filho. Fazal Elahi viu-lhe as mãos fechadas, é assim que nascemos, pensou ele, com os punhos cerrados, o meu filho não agarra em nada senão nele mesmo, mas aos poucos aprenderá a abri-las, aprenderá que para ter coisas é preciso abrir as mãos, só assim se consegue amar, não é, Bibi? Só assim se consegue dar a mão, só assim se consegue pentear os cabelos. Muito bem. Ele aprenderá a agarrar em coisas, em coisas perfeitamente diferentes, nos teus cabelos, querida Bibi, nos meus dedos tortos e, mais tarde, numa arma, peço perdão, queria dizer nas contas de oração, adiante, ou nos peitos da sua mulher ou, se for a vontade de Alá, noutras mãos fechadas, sim, noutras mãos fechadas, inshallah.

Fazal Elahi pegou nas mãos do filho recém-nascido e, emocionado, levou-as à boca. Tinha lágrimas nos olhos. Accha! É do tamanho do meu Alcorão, pensou Fazal Elahi olhando para o filho, mas parece mais profundo, e os cabelos são letras do melhor calígrafo, este parece um lām, aquele parece um wāw.

— O que estará escrito num cabelo despenteado? — perguntou Elahi em voz alta.

Bibi olhou para ele, com as sobrancelhas escuras e pesadas, mas não disse nada. Elahi encostou a boca à orelha direita do filho e sussurrou: Com licença, não há outro Deus senão Alá, e Maomé é seu Profeta. De seguida, tirou umas tâmaras do bolso da camisa, mastigou um pedaço de uma delas, a que lhe pareceu mais doce, e com os dedos passou o suco pelas gengivas do bebé. Ouviu-o soltar um vagido tímido, quase inaudível.

— Julgava que os bebés, quando nasciam, choravam muito alto. Peço muita desculpa, mas julgava mesmo, pensava que ocupavam o mundo todo com os seus primeiros berros, mas afinal são mais uns gemidos do que uns berros, não é, Bibi?

— Deve ser. Que sei eu? Este chora assim, outros talvez chorem mais alto.

— Tens razão, não sei o que digo, uns choram mais, outros menos. Somos todos diferentes, não é, luz da minha alma? Desde que saímos do útero, se calhar até antes. A minha irmã, quando nasceu, contou-me o meu pai, não disse nada, nem sequer abriu a boca, tiveram de a espancar para que desse sinal de vida.

— Não sei nada disso. A mim, o meu pai batia-me todos os dias. Não era para que chorasse, era para que me calasse. Engoli tanto choro que nem sei como não fiquei salgada por dentro. Põe o bebé no berço para ele dormir.

— Ele não precisa de mamar?

— Não sei. Pousa-o no berço e vai abraçar o teu primo. Precisamos todos de descansar.

Bibi tinha a cara inchada, estava toda despenteada, com os cabelos molhados do suor e colados à testa, mas estava, segundo Fazal Elahi, maravilhosa, resplandecente e gloriosa. A pele castanha de Bibi estava avermelhada, os lábios tremiam--lhe ligeiramente e tinha os olhos brilhantes. Escorriam-lhe lágrimas, que não eram de felicidade mas do esforço do parto. Elahi, depois de fixar a mulher e de sentir uma espécie de enlevo místico ao observá-la, baixou a cabeça, como sempre fazia. Era a sua maneira de viver, com os olhos apontados para a terra, com o olhar descaído. Pousou Salim, todo vermelho do nascimento, no berço. Fê-lo muito devagar, com muito cuidado, e tudo era calmo, como uma tarde sentada num tapete a beber chá verde.

Silêncio.

Tudo era calmo, apesar dos gritos à sua volta, dos gritos que vinham do corredor, dos gritos que vinham do lado de lá dos cortinados da cama contígua, da música que vinha do rádio de alguém. Fazal Elahi olhava para o filho, maravilhado: nunca tinha visto nada tão grande aparentar ser tão pequenino.

Passou o indicador pela bochecha do bebé.

— Com licença, vou ter com o meu primo, querida Bibi, desculpa. Parece-me que o Salim deve querer mamar, está com a boca aberta, parece um peixe quando o tiramos da água para lavar o aquário.

Bibi pegou no filho e pô-lo a mamar. Elahi desceu as escadas para o piso térreo. Espero que a última ação do meu filho, pensava Elahi, seja uma gargalhada, para equilibrar a primeira, que foi chorar. Passou por dois médicos, quase derrubando, com a sua felicidade, um deles. Cuidado, gritou-lhe o médico, mas Elahi não ouvia nada à sua volta, exceto uma antiga melodia persa que aprendera em criança e que agora se repetia e lhe enchia a cabeça e lhe escorria pelas barbas e pelas roupas. Fora dele, dos altifalantes do hospital, soltava-se a voz do muezzin. Na sala de espera estava o seu primo Badini. Abraçaram-se.

— É um rapaz, dos que choram baixinho.

Badini sorriu.

Um homem que ouvia a conversa disse que também tinha acabado de ter a felicidade de ser pai, glória a Alá!, e acrescentou: filhos da puta dos bebés, que nos deixam como as mulheres, todos delicados.

— Vamos para casa? — perguntou Elahi.

O primo, que era mudo, respondeu inclinando a cabeça, uma cabeça enorme, desproporcionada em relação ao corpo. Porque Badini rapava o cabelo, a barba, as sobrancelhas, e ainda cortava as pestanas, ficava com um rosto terrível, como um insecto muito grande, ou como o universo antes de nascer. Olhava os outros com uns olhos demasiado negros, um escuro sem luz que lhe saía das pupilas, bocados de noites pretas. No entanto, parecia estar sempre a sorrir. Quando se olhava para ele, dava a sensação de estar contente. Mas era uma forma de ataraxia. O mundo não deixava que o mundo lhe tocasse e não se envolvia no mundo, vivendo num espaço demasiado interior, demasiado dentro. Tinha pernas curtas e braços curtos. Uma das mãos, que eram as suas palavras, tinha menos um dedo, que lhe caíra quando era miúdo. Um mindinho todo negro que havia desistido antes do resto do corpo.

Fazal Elahi percebia-o muito bem, melhor do que se o ouvisse. Sempre que olhava para as mãos dele, era como se visse o seu próprio pensamento, e, por vezes, não tinha a certeza absoluta de ter ouvido as mãos do mudo ou ter atribuído, ele próprio, os seus pensamentos às mãos de Badini.

Quando saíam do hospital, cruzaram-se com Dilawar Krupin, que vinha ofegante, com um kameez castanho, umas contas de oração na mão direita e as faces coradas. Os seus olhos azuis eram muito redondos, quase fora das órbitas, quase a cair no chão. Os três homens cumprimentaram-se. O mudo Badini afastou-se uns passos enquanto Fazal Elahi contava as novidades a Dilawar. Com licença, Dilawar Krupin, já sou pai, é um rapaz, dos que choram baixinho, glória a Alá. Dilawar sorriu, mas parecia desconfortável e mexia os lábios de um lado para o outro, como um rato. Fazal Elahi perguntou-lhe pelo pai, o general Ilia Vassilyevitch Krupin, e o outro respondeu que o pai estava bem, como sempre, forte como uma tempestade, forte como o Hindu Kush, forte como um galo de luta. Que Alá o proteja, disse Elahi. Dilawar Krupin continuava a mexer os lábios, a remexer as mãos. O mudo Badini, afastado uns passos, reparava nesse comportamento e interrogava-se. Fazal Elahi despediu-se de Dilawar, que se despediu dele e do mudo com um movimento da cabeça e uma frase de cortesia. O sol descia na vertical, caindo em cima das cabeças, queimava tudo àquela hora, furava os corpos e chegava às almas, aos intestinos, aos ossos. Dilawar subiu as escadas para o primeiro piso do hospital enquanto Elahi se afastava com Badini, que, com as mãos, lhe perguntava o que é que ele estaria a fazer ali. Fazal Elahi olhou para as mãos do primo, que, mesmo quando dizia as coisas mais vulgares, como pedir o saleiro ou cumprimentar alguém, parecia poesia. As mãos de Badini mexiam-se como poemas.

— Não sei — respondeu Fazal Elahi.
— É estranho, parecia nervoso,
  será que o pai
  mergulhou na doença? — perguntou o mudo, com as mãos delicadas.
— O general? Não. Está saudável como uma montanha.
— Talvez alguém próximo,
  alguém da família?
  As tragédias gostam
  da nossa intimidade,
  de se sentar connosco
  a beber chá.
— Está tudo bem com a família, foi o próprio Dilawar que me disse. Se houvesse notícias dessas, ter-me-ia dito, não é?
— Então, o que é que
  ele estará a fazer aqui?
— Não faço ideia, primo, não faço ideia. Conheces o Dilawar, talvez ande de olho em alguma enfermeira, ele gosta de mulheres, quem o pode censurar? Mas com isso só se arranja problemas, não é? Depois temos de lhes comprar perfumes e chocolates e levá-las a passear, que tormento. Uma mulher tem de ser passeada, é assim mesmo, como os cães das velhas francesas.

Continuaram a caminhar calados, um ao lado do outro. Fazal Elahi chamou um táxi e regatearam o preço da viagem. Elahi disse ao taxista, com licença, o preço que me pede dá para chegar a Paris de avião, e o condutor respondeu que o melhor era Elahi começar a aprender espanhol, porque não baixaria o preço. O mudo sorriu. Fazal Elahi pediu desculpa, mas que em Paris não se fala espanhol, e continuou a tentar, com o seu tom de voz rasteiro, reduzir o preço para metade, depois para dois terços, depois para apenas três quartos, e por fim já só regateava uma quantia tão insignificante que o taxista acedeu.

No hospital, havia humidade a escorrer pelas paredes, mas Dilawar não reparou. Subiu os degraus dois a dois, exceto os últimos três. Percorreu um corredor atolado de gente e de gritos, desviando-se das macas, dos doentes que estavam sentados no chão, dos doentes que estavam deitados no chão, dos enfermeiros e das enfermeiras. A sua boca ainda se mexia como um rato a comer, a respiração continuava ofegante. Parou em frente a uma porta sem reparar nas gotas de água condensadas na madeira branca, sem reparar como estas aprisionavam a luz dentro delas, tal como os nossos corpos aprisionam as almas e as dores. Olhou para os seus sapatos, cheios de pó, pensou que deveria tê-los engraxado.
Sem bater à porta, entrou no quarto de Bibi.

Como algo tão grande pode aparentar ser tão pequenino

Naveeda acabara de fazer

۴

Naveeda acabara de fazer quinze anos. Tinha os lábios cheios do sol do Verão e da neve do Inverno, ligeiramente gretados pelas palavras, pela comida picante e pelo hábito de neles esfregar as unhas. O pai dissera-lhe antes de morrer, tossindo entre as palavras, com a garganta derrotada pelo cancro:
— Lembra-te sempre de uma coisa, Naveeda, lembra-te sempre de mim, não é preciso mais nada, promete-me que te lembrarás de mim.
— Prometo, baba — disse Naveeda.
— Quando te lembrares de mim, lembrar-te-ás de tudo o que te disse.
— Sim, baba.
— Passa-me os cigarros.
— É melhor não.
— Passa-me os cigarros.
Naveeda levantou-se para ir buscar o maço para dar ao pai. Este tentou pôr um cigarro na boca, mas não conseguiu e os cigarros caíram no chão de terra e cimento. O pai tinha as mãos a tremer, mas não as via a tremer, o pai achava que era o mundo que tremia e que ele era o único em paz. Naveeda apanhou um dos cigarros que tinha rolado para junto do seu pé esquerdo e pô-lo na boca do pai.
— Acende-mo.
Naveeda obedeceu, com a cara enfiada na tristeza.
O pai travou umas baforadas, tossiu, e um fio de sangue

apareceu-lhe nos lábios, a sujar-lhe os dentes de vermelho, a sujar a vida toda de vermelho. O sangue é da cor da desgraça, pensou Naveeda, é da cor da morte, nem sei porque é que quando morre alguém nos vestimos de preto, devia ser de vermelho, que é o corpo do avesso. Ficaram ambos com lágrimas penduradas nos olhos, ela de tristeza, ele por causa do fumo.

— Lembrar-te-ás de como deves comportar-te, lembrar-te-ás de ler o Alcorão, de estudar, não há mal nenhum em saber onde fica o Nilo e quem foi Faradi ou o que diz o Mas nawi. Lembrar-te-ás de respeitar os mortos, [tosse] porque ninguém respeita os vivos sem saber de onde eles vieram, e todos nós viemos dos mortos, todos os nossos antepassados estão enterrados, foi de lá que nós viemos, não há vergonha nenhuma em perceber isso, pelo contrário, devemos sempre lembrar-nos disso. E é para junto deles que eu vou, que eu volto. Lembra-te, Naveeda, ninguém parte, tudo o que fazemos é regressar.

— Sim, baba.

— Lembrar-te-ás de mim, não é, Naveeda?

— Sim, baba.

— Cuidarás do teu irmão mais novo, porque te lembrarás de mim, e, ao lembrares-te de mim, lembrar-te-ás de tudo o que te disse. [tosse] E lembrar-te-ás de Deus e cumprirás [mais tosse] sempre as tuas obrigações e as orações diárias, casar-te-ás com um homem bom e ouvirás a tua tia, não deixarás que o teu irmão vá a casas de ópio [tosse com mais força] nem que ande com armas.

— Sim, baba.

E o cigarro caiu-lhe da boca, lentamente, como se não tivesse a certeza de que a gravidade era uma lei.

Naveeda apagou o cigarro — que tinha a ponta vermelha de sangue por ter estado em contacto com a boca do pai — com o pé descalço. Não sentia nada na pele, dor nenhuma, ficou assim durante algumas horas, com o pé em cima do cigarro apagado, com o barulho da morte, que parecia um exaustor dentro da sua cabeça. O pai tinha um braço fora da enxerga, caído pelo chão, a boca aberta, sangue seco nos lábios, no pescoço, na roupa, mas os olhos não pareciam mortos. Naveeda passou a mão pelos cabelos do pai. Passou a mão várias vezes. Ainda repetia esse gesto quando a irmã entrou em casa, a sua irmã mais velha, que era muito alta e tinha de se baixar para passar nas portas. Naveeda não olhou para ela, ainda tinha os olhos deitados sobre o sangue que manchava o cigarro desmaiado e sobre os cabelos do pai e sobre a boca morta e sobre os ouvidos apagados. Naveeda perguntou à irmã se ela queria um chá, mas a irmã não lhe respondeu e disse-lhe, isso sim, que ela deveria ir viver consigo e com o marido — que era um bom homem, um empresário das canalizações —, mas Naveeda recusou a oferta, preferia ficar com a tia. Então a irmã disse que ela não prestava para nada, que era uma estúpida, e que a tia não saberia casá-la com um bom homem. A irmã de Naveeda tinha as costas encurvadas pois andava sempre a fazer esforço para não parecer tão alta, que isso era quase um insulto para os homens e a mãe sempre lhe dissera que era desajeitada, e tudo isso lhe pesava na coluna, fazendo-a dobrar-se. Naveeda voltou a perguntar se ela queria um chá e a irmã saiu sem responder.

A tia chegou a casa pouco depois, a gritar e a chorar. Agarrava nos cabelos e puxava-os, gemia pelo irmão e por Deus. De repente, muito hirta, disse:

— Temos de tratar do funeral.

A vários quilómetros da casa de Naveeda, vivia um homem com a pele

◊

A vários quilómetros da casa de Naveeda, vivia um homem com a pele queimada pelo sol, uma pele dura como a de um crocodilo. Enquanto o pai de Naveeda morria, com a garganta arruinada pelo cancro, o homem que vivia a vários quilómetros estava enfiado numa gaiola de ferro nas traseiras de sua casa, agachado e todo nu, debaixo de um intenso sol de Verão. A sua pele tinha vários milímetros de espessura, pontuada por crostas acastanhadas. Os músculos e a carne estavam marcados pelas barras de ferro, porque o homem que vivia a vários quilómetros da casa de Naveeda, mesmo agachado e de cócoras, mal cabia dentro da gaiola. Ao fim do dia, saía da sua prisão e rugia como um urso castanho. Desentorpecia as pernas dormentes, os braços, os dedos, as mãos, estalava os nós dos dedos, um a um. Lavava os pés que estavam sujos da sua própria urina — por vezes também das fezes — e vestia-se. Então, o homem que vivia a vários quilómetros da casa de Naveeda entrava na sua mansão pela porta das traseiras, pegava nas chaves do seu carro alemão, preto e brilhante, e saía pela noite, cheio de sol acumulado durante o dia.

Bibi tinha cabelos escorridos como um dia

ع

Bibi tinha cabelos escorridos como um dia chuvoso. Pegava no filho com dedicação mas sem devoção, enquanto olhava para as coisas com um olhar de Inverno rigoroso. Fazal Elahi, pelo contrário, era efusivo e aplicado nas suas manifestações amorosas: com licença, gosto de ti ao ponto de me desaparecer, luz da minha alma, o meu olhar fica como os planetas, a andar à volta, à volta, à volta, sem conseguir afastar-se do Sol.

E não achava estranho que a sua mulher fosse um dia de Inverno. Gostava dela, do seu desprendimento em relação às coisas todas, porque tinha uns olhos alegres que davam uma sensação de tristeza, via-se que tinha sofrido muito, algumas vezes no corpo, outras vezes dentro do corpo, por vezes fora da alma e por vezes no interior da alma. Via-se que tinha suportado muita coisa de que é difícil dizer o nome sem usar o calão ou a gíria médica, mas tinha conseguido, não apenas sobreviver, mas, de certo modo, vencer. E é preciso lembrar que

67. O passado é aquilo que conseguimos fazer do futuro.

Fazal Elahi, que gostava de se confundir com a paisagem, tinha na mulher com quem se casara um elemento difícil de resolver na sua vida. Bibi não tapava os cabelos e andava com eles soltos como pássaros, falava alto, e nada chamava mais a atenção do que ela. Ainda assim, Fazal Elahi andava contente, com o olhar inclinado para o chão, mesmo quando olhava para as nuvens. No dia do casamento, debaixo da romãzeira do pátio, dissera-lhe:

— Os dois olhos formam apenas uma imagem.

E pegou-lhe na mão:

— Um homem e uma mulher, glória a Alá, são um puzzle de duas peças que só se resolve com o amor.

Chegou os seus lábios ao ouvido dela. As palavras ditas baixinho têm um significado mais bonito, pensou ele, e nós percebemo-las melhor do que percebemos os gritos porque elas já fazem parte de nós ainda antes de acabarem de ser pronunciadas:

— São precisas duas asas para voar.

Nos primeiros meses de casamento, Fazal Elahi tremia de cada vez que via Bibi nua, sem um único pelo no corpo, exceto os cabelos lisos, que eram tão compridos que quase lhe chegavam aos pés.

— Alá é grande, tão grande, querida Bibi, que só cabe no nosso quotidiano aos bocadinhos. Esses bocadinhos são os pormenores, como a tua boca (como eu gosto da tua boca), e as unhas das tuas mãos (parecem dez anjinhos) e os teus pés pintados com henna. Accha. É assim, não é, jardim da minha alma?

54. Encheremos o mundo de coisas preciosas. Serão tantas que os homens passarão por elas julgando-as banais.

Fazal Elahi ficava a vê-la dormir, o peito para cima e para baixo, a respiração do universo. Os mamilos escuros oscilavam entre a sua memória e o lençol branco que os cobria. Bibi tem dois pés perfeitos, pensava Fazal Elahi, deveria andar com eles para cima, a pisar o céu, que desperdício vê-los varrer o chão.

O homem que vivia

V

O homem que vivia a vários quilómetros da casa de Naveeda, o homem que passava o dia fechado numa gaiola a acumular sol no corpo, conduzia um carro alemão pela periferia da cidade. A noite estendia-se toda mole através dos campos de algodão, deixando-se atravessar pelos faróis do carro importado. O homem conduzia-o com óculos escuros, com a respiração rouca e com o rádio desligado. Não havia muitas casas, o campo ia enchendo o cenário. O céu tinha estrelas, mas não havia lua. O homem que vivia a vários quilómetros da casa de Naveeda preferia noites dessas e evitava as de lua cheia. O carro abrandou quando o condutor se apercebeu de dois vultos, duas pessoas que caminhavam à beira da estrada. Ao perceber que eram duas mulheres, o condutor parou umas centenas de metros à frente, desligou o carro e ligou o rádio: Kamil Khan, o melhor jogador de críquete do mundo, acaba de conquistar mais uma vitória para a sua equipa, os Black Kraits; alunos indianos inventam roupa interior contra violações, peças de lingerie capazes de dar um choque de 3800 kv, com um sistema de GPS integrado que avisa a polícia e os pais, tendo os sensores sido colocados no peito, pois é por aí que normalmente começa o assédio; o tempo irá mudar e espera-se que chova amanhã à tarde, quando sair de casa não se esqueça do guarda-chuva. O homem mudou de estação — ficando a soar uma velha canção punjabi que contava a história de dois dervixes ladrões —, acendeu um cigarro e abriu o vidro do carro, pousando o braço esquerdo na janela. As duas mulheres pararam e ficaram agarradas uma à outra, a tentar perceber o que se passava. Pelo espelho retrovisor, o homem observava-as, banhadas pela luz vermelha dos farolins. O homem acabou de fumar e deitou o cigarro fora, deixando o braço estendido fora da janela durante alguns segundos. As mulheres continuavam paradas, mas uma delas tentava puxar a outra para a plantação de algodão. O homem que vivia a vários quilómetros da casa de Naveeda ligou o carro, carregou duas vezes no acelerador e partiu. Percorreu alguns metros, até uma curva, desligou os faróis e estacionou atrás de um cartaz de publicidade a um hotel chamado Imperial Comfort:

IMPERIAL COMFORT
Dias felizes dependem de noites bem passadas

Saiu do carro, estendeu os braços, fez estalar os nós dos dedos e suspirou.

As mulheres, porque viram partir o carro, porque deixaram de o ver, decidiram retomar a sua caminhada.

Apesar de andar sempre com o rosto colado

∧

Apesar de andar sempre com o rosto colado ao chão e de fazer um esforço evidente por passar despercebido — como as paredes —, Fazal Elahi era relativamente conhecido na cidade. Achava-se um marreco social, mas era um homem que não poderia passar completamente ignorado. Elahi era como uma serpente inepta, absurda, que morria com o próprio veneno, e o seu esforço por passar despercebido era um dos motivos pelos quais lhe davam atenção.

A sua casa crescera no centro da cidade, num bairro pacato, com a calma com que crescem as árvores e acontecem ramos, flores e frutos. Tinha dois pisos, e das águas-furtadas viam-se as montanhas e o céu, para lá do madeiramento das varandas. Nessa casa vivia com a sua família, num total de cinco (5) pessoas:

1) a sua irmã Aminah, que se queria casar, mas tinha os dentes um pouco desalinhados;

2) o seu primo, o mudo Badini, que quando falava era um poema;

3) a sua mulher Bibi, luz da sua alma;

4) o seu filho Salim, uma coisa infinitamente grande, mas que aparentava ser pequena como um bebé;

5) e, claro, o próprio Fazal Elahi, que gostava de ser como as paredes.

Uma vida dedicada aos tapetes rendera uma pequena fortuna a Fazal Elahi, e uma pequena fábrica mantinha-lhe os cofres cheios e conferia-lhe alguma autoridade, apesar de ele não desejar mais do que ser completamente invisível, exceto para um número muito restrito de pessoas entre as quais estavam incluídas, é evidente, as outras quatro que habitavam na sua casa.

O momento em que mandou construir a sua fábrica de tapetes foi um dos mais importantes da vida de Fazal Elahi. Contratou um arquiteto inglês que vivia em Bombaim e disse-lhe:

— Com licença, uma casa deve ter um teto com uma inclinação tal que o pão, dentro dela, não ganhe bolor. Accha! O resto, faça à sua medida.

O arquiteto, que se chamava Grant, começou a esboçar os planos e terminou o projeto ao fim de nove meses e nove dias. Mostrou os planos a Fazal Elahi, que não levantou qualquer objeção, exceto uma pequena exigência: perdão, perdão, não quero parecer demasiado exigente, veja isto como um pedido, mas o escritório tem de ser muito mais pequeno, deve ser o espaço mais pequeno de toda a fábrica, de modo a que eu não consiga abrir os braços dentro dele, assim, Mr. Grant, assim — Fazal Elahi abria ligeiramente os braços, num ângulo de trinta ou quarenta graus —, não mais do que isso. O arquiteto acompanhou toda a empreitada com zelo, e todos os dias dava conta dos progressos ao contratante Fazal Elahi.

Quando o edifício ficou pronto, Elahi levou um pão acabado de cozer e pousou-o no centro da fábrica, no chão, em cima de um tapete laranja tecido no Norte do país. O arquiteto Grant espantou-se, pois havia julgado que a história do pão era uma metáfora. Perguntou a Elahi se aquilo não fora uma maneira de dizer, assim como nós dizemos que chovem cães e gatos, mas na verdade o que chove é água, não são animais de estimação. Não, não é uma maneira de dizer, Mr. Grant, peço muita desculpa, mas deve ser assim mesmo, o edifício tem de manter o pão sem bolor, como acontecia na gaveta da minha avó, mãe do meu pai, pois nessa gaveta, Mr. Grant, juro que é verdade, o pão durava para sempre, glória a Alá. O arquiteto Grant sentiu-se receoso, remexeu as mãos atrás das costas e abanou a perna esquerda. Elahi fechou a porta do edifício e disse:

— Se daqui a um mês eu puder comer este pão, a fábrica começará a inventar tapetes. Inshallah!

Um mês depois, Elahi vestiu um fato italiano com um padrão em espinha, de flanela, demasiado quente para a época do ano, uma gravata verde-escura e um chapéu de astracã. Levou consigo um pequeno pote de mel, decorado com um hadith do Profeta — *Se queres vencer a morte, primeiro vence na vida* —, e uma velha colher de alpaca que pertencera à sua avó, mãe do seu pai. Elahi ia acompanhado de Aminah e do primo Badini. O arquiteto Grant esperava defronte do edifício por estrear. Descalçaram-se todos à entrada, colocando os sapatos numa prateleira própria, que ficava do lado esquerdo de quem entra. Fazal Elahi atravessou o edifício, indo diretamente para a casa de banho para lavar as mãos e os pés. Aminah, quando o irmão saiu, fez o mesmo. O mudo Badini e o arquiteto Grant esperavam no meio do espaço central da fábrica. Fazal Elahi caminhou para junto deles, parou, olhou para o teto — onde estava pintada uma seta que apontava para Meca — e estendeu o seu tapete de oração. Aminah fez o mesmo. O mudo manteve-se de pé, parecia absorto, concentrado no seu silêncio habitual. Os dois irmãos prostraram-se e oraram. Acabadas as suas obrigações rituais,

Fazal Elahi debruçou-se sobre o pão que fora depositado um mês antes no fino tapete alaranjado, disse com licença, pegou nele e observou-o de todos os ângulos. O arquiteto Grant estava nervoso, apesar de todos os dias ter verificado o pão, mas sem coragem de lhe tocar, pois receava que, se o fizesse, pudesse ser causa de aparecimento de bolor. Grant pensava: pode ter bolor em baixo, na parte que não se vê. Ou lá dentro. Elahi virou e revirou o pão, cheirou-o. Aminah observava aquele procedimento com atenção e muito tensa, quase tão tensa quanto o arquiteto Grant. O mudo Badini parecia indiferente a toda aquela operação. Elahi partiu o pão com dificuldade, pois estava muito duro, e observou o interior. Tirou um pequeno canivete que andava sempre consigo e abriu a lâmina com a unha do polegar. Cortou o pão em pedaços pequenos e, não vendo bolor algum, abriu o pote de mel, disse umas suras, agradeceu a Deus e deitou-lhe mel em cima. Trincou-o. Accha!, disse ele, e foi assim que inaugurou o seu negócio. Aminah levantou os braços dando graças a Deus. O arquiteto Grant bateu palmas.

Logo após o casamento, a pedido de Bibi, Fazal Elahi comprou

٩

Logo após o casamento, a pedido de Bibi, Fazal Elahi comprou um carro japonês, amarelo e com estofos castanhos e cinzentos, para levá-la a passear. Fizeram algumas viagens até ao litoral enquanto ouviam cassetes de música pop, americana e inglesa, que Bibi gravava da rádio. Muitas músicas acabavam com o início de notícias ou publicidade, ou abruptamente antes do final, coisa que exasperava Elahi, mas que não incomodava minimamente Bibi, que encolhia os ombros e cantarolava, por exemplo, *Hello, is it me you're looking for? / I can see it in your eyes,* etc. Durante essas viagens ao litoral, Fazal Elahi e Bibi comiam marisco e sentavam-se na areia das praias, entre centenas de pessoas. Passeavam de camelo à beira da água e, se o mar estivesse bom de nadar, aventuravam-se a molhar-se até à cintura, pois nenhum dos dois sabia sequer boiar. De resto, o mar, por ser leitoso e pouco transparente, inspirava receio a Elahi. Não via os pés nem as pernas e sentia-se ameaçado pela opacidade da água, que não deixava ver os possíveis perigos que nadavam à volta dos seus tornozelos. Dizia: Tenho medo, Bibi, desculpa, mas sabe-se lá o que escondem as águas. À noite, Elahi nunca deixava de reparar que havia sempre cobras mortas no areal e que os caranguejos lhes comiam os olhos e sabe-se lá que mais. Por vezes, Elahi corria atrás desses caranguejos e tentava apanhá-los, de lado, para que as presas não lhe chegassem aos dedos. Mas acabava sempre mordido e Bibi acabava sempre a rir.

Uma das vezes, foram apanhados por um temporal tão forte que chegaram ao hotel encharcados até aos ossos da alma. Despiram-se e deitaram-se de seguida, a rir-se da chuva que lhes tinha inundado a vida. Fazal Elahi passou as mãos pela pele da mulher, ainda mal seca pela toalha turca, ainda cheia de erotismo, e pousou a cabeça no seu colo. Bibi estava sempre muito longe, era uma mulher afastada, apesar do riso sincero. Cantava muitas canções populares, além dos sucessos pop que gravava em cassetes, algumas bastante condenáveis: *Alá está dentro / de uma garrafa de vinho, / pois é quando bebo até perder a razão / que Ele existe.*

Isso deixava Elahi completamente transtornado. Ela fazia-o aparecer, deixar de ser igual às paredes. Cada vez que saía com ela, Fazal Elahi tornava-se motivo de atenção e isso mortificava-o.

Numa dessas noites, num restaurante, Bibi vomitou todo o jantar em cima da toalha, que era verde e branca com cornucópias. Foi o primeiro dos enjoos que haveriam de se repetir durante algumas semanas e que tiveram início no sexto mês após o casamento. Bibi andava tão maldisposta, tão enjoada, que Fazal Elahi disse:

— É uma menina. Muito bem.

Para Bibi era irrelevante.

Fazal Elahi, sempre preocupado com tudo, media o crescimento da barriga da mulher com um fio de cânhamo e desenhava a curvatura num papel. É menina, dizia ele, ao analisar a curva, enquanto apagava um cigarro. E acrescentava: toda a criação é redonda, não é, luz da minha alma?

Elahi abria o Alcorão e lia-o com a boca quase encostada à barriga de Bibi, com a voz pesada e projetada para a frente.

Ele não ouve nada, Fazal, a médica diz que as paredes do útero são muito grossas, não te consegue ouvir, mas Elahi não se importava e cantava na direção da barriga dela. Também passava horas a recitar poemas de Saadi, Rumi e Ibn Arabi, e ela repetia que as paredes do útero são muito grossas, e ele, com licença, minha doce romã, alguma coisa deve passar, não há nada tão grosso que impeça a poesia de entrar. Elahi encostava o ouvido ao umbigo de Bibi, erguia-se, passava as mãos pela barriga dela, voltava a encostar o ouvido, voltava a erguer-se e a passar as mãos pela curvatura da criação, e exultava quando sentia alguma coisa, sentiste, Bibi, um pontapé? E ela, sem paciência, dizia que era isso que os homens faziam, davam-lhe pontapés, primeiro foi o meu pai (eu não, luz da minha alma, eu não) e agora o meu filho, que ainda nem sequer nasceu.

Depois do parto, Elahi já não se lembrava do resultado das medidas que fizera, com fio de cânhamo, à curvatura da barriga de Bibi, com o objetivo de prever o sexo da criança.

— Sempre disse que era um menino, querida Bibi — comentou ele dias depois de Salim nascer, enquanto penteava a barba em frente a um pequeno espelho de metal. — Acho que estou a perder cabelo e o meu filho, quando crescer, não se vai lembrar de mim com a guedelha que sempre tive. Terei a cabeça como os calcanhares. E os dentes também se vão, que infortúnio, uns atrás dos outros, será difícil comer frutos secos e mastigar a carne de borrego. Enfim, Alá sabe melhor.

— Apaga a luz.

— Perdão, Bibi, estou a incomodar, não tive intenção.

— Precisamos de dormir.

— Ficam pretos, os dentes, como se anoitecessem e depois caíssem de maduros, como o dedo mindinho do meu primo. Com licença, que mundo é este em que tudo cai, em que os pentes ficam cheios da nossa morte, da nossa cabeleira? Para onde vai a nossa juventude, querida Bibi? Escorrega-nos pelas pernas abaixo, ficamos todos pendurados, os olhos descaídos, a alma descaída, o sexo adormece a apontar para o chão. Nada aponta para cima quando envelhecemos.

— O bebé quer dormir — disse Bibi com a voz rouca.

— Está a dormir profundamente, o nosso cabritinho, Alá o proteja.

Fazal Elahi debruçou-se sobre o filho para sentir o calor que ele emanava. Ficava sempre comovido quando olhava para Salim. Parecia-lhe impossível que a morte soubesse tocar numa coisa tão viva. Neste país, morrem cento e vinte e quatro crianças com menos de cinco anos em cada mil, morrem noventa e quatro crianças com menos de um ano em cada mil. Fazal Elahi fazia contas às estatísticas nacionais e pensava no que dizia o dervixe Tal Azizi: **Há duas maneiras de uma criança morrer, uma é definitiva, outra é porque se transforma num jovem e depois num adulto e depois num velho e depois na eternidade,** mas, perdão, perdão, pir Azizi, cento e vinte e quatro crianças com menos de cinco anos em cada mil não serão adultos, adorado Tal Azizi, noventa e quatro crianças com menos de um ano em cada mil não serão adultos, as estatísticas matam muito, que Alá nos proteja.

Estendeu o tapete e começou a rezar.

Naveeda andava muito

١٠

Naveeda andava muito feliz, Imran ia casar-se com ela. Era um bom rapaz, honesto. Era baixo, mas bonito, com um pescoço elegante como o das gazelas. Era inteligente.

    Naveeda voltava para casa com a tia, vinham da farmácia. Era uma noite calma, com estrelas lá em cima, plantações de algodão em baixo. Um carro alemão passou por elas e parou um pouco mais à frente. A tia desconfiou da manobra, inclinou a cabeça. Naveeda agarrou-se aos braços da tia e ficaram assim durante minutos. A tia perguntava por que motivo estaria o carro ali parado. Talvez uma avaria, disse Naveeda. Não, que o condutor não sai de lá de dentro, observou a tia. Tremiam as duas. Naveeda dizia que era melhor irem pelo meio dos campos, a tia dizia que era perigoso, por causa das cobras. Prefiro as cobras aos homens, disse Naveeda, puxando a manga do kameez da tia. Viram o braço do condutor, esticado, fora da janela. Naveeda puxava a tia, preferia os répteis aos répteis de duas patas. Ouviram o barulho do motor, ouviram o carro partir e respiraram fundo. Abraçaram-se e continuaram a caminhar. Estava uma bela noite, sem lua, cheia de estrelas lá em cima.

Os dias a seguir ao parto

))

Os dias a seguir ao parto foram para Fazal Elahi de uma grande felicidade, algo que dificilmente conseguia sentir de um modo tão despreocupado e livre. Bibi não queria sair do quarto, que tinha um acolhedor cheiro a leite, um cheiro doce e quente e redondo que Fazal Elahi identificava com toda a felicidade possível. O Paraíso cheira a leite, pensava Elahi, pois é a bebida que nos diz que não é preciso trabalhar para comer, o leite é uma dádiva como a chuva e como dormir na areia das praias. Lembras-te, minha querida Bibi, das noites que dormimos na areia das praias, no meio daqueles caranguejos maldosos? Não se pagava por isso, e é a melhor cama do mundo, Alá sabe melhor. Espanta-me que a areia da praia não cheire a leite, perdão, se calhar cheira, nunca pensei em cheirá-la como deve ser, mas uma coisa é certa, é porque são dádivas que se diz que os rios do Paraíso são de leite e de mel, porque não há compulsão e porque tudo é doce, glória a Alá.

Mas, num desses dias, apesar da felicidade que andava a sentir, voltaram-lhe os pensamentos que costumava ter, pensamentos de arrastar pelo chão: Esta felicidade só pode trazer uma tragédia, tenho muito medo do destino, tenho a sensação de que o nosso riso atrai a desgraça. Disse a Badini:

— Tenho medo da felicidade, primo, pois a felicidade está grávida de Iblis, vem montada no desespero e na tragédia. É bonita como uma mulher bonita, mas é como a henna que esconde os cabelos brancos, a princípio cheira a leite e depois, com licença, a felicidade cheira a cavalo. Lembras-te do meu empregado que morreu há dez anos com a boca cheia de cancro? Que coisa horrível, primo. Lembro-me bem das feridas que lhe apareciam, as manchas, as gengivas desfeitas, os dentes castanhos e pretos. Fui visitar a irmã dele e os filhos, a Naveeda e o Mohamed, e a rapariga estava muito feliz, ia casar-se com o Imran, um belo rapaz, um pouco baixo, mas de pescoço elegante, honesto e inteligente. Senti-me feliz com a felicidade dela. Que pena o teu pai não estar vivo, disse-lhe eu, mas ela respondeu não importa, pois lembro-me dele todos os dias, o meu pai deixou de viver naquele corpo doente e agora vive dentro de mim e viverá dentro dos meus filhos e do Imran, se for a vontade de Alá, claro, e eu disse-lhe que era a vontade de Alá, não havia dúvidas nenhumas. Não me arrependi de ter pecado ao dizer-lhe isto, pois não posso saber qual é a vontade de Alá, peço desculpa, mas fiz pelo melhor, não foi? Fiz bem, com certeza que fiz. E ela continuou: o meu pai, Elahi sahib, disse-me para me lembrar dele e eu vou lembrar-me dele. Eu disse-lhe que sim, Naveeda, que tudo caminha para o bem, glória a Alá. Afinal, tudo se recompunha, não era, primo? Afinal. Um dia, a Naveeda e a tia desapareceram, a polícia procurou-as durante semanas e foram encontrar os corpos das duas numa vala de esgoto. Faltava um braço à Naveeda, tal como metade da cabeleira, dizem que a violaram com tanta força que lhe arrancaram o braço e o escalpe. Não te lembras de nada disto, pois não, primo? Sim? Ouviste falar nas ruas? Muito bem. É que era a altura da peregrinação da cerejeira e estavas em Ispão. Durante duas semanas, eu e os meus empregados andámos à procura do braço da Naveeda. Aquilo deixou-me obcecado. Fazia-me confusão que no dia da Ressurreição andasse um braço a monte. O cabelo não importa, crescerá outra vez, não é? A Ressurreição fará isso pelos cabelos. Mas repara, primo, nunca vimos um braço voltar a crescer, pois não? Já vimos milagres de todo o tipo: os dervixes engolem pregos e sobem cordas, fazem mexer objetos só por pensar em vento, fazem coisas incríveis e impossíveis e maravilhosas, fazem os cegos ver, fazem os ignorantes ler, fazem muitos milagres, mas nunca vi ninguém fazer crescer um braço. Vi paralíticos a levantarem-se, vi coxos a correr e a saltar, ouvi mudos a cantar, mas nunca vi um braço a aparecer de repente. Pode ser uma blasfémia, mas sinto que isto é uma limitação de Alá, Ele que me perdoe, me perdoe muito, mas, com licença, acho que Ele não se arrisca a fazer brotar membros que foram decepados ou que já não vêm de nascimento, e a Naveeda tinha perdido o braço e eu achei que era de elementar justiça encontrá-lo para facilitar a Ressurreição. Duas semanas a pagar aos meus empregados, não para fazerem tapetes, mas para encontrarem um braço, foram duas semanas inteiras, de sexta a sexta, mas teria sido a minha vida toda, e só parei porque o Kashif, a certa altura, gritou para o nosso grupo: está ali, está ali! E foi agarrar o braço. Mas não era braço nenhum, era uma cobra, uma puta de uma víbora que estava a mudar a pele. Foi assim que morreu o Kashif e foi assim que eu passei a duvidar de que o universo fosse equilibrado, Alá me perdoe. Não é metade para cada lado, o mal contra o bem, essa coisa toda, não é nada disso. Ou melhor, o universo é equilibrado, tem é um equilíbrio muito delicado, extravagante, pois a parte má é muito maior do que a boa, e eu não sei como é que Alá, Glória ao seu Nome, o permite. Com licença, se eu estive duas semanas com a fábrica de tapetes parada para andar à procura de um braço, o que é que Ele anda a fazer? Lembro-me que, nessa altura, de cada vez que olhava para as pessoas à minha volta, via que os seus braços eram víboras como a que matou o Kashif. Os homens são assim, têm braços de cobras, e as suas mãos são a cabeça venenosa, servem para matar. Resultado, primo, escuta, estás a ouvir?, tenho muito medo da felicidade. Traz sempre consigo um sofrimento muito maior do que ela própria, é como os burros dos pobres, que carregam uma carga muito superior à que podem suportar. É isto a nossa vida, o burro dos pobres.

— Queres jogar
    xadrez? — perguntou o mudo Badini com as mãos.

— Não me ouves, primo? Tu, que vês o futuro como se tivesse acontecido ontem à tarde, não sentes a desgraça?

— Sabes melhor do que ninguém:
o futuro que se vê
não é o futuro que acontece.
Nunca é. Já o vi mil vezes mil,
mas desaparece. Quando
vemos o futuro, gastamo-lo
e ele tende a não comparecer.
Não há nada mais tímido
do que o futuro
que imaginamos.

Badini rolava as contas de oração entre os dedos. Pareciam perdidas nas suas mãos. Inclinou a cabeça para a esquerda e acrescentou mais qualquer coisa com os seus gestos. Fazal Elahi já não lhe prestava atenção, olhava pela janela trauteando uma música antiga. As montanhas, do outro lado da janela, pareciam coladas ao vidro. Reparou num vendedor de fruta, um homem enorme, que caminhava de mãos dadas com uma menina pequena, talvez uns cinco anos, talvez menos, pensou Elahi, só Deus saberá. Procurou os seus cigarros no bolso da camisa. O vendedor de fruta e a menina dobraram uma esquina e desapareceram. São como a felicidade e a tragédia, pensou Elahi, que andam sempre de mãos dadas. As folhas, quando nascem na Primavera, já cheiram a Outono.

Elahi deixou-se ficar alguns minutos com o nariz encostado ao vidro da janela e com o olhar a atravessar o mundo inteiro. As estrelas encheram a escuridão que andava pelo ar e ele sentiu um calafrio, um arrepio comprido que lhe trepou pelas costas até à nuca, fazendo-o estremecer. Acendeu um cigarro.

Elahi receava quase tudo, até o próprio espaço, o universo mais distante, aquela imensidão de estrelas que fazem dos homens seres demasiado pequenos, demasiado sem valor. São umas luzinhas pequeninas lá ao fundo, pensava, mas dizem-nos que são enormes e que habitamos a enormidade. As estrelas espezinham-nos, que coisa feia. Umas luzinhas que nos esmagam e demoram milhares de anos-luz a fazê-lo, com toda a calma, como se tivessem um universo inteiro pela frente. Milhares de anos-luz só para nos esmagarem completamente e nos deixarem a pensar que somos as
    pulgas
    das pulgas
    das pulgas
    das pulgas
    dos cães.

— Os telescópios — disse Elahi — não servem para aumentar as estrelas, mas para diminuir o ser humano. São máquinas de nos fazer pequenos.

— As estrelas somos nós,
    Fazal Elahi. Quando Alá nos observa,
    é como quando nós olhamos para o céu:
    o que Ele vê são luzes. Cada homem
    é uma vela a brilhar no escuro, disse Tal Azizi,
    é assim que Ele
    consegue ler à noite.

— Que tolice, primo. As estrelas são coisas lá em cima.

O mudo não respondeu, mas inclinou a cabeça para a esquerda e sacudiu uma formiga da perna.

Fazal Elahi pensava no equilíbrio do mundo, que era uma equação extremamente desequilibrada, mas que, apesar disso, exigia uma espécie de harmonia. Se um homem fala, entra-lhe silêncio pela boca, e se conquistou alguma felicidade pode esperar grandes tragédias.

Fazal Elahi não erraria na sua premonição, o universo gosta de equilíbrios completamente desequilibrados, é feito de opostos de mãos dadas, um homem enorme a segurar a mão de uma menina pequenina. E, no caso de Elahi, esse *equilíbrio absurdamente/moralmente/esteticamente desequilibrado* foi conseguido a prestações. A primeira aconteceu dois meses depois do nascimento de Salim.

Com licença, imaginemos um sifonáptero, digamos, uma pulga

١٢

Com licença, imaginemos um sifonáptero, digamos, uma pulga, cuja massa corporal seja 0,0009 kg e um cão, seu hospedeiro, de cerca de 40 kg. Ótimo! A pulga terá cerca de, arredondando para cima, 44.445 vezes menos massa do que esse cão, acho que deve ser isto, não sou muito bom nestas matemáticas, uma coisa é pesar tapetes, outra é pesar pulgas. Adiante. A pulga de uma pulga, mantendo a proporção entre a pulga inicial e o cão, será 44.445 × 44.445 mais pequena, em termos de massa, do que o cão, ou seja 1.975.358.025 vezes mais pequena, se não estou em erro. E avancemos para a conta seguinte, para a pulga da pulga da pulga, que será 1.975.358.025 × 1.975.358.025, ou seja, 3.902.039.326.931.900.625 vezes mais pequena do que um cão, valor ainda bastante abaixo da diferença entre um ser humano e o Sol: um homem de cerca de 65 kg é, mais grama menos grama, 30.601.538.461.538.461.538.461.538.462 vezes mais pequeno do que o Sol, que tem a massa de 1.989.100.000.000.000.000.000.000.000 kg e que é uma estrela relativamente pequena. Para ser rigoroso, teria de dizer que somos a pulga anormalmente grande de uma pulga normal de uma pulga normal de uma pulga normal de um cão de cerca de 40 kg, talvez um pastor alemão. Quanto pesará um pastor alemão? Amanhã terei de verificar isso, inshallah.

Os túmulos dos dois

١٣

Os túmulos dos dois dervixes ladrões ficavam junto a um campo repleto de jacas e de corvos. Um muro alto, de pedra, erguia-se no meio do terreno, um portão enorme abria-se nesse muro, os sapos cantavam e as varejeiras voavam sobre as cabeças dos devotos. Aminah entrou com Salim ao colo. Levava dinheiro e um fio de ouro. Os dervixes ladrões gostam disso. Havia dezenas de pessoas à espera de poder entrar dentro do mausoléu onde estão os túmulos. Aminah tentou passar à frente, mentindo, exibindo o pobre órfão que precisava de ajuda, mostrando Salim a toda a gente e dizendo que a criança havia perdido o pai na guerra contra os infiéis, que o pai fora torturado, fora esquartejado, fora humilhado. Cortaram-lhe as pálpebras, ouçam, cortaram-lhe as pernas, ouçam, humilharam um valente mujahedin, gritava ela. Ninguém dava importância ao que dizia. Se fosse a sua cunhada, Bibi, os homens ficariam impressionados com os cabelos soltos, com os cabelos perfumados, com os cabelos que cheiravam a mangas maduras. Ela era diferente de Bibi, muito diferente.

Naquele dia:

Aminah usava um shalwar kameez cor-de-rosa-claro.

Aminah tinha pintado o cabelo de manhã.

Nos outros dias todos:

Aminah tinha os dentes desalinhados.

Depois de esperar quase uma hora, Aminah conseguiu entrar no mausoléu. Um homem recebeu o dinheiro que levava, pôs-lhe na boca umas sementes aromáticas e passas de frutos e deu-lhe água a beber. Salim chorava ao colo da tia. Aminah deu sete voltas a ambos os túmulos enquanto rezava, pedindo que os dervixes roubassem a felicidade a alguém para lha dar a ela. Os dervixes ladrões diziam que nada no mundo se faz sem roubar, para conseguir alguma coisa temos de privar algo ou alguém dessa mesma coisa. Aminah dava dinheiro, privava-se dele e parecia-lhe justo. Pedia um marido, queria casar-se, era tudo o que desejava. Os dervixes, que atuavam metafisicamente, trocavam o dinheiro que recebiam pela felicidade pedida, e essa felicidade que davam, roubavam-na a alguém. Aminah gostava daqueles dois santos, eram honestos, dizia ela, porque roubavam.

Salim chorava ao colo de Aminah, que tentava acalmá-lo pondo-lhe o mindinho gordo na boca, sem deixar de sussurrar para que os dervixes ladrões lhe dessem o que desejava, por favor, um homem bom. Outros devotos andavam à volta dos túmulos, como ela, enquanto a felicidade de outras pessoas era roubada. Algures, talvez muito longe dali, uma mulher começava a soluçar, um homem perdia a sua fortuna, um garoto era atropelado, as suas felicidades eram roubadas. E noutro lugar, depois de algumas voltas em redor dos dois túmulos, uma mulher voltava a ser amada, um homem recebia uma herança, um miúdo saboreava um chocolate importado.

Aminah tinha ciúmes de Bibi, do modo como ela tivera a oportunidade de ser mãe e casar com um homem tão bom como o seu irmão Fazal Elahi. Abominava a espontaneidade dela, os cabelos a esvoaçar de um lado para o outro como se não soubessem que faziam parte de uma mulher e acreditassem ser vento a soprar. Não gostava dela, mas não era capaz de lhe desejar mal. Pelo menos, não era capaz de o verbalizar objetivamente, especialmente ali, junto dos corpos dos santos dervixes.

Salim acabou por adormecer, finalmente, e Aminah tirou o mindinho gordo de dentro da sua boca, saiu do santuário, passou por um grupo de dervixes vestidos de branco que rezavam usando sementes de papaia, sentados no chão, e caminhou um pouco. Entrou numa carrinha e dirigiu-se para o centro da cidade. Salim dormia junto ao seu peito.

A loja da sua amiga Myriam ficava numa esquina, num prédio cinzento cheio de cartazes publicitários. Dois macacos andavam a pular pelas varandas e um pavão gritava junto à porta do edifício. Os tecidos da loja estavam dobrados de acordo com as suas cores, os vermelhos junto dos vermelhos, os azuis junto dos azuis, os laranjas junto dos laranjas, os amarelos junto dos amarelos, os verdes junto dos verdes. Aminah gostava dessa ordem.

Myriam estava atrás do balcão, a tratar das unhas com uma pequena lima de metal. Quando viu Aminah, levantou o rosto e sorriu. Salim continuava a dormir.

— Foste ao túmulo dos santos? — perguntou Myriam.
— Fui.

Myriam olhava para a mão, para as unhas pintadas, virava a mão de um lado para o outro, soprava nas unhas. Perguntou:
— Onde está a mãe do miúdo?
— Não sei.
— Tu é que passas o tempo a cuidar do filho dela. Sei que é teu sobrinho, mas aquela cadela tem de se comportar. O teu irmão não faz nada? Se fosse em minha casa, o meu pai já lhe tinha arrancado todos os pecados com a ajuda do cinto.

Myriam voltou a soprar para as unhas. Disse:
— A Shahzana viu-a a caminhar pela avenida com um homem.

— A quem, à Bibi?
— À Bibi.
— E esse homem, quem era? Não era o meu irmão?
— Não. Era um comerciante de gado.
— Não sei o que hei-de fazer. O meu irmão é cego e não me dá ouvidos.
— O Dilawar seria um grande partido para ti.
— O filho do general?
— Claro.
— Pois seria.
— No outro dia, vi a Bibi entrar no carro dele
— Não pode ser. No carro do Dilawar?
— O teu irmão tem de fazer alguma coisa, Aminah.
— Há mulheres que não aprendem.
— Aprendem, Aminah. Têm é de ouvir as pancadas certas. Escuta o que disse o mulá Mossud na última sexta-feira: Não se consegue dobrar uma alma com palavras, mas consegue-se dobrar uma alma com os pés, com as mãos fechadas. Espera, não quero dizer isto de maneira errada, sim, foi assim que ouvi, tenho boa memória, consigo lembrar-me de tudo.

— Pois consegues, a mim isso espanta-me muito.

— O mulá disse que as costelas partidas espetam-se na alma e as pessoas portam-se de maneira diferente. Se queres mudar alguém, foi exatamente assim que ele disse, Aminah, palavra por palavra, começa pelo corpo, que a cabeça vai atrás. A nossa cabeça vai sempre atrás do corpo.

O destino tem muitas caras.
O pescador tinha uma filha

۱۴

O destino tem muitas caras. O pescador tinha uma filha e vendeu--a. Era assim que começava o filme a que Aminah fora assistir. Fiz bem em deixar o mudo a tomar conta do Salim, pensou Aminah, precisava de relaxar. Mas a história triste, cheia de mortes, música, peixes e gente a dançar, deixara-a ainda mais nervosa do que já estava. Ao caminhar de volta a casa, Aminah ficou a saber — era o único tema de conversa nas ruas — que o barbeiro cristão fora assassinado porque cortara a barba a um muçulmano, um homem que se sentara na cadeira da barbearia, diante de um espelho enorme, entre imagens de homens com diversos estilos de penteados e frases religiosas penduradas por todo o lado, tesouras, borrifadores, navalhas e lâminas. Corte-me a barba, disse o homem, e o barbeiro, mesmo sabendo que era proibido fazê-lo, fê-lo. No dia seguinte a ter cortado aquela barba sunita, o barbeiro foi encontrado com a boca cheia de pedras e, se lhe tivessem aberto o estômago, teriam visto que este estava também a abarrotar de pedras. Era isto que as ruas diziam.

Aminah ouvia estas coisas e interrogava-se: porque é que os homens, porque é que estes homens, como o barbeiro, fazem coisas ilegais? Que estupidez. Que Deus os castigue e corrija. Ao fundo, viu um vulto que lhe pareceu familiar, não pela forma, mas pelo modo como se movia. Parecia ser a sua cunhada. A Bibi tem uma forma muito particular de andar, pensou Aminah, só pode ser ela, com aquelas ancas a rebolar e os cabelos a esvoaçar. Acelerou o passo. Acelerou ainda mais. Acelerou outra vez e já quase corria. Era Bibi, tinha a certeza. Caminhava ao lado de um homem que Aminah nunca tinha visto. Seria o comerciante de gado? Ou outro qualquer? Viu-os entrar num prédio de estilo colonial, verde e branco. Ficou parada a olhar para o edifício. Ficou ali durante minutos. Tinha vontade de entrar e destruir o prédio e a adúltera e o negociante de gado. Ficou ali parada, com as mãos fechadas. As pálpebras estavam nervosas e batiam apressadas. Aminah ajeitou o lenço, suspirou e voltou para casa.

O mudo Badini estava sentado no chão a brincar com Salim. Os dedinhos do bebé agarravam os dedos grossos de Badini. Aminah olhou para eles e atravessou-os em direção à cozinha. Badini brincava com Salim e riam-se os dois: havia cócegas envolvidas, dois bonecos de pelúcia, um carrinho de metal, duas bolas coloridas. Aminah pegou numa cebola e começou a cortá-la. Pegou num tacho e deitou os pedaços de cebola lá para dentro. Regou-a com óleo e juntou cravinhos e cominhos, juntou lentilhas e malaguetas, juntou sal e açafrão e ainda sementes de coentros, depois gritou para Badini:

— Onde está a Bibi?

O primo respondeu que não sabia, mas Aminah estava na cozinha e não podia ver as mãos de Badini a falar.

Aminah disse que ele deveria ter uma conversa com o primo, aquilo não podia continuar, ela é que era mãe de Salim, não era a tia, nem o primo, nem o pai.

— Onde está a Bibi? — gritou Aminah. — Onde está a minha cunhada?

Badini não disse nada, porque Aminah estava na cozinha e não poderia ver as suas mãos a falar.

Duas jarras chinesas abanaram quando um pequinês

15

Duas jarras chinesas abanaram quando um pequinês passou a correr pelo corredor. Dilawar estava prestes a sair de casa quando o pai, o general Ilia Vassilyevitch Krupin, o agarrou pelos cabelos. Dilawar caiu para trás, o pequinês ladrava.

— Onde é que vais? — perguntou o general.

Os olhos de Dilawar ficaram húmidos com a dor que lhe saía dos cabelos.

— Vou ao centro.

O general Krupin abriu a mão, soltou-lhe os cabelos, deixou que o filho se levantasse e disse-lhe que as ruas falam, que andava a ouvir coisas de que não gostava. A sua mão esquerda apanhou a cara de Dilawar e espremeu-a, com o polegar enterrado numa face e os restantes dedos na outra bochecha, o dedo médio na orelha, a palma junto ao lábio inferior. Dizia a mão esquerda: ando a ouvir coisas de que não gosto. Dilawar tinha a cara toda torcida. Caiu-lhe uma lágrima pelo rosto amarrotado. O general Ilia Vassilyevitch Krupin levou a mão direita ao bolso, tirou um lenço branco e limpou-lhe a lágrima. Sorriu, abriu a mão esquerda. Dilawar curvou-se, ofegante, apoiando as mãos nos joelhos. O general Krupin esticou o dedo indicador. Não era preciso dizer nada. Dilawar saiu de casa, caminhou até ao jipe, ainda ouvia o pequinês a ladrar do outro lado da porta. O general pegou no cão ao colo e fez-lhe festas na cabeça.

Dilawar tirou as chaves do bolso, entrou no jipe, olhou-se ao espelho retrovisor. Tinha os dedos do pai marcados na cara. Passou as mãos pelo rosto, esperançoso de que aquelas marcas vermelhas pudessem apagar-se assim. Pôs os óculos escuros, mas tirou-os de seguida. Gostava mais de andar sem eles, pois tinha uns olhos azuis que contrastavam com a pele morena e os cabelos castanho-escuros. Ligou o carro e arrancou, abriu a janela e cuspiu para fora. Saiu do bairro onde morava, cheio de casas com muros e quintais, chegou a uma zona de prédios altos e parou em frente do número 16. Bilal estava à porta do prédio, debaixo de uma varanda branca decorada com hexágonos, com as mãos nos bolsos das calças camufladas. Desencostou-se da parede quando viu o jipe aproximar-se e deu dois passos até à estrada. Abriu a porta, entrou e cumprimentou Dilawar.

O dia estava quente. Dilawar levava o braço esquerdo de fora do jipe. Contornou uma rotunda e, chegando ao centro, virou para uma rua estreita, cheia de gente, comerciantes sobretudo, e estacionou uns metros à frente, entre uma venda de livros e uma de kebabs. Saíram os dois do jipe. Para poderem passar, Dilawar afastou umas roupas que estavam penduradas na rua, duas toalhas de turco, uma rosa, outra azul-clara, um lençol branco e uma manta. Entraram numa casa de dois pisos. Uma sala abria-se diante dos dois homens, uma sala carregada de fumo e pequenas mesas redondas, bandejas de metal, copos de metal, cachimbos de ópio e tapetes. Dilawar cumprimentou o dono, um homem de bigode, mas sem barba, cabelo rapado e óculos. Bilal ajeitou umas almofadas para se encostar, Dilawar fez o mesmo, e entregaram-se ao fumo.

A tarde estava a acabar quando voltaram para o jipe. Arrancaram em direção ao rio e pararam num jardim. Duas mulheres foram ter com eles. Bibi estava com uma amiga chamada Novera. Entraram as duas no jipe, que arrancou de seguida, deixando para trás uma nuvem de pó e umas gargalhadas.

Bibi voltou para casa de noite, já Aminah tinha adormecido com Salim ao colo, no chão, aconchegados por três grandes almofadas. Bibi passou por eles, subiu as escadas, passou pelo ressonar de Badini, passou pelo quarto do marido. Teve a certeza de que Fazal Elahi estava acordado. Bibi abriu a porta do seu quarto, despiu-se, deitou-se e adormeceu.

A rua comprida que levava

۱۶

A rua comprida que levava à loja de Myriam era ladeada por figueiras de Bengala, que misturavam as suas folhas — e os seus frutos — com os inúmeros fios de eletricidade e de telefone que cruzavam a rua. Aminah entrou na loja. Myriam dobrava uma manta colorida e não levantou os olhos quando a amiga se aproximou do balcão. Assim, com o rosto caído sobre os seus tecidos, disse:

— A Bibi esteve aqui ontem, a comprar-me tecidos.

Falaram de Bibi, criticaram a maneira de ela se vestir, a maneira de ela se mexer, a maneira de ela fumar.

Amanheceu com nevoeiro e não se viam as montanhas coladas no horizonte, do outro lado

IV

Amanheceu com nevoeiro e não se viam as montanhas coladas no horizonte, do outro lado da janela. Estava tudo branco. Fazal Elahi acordou com o choro de Salim, sentou-se na cama, estremunhado, a esfregar os olhos com violência. Levantou-se apenas quando se sentiu suficientemente acordado para empreender uma caminhada, mesmo que cambaleante, até ao quarto de Bibi. Salim berrava no berço. Elahi olhou para a cama da mulher.

Estava vazia. Onde estaria Bibi? Desceu as escadas para o piso térreo, com muito cuidado, pois eram muito íngremes. A irmã estava a amassar o pão.

— Onde é que está a minha mulher? O meu filho está com fome. Não para de chorar.

— Não está no quarto?

— Se estivesse no quarto, não estaria a perguntar-te por ela.

— Não a vi a descer. Tem de estar lá em cima! — disse, quase a gritar.

— Desculpa, não está, Aminah, deve ter saído sem que tenhas reparado, não se pode reparar em tudo, acontece tanta coisa à nossa volta que até chego a ficar com tonturas.

— Talvez, mas acho difícil. Eu acordo muito cedo e ela costuma...

— Sim, eu sei, mas pode ter saído quando estavas no pátio ou a tomar banho.

— Não estive no pátio nem tomei banho.

— Ou quando limpavas a cozinha ou quando preparavas os ingredientes...

— E ela saía sem comer nada? E para onde?

— Não sei, não sei. Talvez tenha ido ao mercado, as mulheres costumam ir ao mercado, precisam de ir às compras, comprar sapatos, pintura para os olhos, mas só Alá poderá saber, talvez faltasse alguma coisa ao Salim.

— Isso falta, com certeza. Falta dar-lhe de mamar.

— Certo, compreendo, tens toda a razão, mas entretanto é preciso calar o bebé. Talvez possas embalá-lo.

Aminah limpou as mãos a um pano e subiu as escadas. O choro não parou durante mais de uma hora. Elahi também subiu ao primeiro andar para se vestir. Passou pelo quarto de Bibi, onde Aminah tentava desesperadamente calar Salim. Punha-lhe o dedo mindinho na boca, mas isso só irritava mais o bebé. Erguia-o sobre a cabeça, dançava com ele e cantava. Elahi mandou-a calar-se.

— Com licença, já chega um a berrar, não precisamos de mais. Como é que o meu primo consegue dormir com este barulho?

Bateu na porta do quarto de Badini. Como não obteve resposta, abriu-a. O primo ressonava de barriga para cima, uma baleia a respirar à tona da cama. Voltou a fechar a porta e foi para o seu quarto. Vestiu-se e penteou-se, descendo pouco depois. Serviu-se de um chá, comeu pão, doce e frutos secos. Salim continuava a chorar. Foi para o escritório e fechou a porta, pois não conseguia concentrar-se com aquela berraria. Viu e reviu as contas da exportação de tapetes e sentiu-se agastado pelos números. Que resultados ridículos, pensou. E que deprimentes que são os números, sempre tão exatos, a dizerem-nos tudo com precisão, um mais um igual a dois e por aí fora, sem qualquer originalidade. Com licença, se os números fossem uma coisa boa, existiriam na natureza e andariam a pastar pelos campos, mas Alá sabe melhor, pois criou o mundo e a paisagem sem números nenhuns. Só existem na nossa cabeça e nas faturas e nos recibos, todos incisivos, muito abstratos, a olharem para nós de cima, parecem camelos, que Alá os corrija e lhes ensine a humildade. Se fossem alguma coisa de jeito, andariam a pastar como as cabras.

Elahi deu uma palmada na mesa do escritório. Não estava propriamente zangado, mas queria provar a si mesmo que era capaz de dar uma palmada na mesa e mostrar a sua insatisfação no que respeita ao mundo dos negócios. Gostou da sua atitude firme e apreciou ainda mais o facto de ninguém o estar a ver. Não precisava de testemunhas para mostrar a sua inequívoca firmeza. Um gesto em privado é mais honesto. Bateu de novo na mesa, desta vez com um pouco mais de força, mas sentiu alguma falta de convicção, pois abrandou ligeiramente o gesto, mesmo antes do impacto, com receio de se aleijar. Suspirou e pôs as mãos na cabeça, porque o choro de Salim atravessava a porta. Ficou assim uns minutos. Quando resolveu sair do escritório para ir para a fábrica já não se ouvia nada. Subiu as escadas e abriu devagar a porta do quarto de Bibi. Aminah estava sentada na cama a embalar o berço.

— Já dorme? — perguntou Elahi.

— Adormeceu de cansaço. Onde está a tua mulher, irmão? O bebé tem de mamar.

Elahi pôs um chapéu e saiu para a fábrica. Estava preocupado, perguntava-se: onde estará a minha mulher? Onde é que ela poderá estar?

A rua estava toda branca de nevoeiro. Parece neve desfocada, pensou ele.

A caminho da fábrica de tapetes, ao passar

1Λ

A caminho da fábrica de tapetes, ao passar pelo cabeleireiro **O MELHOR DA RUA**, Elahi não pôde, como sempre fazia, deixar de reparar naquele nome perfeitamente desproposital, pois era o único da rua. Lembrou-se de todas as vezes que acompanhara Bibi ao cabeleireiro. Elahi dissera uma vez à mulher que gostaria que houvesse um cerebeleiro, um homem que penteasse pensamentos, cortasse memórias, alisasse as ideias. Fazia falta, não era, Bibi? Accha! Seria tudo mais fácil, não seria, Bibi? Um homem que escanhoasse o nosso ódio todo. Bibi encolheu os ombros, enquanto Fazal Elahi a admirava, olhava para as suas pernas provocantes. Bibi percebia que Fazal Elahi tinha medo de andar ao seu lado. Disse-lhe, certa vez: Já reparaste, Elahi, que os corpos das mulheres não são admitidos, são como aqueles cartazes que dizem que os cães não podem entrar? As mulheres só têm corpo quando estão no hamã, a lavar-se, e quando estão deitadas debaixo do marido, ou quando são espancadas. Aí admite-se que a mulher tenha pernas, mamas e rabo.

Disse Elahi:

— Com licença, comigo podes ter o corpo todo, luz da minha alma, com pernas, mamas e rabo. Alá seja louvado, pois criou a mulher com o corpo todo e não apenas metade. Subhanallah!

Mas, quando Bibi usava roupas ocidentais e andava na rua com os cabelos ao céu, Elahi ficava nervoso, a gaguejar, tinha vontade de andar uns metros atrás dela, para que não reparassem nele e não o censurassem por deixar a sua mulher andar assim nas ruas, como se ela tivesse corpo, ainda por cima o corpo todo, com pernas, mamas e rabo.

Bibi, por seu lado, tinha um prazer genuíno em provocar, não apenas o mundo inteiro mas também Fazal Elahi. Enquanto o marido caminhava a olhar para o chão, Bibi usava um sorriso nos lábios, a condizer com as calças de ganga e com a T-shirt justa do Tweety.

Bibi a caminhar com Elahi desfocado

Onde é que ela estará

۱۹

Onde é que ela estará, interrogava-se Fazal Elahi, enquanto se descalçava à entrada da fábrica.

Fazal Elahi, enquanto criança, trabalhava muito e nunca enganava

۲۰

Fazal Elahi, enquanto criança, trabalhava muito e nunca enganava ninguém, pelo contrário, se o pai exigia determinado preço por um tapete, Elahi chegava a vendê-lo mais barato e depois punha dinheiro do seu para compensar a diferença. Tinha um talento especial, sempre tivera, desde criança, para decifrar as tramas dos tapetes e, mais tarde na vida, percebeu que também era capaz de as inventar com as características dos mais diversos estilos, que incluíam um leque vastíssimo, que poderia ir dos kilim berberes aos tapetes de pelo de camelo do Baluquistão. Elahi percebia, de um modo inconsciente, todas as geometrias de todas as tramas. O pai dizia que era porque andava sempre a olhar para o chão. Na mesquita, não tirava os olhos dos tapetes, nem dos que forravam o chão, nem dos de oração. Quanto aos últimos, Elahi sabia dizer a quem pertenciam sem precisar de olhar para o dono. Tinha na cabeça milhares de tapetes, de cores e de padrões, tapetes com pássaros persas que voavam para dentro do corpo do seu dono, tapetes com romãzeiras mágicas que davam pavões, tapetes com suras, tapetes com fragmentos persas, tapetes com cerejas, tapetes que exibiam o pôr do Sol, tapetes com losangos, tapetes com quadrados, tapetes com mãos, tapetes violentos, tapetes com planetas. Elahi pensava: está ali a vida, com as cores que lhe pertencem, com o seu padrão. Accha! Se pudéssemos juntar todos os tapetes que existem, teríamos o universo.

A fábrica de Fazal Elahi funcionava com apenas catorze empregados e duas carrinhas de distribuição. A inclinação do telhado não deixava apodrecer o pão e as janelas da frente eram enormes. No teto via-se uma grande seta, que apontava para Meca. O chão estava coberto de tapetes, e o mesmo acontecia com as paredes.

Era assim todos os dias: Elahi atravessava a fábrica, da porta — onde deixava os sapatos — até ao seu escritório, uma saleta de sete metros quadrados, sendo benevolente com as medidas. No caminho, cumprimentava todos os empregados, um a um, salam alaikum, alaikum assalam, salam alaikum, alaikum assalam, salam alaikum, alaikum assalam. Na porta do seu escritório lia-se, com simplicidade mas em várias línguas — em urdu, em árabe, em francês, em punjabi, em inglês, em farsi:

FAZAL ELAHI — TAPETES.

Era assim todos os dias: Elahi sentava-se na secretária a rever as encomendas, a rever as contas, a imaginar padrões, a observar amostras. O escritório era um caos de pequenos pedaços de tarja, linhas e novelos e amostras de corante, e a secretária estava sempre submersa em papéis quadriculados.

No dia que começou com a ausência de Bibi, quando Elahi regressou a casa, vindo da fábrica, esperavam-no duas visitas: o mulá Mossud e o general Ilia Vassilyevitch Krupin, que não era general nenhum, era apenas um contrabandista russo que se aproveitara da guerra para fazer algum dinheiro com o ópio e com a venda de armas. Além disso, era um homem que gozava dos favores de Alá. Curara-se de uma paralisia com uma peregrinação à tumba do pir Azizi e andava sempre vestido com a cor da cereja, em honra do santo que o fizera voltar a andar. Fazal Elahi cumprimentou-os com todas as fórmulas de cortesia. O mulá Mossud desfiava as suas contas de prata enquanto Elahi pedia que Aminah servisse um chá e alguns doces. Discretamente, perguntou à irmã pela mulher. Onde está a Bibi? Aminah abanou a cabeça. Fazal Elahi fechou os olhos com força durante alguns segundos. Abriu-os lentamente enquanto inspirava e perguntou, muito baixinho, pelo primo e a irmã disse-lhe que Badini estava no quarto. Claro, pensou Fazal Elahi, o seu primo fazia os possíveis para evitar estar no mesmo espaço que aqueles dois homens, Badini costumava dizer que

57. Quanto menor é a alma de um homem, mais espaço ela ocupa. Não há espaço para ninguém ao seu lado.

Ninguém se senta ao lado do mulá ou de Vassilyevitch Krupin sem se sentir apertado.

— Tens de dar uma cereja ao teu primo para ele voltar a falar — disse o general.

— Com a graça de Alá, ele fala — respondeu Elahi.

— Sim, mas só com as mãos.

— As mãos é que fazem coisas, não é a voz, pelo menos eu acho que não é a voz, não posso ter a certeza, que certezas só Alá é que tem. Quando é preciso descascar uma banana, usamos as mãos e não o som, não serve para nada o som. Não é assim, general Krupin? Não me olhe assim, estou a ser sincero, desculpe. O meu querido primo, gosto dele como meu irmão, em tudo o que faz está a falar, pois todos os seus gestos são palavras. Accha, não há diferença entre a voz e o ato, como acontece tão frequentemente por aí, basta olhar para aquele ministro, como é que se chama? Não me lembro, adiante, que Alá os castigue, dizem que fazem e depois não fazem, ou pior, cometem desgraças, umas atrás das outras. O meu primo, que é para mim um irmão, talvez mais do que um irmão, eu nunca tive um irmão homem, não posso saber, mas adiante, quando o meu primo descasca uma fruta, não a descasca simplesmente, como nós fazemos, quando usa a faca está a falar com as maçãs e as mangas e os marmelos, porque as suas mãos são frases, são discursos.

O general Ilia Vassilyevitch Krupin fez um gesto de enfado e disse:

— Em todo o caso, devia comer uma cereja.

— Com licença, general, o meu primo todos os anos visita a cerejeira de Tal Azizi, que árvore bonita, que milagre. Deita-se debaixo dela, mas diz que aquela árvore é como toda a religião: só nos impede de ver o céu.

O general Krupin ficou vermelho e irado. Começou a gritar com Fazal Elahi. Mossud também mostrou o seu incómodo, remexendo as suas contas.

— Perdão, general Ilia Vassilyevitch Krupin, perdão, não tinha intenção de o ofender, e a si também não, mulá Mossud, que Alá os proteja por muitos anos até à consumação dos séculos, eu nem concordo com o meu primo, não sei o que me deu para deixar sair estes pecados da boca, repeti as palavras do meu primo, mas sei que são erradas.

— Completamente erradas. O mundo tem de tomar cuidado com o que diz.

O mulá Mossud e o general Ilia Vassilyevitch Krupin

— Eu estou sempre a avisá-lo, general — concordou Aminah, enquanto servia o chá.

O general clareou a garganta, amaciou-a, e olhou para Fazal Elahi, que ainda estava de pé, com o chapéu na cabeça.

— Bom, mas o motivo da nossa visita é triste e muito sério.

— São más notícias? Tenho sempre os nervos em pânico.

— São péssimas — disse o general Krupin. — Lamento ser portador de notícias destas, mas espero que saibas perdoar o mensageiro. Dói-me ter de te comunicar que a tua mulher fugiu com outro homem. Deus a castigue!

Mossud bebeu um gole de chá.

— É como diz a canção — disse Aminah, quase a gritar. *— Há dois tipos de serpentes / as venenosas, que matam com um beijo / e as outras, que matam com um abraço. / E há as mulheres que reúnem os dois tipos.*

Elahi não sabia esconder o seu nervosismo. Começou a tremer e Aminah agarrou-o para que ele não caísse. Tirou-lhe o chapéu e abanou-o junto à cara do irmão. Elahi disse que estava bem e mandou-a sair.

— Com licença, outro homem? — perguntou, com a voz a esvair-se pela boca e a perder-se pela sala, pelo chão.

— Outro homem — confirmou o general Krupin, derrubando um copo de chá. — Outro homem.

— Eu avisei — disse o mulá. — Ela andava com aqueles cabelos a provocar o Deus infinito. Não era uma víbora, era uma mulher. E um homem deve saber curar esse defeito. É para isso que se usa cinto, não é para segurar as calças.

— Que homem? — perguntou Fazal Elahi.

— Ninguém sabe — respondeu o general Ilia Vassilyevitch Krupin.

Os olhos de Elahi ficaram sem olhar nenhum a sair deles.

Havia uma espécie de penumbra branca a toda a sua volta, que o abraçava como um cobertor caído em cima da cabeça.

— As mulheres — continuou o mulá — usam roupas justas e T-shirts e cabelos soltos como pássaros, e os homens não conseguem controlar-se. É preciso derramar sangue para impor o recato e o pudor. Eu não hesitaria em castigar os meus filhos se isso fosse para o seu bem. Prefiro espancá-los até as suas costas se desfazerem em sangue do que deixá-los cometer heresias ou enfiar os dedos na tomada elétrica.

Fazal Elahi sentou-se no chão, de pernas cruzadas, destroçado. Sentia o corpo a ficar mole e sem controlo. Lembrou-se de como costumava ficar a manteiga no Verão, sempre tão líquida, tão amarela. Tentou dizer alguma coisa, mas os lábios começaram a tremer outra linguagem, ouviu soltar-se um som da sua boca, mas não reconheceu nenhuma palavra. Saiu da sala e subiu as escadas para o quarto sem dizer mais nada, nem desculpe, nem com licença. Aminah embalava Salim e, quando viu o irmão passar por ela, tão desfigurado, começou a chorar. Elahi trancou a porta do quarto, deitou-se na cama, desatou a rir de infelicidade e adormeceu logo de seguida.

Bibi deixara

٢١

Bibi deixara aquela casa e o marido, fugindo para o Afeganistão ou para a Índia ou para o Irão ou para a Europa, ninguém sabia ao certo, mas, tal como é costume nestas ocasiões, os boatos valiam mais do que os factos. O que é certo é que Bibi passou a usar os seus cabelos soltos e as suas canções populares — canções em que Deus vive dentro de garrafas — longe de Salim. Não o veria crescer e ele não se recordaria do olhar vago da mãe nem das canções que cantava nem do cheiro a manga dos seus cabelos nem do barulho que as suas pulseiras faziam quando andava pela casa. Bibi jamais voltaria a sentir o olhar que Fazal Elahi arrastava pelo chão como uma cauda de tartaruga. Saiu a meio da noite sem olhar para o filho que dormia no berço, nem para as montanhas para lá do vidro da janela. Descalça, desceu as escadas demasiado íngremes, abriu a porta da rua e desapareceu. Para a família, que ficou sem ela, era como se estivesse morta pela vida fora.

No seu desgosto, Fazal Elahi passou a chamar à romãzeira do pátio onde se tinham casado a árvore das mentiras, à sombra da qual tantas coisas tinham sido sussurradas e à sombra da qual se tinham projetado tantas felicidades ditas com palavras baixinhas (que têm mais significado). A sombra da árvore fora afinal uma sombra sobre o seu futuro. Uma mancha perfeitamente sem luz. Elahi sentia o seu corpo a separar-se todo, farto de ser uma espécie de unidade. Bocados de si viravam as costas uns aos outros e afastavam-se sem olhar para trás. Tinha ainda de passar pela vergonha do abandono da mulher, e Aminah gritava-a aos seus ouvidos constantemente.

— Os caminhos são mais longos — disse um dia Elahi — para quem está sozinho. Que dizes, não estou o quê? Estou, primo, estou, a minha sala demora agora mais a atravessar, apesar de eu sentir que é um compartimento demasiado apertado, que o mundo é demasiado estreito. Alá criou o infinito para os filósofos e uma despensa para mim, uma divisória ainda mais pequena do que o meu escritório, é tão pequena que quase não dá para respirar e, no entanto, é tão difícil atravessá-la de um lado ao outro. Que infelicidade. Os dias esticam e ficam mais longos, o relógio diz que não, mas, com licença, o que sabem os relógios sobre a alma humana? Não sabem nada, Alá me perdoe. O tempo demora mais a passar, muito mais, é assim que se sofre. Quando se está feliz, esse mesmo tempo passa a correr, parece que vai atrasado para uma festa, mas, se vê uma lágrima, para e fica a ver o acidente, dá voltas à nossa desgraça e não anda para a frente como os relógios dizem que ele faz. O nosso bairro é enorme, primo, e a rua é impossível de atravessar, de tão pequeno que tudo se tornou. Estou sozinho.

— Tu não estás
sozinho.
E pior
do que ela ter fugido,
teria sido se ela
não tivesse fugido — disse o mudo.

Badini abriu o livro *Fragmentos persas*, que sempre o acompanhava juntamente com o caderno, e disse para Elahi ler, em voz alta, a passagem que ele apontava:

34. Disse Ali: Não é a falta de pessoas à nossa volta que faz a solidão. São as pessoas erradas.

Fazal Elahi afastou o livro, irritado, olhou para o berço e para o filho e teve pena de que, com apenas meses, o menino já não tivesse mãe. Aminah tremia de raiva ao seu lado. Pegou no bebé e anunciou:

— Vou ser a mãe que a outra não foi.

Encostou-o ao peito enquanto os dois homens saíam do quarto. Na semana seguinte, Aminah reparou que as suas mamas pingavam leite. Espremeu os mamilos para tirar uma gota que, de imediato, passou pelos lábios. Ficou muito feliz. Pegou em Salim e deu-lhe de mamar.

Ficou com os dedos todos

٢٢

Ficou com os dedos todos enrugados, pois passara demasiado tempo debaixo de água, no banho. Fazal Elahi olhou para os dedos e esfregou-os. O rádio estava ligado, pendurado num cabide, e deixava sair as notícias do dia: a meteorologia esperava céu nublado; o primeiro ministro discursou defendendo as minorias religiosas do país; comentário sobre o caso do barbeiro assassinado por ter cortado a barba a um sunita; a luta contra o tráfico de heroína e contra a corrupção foram tornadas prioridades pelo Governo; Nouman R. foi contratado pela equipa Black Kraits; Zafar Ali caiu do cavalo e morreu de imediato numa partida de polo; o jardim zoológico adquiriu mais um tigre e três crocodilos; Saqib Baloch, fabricante de olhos de vidro e pernas postiças, foi acusado de sodomia e destituído das suas funções de ministro; Wajeeha Gopang teve o seu décimo segundo filho, um rapaz, que nasceu com seis quilos e seiscentos gramas; uma leitura de alguns hadith; uma publicidade a champô anticaspa; horários dos comboios internacionais; uma música tradicional do Baluquistão cantada por várias mulheres em polifonia; tensão política em Samarcanda; uma citação de Tal Azizi; publicidade a cerejas miraculosas; descobertas pegadas de dinossáurios junto à fronteira com a China, estes animais extinguiram-se há mais de duzentos milhões de anos, talvez devido ao choque de um cometa, mas são muitas as teorias; comentário sobre o colonialismo, a que acresce um episódio histórico de uma sentença de morte, no século xix, em Inglaterra, em que um homem tentou suicidar-se cortando a garganta e, como o suicídio era punido com a morte, que ironia, foi condenado à pena capital, e a lei dizia que seria por enforcamento, e, quando o penduraram, a ferida da sua tentativa de suicídio abriu e ele conseguia respirar através dela, resultado, como não o conseguiam matar, tiveram de o tirar do cadafalso e sufocá-lo; mais uma música tradicional, desta vez uzbeque; mais publicidade a cerejas miraculosas.

Fazal Elahi saiu com cautela da casa de banho, pois tinha pânico de cair, de escorregar com os pés molhados, de partir o fémur e ter de ficar na cama, sem se poder mexer durante meses para evitar ser operado. Elahi abominava a possibilidade de um dia se ver na sala de operações, temia, acima de tudo, a anestesia, receava perder algumas das suas capacidades cognitivas, a sua capacidade para reconhecer e avaliar tapetes ou algumas das suas memórias. Pegou na toalha e secou os cabelos. Com um pente de plástico azul penteou o cabelo e a barba. Poisou o pente numa cómoda que tinha dois candelabros, um com uma vela muito torta, o outro sem vela nenhuma. Vestiu umas calças de tecido sintético, azuis, calçou umas meias com fios dourados, calçou uns sapatos luva, beges e bicudos, vestiu uma camisa cor de laranja, com uns colarinhos enormes e ligeiramente transparente. No bolso esquerdo lia-se a marca: **Tigershirts** 🐯. Elahi guardou o tabaco nesse bolso, abriu a janela para arejar o quarto, sentiu o ar frio e o cheiro dos escapes, o cheiro dos carros movidos a álcool, nauseabundo, pensou ele, e desceu as escadas para o piso térreo, devagar e com cuidado. As escadas eram muito íngremes.

O maior problema de Fazal Elahi ter sido abandonado fora o facto de Bibi não o ter abandonado completamente, com eficiência. Elahi ainda via os cabelos dela a dançarem pela sala e podia ouvir distintamente a sua voz a cantar ao som das músicas pop que ela gravava em cassetes.

Uma pessoa abandona uma casa, mas a casa não abandona a pessoa. Pelo menos, não com a mesma facilidade. Uma casa demora mais tempo a libertar as pessoas das suas paredes. Os hóspedes são os seus pensamentos e a arquitetura não abdica disso.

Cada vez que os cabelos negros da mulher preenchiam o mundo à sua volta, Fazal Elahi revoltava-se e amaldiçoava-a. A ela e ao homem com quem fugira.

— Tens de olhar para os homens

como se olha para um terramoto — disse Badini com as mãos. Tirou o livro *Fragmentos persas* da bolsa que trazia a tiracolo e deu-o a Elahi para que este lesse a passagem:

160c. — O que é que aconteceu? — perguntou o xeique Yunus quando Zakariyya apareceu em sua casa com os olhos negros e o nariz desfeito.

— Ontem passeava com o meu amigo Jawdah quando começou a chover. Corremos a abrigar-nos e rimo-nos, pois ficámos completamente encharcados. Pouco depois, mal o tempo melhorou, fomos para casa. Eu fui ao terraço pendurar as minhas roupas, todas molhadas, pois já estava sol. Por coincidência, o meu amigo passou na rua nesse momento, depois de se trocar. Ao passar por baixo do meu estendal, caíram-lhe uns pingos na cabeça. Pensou que estava a começar a chover outra vez, mas eu chamei-o. Quando ele percebeu que os pingos eram da minha roupa, ficou furioso. Insultou-me, subiu as escadas para o terraço e agrediu-me. Um homem suporta muita água, desde que ela venha dos céus, mas é incapaz de suportar umas gotas se elas vierem de um estendal. Nenhum homem dá socos no céu, mas as pessoas ao nosso lado são mais fáceis de culpar. Com um terramoto ninguém fica furioso, mas se eu abanar alguém sou agredido.

— Os homens — disse o xeique Yunus — deveriam olhar para os outros homens como se eles fossem uma nuvem ou um terramoto. Era assim que se acabava com os furiosos.

— Compreendo o que me queres dizer, primo. Mas não consigo evitar, peço desculpa, sou assim, é difícil ir contra a nossa própria natureza. Mas acontece pior, algo mais grave, que talvez ainda não tenhas reparado. Com licença, primo, já viste que esta casa está ensopada de Bibi? Ainda a vejo por todo o lado, Alá me ajude. Deveríamos queimar a mobília ou oferecê-la aos pobres?

Badini sorriu.

— Não é preciso.
O tempo
queima todas as mobílias.

— Deveria pensar que tudo isto é a vontade de Alá e evitar culpar a adúltera?

Badini arrumou o livro *Fragmentos persas* na bolsa. Depois, virou-se para Elahi e repetiu com as mãos:

— Devemos olhar para os homens
como se olha para um terramoto.

Fazal Elahi ficava muitas vezes parado entre gestos, com as mãos perdidas

٢٣

Fazal Elahi ficava muitas vezes parado entre gestos, com as mãos perdidas, com os olhos vazios, a lembrar-se de Bibi, a tentar gastar todas as memórias que tinha dela, à espera de que elas caíssem na terra como os frutos podres e os dentes e os cabelos. Havia lembranças de Bibi em todo o lado, atrás dos móveis, na loiça da cozinha, na romãzeira. Lembranças assim:

Quando Fazal Elahi começou a namorar com Bibi, ela deu-lhe a mão e Elahi achou estranho, quando Fazal Elahi começou a namorar com Bibi, ela abraçou-o e Elahi achou estranho, quando Fazal Elahi começou a namorar com Bibi, ela beijou-o e Elahi perguntou: Já viajaste muito, desculpa não saber nada, minha florida Bibi, é assim que se namora no estrangeiro? Ela disse que sim. Disse que noutros países os casais de namorados iam ao cinema, viam filmes de ação, viam comédias, e davam beijos na boca, andavam abraçados na rua. Disse que os homens respeitavam as mulheres e as deixavam ter corpo para sair à rua. Elahi perguntou-lhe: Mas, ó jardim dos meus olhos, se os homens dão beijos na boca das mulheres antes de se casarem, como é que respeitam as mulheres? E Bibi repetiu que sim, que no estrangeiro os homens respeitam as mulheres. E Elahi disse que não percebia, pois no estrangeiro o homem casa-se com a mulher depois de experimentar a mulher, depois de saber como é o seu corpo, as suas ancas, os dedos dos pés. Com licença, Bibi, como é que pode haver respeito assim? Ó luz da minha alma, nós aqui, como bem sabes, não fazemos nada disso e não vemos o assunto dessa maneira errada, a mulher para nós é só espírito, não tem corpo, não nos casamos com pernas e com mamas, casamo-nos com o que está lá dentro. E Bibi disse: Não sejas ridículo, Fazal Elahi, aqui casamo-nos por interesses, por sangue familiar, por dotes. As pernas e as ancas fazem parte da mulher, olha aqui (Bibi segurava as nádegas com ambas as mãos), ninguém é só espírito.

Fazal Elahi decidiu que teria de se livrar de algumas das coisas que mais evocavam as lembranças dos momentos que passara com Bibi. Começou por deitar fora pequenos objetos, caixas, bilhetes, fotografias. Ao deitar no lixo algumas destas coisas, olhou para o carro japonês que Bibi quisera que ele comprasse para a levar a passear. Tinha de o vender, aquilo não era um veículo, era uma armadilha de memórias, ainda por cima demasiado grande para caber no lixo. Deita-o fora, disse Badini, mas Elahi respondeu que nem pensar, que aquilo não cabia no lixo, era imensurável, e acrescentou que conhecia um negociante de automóveis que era amigo da família, e que, com certeza, daria um preço justo por aquele carro que estava como novo, até parecia que não conhecia o litoral e nunca tinha sido estacionado numa praia a ver o pôr do Sol enquanto se comia marisco.

Fazal Elahi conduziu para o centro com a janela aberta e com o rádio ligado. As suas memórias misturavam-se todas e o cheiro dos plásticos, dos estofos, tudo aquilo estava cheio de Bibi, até a música que passava na rádio, *Is it me you're looking for?*, etc. Fazal Elahi insultou o vento e fechou o vidro, porque esse mesmo vento lhe recordava os cabelos da adúltera. Lembrou-se da ocasião em que, por causa de Bibi, Badini perdera um poema que havia escrito. Acontecera porque Bibi, mal entrava no carro, abria a janela e fechava os olhos e ria, enquanto o vento fazia tudo ondular. Badini estava com eles no carro, sentado no banco de trás e, na chapeleira, levava uns poemas que havia escrito nuns folhetos de publicidade. Estava um dia quente e a janela aberta era só vento. Bibi cantarolou uma das suas músicas preferidas, *like a virgin / touched for the very first time / like a virgin / when your heart beats next to mine,* etc. seguida de algumas das músicas populares que tanto envergonhavam Elahi. Um dos folhetos de publicidade em que Badini escrevera os seus poemas voou pela janela. Fazal Elahi travou bruscamente. Pretendia sair e correr atrás do folheto voador, mas Badini impediu-o, deixa estar, disse ele com as mãos. Agarrou-o pelo ombro, e o primo acedeu, pensando que não devia ser muito importante, mas perguntou: Que poema era? Era o do peixe, respondeu Badini. Esse é um dos meus preferidos, disse Elahi, vou correr atrás dele. Badini agarrou-o pelo kameez e repetiu com as mãos que não valia a pena. Elahi pensou: deve tê-lo escrito noutro lado ou memorizado. O do peixe não se esquece.

Continuaram o passeio, olhavam a paisagem, levavam na cara com o vento que cheirava a manga depois de passar pelos cabelos de Bibi. Badini guardou os outros folhetos dentro da sua mala de couro, pois Bibi não fechou a janela, apesar de Elahi ter ordenado que o fizesse: Fecha a janela, Bibi, romãzeira da minha vida, desculpa, mas não podemos perder mais poemas, sei que pareço tolo, mas a poesia não deve ser atirada fora desta maneira, só Alá sabe o que se perdeu naquele folheto. Nem pensar, disse ela, estamos a passear, para estar fechada ficaria em casa.

Um mês depois, Fazal Elahi lia o jornal na cozinha quando viu, numa página de cultura, o poema do folheto que voara, o do peixe — quem o poderia esquecer? — assinado por outra pessoa. Tinha ganhado um prémio e tudo, uma viagem ao litoral. Obaid Kuta — Elahi nunca mais se esqueceu do nome daquela espécie de ladrão — havia apanhado o papel e participado com os versos num concurso de poesia. Fazal Elahi ficou furioso, correu para as escadas, subiu até ao quarto do primo, acordou-o. Mostrou o jornal a Badini, enquanto batia com as costas da mão na página em que fora publicado o poema.

— Temos de reclamar, por Alá, temos de desmascarar este ladrão de poesia — disse ele. Mas Badini mandou-o calar com os seus gestos. Pegou no jornal, leu o texto, sorriu e disse:

— Fico muito contente que o meu poema
tenha conseguido aquilo que desejava.

Fazal Elahi estacionou o carro. Olhou para ele. Está cheio de memórias, pensou, e passou a mão pela carroçaria brilhante e imaculada, amarela como o Sol — tinha lavado o carro antes de sair de casa para o valorizar, pois normalmente mantinha-o sujo e cheio de pó para amenizar a cor e tentar passar um pouco mais despercebido.

Ainda deve valer um bom dinheiro, pensou.

Aos três anos, Salim ainda não sabia

۲۴

Aos três anos, Salim ainda não sabia falar. Aminah preocupava-se, mas Elahi achava normal. É um rapaz ponderado, sai ao meu primo, que também é silencioso da fala. Ouve antes de começar a falar, disse Fazal Elahi. Em breve falará e dirá o que tiver a dizer.

Elahi gostava de passar ao de leve pela vida e de não arranjar problemas, como uma parede ou aquele espaço entre as coisas importantes. Um esconderijo, pensava Fazal Elahi, é aquilo que não nos deixa aparecer, não nos deixa ser vistos. Tal como a modéstia. A modéstia é um esconderijo. E nem a morte, se formos suficientemente modestos, nos consegue ver.

— Eu é que alcanço a aniquilação dos ascetas — disse um dia Fazal Elahi, enquanto engraxava as suas botas de couro. — Fico completamente absorto do mundo e das suas coisas, glória a Alá, isso faz-se com a modéstia, é isso, não é, primo? Com licença, quando somos humildes transformamo-nos em paredes e nada nos distingue daquilo que nos rodeia, ficamos emaranhados na paisagem, é isso mesmo, emaranhados, é essa a palavra, como se fôssemos feitos da mesma matéria do mundo, e não este monte de sofrimento que anda aqui a envelhecer.

Não é nada disso, disse Badini, escrevendo numa folha. Fazia isso sempre que queria dizer algo mais complexo ou mais longo. Tirava o caderno da mala de couro castanho que usava sempre a tiracolo e começava a escrever a lápis. Humedeceu o bico do lápis na língua antes de começar a escrever:

Al Fanaa, a aniquilação, é como um enterro, as carnes tornam-se terra e nada distingue uma coisa da outra, até que um dia nascem flores dessa terra. Al Fanaa é a mesma coisa, mas só com o espírito, que se enterra em Alá e perde-se lá no meio, nada distingue a alma individual da eternidade, e um dia nascem flores dessa falta da terra. Sobretudo, Al Fanaa é mergulhar nas águas para ser o oceano, em vez de mergulhar nas águas para ser uma gota a desaparecer.

— Não encontro diferença nenhuma. Eu enterro-me na vida, desapareço nas coisas, nos acontecimentos. Faço isso, não faço? Se calhar não faço muito bem, mas tento, Alá é minha testemunha.

Aminah entrou na sala com Salim nos braços. Dizia-lhe todas as palavras que sabia, especialmente as suras, que sabia de cor, que recitava como chuva a cair nos ouvidos da criança. Badini ria-se.

— Há tempo para tudo — disse com gestos.

— Ele falará quando tiver alguma coisa para dizer. Não te preocupes, irmã — disse Elahi, preocupado.

Salim correu para os braços de Badini, que, deitando-se no chão, o levantou como se a criança fosse o céu por cima da sua cabeça. E era-o, realmente. Entretanto, coçou as pernas, deixando Salim suspenso no ar, agarrado apenas por uma mão. O rapaz ria e fazia sons com a boca, os lábios a tremer, imitando um avião: sdfgsdfghhhgggg, dfgghghhhhggggg, dghhhhfghggggg.

Em parte, Elahi tinha razão: Salim começou a falar pouco tempo depois. Mas não era nada ponderado. Nem a falar nem a agir.

Tudo o que havia em cima

٢٥

Tudo o que havia em cima da mesa era atirado ao chão: os copos, os talheres, as jarras com flores de plástico, as toalhas, os guardanapos, as panelas, a comida, a bebida, a paciência, o saleiro, o pimenteiro, o frasco do óleo picante, as velas, as cartas, as contas para pagar, as canetas, o naan. Salim batia com as mãos na mesa e gritava. Parecia a Elahi que tudo berrava: os móveis, as paredes, o chão. Salim esbracejava, limpando a mesa de tudo o que ela pudesse ter em cima. Salim ria sempre que ouvia os objetos cair no chão. Salim ria muito alto, de um modo tão pouco natural que até assustava. Parecia haver uma ligação secreta entre aquela estranha alegria e o chão, como quem já sabe ou intui que o chão é o fim último de todas as coisas, que é lá que, mais tarde ou mais cedo, tudo vai parar. Salim ria como se o soubesse, como se a única coisa que houvesse a fazer fosse rir-se da tragédia. Vai tudo parar ao chão, dizia o riso de Salim. Na cabeça de Fazal Elahi, as gargalhadas do filho confundiam-se com louça a partir e com tudo aquilo que a vida tem de mau. Aminah repreendia Salim, mas muitas vezes achava-lhe graça, deixava-se contagiar pelo riso da criança. Fazal Elahi perdia a paciência e, por vezes, para não bater no filho, batia na irmã. E aquilo gerava uma mecânica estranha, pois Salim, ao ver Aminah ser castigada quando ele se portava mal, ainda ria com mais intensidade.

Na rua, se Elahi dizia ao filho para não matar as aranhas, que elas dão sorte, Salim pisava-as com os pés fazendo uma espécie de dança.

Na rua, Salim gostava de se despir enquanto o pai tentava evitar que ele tirasse as roupas.

Na rua, Salim atirava tudo o que podia contra todas as pessoas que estivessem ao seu alcance. Fazal Elahi passava o tempo a desculpar-se. Dizia baixinho, quase num murmúrio que se repetia a cada passo:

Desculpe... desculpe...

E esta palavra era uma espécie de corda, de cordão umbilical, desde que saía de casa até voltar:

Desculpe... desculpe... desculpe... desculpe... desculpe... desculpe... desculpe... desculpe... desculpe... desculpe... desculpe... desculpe... desculpe... desculpe... desculpe... desculpe... desculpe... desculpe...

desculpe... desculpe... desculpe... desculpe... desculpe...

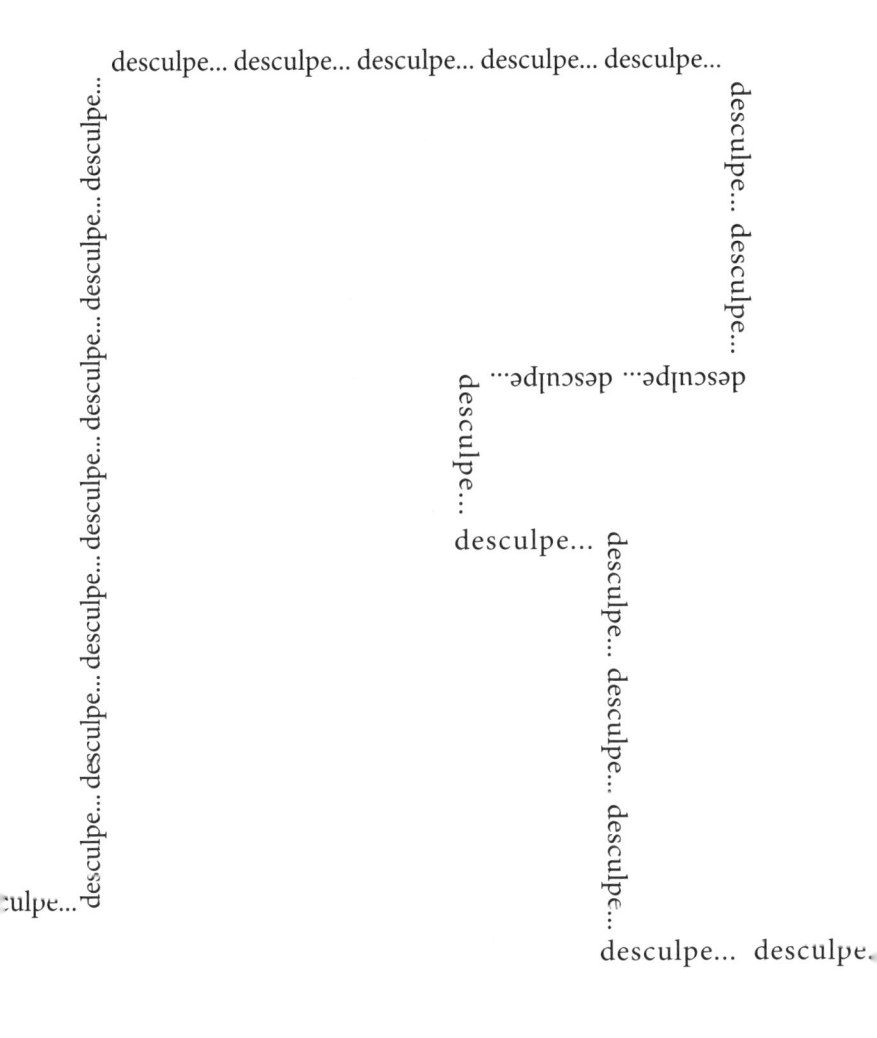

desculpe... desculpe...

desculpe... desculpe... desculpe... desculpe... desculpe... desculpe...

desculpe... desculpe...

desculpe...

desculpe...

desculpe... desculpe... desculpe...

desculpe...

desculpe... desculpe...

desculpe... desculpe...

desculpe... desculpe... desculpe...

desculpe... desculpe...

desculpe... desculpe... desculpe...

desculpe... desculpe...

desculpe... desculpe... desculpe... desculpe... desculpe...

esculpe... desculpe...

Na rua, Salim tentava fugir sempre que podia. Corria para o meio da estrada e ficava parado, com a cabeça para baixo, a olhar para o chão ou para os pés, enquanto os carros se aproximavam. Fazal Elahi corria para o agarrar, pegava nele e batia-lhe nas mãos ou no rabo ou na cara, e Salim ria. Isso era o mais frustrante para Elahi: saber que, o que quer que fizesse, Salim acabava sempre a rir. Um riso que parecia encenado, não parecia sincero.

Na rua, as pessoas ficavam a olhar para eles.

Fazal Elahi não sabia viver com isso. Badini achava tudo normal, dizia que as crianças eram assim, que eram fases. Aminah não sabia o que pensar. Quando Badini dizia que era normal, ela concordava, quando Fazal Elahi se preocupava, ela chorava. Retorcia as mãos e olhava para Salim cheia de compaixão, imaginando que aquela criança poderia vir a ser um atrasado ou um assassino ou um sodomita ou, pior, um infiel.

Elahi costumava caminhar com o filho junto ao rio. Era um momento que Fazal Elahi sabia apreciar. Gostava de caminhar de mãos dadas com Salim. Por vezes paravam quando apareciam outras crianças, e Elahi deixava que o filho brincasse com os outros e ficava a ver, enternecido. Um dia, viram uma criança atirar pedras contra um carro acidentado, destroçado pelas chuvas e pela ferrugem e pelo esquecimento. Uma das pedras que o rapaz atirou acabou por acertar na cara do irmão mais novo, que começou a chorar. O ferimento não era grave, mas a mãe aproximou-se, pegou no filho mais novo ao colo e repreendeu o outro. Fazal Elahi e Salim permaneceram de mãos dadas a observar. De repente, a criança que ferira o irmão e que se mantivera cabisbaixa desatou a chorar. A mãe percebeu que ele estava genuinamente preocupado com o que havia feito, que existia ali um enorme sentimento de culpa, de dor pelo que fizera ao outro. Então a mãe agarrou-o, disse-lhe que não fora nada, que estava tudo bem, que não deveria voltar a atirar pedras ou que, se o fizesse, deveria ter mais cuidado para não acertar em ninguém. Salim riu-se muito alto. Fazal Elahi tentou calá-lo, sem sucesso. A mulher afastou-se com os filhos, enquanto Fazal Elahi tentava segurar Salim, que queria baixar-se para apanhar uma pedra e atirá-la contra a mulher e os dois rapazes.

Contava-se que Ilia Vassilyevitch Krupin, quando era um jovem militar, passava

۲۶

Contava-se que Ilia Vassilyevitch Krupin, quando era um jovem militar, passava de carro por uma rua de Cabul quando uma criança, a simular uma arma com a mão, fingira disparar contra os soldados que passavam, ratatatatááá, ratatatatááá. Os soldados riram-se, empunharam as suas armas e fingiram, por sua vez, disparar contra a criança. Com a boca imitaram o barulho das metralhadoras, ratatatatááá, ratatatatááá, ratatatatááá. O jovem Krupin fazia a mesma coisa que os outros soldados, ou seja, empunhava a arma, mas não lhe saía onomatopeia nenhuma da boca ao segurá-la. Enquanto todos se riam e a criança continuava a fingir que disparava, ouviu-se uma rajada, um ratatatatááá mais realista do que os outros ratatatatáááááás. A criança tombou, caiu para trás, com o corpo desfeito.

Já ninguém se ria, exceto Krupin, que guardava a sua arma.

Fazal Elahi ouviu esta história muitas vezes, contada por muita gente, mas também pelo próprio general, como acontecera na tarde em que decidira fazer-lhe uma visita de cortesia, acompanhado por Salim. Dizia Krupin que aquilo mostrava a diferença entre os homens: os que são e os que imaginam. Ele orgulhava-se de pertencer aos primeiros.

— Só existimos — dizia ele — quando fazemos.

Fazal Elahi começou a ficar agoniado, sentiu uma coisa a subir-lhe pela garganta, não sabia o que era, tentou empurrar com naan, ficou pior. O general voltou a contar a história com todos os pormenores, com o sangue a saltar, com o sangue a escorrer, com a cabeça do rapaz a desaparecer para sempre. Fazal Elahi dobrou-se sobre si mesmo e, agoniado, começou a vomitar sobre os tapetes da sala de Krupin. Caril, arroz, frango, ervilhas, cebola e pimentos. Aquela história sempre o impressionara, mas naquela tarde, enquanto a ouvia ser contada pelo próprio general, imaginou que o rapaz morto pela bala era Salim. Imaginou todos os pormenores, primeiro a ingenuidade da brincadeira, depois o medo, as pupilas a dilatarem-se, o sangue a brotar como um pôr do Sol, o corpo a cair, a cara fixa no carro que se afasta, o rosto desfigurado, nenhuma explicação razoável. Fazal Elahi levantou-se, atrapalhado, disse que tinha comido alguma coisa que lhe caíra mal. Prestou-se a limpar aquela porcaria, mas o general mostrou-se ofendido: limpar é para as mulheres. Fazal Elahi corrigiu-se de imediato:

— Oferecer-lhe-ei um tapete muito melhor do que este, como substituto e reparação do meu ato ignóbil, que Alá me castigue. Mil perdões, general Ilia Vassilyevitch Krupin, mil perdões.

O general disse que não era preciso. Salim soltou uma das suas gargalhadas e o general acompanhou-o com um riso sincero. Só Elahi não era capaz de rir e apertava as pernas num esforço enorme para não continuar a vomitar.

Salim não tinha qualquer consideração pela biologia paterna. Nem pela educação paterna. Fazal Elahi dizia, quando estava mais bem-disposto:

— Não sei o que se passa. Ele, antes de nascer, não era assim.

Elahi, na sua cabeça, culpava Bibi pelo comportamento do filho, que deveria ser herança do modo como esta andava com os cabelos como se fossem pássaros. Deve ser culpa dela, pensava Elahi, o carácter da Bibi, os cabelos selvagens, as T-shirts americanas, passou tudo para o sangue do Salim, entranhou-se-lhe tudo no feitio. A memória do penteado de Bibi a ondular levemente era uma tempestade na cabeça de Elahi, e agora ele temia que o filho, com o comportamento extravagante como o da mãe, se expusesse demasiado, e que o mundo, com toda a violência de que é capaz, reparasse nele. Isso seria, com toda a certeza, uma grande tragédia.

Aminah fazia gestos para evitar que as palavras do irmão chegassem aos ouvidos de Salim, esbracejava como se estivesse a afastar mosquitos. As palavras desviavam-se como os insetos, enquanto Aminah abanava ameaçadoramente os braços gordos. Salim não ouviria aquilo, pensava ela. Salim ficava histérico de cada vez que Aminah esbracejava e imitava-a. Tudo acabava, inexoravelmente, com ela a repreendê-lo com uma palmada na boca e com Salim a chorar enquanto era levado para a cozinha. Ficava ali uns minutos de castigo, até Aminah começar a soluçar de pena. Então tirava-o de lá, levava-o para junto do irmão, recomeçava a esbracejar para afastar as palavras de receio de Elahi, e Salim voltava para o castigo depois de levar mais uma palmada.

Fazal Elahi sabia que o infinito não era a maior coisa que existe: o quanto gostava de Salim era maior do que isso. Parecia-lhe que, quando o filho lhe abria os braços, dava a dimensão exata do infinito. E quando os fechava era um espaço ainda maior: os braços apertados contêm mais infinito do que os braços abertos, que contradição.

E depois pensava: em resumo, uma grande tragédia avizinha-se, sou um pessimista, com certeza que sou, com todo o destino a dar-me razão, é o *equilíbrio absurdamente/moralmente/esteticamente desequilibrado* a funcionar.

Equilíbrio absurdamente/moralmente/esteticamente desequilibrado

Como criar silêncio
dentro de uma criança

Foi aos sete

٢٧

Foi aos sete anos que Badini se calou, que entrou pelo silêncio dentro como quem se deita para dormir. O pai fê-lo engolir as palavras todas. Todas as que disse e as que haveria de dizer, apesar de serem essas mesmas palavras uma vocação.

Alguns anos antes, aos três anos de idade, antes ainda de saber ler, Badini sentara-se em frente a uma máquina de escrever e, ao acaso, lançara os dedos contra as teclas. O resultado levou ao maior espanto. Tinham ali uns versos de Omar Khayyam, que diziam assim:

> Os pássaros dos poemas
> voam mais alto.

Salam-ud-din, o grande poeta da cidade, homem fluente em treze línguas, ouviu falar no milagre da criança que não sabia ler mas escrevera versos, e apareceu em casa dos pais de Badini. Salam-ud-din tinha um prestígio enorme e foi recebido com toda a cerimónia. A máquina de escrever fora colocada no meio da sala, coberta por uma toalha, e, em cima dessa toalha, que se estendia bem para lá da máquina, havia frutos secos, arroz, naan, chá e carne de borrego temperada com cominhos, ameixas, alho, azeite, avelãs e hortelã. Badini estava fechado no quarto, por indicação do pai. Salam-ud-din, quando entrou, perguntou pela criança que tinha escrito o poema de Khayyam. De seguida, olhou para a janela e recitou:

Os pássaros dos poemas
voam mais alto.

— Está aqui a máquina de fazer milagres — disse o pai de Badini, apontando para a máquina coberta pela toalha.

Salam-ud-din desviou a cara da janela e olhou para a toalha. Parecia confuso. Via frutos secos e naan e arroz e carne, mas não fazia ideia de onde estava a criança capaz de escrever poemas. O pai dele apontava para um montículo no meio de uma toalha. O que seria aquilo? Não podia ser uma criança, pensava Salam-ud-din, não caberia ali, especialmente uma criança com tanta poesia. Nenhuma toalha consegue cobrir uns versos. Já se viram tapetes a voar por menos do que isso.

Por outro lado, o pai de Badini não compreendia por que motivo queria Salam-ud-din ver Badini: a máquina de escrever é que era mágica. O miúdo era imprestável, uma criança como todas as crianças, cheia de ossos e coisas moles, cheia de choro e papas e caprichos. As crianças engolem coisas perigosas e comem com a mão esquerda, comeriam porco se vissem um bocado dessa carne à sua frente.

O pai de Badini afastou alguma comida e levantou um pouco da toalha para que o poeta percebesse que debaixo dela estava a máquina.

Salam-ud-din pensou que talvez o homem tivesse feito aquilo com algum sentido alegórico: colocar comida, aquilo que nos é essencial, por cima da máquina de fazer milagres. Sem pão não se fazem maravilhas. Só quando o pão se torna um bem adquirido, o homem começa a pensar no que é belo. O estômago incha e a poesia nasce do umbigo.

75. Disse o Profeta: se tiver dois pães, troco um por uma flor.

— Coma — disse o pai de Badini, levantando a toalha e, sem qualquer sentido alegórico, insistiu: — Coma.

— Não vim para comer nem vim atrás de máquina nenhuma — disse o poeta. — Quero falar com a criança.

Mas lá acabou por condescender. Sentou-se com as pernas cruzadas e levou à boca umas passas. O pai de Badini sorriu. Salam-ud-din contou a história do macaco de Borel, do macaco infinito que, se sentado em frente a uma máquina de escrever, acabaria por escrever uma obra qualquer de alguém famoso, ou mesmo uma biblioteca inteira. Só precisaria de uma eternidade ou perto disso. Um macaco seria capaz de escrever *Os miseráveis*, se estivesse a escrever durante tempo suficiente. Ou uma legião de macacos, se quiséssemos abreviar a experiência. De qualquer modo, isto pode mostrar que podemos reduzir Deus a um macaco que organiza letras. Ou a uma criança a brincar com as nossas vidas, como quem atira os seus dedos contra uma antiga máquina de fabrico inglês. E isso talvez explique o motivo pelo qual este mundo se assemelha a um brinquedo partido. O poeta serviu-se de chá, levantando o bule acima da cabeça e deixando que a espuma se erguesse no copo. Meteu uns frutos secos na boca, naan e arroz.

— Traga-me o seu filho — disse ele. — A máquina de escrever, pode vendê-la ou deitá-la fora.

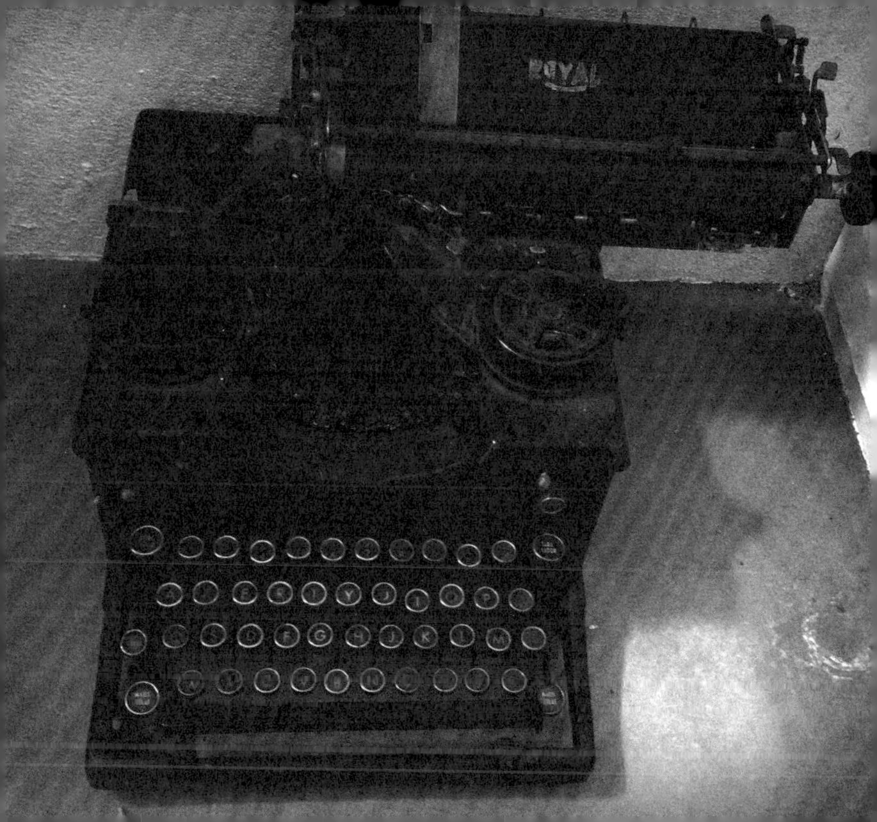
ROYAL

O encontro de Badini com Salam-ud-din fora

۲۸

O encontro de Badini com Salam-ud-din fora rápido. O poeta olhou para o rapaz e puxou-lhe as pálpebras, da mesma forma que os médicos vislumbram as anemias, era como se procurasse poemas escondidos nos olhos, nas pestanas, nos nervos óticos, no humor aquoso, no humor vítreo, na retina, nas pálpebras. Depois pegou nele, virando-o de todos os ângulos para tentar descobrir algum sinal, algo que pudesse justificar o milagre. Observou-lhe as mãos, as unhas, revirou-lhe os dedos e os lábios. Meteu-lhe os dedos na boca, à procura de restos de palavras. Fez-lhe perguntas, mas ele não respondeu. Viu como se aguentava em pé e como corria. É uma criança normal, talvez apenas um pouco maior do que é habitual para esta idade, concluiu Salam-ud-din. Badini riu-se quando o poeta o agarrou. Havia ali uma empatia, como se a poesia pudesse ser reconhecida nas aparências, como se não fosse uma situação de entranhas.

O pai de Badini estava nervoso e não percebia o interesse pela criança, especialmente quando se tem uma máquina, algo fiável, de metal, com as letras todas, com tinta, e, ainda por cima, capaz de fazer o inesperado: criar poemas como os intelectuais.

Salam-ud-din voltou a servir-se de chá e soltou um suspiro. Talvez tenha sido uma grande coincidência, pensou. Ou será que é uma criança absurdamente precoce?

— Ele sabe ler?

— Tem três anos. Só sabe chorar. Mas, quando crescer, saberá construir roupas e fatos como eu, como o meu pai, como o meu avô, e o pai dele, até Adão, que foi o primeiro alfaiate. Foi ele, o pai de todos nós, que costurou as primeiras roupas. Antes éramos nus.

— Sim, possivelmente será alfaiate.

— Que outra coisa poderá ser um filho de um alfaiate? Podem as cerejeiras dar figos? As vacas não parem galinhas. Mas deixe-me dizer-lhe: a máquina não tem preço.

— Não quero comprá-la. E não digo isto para regatear, para que baixe o preço. Não estou interessado na máquina.

O pai de Badini levantou-se e endureceu o olhar em direção à porta. Salam-ud-din saiu com um sorriso e uma espécie de lágrima a escorrer-lhe pela cara:

>Os pássaros dos poemas
>voam mais alto.

Aos sete anos de idade, dizia-se

٢٩

Aos sete anos de idade, dizia-se que Badini tinha feito coalhar leite de ovelha recitando um verso do Masnawi. O queijo foi comido pelos familiares em clima de devoção e de medo. Havia qualquer coisa estranha naquela criança, não era a máquina de escrever, era o rapaz. Ficava horas a olhar para dentro de si e gostava de ler. Mas também passava horas a medir a mobília e as pessoas quando adormeciam. Passava a fita métrica, com cuidado, por entre o ressonar, pelas bocas abertas, pela respiração e pelos sonhos, ao longo do corpo dos seus familiares e, mentalmente, fazia as suas anotações. Comparava medidas. Aos sete anos queria fazer fatos apenas pelo interesse que lhe despertavam as medidas e proporções do corpo humano. Gostava dos padrões dos tecidos e, muitas vezes, desenhava-os na terra com pauzinhos. Sabia quantas cabeças faziam a altura do homem e quanto mediam umas pernas em mãos travessas. Percebeu que o homem de braços abertos mede de envergadura o mesmo que em altura. Quando abrimos os braços para abraçar alguém somos um quadrado, uma cruz na direção do outro. O pai admirava-lhe o talento para a profissão, mas temia o modo obsessivo como ele relacionava as medidas, como se fossem metáforas. Esse era mais um motivo para ser sovado com regularidade. E essa regularidade era o motivo pelo qual lhe caíam os dentes de leite e não porque eram dentes de leite. As suas costelas eram naufrágios no seu corpo, de tanto se afogarem sob os pontapés. Um dia, o pai de Badini bateu tanto ao rapaz que lhe caiu um dedo. Assim mesmo: um dedo que pareceu desistir e abandonar a vida. Badini ficou a olhar para o seu dedo perdido, negro e a sangrar, a abanar-se como uma lagartixa. Sentiu que até o seu corpo o abandonava e então agachou-se no chão, protegendo a cabeça, que era de onde nasciam os seus versos.

O facto de o leite ter coalhado com as suas palavras foi algo difícil de suportar pela família e ainda dificultou mais, se tal era possível, a vida de Badini. Por um lado, algo maravilhoso havia acontecido, mas, por outro, era verdadeiramente assustador. As irmãs tinham crises de choro quando alguma coisa anormal acontecia. Tinham receio de Badini e não deixavam que ele se aproximasse. Desviavam-se constantemente.

A partir do episódio do leite coalhado com um poema seu — e sem qualquer explicação —, Badini calou-se e nunca mais disse nada.

Ao ouvir falar do milagre do queijo, Salam-ud-din quis ver de novo Badini. Pediu ao pai do rapaz que o levasse a sua casa. Não estava espantado com o milagre e disse: Um verso, desde que belo, é um coalho natural, faz parar tudo, até o tempo. O queijo é leite parado. É tempo parado.

O pai apareceu em casa do poeta agarrando o filho pelas roupas, junto ao pescoço, como se tivesse medo de que ele fugisse de um momento para o outro. Salam-ud-din mandou embora o pai da criança e sentou-se numa cadeira junto à janela que dava para a rua, tirou um cigarro indiano e começou a fumar enquanto observava Badini. O rapaz ficou parado a olhar para o chão, perfeitamente imóvel durante minutos. Salam-ud-din apagou o cigarro e disse a Badini que se sentasse. Como o rapaz não se mexeu, puxou uma cadeira e fez um gesto. Sem qualquer pressa, Badini sentou-se e olhou Salam-ud-din nos olhos. Fixou-o como antes fixara o chão. O poeta levantou-se e pousou uma taça com leite de ovelha entre si e o rapaz. Depois, pediu-lhe para dizer um verso, mas ele manteve-se em silêncio. Salam-ud-din levantou-se, deu um pontapé na taça de leite e disse: Se quisesse queijo, teria mandado chamar um queijeiro. Se te chamei a ti, foi pela poesia.

Badini manteve-se calado. Salam-ud-din não se importou, nem fez muitas perguntas sobre aquele silêncio todo, e chegou mesmo a dizer que os melhores versos são feitos da mudez mais intensa.

Passou-lhe a mão pelo braço e foi para o escritório onde tinha a sua biblioteca, tirou um livro anónimo do século I depois da Hégira, abriu-o numa página qualquer e leu o seguinte:

962b. Faremos com que os olhos deles vivam ofuscados pela luz do engano, pela luz das coisas que passam, pelo mundo que os rodeia. E diremos ao nosso Profeta para entrar numa caverna, e ele, no escuro, ver-Nos-á e ouvir-Nos-á, pois ele, sem ver o que está fora, só poderá admirar o que tem dentro. Sairá da caverna e escreverá os versos que lhe ditaremos no seu coração e esse será um livro sagrado.

Badini moveu-se um pouco na cadeira. Salam-ud-din viu nessa reação um pequeno sinal que o deixou otimista, por isso continuou a ler outros fragmentos, abrindo o livro ao acaso:

1156. Fizemos a liberdade de modo a que ela se coma a si mesma. Se, ó crente, lhe tirares as paredes que a prendem, para onde é que ela vai? [...] Ela [a liberdade] esconde-se nas prisões e nas grilhetas. Se a libertares, ouve com atenção, ela morre de imediato, como um peixe fora do mar.

E a seguir disse o poeta:

— Vou contar-te de onde vem este livro. É pequeno, como podes ver, mais pequeno do que a palma da minha mão. É pequeno para que possa ser facilmente escondido, pois há quem o considere herético. Alguns usam-no numa bolsa de cabedal junto ao coração, por baixo das roupas. Ninguém conhece o texto original, que se diz ter sido escrito por um discípulo do Profeta. Tudo o que temos hoje são alguns fragmentos dessa obra inicial, muitos deles seguramente adulterados, como se pode verificar pela numeração, que por vezes se repete. E há também alguma reincidência em certos temas, que parecem ser apenas versões diferentes do mesmo fragmento. Ora ouve:

634. Disse Ali: Descasca uma criança e encontras um velho a querer sair. Mas também é bem verdade que, se descascares um velho, encontrarás lá dentro uma criança, como um caroço.

634b. Disse o Arcanjo Gabriel: O homem é como a pedra de um escultor. Quem diria que, desbastada, se encontraria lá dentro uma obra-prima? Dentro do homem, quem diria que poderíamos encontrar Deus?

— Este exemplar — continuou Salam-ud-din — não é apenas mais um. Passou pelas mãos de Tal Azizi, pelas mãos do próprio pir Azizi. Tem muitas anotações dele e terá, talvez, um ou outro fragmento acrescentado por ele. O meu avô foi seu discípulo e vestia-se da cor da cereja. Foi ele quem deixou este livro ao meu pai que, por sua vez, o deixou a mim. Talvez um dia o passe a ti. Ninguém conhece o futuro, exceto Deus. Escuta:

265 — Ó Deus dos Crentes, Clemente e Misericordioso — perguntaram os anjos —, se o Destino está escrito desde o Início, para quê lutar?

— Porque está escrito no Início que será preciso lutar.

— É muito importante — disse o poeta — que decoremos este livro. Se o fizerem desaparecer (e tudo desaparece), ele permanecerá dentro da nossa carne.

265d. Mohamed Ussud descobriu numa gruta o *Livro do destino*. Escrito numa língua estranha, ele levou anos infindáveis a tentar percebê-la. Por fim, lá conseguiu ler umas linhas, que diziam assim: "Quando enfim Ussud, nosso servo, conseguiu ler estas linhas, morreu".

Salam-ud-din passou a tarde

۳۰

Salam-ud-din passou a tarde a ler e Badini a ouvir. O poeta disse-lhe:

— Como não falas, ouves mais. Isso é que faz a sabedoria. Os homens deviam ser mudos até certa altura e depois rebentavam. Seria uma coisa ensurdecedora. Um homem a explodir toda a sabedoria que havia acumulado durante uma vida.

Quando o pai de Badini chegou para o levar para casa, ele não quis sair. O pai agarrou-o pelas pernas enquanto o rapaz cravava os dedos e as unhas no umbral da porta de Salam-ud-din. Então, o poeta disse: Deixe-o ficar. O pai de Badini largou-o de imediato. Olhou para o filho, que estava ainda agarrado à porta, e pisou-lhe a perna. Badini não se mexeu, nem quando sentiu o tornozelo a estalar e o osso a aparecer de fora, como se espreitasse por uma janela.

543. Para que os homens dessem as mãos, Nós fizemos-lhes os braços; e eles usaram-nos para bater. Para que os homens caminhassem, Nós fizemos-lhes as pernas e os pés; e eles usaram-nos para pisar.

Vários homens apareceram à porta da casa do poeta. Ficaram a ver a perna do rapaz que coalhava queijo com palavras. Viram o osso a aparecer da perna, a emergir, e as suas caras eram de nojo, mas não se aproximavam. Os violentados são como as doenças.

De repente, Salam-ud-din atravessou a multidão — parecia Moisés a afastar o Mar Vermelho todo, com os braços abertos (a mesma medida da sua altura, pois um homem, dos pés à cabeça, mede o mesmo que os seus braços abertos) — e levou Badini ao hospital. Cuidou dele, depois de o instalar na sua casa. Hospedou-o num pequeno quarto do piso térreo e ensinou-o a tratar das rosas e das árvores de fruto.

— As rosas azuis são impossíveis, dizem. Mas Ibn al-'Awwam, há nove séculos atrás, provou o contrário: basta regar a roseira com corante azul. É isso que o homem faz. Se a natureza não o consegue, o homem cria e os milagres acontecem.

Badini nunca mais voltou a ver o pai, mas a mãe apareceu algumas vezes em casa do poeta, sem que o marido soubesse. Levava-lhe doces de amêndoa, cravinho e canela, mas via-se que algo estava morto entre eles. Badini não falava e ela pouco dizia. Era uma mulher tímida, baixa, com cabelos castanhos debaixo do xador. Parecia que tinha alegrias a mais para quem tinha tido tantas tristezas.

À quinta ou sexta visita, desistiu. Badini via-a passar na rua. Aquele não era o caminho para o mercado, mas ela dava uma volta maior, com uma esperança qualquer. Parava sempre em frente da casa de Salam-ud-din, durante uns segundos, e depois abanava a cabeça e seguia o seu caminho.

Badini tomou esse gesto como filosofia a adotar face ao mundo: devemos abanar a cabeça e seguir o nosso caminho.

Quando Salam-ud-din estava no leito

٣١

Quando Salam-ud-din estava no leito de morte, chamou Badini e entregou-lhe o livro *Fragmentos persas*. Badini agarrou nele com emoção, pois sabia o que aquele livro representava para Salam-ud-din (293. Criámos livros, que são como flores: louvados pela sua beleza. Mas criámos outro, único, que é como a semente: faz crescer flores dentro da alma).

Badini sentou-se junto à cama de metal, segurando o livro nos braços. Tirou com os dedos um pouco de tinta branca da cama e enrolou-a, sentindo as arestas mais bicudas a magoarem-lhe os dedos. O quarto tinha tapetes pendurados nas paredes, que pareciam quedas-d'água coloridas. E, tal como os rios, vinham de países distantes e escorriam os seus padrões até ao chão. Salam-ud-din tinha a cara encovada, estava a encolher-se, a virar-se do avesso para deixar a alma de fora, para deixar a alma sair. Está agoniado, pensou Badini, vai vomitar a alma do corpo para fora. A vida é andar de carro pelas curvas das montanhas.

A pele do poeta estava acinzentada e as mãos tremiam-lhe, enquanto as pupilas não manifestavam qualquer sinal de vida, todas pretas.

Badini baixou o seu corpo de gigante (ele tinha-se tornado muito grande, quase tão grande quanto o mítico Umit Arslan), baixou a sua cabeça enorme e encostou a boca ao ouvido do poeta dizendo um verso que era apenas um suspiro de cansaço. O leite de ovelha que Salam-ud-din tinha em casa não coalhou.

A cidade inteira lamentou a morte do poeta e gritaram-se poemas pelas ruas. Badini, quando abria a janela, via homens com os olhos vermelhos, a dizer versos que insultavam a morte, que é esse o trabalho da poesia. Havia velhas a chorar, velhas todas feitas de lágrimas. E havia Badini, que só sabia chorar em versos que coalhavam a sua própria vida.

Havia estrangeiros no funeral, um deles era alemão, um tal Isaac Dresner, que coxeava de uma perna, parecia Iblis. Ofereceu muito dinheiro a Badini pelo exemplar dos *Fragmentos persas* que pertencera a Salam-ud-din, mas Badini soube manter-se mudo, disse que não com a cabeça, disse que não muitas vezes, aquele era um assunto que não se vendia. Dresner tirou um cartão para o caso de o mudo se arrepender, mas Badini voltou a sublinhar que não, desta vez com as mãos, o cartão caiu no chão, o homem alemão dobrou-se para o apanhar, mas caiu com a cara no cimento. Badini ajudou-o a levantar-se. Dresner insistiu com o cartão e Badini insistiu que não. Que não. Teve vontade de gritar, mas manteve-se silencioso. O alemão suspirou e foi-se embora com sangue seco no nariz, a coxear, a arrastar a perna. Maldito cimento, dizia ele.

Dois meses após a morte de Salam-ud-din, Badini ingressou na Ordem das Abelhas, uns dervixes assim chamados porque recolhem e preservam sabedoria. Também são chamados simbolistas, pois ensinam através de símbolos. Foi exatamente nessa altura que Badini viu pela primeira vez uma rodela com uma estrela de nove pontas e um estranho diagrama que servia para fazer perguntas e obter respostas. Ao olhar para o eneagrama, Badini percebeu de imediato o mecanismo e desenvolveu, a partir daquele, uma máquina própria. Criou uma máquina de afinar poemas. Era composta por uma série de roldanas que ampliavam os significados das palavras à medida que as rodelas com estrelas de nove pontas eram rodadas. Uma palavra inocente via o seu significado tornar-se ambíguo na segunda rodela. E mais subjetivo ainda na terceira. Na nona, poderia ser o seu oposto. E não havia mais rodelas. Apenas nove.

Mas ser um dervixe como aqueles, pertencer a uma tariqa, não o satisfez. Badini sentiu que se havia tornado um azad e, por isso, livre de qualquer obrigação religiosa. Não tinha de rezar as namaz matinais, nem as outras, pois durante todo o dia todo ele era uma oração. Estava acima das leis de Maomé, era livre. As leis não se aplicavam à sua vida. Há quem tenha ouvidos nas orelhas e quem tenha ouvidos no coração, pensava Badini. Por isso, rapou as sobrancelhas e as pestanas e a barba, como fazem os azad. Era tão livre que envergonhava os saltos de uma gazela.

E, no entanto:
O silêncio nunca mais o abandonou.

O tabuleiro de xadrez fora comprado

٣٢

O tabuleiro de xadrez fora comprado num bazar de Samarcanda pelo pai de Fazal Elahi. Era de alabastro, tinha um dos cavalos partido e um dos peões era apenas meio peão. O tabuleiro media sessenta e dois centímetros de lado e na parte de baixo tinha gravados dois versos de Faradi. Badini e Fazal Elahi costumavam jogar um contra o outro. Alguns jogos demoravam dias, semanas e até meses. Elahi perdia assiduamente, mas insistia, gostava de proteger a rainha, de andar de cavalo, de derrubar torres. Olhava para o tabuleiro como quem olha para a vida, cheia de quadrados pretos e brancos, que é assim que nós vivemos, a saltar de coisas pretas para coisas brancas e vice-versa.

Badini sabia todas as entradas famosas e até os nomes russos para certas jogadas. Era capaz de prever tudo o que se passava naquele jogo, com muitas jogadas de antecedência, com muitos dias de antecedência, e Fazal Elahi cria que aquela capacidade de pensar as jogadas seguintes era uma coisa sobrenatural, como quem prevê o futuro a olhar para as nuvens ou para mapas astrológicos. O xadrez, para Elahi, era uma forma de adivinhação, Badini sabia como o mundo se movia, previa as jogadas todas e era assim capaz de adivinhar o futuro. Era por isso que Fazal Elahi perdia sempre.

Badini era enorme, um homem difícil de compreender. Vivera muitos anos na rua, antes de Elahi o acolher na sua casa. És meu primo, dissera-lhe, não quero que vivas na rua.

Quer vivesse num quarto no primeiro andar da casa de Fazal Elahi ou debaixo de uma árvore ou numa rua, Badini dizia que vivia dentro dele mesmo, um espaço espaçoso. Quando lhe pediam a morada, dava o seu nome. Desprezava a matéria. Dizia:

— Enquanto uns procuram o sucesso material,
eu procuro o sucesso imaterial.

O seu quarto no primeiro andar da casa de Fazal Elahi era um exemplo de despojamento, tinha apenas um tapete e umas almofadas. Era onde dormia. Num canto tinha um segundo shalwar kameez. Só tinha dois, ambos brancos. Era um frequentador de hamãs e um erudito. Nunca ninguém o vira com um livro, exceto o seu caderno e um exemplar de *Fragmentos persas*, mas sabia citar todos os clássicos, de Rumi a Saadi, de Azizi a Khayyam.

— A nossa alma — dizia Badini — é tão grande
que temos pouca necessidade de emigrar,
de ir para fora. O pir Azizi
era o homem com o olhar
mais pequeno do mundo.
Ele, quando olhava para o horizonte,
não via para além de si, a sua alma
era a melhor paisagem.
Cavalo b2.
Derruba torres, o meu cavalo.

Equilíbrio absurdamente/moralmente/esteticamente desequilibrado

Fazal Elahi coçava a cabeça, completamente perdido naqueles quadrados pretos e brancos, brancos e pretos. Era tudo tão ortogonal e, contudo, um labirinto. Fazal Elahi fugia com o seu cavalo.

Badini sorria da ingenuidade do primo e, com o seu corpo enorme, tão exagerado, permanecia quieto, mesmo quando os seus exércitos se preparavam para triunfar. Então, pegava na rainha, com todo o cuidado, e empurrava-a para momentos dramáticos, próximos da vitória.

Fazal Elahi pensava noutras coisas:

— Com licença, primo, tem de se olhar para os pés quando se caminha pela vida. É a posição da modéstia, accha, assim sabemos exatamente onde pisamos. Por causa das quedas, por causa das minas, por causa das escadas, por causa. O meu filho é dos que esbracejam. É como se andasse a chamar os perigos, Alá o proteja.

— Por vezes
 é preciso ousar — disse Badini com a sua mímica.
— Não se pode viver como uma amêijoa. Lembra-te
 do que nos ensina Muqatil al-Rashid:
 se queres cortar um braço, não fazes
 pontaria ao osso, mas para lá do osso.
 (Badini batia no braço com vigor)
 Temos de olhar para lá das coisas,
 como se elas fossem de vidro.
 Cada coisa que existe neste mundo
 transparente, mas nós teimamos em vê-las
 opacas. As coisas são janelas de vidro
 que dão umas para as outras,
 umas para dentro das outras.
 Cada coisa é uma porta que dá
 para uma porta que dá

para uma porta que dá
para uma porta. No final,
está Alá a fumar um cachimbo de água,
de pernas cruzadas em cima de um tapete.

— Opiniões, Badini. Mas a opinião é um pássaro com apenas uma asa, como disse Rumi.

— Xeque-mate, Fazal Elahi. Em vez
de olhar para os pés,
tens de olhar para os quadrados
pretos e brancos:
para a vida.

Havia qualquer coisa

٣٣

Havia qualquer coisa de divino naquele gesto do indicador. Aminah tinha um prazer evidente em esmagar as formigas, uma a uma, com o dedo. Quando se cansava, ia buscar o inseticida e ficava a olhar para os insetos a morrer. Sim, havia definitivamente algo de divino no ato de matar formigas. Quando acabava de limpar a cozinha, saía com Salim. Gostava de o ver a correr à frente dela, com os braços para os lados, com gestos de avião, com os braços abertos, e a imitar, com a boca, um motor. Salim gostava de aviões. Sempre que via um, parava a olhar para o céu e acompanhava com os olhos o risco de espuma branca, da que se usa para a barba, que ficava escrito no meio do azul.

Perto da casa de Fazal Elahi havia um velho avião russo, meio desmantelado pelo tempo, um pássaro enferrujado. Os outros miúdos penduravam-se nas asas feridas e pulavam de cima delas para o chão. Salim raramente se chegava perto e, quando o fazia, era como quem faz uma festa a um gato. Tocava-lhe na fuselagem e afastava-se de imediato, dando dois ou três passos para trás. Fazia uma cara solene, muito mais velha do que a sua idade, e fitava o avião. Parecia esperar que este levantasse voo, passando com as suas asas ao de leve pelas nuvens, mais rápido do que o anjo Jibril, e desaparecesse no horizonte.

185. Criámos o horizonte para ser o esconderijo dos olhos. E para lá dessa linha, onde só a imaginação pode chegar, fizemos a Nossa casa.

Aminah sentia que Salim era feito de horas, pois preenchia-lhe todo o seu dia. Quando chegava a casa a meio da tarde, estava exausta e com as pernas doridas. Nos dias em que a sua amiga Myriam a visitava, Aminah deitava-se e deleitava-se, pois esta costumava fazer-lhe uma massagem às pernas. Estendia-se na cama enquanto Myriam lhe contava tudo o que se passava na cidade. Havia uma estranha ligação entre as suas palavras e as suas massagens. Era como se as mãos da amiga, ao passarem pelas coxas doridas, estivessem a empurrar para dentro da carne, para dentro do corpo, as novidades que contava.

As ruas estavam cheias

۳۴

As ruas estavam cheias de papéis e bandeiras. O exército desfilava pela avenida principal e as pessoas aplaudiam, as ruas vibravam. Fazal Elahi contornou a excitação.

O escritório do general Ilia Vassilyevitch Krupin ficava na baixa, exatamente no centro, num prédio imponente, cheio da convicção da pedra e dos tijolos. Vai da terra ao céu, pensou Elahi enquanto media com o olhar a dimensão do edifício, chega às nuvens sem perguntar nada a ninguém, esticado pelos seus andares. Que construção tão grande, impressiona-me sempre que o vejo, subhanallah, são tantas coisas empilhadas umas em cima das outras e pessoas a viver nessas pilhas, também elas umas em cima das outras, mas com o chão alcatifado e com televisão não sei quê e uns carros na garagem que lhes permitem viajar até outras pilhas de pessoas empilhadas com chão alcatifado e televisões não sei quê.

422. As montanhas são a prova de que até a terra quer chegar ao céu.

À entrada, Elahi viu uma placa luminosa com uma mesquita voadora, símbolo da empresa de Ilia Vassilyevitch Krupin. Quando o general se curou da sua paralisia, graças a ter comido uma cereja da árvore que nasceu do cadáver do pir Azizi, grande milagre, resolveu trazer o caroço consigo e plantá-lo. E depois, graças aos caroços dos frutos dessa árvore, plantou mais árvores e mais árvores e mais árvores, até começar a exportar. O milagre trouxe-lhe muito dinheiro, além do que já ganhava com o jogo ilegal, a venda de armas e o tráfico de ópio, que eram as suas fontes legais de rendimento. Mas houve uma altura em que perdeu fortunas. Isso aconteceu porque o general Vassilyevitch Krupin teve uma ideia extravagante, mas que ele imaginou proveitosa: decidiu fabricar mesquitas voadoras. Teve a ideia inspirando-se numa coleção de selos. Nesses selos viam-se imagens com balões de ar que seguravam tabuleiros e nesses tabuleiros cresciam limoeiros, laranjeiras, pequenos arbustos e plantas do chá. Eram chamados jardins suspensos. Assim, o general Krupin, quase louco com a ideia, mandou fabricar uns balões enormes que erguiam nos céus uma pequena casa em forma de mesquita, de modo a que as pessoas pudessem rezar lá em cima, bem mais perto de Deus. Porque, apesar de Deus estar em todo o lado, o homem sente-O de maneiras diferentes e, lá em cima, acha-se mais próximo d'Ele. As mesquitas voadoras foram um verdadeiro fracasso a quase todos os níveis, mas, apesar disso, deram projeção ao general. Eram, aliás, o símbolo da sua empresa, bem como a titulavam.

Quando Fazal Elahi ia a entrar no edifício de escritórios da mesquita voadora, um pedinte agarrou-se às suas roupas e ele deu-lhe algumas moedas. Sentiu-se bem, perfeitamente altruísta, como aliás acontecia sempre que dava dinheiro aos pobres. Na verdade, sentiu-se tão bem que referiu isso ao pedinte, dizendo que estava muito feliz com o altruísmo que havia demonstrado, acha, com a sua benevolência, e o pedinte perguntou-lhe o que significava altruísmo. Fazal Elahi disse que era assim como dar dinheiro aos pobres indigentes e aos miseráveis, ao que o pedinte respondeu, olhando para as moedas, que o altruísmo devia ser uma coisa muito pequenina. O homem sorriu com um sorriso sem dentes enquanto Fazal Elahi subia as escadas e se interrogava por que motivo teria o general Vassilyevitch Krupin querido falar com ele. Provavelmente seria algum assunto sobre a gestão do emprego na cidade, ou outra coisa qualquer, hermética o suficiente para manter o povo, os interessados, longe do epicentro das situações verdadeiramente importantes.

O general Vassilyevitch Krupin tentou esticar o pescoço quando Fazal Elahi entrou. Mas o general não tinha pescoço, a cabeça estava diretamente colada ao tronco. Isso tirava-lhe muita espontaneidade, parecia um boneco de madeira. A sua flexibilidade era motivo de riso. Quando virava a cabeça, virava também o resto do corpo, como se tivesse rodas nos pés e o corpo fosse uma peça única, de madeira, sem qualquer articulação. Costumava rapar o bigode, mas deixava crescer uma grande barba de pelos brancos quase castanhos.

Trocou com Fazal Elahi os devidos gestos de cortesia. Por trás dele, duas baratas subiam a parede com muita pressa, entre duas bandeiras gastas pelo sol e por discursos patrióticos.

— Vou direto ao assunto — disse o general Krupin. — Preciso de saber se tens visto aquela adúltera.

— Qual adúltera?

— Não pronuncio o nome dela.

— Com licença, a Bibi?

— Essa.

— Claro que não, ela abandonou-me. Foi o próprio general que me deu a notícia...

— Sei muito bem quem te deu a notícia, Fazal Elahi. Sei muito bem. Não a tens visto, portanto?

— Nunca mais a vi desde que ela fugiu há mais de três anos, Alá é minha testemunha. Mas porquê?

— Por nada. Por vezes, as serpentes voltam aos seus ninhos e é preciso ter muita cautela. Um dia, encontramo-las ao sol e é tarde demais.

Krupin ficou parado a observar Fazal Elahi, com toda a concentração de uma ameaça. O general era um homem atarracado e de ombros largos. Os braços eram compridos demais, peludos, e, quando ele estava em pé, quase lhe chegavam aos joelhos. Era baixo e pesado, apesar de se manter em relativa forma física. Pintava os cabelos brancos da cor do mel e penteava-os muito bem, de risco ao lado. Os olhos eram azul-acinzentados.

— Não a viste? De certeza?

— De certeza absoluta — garantiu Fazal Elahi, com as devidas acentuações na voz. — De certeza absoluta — repetiu.

Nachiketa Mudaliar, aos quinze anos, foi iniciado na Confraria do Soma, a urina

۳۵

Nachiketa Mudaliar, aos quinze anos, foi iniciado na Confraria do Soma, a urina sagrada do deus Indra. O ritual de iniciação consistia no uso de um cogumelo alucinogénio cujo alcaloide psicotrópico (muscimol, $C_4H_6N_2O_2$) era expelido pela urina já purgado de todas as substâncias tóxicas. O cogumelo carrega vários venenos, mas o fígado de certos animais é capaz de limpar todas as substâncias nocivas, eliminando através da urina a parte que interessa (muscimol, $C_4H_6N_2O_2$). O ritual da ingestão do soma realizava-se do seguinte modo, em quatro passos: 1) um boi ingeria uma grande quantidade de cogumelos; 2) a sua urina era recolhida por mulheres cuja função era apenas essa; 3) a urina era depois consumida pelos sacerdotes da confraria e só então 4) os neófitos bebiam a urina dos seus gurus. Durante a iniciação, Nachiketa Mudaliar teve várias visões, cenas confusas, coisas muito grandes, coisas muito pequenas, animais, dores, memórias, lembranças que não lhe pertenciam. Voou, abriu os braços imaginários e voou. A cerimónia aconteceu ao pôr do Sol, ao som de tambores e em jejum. O templo, de pedra branca, tinha grandes arcadas que davam para um lago. Nachiketa Mudaliar olhava para aquelas águas e sentia-se em paz, perfeitamente hindu, no worry, no hurry, chicken curry. A cerimónia durou toda a noite e Nachiketa experimentou todas as sensações possíveis. O guru estava contente com o jovem Nachiketa, que voltou para casa com uma sensação de leveza e intensa devoção. O guru de Nachiketa Mudaliar era um homem capaz de fazer milagres, um taumaturgo experiente, transformava coisas insignificantes em ouro, levitava, engolia espadas. Nachiketa também queria aprender a transformar coisas insignificantes em ouro. Não percebia por que motivo o sacerdote da confraria não fazia esse milagre mais vezes, não para lucro pessoal mas para erradicar a pobreza de todo o Punjab.

A aventura religiosa de Nachiketa, para grande tristeza da mãe, acabou no dia em que o guru o chamou aos seus aposentos, anunciando que, a partir daquele dia, Nachiketa passaria a ser o seu mais querido discípulo. Dito isto, baixou as calças e mostrou-lhe um pénis semiereto. Nachiketa Mudaliar ainda pensou que deveria recolher a urina do seu guru, mas depressa percebeu que não era bem isso que o mestre pretendia com aquela preferência que lhe era concedida. Aquele era um grande privilégio — palavras do próprio guru —, mas Nachiketa não viu a coisa assim e mostrou-se indisposto. O sacerdote pegou-lhe na cabeça e Nachiketa vomitou tudo o que havia comido nesse dia, biryani e lentilhas. No chão podiam distinguir-se perfeitamente os grãos de arroz dos bagos de lentilhas vermelhas.

Saiu a correr e nunca mais voltou à confraria.

Nesse mesmo dia, a mãe chegou a casa com uma tosse ligeira a que ninguém deu muita importância, algo que haveria de se revelar fatal e que Nachiketa Mudaliar acabaria por identificar com a sua desventura religiosa. Sentia que não se portara bem com os deuses, talvez devesse ter suportado o privilégio que o guru lhe concedera, e talvez por isso, talvez por isso...

Dois dias depois, enquanto cozia o naan no tandoori, a mãe de Nachiketa Mudaliar teve um ataque tão grande de tosse que vomitou sangue. Fez um xarope de cominhos, alho e mel e deitou-se. O pai de Nachiketa foi encontrá-la cheia de febre, a falar com as suas vidas passadas, em especial com um amante de Arjuna, um soldado particularmente belo que costumava montar atado ao cavalo e sabia manejar a espada como nenhum outro dos guerreiros de Arjuna. O pai de Nachiketa pegou na mulher ao colo e levou-a ao templo de Girijashankar. Um sacerdote untou-lhe os braços com óleo de sésamo, suco de romã e especiarias. Encheram-lhe a boca de flores de figueira, o corpo foi fumigado com as ervas dedicadas a Girijashankar. A saber: cravinho, rosas e cânfora, além de todas as outras ervas associadas a Vishnu e a Indra. Quando, por causa da tosse que não parava, ficou tudo banhado de sangue (é culpa minha, pensava Nachiketa Mudaliar, é culpa minha), resolveram finalmente levá-la para o hospital, mas foi demasiado tarde.

Nachiketa ficou inconsolável. No dia a seguir às cerimónias fúnebres, o pai chegou a casa e disse:

— Para te fazer forte, tiro-te tudo. Eu só sirvo para te impedir de crescer.

Calou-se. Sem qualquer motivo além deste, expulsou Nachiketa de casa.

— Posso levar a imagem de Girijashankar? — perguntou ele antes de sair.

— Não — respondeu o pai.

Nunca mais se viram.

Nachiketa Mudaliar começou a viver da caridade e, quando tinha tempo, esculpia pequenas imagens de Girijashankar em madeira com o auxílio de um canivete de cabo de plástico vermelho. Dormia num prédio abandonado, junto de outros rapazes hindus, e alimentava-se de iogurte, arroz e pepino. Passava as tardes à porta do templo do santo e começou a ter algum sucesso com as suas imagens, especialmente entre os turistas.

Numa tarde como qualquer outra, ao voltar para casa depois de vender algumas das imagens que fabricava em madeira, sentiu-se desmaiar, sem outra causa que não fosse a eterna fraqueza em que vivia. A perna direita foi a primeira a dobrar-se e levou o corpo todo por arrasto. Mudaliar ainda tentou agarrar-se ao corrimão das escadas que davam para o rio, mas isso só tornou a queda mais aparatosa. Bateu duas vezes com a cabeça nos degraus de ferro, bateu com o corpo em todas as esquinas que o pudessem magoar, e aterrou na berma pedregosa do rio, com as clavículas a nadar pelo corpo, com menos dois dentes e o pulso partido.

Singh encontrou-o estendido debaixo da ponte, numa poça de sangue, rodeado de imagens de Girijashankar, quase todas partidas. Levou-o para o hospital e depois para o Hotel Imperial Comfort, do qual era proprietário. Estendeu Nachiketa no chão, numa divisória que servia para arrumar detergentes, esfregonas, vassouras e baldes, e esperou que ele recuperasse. Uma semana depois, quando Nachiketa já conseguia mexer os braços, apesar das evidentes dificuldades, fê-lo vestir a farda do hotel e pô-lo a trabalhar na recepção. Quando estivesse melhor, começaria também a carregar as malas dos hóspedes e a fazer as compras para os pequenos-almoços.

Foi numa dessas idas ao mercado, onde comprava o chá, a manteiga a peso, o leite, os ovos e o pão, que viu Aminah pela primeira vez e se apaixonou.

Cada vez que precisava

۳۶

Cada vez que precisava de regatear um preço, Aminah esforçava-se por ser sedutora, sorria com os seus dentes desalinhados. Nachiketa Mudaliar passava muito mais tempo no mercado do que verdadeiramente necessitava para fazer as suas compras. Ficava maravilhado a olhar para Aminah, que não reparava sequer na sua presença. Nachiketa reconhecia o som dos seus pés, reconhecia o seu modo de andar, e bastava-lhe vê-la de costas, no meio da multidão do mercado, para a reconhecer. Nachiketa Mudaliar ficava deslumbrado com o sorriso que ela fazia quando queria comprar um queijo mais barato ou quando discutia o preço da canela e do café. Nachiketa Mudaliar ficava com a barriga ao contrário, com a alma a tremer, ficava com os dedos dos pés encarquilhados, mordia os lábios e o pequeno e fino bigode que começara a deixar crescer.

Nachiketa ia muitas vezes ao templo de Girijashankar, oferecia flores e um pouco do seu silêncio, mel e leite. Pedia que Aminah reparasse nele, mas não o fazia diretamente, como quem pede um produto que quer comprar numa loja e o aponta, dizendo claramente ao vendedor: Quero este. Nachiketa pedia para ser feliz, era somente isso, mas com a convicção íntima de que, para alcançar essa felicidade, Aminah seria uma condição evidente e imprescindível. Este comportamento estava de acordo com os ensinamentos de Girijashankar de Lahore, que dizia: Um homem que pretende viajar não pede aos deuses que lhe facultem rodas para a sua carroça, mas sim que a sua carroça o leve ao seu destino. E era por causa deste homem e da sua carroça que Nachiketa, para estar em conformidade com o que Girijashankar ensinava, pedia apenas para chegar ao seu objetivo, pedia a felicidade, em vez de pedir o amor de Aminah.

O proprietário Singh passava os dias a beber chá no átrio do hotel. Dizia: Tens de juntar dinheiro, Nachiketa Mudaliar. E Mudaliar perguntava: Que dinheiro, sahib? O que te pago, dizia Singh. Nachiketa abanava a cabeça e estalava os lábios. Nunca tinha dinheiro para juntar. Masih, grande amigo de Singh, era professor primário. Tinha a pele queimada, às manchas, como os leopardos.

— Sabes ler, Nachiketa Mudaliar? — perguntou um dia.
— Sei ler, sahib. Estudei os Vedas.
— Ler é importante, Nachiketa Mudaliar. A mim queimaram-me todo porque não tinha barbas capazes de serem religiosas. Pegaram em mim e deitaram-me em cima água a ferver, a ferver para sempre, porque as manchas nunca mais passam. Disseram: Os cristãos não são batizados com água? Mas isso foi há muito tempo, queriam que eu fechasse a escola, que só ensinava porcarias, que Cristo é Deus, que Deus é três, porcarias. Não desisti, apesar das ameaças, porque ensinar é muito importante, mas eles também nao desistiram, porque a ignorância é a mais teimosa das qualidades humanas, e eu fiquei com a pele queimada, a sofrer, com estas manchas todas.

Mudaliar estalou os lábios.
— Senta-te aqui — disse Singh.
Nachiketa Mudaliar sentou-se entre ele e Masih.
— Mudaliar está apaixonado — disse Singh.
— Por quem? — perguntou Masih.
— Por uma muçulmana — disse Singh.

— E ela? — perguntou Masih.

— Nem olha para ele — disse Singh.

Sem olhar para Nachiketa Mudaliar:

— Esta semana não recebes — disse Singh.

Nachiketa Mudaliar não disse nada.

— O que se passa? — perguntou Masih.

— O dinheiro que dou a Nachiketa Mudaliar para as necessidades do hotel já não compram a mesma quantidade de mel, de frutos e de açúcar — disse Singh.

— São os preços a aumentar? — perguntou Masih.

— Não, os preços são os mesmos — disse Singh.

— De certeza? — perguntou Masih.

— De certeza. O que se passa é que há deuses hindus a comer das compras do hotel — disse Singh.

Nachiketa Mudaliar quis desculpar-se mas não lhe saiu palavra nenhuma. Singh e Masih continuavam a olhar em frente e ninguém fitava ninguém.

— Então esta semana ele não vai receber? — perguntou Masih.

— Esta semana não — disse Singh.

Aminah olhava para o irmão a pegar

۳۷

Aminah olhava para o irmão a pegar no filho. Salim abria os braços. Fazal Elahi segurava-o enquanto rodopiava. Os lábios de Salim fremiam, eram um velho motor soviético ou americano. Os lábios faziam onomatopeias, Salim rodopiava como um avião-criança, fhgehhjfjxdfnjjjmmm, dfgsfdgsfdgfdfgfggggfg, sfgsdjjakoollllllll.

O general Ilia Vassilyevitch Krupin tocou à campainha e Aminah, a arrastar os pés, foi abrir a porta. O general descalçou-se, entrou, carregando uma mala de couro, tirou o chapéu e pousou-o numa mesa. Os pés do general tinham uma pele espessa, com vários milímetros, as unhas eram amarelas, profundas e encurvadas, como se fossem marrecas. Fazal Elahi não conseguia deixar de fixar aqueles pés. As peles que se soltavam do calcanhar, a dureza com que o general os pousava no chão.

— Com licença, na mesa não, que me faz impressão — disse Fazal Elahi.

— O quê?

— O chapéu. Desculpe, general Ilia Vassilyevitch Krupin, não sei porquê, mas faz-me impressão ver chapéus em cima da mesa, peço perdão, é irracional, se calhar até é pecado, mas eu fico nervoso, que Alá me ajude.

O general pegou no chapéu e pendurou-o no bengaleiro. Suspirou. Salim brincava com os braços abertos e a sua boca imitava bombas a explodir até ao chão. O sol passava pelas cortinas, encontrava as pessoas na penumbra.

Era raro Ilia Vassilyevitch Krupin visitar Elahi. Era raro fazê-lo sem ter más notícias para dar.

Aminah pegou em Salim ao colo e serviu chá ao general e ao irmão. O chá na mão direita, a criança no braço esquerdo. Retirou-se, subindo as escadas íngremes que davam acesso ao primeiro andar, aos quartos. Deitou Salim, que ainda abria os braços como um avião velho. Salim começou a chorar. Aminah mandou-o calar, queria ouvir o que se conversava lá em baixo. Salim continuava a chorar. Aminah mandou-o calar, não conseguia ouvir nada. Segurava a porta entreaberta e punha a cabeça fora do quarto. Impossível ouvir alguma coisa com a berraria de Salim. Aminah tinha esperanças de que o general tivesse vindo falar sobre o filho, sobre Dilawar, esperava que Krupin a quisesse como nora. Que felicidade, pensou ela. Salim continuava a chorar e Aminah foi até à cama, deu-lhe uma palmada. O choro aumentou de intensidade e Aminah estava cada vez mais furiosa, a cara vermelha, a cara a rebentar. Deu-lhe mais palmadas, umas a seguir às outras, enquanto berrava para Salim se calar. O choro aumentava a cada palmada, e Aminah estava tão irada que não conseguia parar. Elahi entrou no quarto sem ela reparar e empurrou-a para o lado. Salim desceu da cama e agachou-se do outro lado, junto à janela. Já não chorava, apenas soluçava. Elahi saiu do quarto e Aminah foi atrás dele.

— Já se foi embora? O que queria o general Ilia Vassilyevitch Krupin? — perguntava ela, agarrando o kameez do irmão.

— Nada — respondeu Elahi.

— Como, nada?

— Nada, foi uma visita de cortesia, ele gostava muito do nosso pai.

— Mas de que é que falaram?

— De política e de tapetes. Perguntou-me se o negócio ia bem, disse que o Governo tinha que cair, inshallah.

— Foi só isso?

— Sim — mentiu Fazal Elahi.

Na verdade, o general queria saber de Bibi, e Fazal Elahi estranhava aquela insistência por parte do general Vassilyevitch Krupin.

— De certeza? — perguntou Aminah.

— De certeza.

Aminah voltou para o quarto onde estava o sobrinho. Salim olhou para ela sem saber o que esperar. Aminah tirou o lenço da cabeça, deitou-se na cama, começou a chorar. Salim saiu do quarto devagar, a olhar para ela. Fechou a porta atrás de si e correu pelo corredor com os braços abertos, como um avião.

Fdsdfgfdfggggggg, sdgffdxdfgnxgggggg, fgsdfgadfggghhhhjjjjjjj.

Disse Tal Azizi: O destino

٣٨

Disse Tal Azizi: O destino é insondável, como o colear das cobras. O destino, ó devoto, leva sempre veneno na cabeça, nas presas afiadas. Ondula, parece que vai para a esquerda, vira à direita, parece que vai para a direita, vira à esquerda, sobe às árvores, enrosca-se nas pernas dos homens. O destino tem as cores da natureza e confunde-se com a areia e com as folhas verdes e com as flores vermelhas, com os troncos das árvores. Anda junto aos nossos pés e nós pisamo-lo, como cegos, e o destino levanta a cabeça, ergue-se como faz a naja, ataca com as presas afiadas. Se o homem imagina o destino, o destino que ele imagina nunca acontece, se tenta pisar à direita para o evitar, é lá que ele está, se tenta pisar à esquerda para o evitar, é lá que ele está. Quando olhamos para cima, está pendurado numa árvore, quando olhamos para baixo, está junto aos nossos pés.

Os encantadores de serpentes, ó devoto, tentam fazer-nos acreditar que dominamos o destino. Mas as cobras riem-se e entre elas dizem: Vê, se eu ondular o meu corpo, consigo fazer com que este homem toque flauta.

O avião soviético de 1974, com quase vinte

۳۹

O avião soviético de 1974, com quase vinte e cinco metros de comprimento, treze metros de envergadura, vontade de voar até uma altitude de trinta mil metros, capacidade para deixar ficar o som para trás — ultrapassando-o a mais de dois mil quilómetros por hora —, todo feito de aço e titânio, pesando quase vinte toneladas, estava ali parado, velho, com buracos na fuselagem, faltando-lhe quase todo o lado esquerdo, mas ainda se via bem que mantinha a mesma vontade de matar.

Salim gostava daquele avião. Quando o via, enchia a cabeça com o que ele imaginava ser o ruído do motor, dfgdjjjjjjjjj, sdfjgsdfsdffff, ffffghghgjjjjj.

Fazal Elahi detestava o avião. Se Fazal Elahi tivesse feridas nas mãos, metia-as nos bolsos: inconscientemente, receava que aquele avião morto pudesse farejar o sangue nos seus dedos, feridos do manejo dos tapetes.

O mesmo objeto pode provocar paixão numa pessoa, receio noutra. Atração e repulsa. Fazal Elahi comentou isso em voz alta na primeira vez que reparou no olhar de adoração de Salim.

— Atração e repulsa — disse Elahi, apontando para o avião.
— É como os homens com quem nos casamos — disse Aminah.

Nachiketa Mudaliar sentava-se no pequeno muro que passava ao lado do avião soviético, a muitos metros de distância de Aminah. Olhava para ela com o coração aos pulos. Via-a afastar-se, via-a repreender Salim, seguia-a com os olhos até ela desaparecer no meio do jardim que atravessava para voltar para casa.

Nachiketa Mudaliar estava insatisfeito com os deuses, com os santos e avatares. Voltou para o hotel Imperial Comfort, murmurando: Macaco do Hanuman, o chulo do Ganesh — cheio de trombas —, o Krishna com aquelas flores no cabelo como as meninas inglesas. Nachiketa entrou no hotel, foi para o seu quarto, partiu um pepino em pedacinhos e comeu-o com iogurte, enquanto um búfalo preto, mesmo por baixo da minúscula janela do seu quarto, revirava um caixote do lixo e comia um bocado de cartão. Chegou um hóspede e Nachiketa teve de parar de comer, quando ouviu a campainha, para se dirigir à recepção. Entornou um pouco do iogurte ao pousar a malga onde comia, caiu uma gota no braço e outra junto ao seu pé esquerdo. Passou um dedo pelo chão, pelo iogurte derramado, e lambeu-o, depois levou a boca ao braço, para não desperdiçar nada.

Nachiketa correu para a recepção e olhou para o hóspede. Tinha óculos redondos com uma armação muito delicada, quase poética, tinha ombros mortos, era alto, tinha um fato creme da cor do deserto, tinha cabelo amarelo, tinha rugas nos olhos, tinha as mãos pequenas. Nachiketa Mudaliar estava fardado a rigor, camisa, laço, calças pretas, descalço. Nachiketa informou o hóspede do preço dos quartos, em dólares. Can I see the room?, perguntou o estrangeiro. Nachiketa disse que sim, no worry, no hurry, chicken curry, e tirou uma chave do chaveiro, pediu ao hóspede que o seguisse, subiu as escadas ao lado do elevador — que não funcionava há dois anos, três meses e dez dias (tinha, na recepção, a data de um pedido de reparação que nunca chegou a acontecer) —, abriu a porta do quarto 132, abriu as cortinas e a janela, chutou uma barata morta para debaixo da cama. O estrangeiro disse que ficava, que estava bem. Nachiketa Mudaliar ficou uns segundos parado à espera de gorjeta. O hóspede também ficou uns segundos parado. Perguntou pelas malas. Nachiketa Mudaliar apressou-se a descer as escadas, no worry, no hurry, chicken curry, e pegou nas duas malas que estavam junto ao balcão da recepção, tirou uma ficha e subiu as escadas, dois em dois degraus. Entrou no quarto a arfar, pousou as malas com estrondo, o hóspede tirou a carteira e deu-lhe uma nota. Nachiketa agradeceu, entregou-lhe a ficha, pedindo que a preenchesse e depois, quando descesse, a entregasse na recepção. Juntou as mãos à frente do peito e disse Namasté.

No dia seguinte, de manhã, Nachiketa Mudaliar, enquanto fazia compras, observava Aminah. Teve a ousadia de passar mesmo junto dela, quase a tocar-lhe as vestes, e de lhe sentir o cheiro. Pareceu-lhe baunilha, mas talvez fosse impressão sua ou talvez viesse de uma banca de especiarias. Nachiketa fez as compras todas, passou pelo templo de Girijashankar, mas não se atreveu a oferecer mais do que água e flores do campo. Merda para os deuses, o macaco do Hanuman e o probóscide do Ganesh e mais o maricas do Krishna. Pediu apenas para ser feliz, nada mais, que um homem, quando quer chegar ao seu destino, pede isso mesmo, não pede rodas para a carroça. Voltou para o hotel e pousou as compras na cozinha. Chutani, o cozinheiro, grunhiu qualquer coisa enquanto descascava batatas. Nachiketa Mudaliar encontrou Singh no átrio, junto do inevitável Masih e do novo hóspede.

— O que faz aqui? — perguntou Masih.
— Pesquisas — disse o estrangeiro.
— As pesquisas fazem falta — disse Singh.
— Como é que se chama? — perguntou Masih.
— Gunnar Helveg — disse o estrangeiro.

O rádio dava notícias variadas, nacionais e internacionais: na capital, um homem-bomba fizera-se explodir matando dezenas de pessoas; os Black Kraits continuavam a vencer, Kamil Khan era o maior fenómeno do críquete, nunca se vira nada assim; a seguir, entrevista com Zahira, atriz do Baluquistão.

— E de que constam essas pesquisas? — perguntou Masih.

— Já ouviram falar dos dois dervixes ladrões? — perguntou o estrangeiro.

— Claro. De ladrões estamos bem servidos — disse Singh. E virando-se para Nachiketa Mudaliar: — Mais chá.

O rádio dizia: céu nublado para os próximos dias; foi descoberto um fungo que é capaz de comer plástico, portanto podemos continuar a poluir tudo.

Nachiketa foi buscar mais chá.

— Os dervixes ladrões não eram aqueles que eram gémeos? — perguntou Masih.

— Sim, mas não como imagina. Se se confirmar o que suspeito, será uma das mais espantosas descobertas deste século — disse o estrangeiro.

— Mais do que um vírus que come plástico? — perguntou Masih.

— Julgo que sim — disse o estrangeiro.

— Podemos continuar a poluir tudo? — perguntou Masih.

— Não é uma descoberta desse tipo, mas é muito surpreendente — disse o estrangeiro.

— Fungo — disse Singh.

— Fungo, o quê? — perguntou Masih.

— Quem come o plástico é um fungo, não é um vírus — disse Singh.

— Se me permitem, vou descansar um pouco — disse o estrangeiro.

O sol abatia-se sobre o pó

۴۰

O sol abatia-se sobre o pó do chão. O hóspede estrangeiro, Gunnar Helveg, saiu do Imperial Comfort — deixando a ficha devidamente preenchida na recepção — e atravessou a rua, destemidamente, apesar do camelo junto ao seu flanco direito, apesar dos carros, dos riquexós, das motas, de uma cabra de pelo preto. Entrou num edifício de tijolo, subiu umas escadas e tirou uma senha. Ao seu lado, um homem limpava as unhas com as unhas da outra mão, o médio da direita a limpar o mindinho da esquerda. A espera prolongou-se por várias horas, sinuosamente, entre pequenas sestas e leituras de revistas. A vez de Gunnar Helveg chegou e ele entrou numa das salas, porta 13. O funcionário do Património usava um fato cinzento, a condizer com a parte de dentro da cabeça. Helveg puxou uma cadeira e sentou-se à sua frente, abriu uma mala, estendeu-lhe uma série de papéis, três da embaixada do seu país e um dossier preto com todo o projeto. O homem colocou/pendurou os seus óculos na ponta do nariz e folheou a coisa, fazendo uns trejeitos com as sobrancelhas. Disse que não. Que não, como? perguntou Helveg. O outro disse-lhe que não era do seu departamento e que, se fosse, jamais lhe daria licença para uma profanação daquelas.

— Não é profanação — disse Helveg.

O homem não respondeu, mas estendeu o braço, devolvendo a papelada ao estrangeiro.

Gunnar Helveg saiu dali tão desanimado que entrou num hotel de cinco estrelas, comprou uma garrafa de vodka e bebeu-a. Toda, até ao fim. Adormeceu com a cabeça desmaiada no balcão. O barman, cauteloso, havia-lhe perguntado onde estava hospedado, por isso, quando Helveg adormeceu, a ressonar no meio do bar do hotel, fez um telefonema. Atendeu Nachiketa Mudaliar: sim, tinham um estrangeiro hospedado no hotel, um homem de óculos, alto, de ombros mortos. Nachiketa Mudaliar disse que iria buscá-lo. Avisou Singh.

— Vou buscá-lo, patrão.

— Ele que encontre o caminho — disse Singh.

— Não podemos deixá-lo ali — disse Nachiketa.

— Quem? — perguntou Masih.

— O senhor Gunnar Helveg — disse Singh.

— Quem? — perguntou Masih.

— O estrangeiro — disse Nachiketa.

— Isso são os hotéis caros a quererem livrar-se dos clientes depois de estes lhes terem enchido os bolsos — disse Singh.

— Vou buscá-lo, patrão, no worry, no hurry, chicken curry — disse Nachiketa.

— Muito bem — disse Singh.

Nachiketa Mudaliar saiu do hotel e caminhou durante cem metros, descendo a avenida. Virou numa rua estreita, com cotos de palmeiras mortas no passeio de cimento. Viu o hotel de cinco estrelas: era enorme, com luzes nos lugares certos, piscina nas traseiras, jardim com jogo de xadrez gigante, peças do tamanho de pessoas no meio das árvores. Nachiketa atravessou o jardim, passo apressado, e entrou no lobby. Dirigiu-se ao balcão, cumprimentou aqueles que considerava colegas e perguntou pelo bar. Um segurança começou a gritar com ele, Nachiketa Mudaliar gritou com o segurança, vinha buscar o estrangeiro, tinham-lhe telefonado da recepção.

Encontrou Gunnar Helveg sentado no chão, nas traseiras do bar, lugar onde o tinham colocado para não criar mau ambiente junto dos hóspedes. Nachiketa Mudaliar tentou acordá-lo com palmadinhas na cara. Debalde. Correu até ao bar e pediu um copo de água ao barman. Voltou para junto do estrangeiro adormecido e enfiou o indicador e o dedo médio dentro do copo, sacudindo-os depois para fazer salpicar umas gotas de água fria sobre a cara de Gunnar Helveg. Nachiketa Mudaliar repetiu a operação mais uma vez. Esperou uns segundos... Despejou o copo de água contra o rosto do estrangeiro. Gunnar Helveg abriu os olhos de imediato, parecia completamente acordado, mas voltou a fechá-los de seguida. Voltou a abri-los, voltou a fechá-los, voltou a abri-los, voltou a fechá-los. Depois de várias tentativas, quis levantar-se. Mudaliar pôs os braços debaixo das axilas do estrangeiro e ergueu-o do chão. Conseguiu que Helveg se endireitasse e caminhasse ao seu lado, apoiado em si. Passaram pelo xadrez gigante — Gunnar Helveg cumprimentou um peão e insultou o bispo branco — e saíram do recinto do hotel. Nachiketa Mudaliar foi abordado por vários taxistas e condutores de riquexó, mas não tinha dinheiro, por isso manteve-se firme na sua tarefa de arrastar o estrangeiro, são e salvo e à custa de um tremendo esforço físico da sua parte, até ao seu respectivo quarto no Imperial Comfort.

No dia seguinte, Gunnar Helveg acordou com uma dor de cabeça profunda, que se abatia na vertical e lhe chegava aos pés. Chamou Nachiketa Mudaliar e pediu que o pequeno-almoço lhe fosse servido no quarto. Nachiketa levou-lhe pão, torradas, doce, mel, café e leite. O estrangeiro disse: senta-te.

Nachiketa Mudaliar sentou-se, mãos entre as pernas, na borda da cama.

— Preciso de ajuda. Já ouviste falar dos dois dervixes ladrões?

— Já — disse Nachiketa, mãos entre as pernas.
— As pessoas dizem que são gémeos.
— E não são?
— São, mas de um modo surpreendente. Não são filhos dos mesmos pais.
— Como é que isso é possível?
— Não importa. O que interessa é que preciso de ter acesso ao interior dos seus túmulos.
— Impossível, Helveg sahib.
— Temos de conseguir. Quem é o responsável pela tariqa, pela ordem dos dervixes que vivem no mosteiro anexo ao mausoléu? Julgava que era um departamento do Estado.
— Não sei quem é, Helveg sahib. Sou hindu e sei muito pouco sobre essas coisas.
— Leva-me ao túmulo deles.

Helveg tirou uma nota e abanou-a à frente do nariz de Nachiketa Mudaliar.

— No worry, no hurry, chicken curry — disse ele.

À entrada do túmulo dos dervixes ladrões, Helveg e Nachiketa Mudaliar cruzaram-se

۴۱

À entrada do túmulo dos dervixes ladrões, Helveg e Nachiketa Mudaliar cruzaram-se com Aminah, que levava uma criança nos braços. Nachiketa sabia que aquele rapaz não era filho dela. A história de Bibi e Fazal Elahi era conhecida de muita gente, senão da cidade inteira. Nachiketa Mudaliar parou antes de entrar. Não iria mais longe. Helveg avançou, tentou comunicar com o grupo de dervixes que contavam sementes de papaia em cima de um lençol branco, mas foi ignorado. Tentou comunicar mais uma vez. E depois mais outra. A certa altura, surgiu um homem vestido de branco com um pau na mão. Vinha a gritar. Helveg ficou tenso, os ombros mortos quase vivos, os olhos azuis fixos no outro. Falou-lhe em inglês, o outro baixou o pau e riu-se. Mandou-o seguir até às traseiras do mausoléu, lugar onde tinha uma pequena sala de meditação e um escritório com um telefone, uma prateleira de arquivos, vários sapatos abandonados. Quando Helveg ia a entrar na sala, o dervixe bateu com o pau no chão, mandou o estrangeiro descalçar-se e Helveg descalçou-se. O estrangeiro explicou o motivo da sua presença naquele lugar tão especial onde os dervixes ladrões haviam sido sepultados. O dervixe garantiu-lhe que o que ele queria era impossível. Completamente impossível. O estrangeiro acenou com umas notas. O outro riu-se. Disse-lhe: apareça aqui, hoje, às dez horas da noite.

A noite era calma, como se estivesse

۴۲

A noite era calma, como se estivesse deitada a dormir todos os sonos de todos os homens. Um carro preto, alemão, parou junto a uma venda de kebabs, numa rua estreita. O general Ilia Vassilyevitch Krupin, vestido com o habitual traje da cor da cereja, saiu do carro, afastou roupas penduradas num estendal — uma manta, três toalhas verdes — e bateu à porta do edifício de dois pisos que se erguia à sua frente. Quando lhe abriram a porta, o general afastou o homem — que era careca e tinha bigode, mas não tinha barba —, deu uns pontapés nas mesas que se atreveram a estar paradas à sua frente, pisou a mão de Bilal (que não sentiu nada), agarrou em Dilawar pela nuca e levou-o para o carro.

Quando chegaram a casa, a mulher de Vassilyevitch Krupin correu para junto do general a implorar que se acalmasse. O general disse, com a sua voz mais calma:

— Os filhos que tu me deste, mulher... O mais novo trocou o carro que lhe dei há um mês por uma coleção de revistas pornográficas americanas, e este — apontava para Dilawar — sempre que não está a arranjar problemas com mulheres ou a espancar alguém com o seu bando de amigos, está em casas de ópio. Não me importo que ele não siga a lei, homens como nós não seguem nada, são as leis que têm de nos seguir a nós. Mas importo-me que seja um palerma, um porco imbecil. Veremos o que farei quando ele acordar.

Dilawar tremia, deitado no chão, sem grande consciência do que se passava.

A noite não usava vento

۴۳

A noite não usava vento nenhum, os carros tinham acalmado o seu fulgor diário. Gunnar Helveg apareceu à porta do mausoléu dos dois ladrões à hora marcada. O dervixe já o esperava, sentado no chão, a fumar um cigarro, vestido com calças de ganga e uma camisa aos quadrados azuis, vermelhos e laranja. Helveg cumprimentou-o, o dervixe não disse nada. Helveg perguntou se poderiam entrar no mausoléu, mas o dervixe manteve-se calado. Fez apenas um gesto com a mão para manter o silêncio. Passados cinco minutos, apareceu um táxi. O dervixe entrou no carro e, fazendo um gesto com o braço, mandou o estrangeiro entrar. Helveg obedeceu sem perceber o que se passava, para onde iriam. Perguntou isso mesmo, para onde vamos, mas o dervixe ignorou-o, debruçando-se sobre o motorista e dando-lhe indicações para que os levasse para o centro. Percorreram a grande avenida que atravessa a cidade, iluminados pelas luzes da Grande Mesquita, e pararam junto a um hotel. O dervixe disse ao estrangeiro que pagasse. Sem saber quanto deveria pagar, Helveg hesitou: How much? O dervixe, impaciente, tirou-lhe a carteira, abriu-a e entregou duas notas ao motorista, que agradeceu com um sorriso. Saíram do táxi, atravessaram a estrada e entraram no hotel. Chamava-se Presidential, tinha cinco estrelas, uma delas apagada pelo tempo, dando-lhe a aparência de quatro. Junto ao bar havia uma porta, o dervixe encaminhou-se para lá e Helveg seguiu-o.

— Isto é uma discoteca — disse Helveg.
— É — confirmou o dervixe.
A maior parte da clientela era oriental.
— O que é que estamos a fazer aqui?
— Estamos a divertir-nos.
Helveg viu três mulheres sentadas em mesas diferentes. Duas sozinhas e outra no meio de um grupo de homens. Esta última tinha umas unhas enormes, quase grotescas, um cigarro na mão, todo branco, fino e comprido, tinha os lábios pintados de verde, e via-se-lhe o umbigo, pois a camisola, castanha e justa, não o tapava. Quando se levantou, durante o trajeto até à casa de banho, puxou as calças duas vezes para cima. Via-se que a idade já não lhe cabia nas calças.

— Há poucas mulheres — disse Helveg.
— São prostitutas.

Uma bola de espelhos cuspia luzes de muitas cores contra a cara do dervixe, contra a cara de Helveg, contra todas as caras.

— Como é que se sabe isso?
— São as que estão sozinhas ou a fumar. Ou ambas as coisas.
— E como é que nos vamos divertir?
— Eu vou dançar.

A noite foi longa, o estrangeiro gastou

۴۴

A noite foi longa, o estrangeiro gastou muito dinheiro em muitas coisas.

— Muito bem, amanhã à noite encontramo-nos outra vez, à mesma hora, à porta do sepulcro — disse o dervixe.

— Ouça, não volto àquela discoteca.

— Não voltamos à discoteca, que eu não quero que se torne uma pessoa feliz. Dar-lhe-ei os seus túmulos, que bem precisa. O senhor tem um propósito.

Helveg ficou a olhar para ele, mas não disse nada. Parecia pensativo.

No dia seguinte, conseguiu entrar no mausoléu para recolher amostras de DNA dos dois dervixes ladrões. Os túmulos eram despojados, quase sem decoração — apenas algumas palavras gravadas, apenas umas frases que aludiam à forma de roubo que aqueles santos praticavam —, e exalavam um cheiro estranhamente perfumado, como se ali houvesse um canteiro em vez de cadáveres. Helveg exultava, os óculos tremiam-lhe das lágrimas.

Quando saía do segundo túmulo, entrou um dervixe. Mas não era o mesmo que o levara ali. Helveg não fazia ideia de como sair daquela situação. Não quis incriminar o líder da tariqa, que lhe tinha permitido o acesso aos túmulos, por isso começou a falar em norueguês. O outro falava punjabi, gritava punjabi. Apareceram outros dervixes, que dormiam no edifício anexo, no mosteiro. A tampa de madeira de um dos túmulos ainda estava fora do lugar, mas Helveg tentava desajeitadamente resolver a situação e empurrava-a com uma das mãos, mas sem se virar para trás. Tudo se adensou. Os dervixes discutiam entre si. Ninguém sabia ao certo o que fazer e Helveg mantinha as suas palavras norueguesas. Um dervixe espreitava para dentro do túmulo, outro dervixe abria a mala de Helveg para ver o que se passava lá dentro. Esperavam encontrar ossos dos dois dervixes ladrões ou alguma joia. Não viram senão utensílios bizarros sem qualquer significado. A discussão entre alguns dervixes intensificou-se. O líder da confraria apareceu e disse que o estrangeiro era perigoso, e era exatamente por isso que deveriam deixá-lo sair, ninguém quer ter uma cobra junto de si. Dois dervixes mais novos deram um pontapé num mais velho. Helveg conseguiu sair no meio da confusão. Correu até encontrar um riquexó e deu a morada do seu hotel.

— Imperial Comfort, please.

– Porque é que se amaldiçoa até à sétima

۴۵

— Porque é que se amaldiçoa até à sétima geração? — perguntou Fazal Elahi. — Accha, é muito simples, é só fazer as contas, cada um de nós tem, na sétima geração, sessenta e quatro antepassados, acho que fiz bem as contas, oito vezes oito. Escuta, primo, começa connosco, depois dois pais, quatro avós, oito bisavós, dezasseis trisavós, trinta e dois tetravós e sessenta e quatro pentavós, ou seja, os mesmos antepassados que as casas do xadrez.

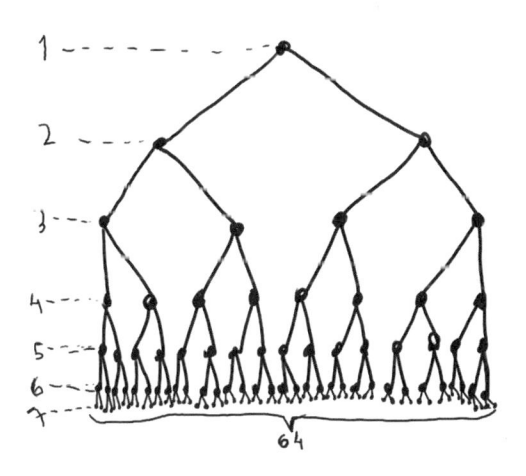

Badini disse que aquilo era tudo uma parvoíce, mas Elahi discordou, pois gostava de encontrar significados nas coincidências numéricas. Badini disse que o primo encontraria sempre este tipo de coisas, bastava procurar, mas que não havia relação nenhuma entre o xadrez e as gerações amaldiçoadas. Elahi contra-argumentou, dizendo que havia, que estava tudo ligado como se fosse um tapete, o primeiro ponto não está separado do último, e se alguém mexer num deles mexe inevitavelmente nos outros. Badini concordou, mas com reservas, queixou-se de que era difícil de explicar com os dedos. Elahi rebateu, se é difícil de explicar, é porque não é verdade, a verdade é algo muito simples, e se os dedos não forem capazes de a transmitir, é porque estamos perante mentiras.

Salim desceu as escadas a correr e Fazal Elahi assustou-se, por as escadas serem muito íngremes. Salim olhou para o jogo de xadrez que se desenvolvia entre o pai e Badini. Correu na direção dos dois homens, Fazal Elahi sorriu e abriu os braços, pois esperava um abraço, mas Salim ignorou a pretensão do pai, correu para o espaço preenchido pelo tabuleiro de xadrez, com as asas abertas, sdfffffgfff, fsgdgfffffff, sdffgfgggggg, e atropelou o jogo. Derrotou o exército branco e o exército negro, as peças voaram, todas mortas, pelo ar, pela sala, e caíram inertes no chão atapetado. Salim riu, Fazal Elahi ficou prestes a rebentar, Badini mantinha-se afastado, como se fosse um quadro pendurado na parede. Fazal Elahi soltou um gemido, correu atrás do filho, haveria de o apanhar e, com toda a certeza, haveria de o corrigir.

Equilíbrio absurdamente/moralmente/esteticamente desequilibrado

No dia seguinte àquele em que o pai

۴۶

No dia seguinte àquele em que o pai decidiu arrastá-lo do antro do ópio até casa, Dilawar acordou numa das gaiolas das traseiras, numa das gaiolas de ferro, todo nu, exposto ao sol da manhã. Dilawar mal cabia na gaiola, pernas dobradas, braços agarrados ao corpo. O Sol ameaçava ficar mais alto, como sempre costumava fazer, todo luminoso. O general Krupin bebia uma chávena de café e, da varanda, olhava para o filho. Coçou o olho esquerdo e sorriu.

A meio da tarde, depois da oração, o general

۴٧

A meio da tarde, depois da oração, o general Ilia Vassilyevitch Krupin desceu as escadas de casa, saiu para as traseiras, para onde tinha as gaiolas. O seu filho Dilawar ardia em febre, acocorado dentro da gaiola, com a pele vermelha e empolada do sol. O general Krupin abriu a gaiola, mas Dilawar não conseguia mexer-se. Tudo lhe doía. O general pegou-lhe por um braço e puxou-o, enquanto o filho gritava. O general disse que aquilo eram gritos de mulher. A pele roçava nas grades, a dor era insuportável. O general chamou-lhe paneleiro infiel e continuou a puxar o filho para fora, como uma parteira. Quando finalmente conseguiu tirá-lo da gaiola, mais aos seus gritos de mulher, Dilawar estava sem sentidos e com o pé esquerdo partido, pois tinha ficado preso nas grades, todo torcido.

— Isto há de mostrar-te muitas coisas. Que a lei fazemo-la nós, mas de acordo com um plano. Não a quebramos para nossa ruína, mas sim para nossa felicidade. E isso exige esforço, sofrimento. O tempo que passas dentro da gaiola é força que acumulas.

Dilawar continuava desmaiado enquanto o pai lhe ensinava a ser poderoso como um galo de luta.

Repetiu muitas vezes, enquanto o carregava aos ombros, com a voz grossa: como um galo de luta, como um galo de luta, como um galo de luta, como um galo de luta.

A mãe de Dilawar correu para o quarto do filho mais velho. Ficou parada quando o viu, todo queimado pelo sol. Olhou para o marido, que sorria, e disse-lhe que era melhor levar Dilawar ao hospital, mas o general Ilia Vassilyevitch Krupin respondeu que nem pensar nisso, a pele recuperaria em pouco tempo, o pé também, e a alma já estava curada. Quando o general saiu do quarto, a mãe abraçou o filho, mas Dilawar, semiacordado, repeliu-a com o braço, fazendo-a cair no chão. Ela levantou-se, sacudiu a roupa, correu para a casa de banho e trouxe um copo com água e dois comprimidos dissolvidos. Agarrou na nuca de Dilawar e deu-lhe de beber.

Disse Tal Azizi: Uma janela aberta

۴۸

Disse Tal Azizi: Uma janela aberta é da cor da paisagem. Fazal Elahi olhava por uma, para a rua, e nessa rua não havia apenas carros infinitos, ou pessoas inumeráveis, eram sobretudo memórias. Lá em baixo, o sapateiro viu Elahi à janela e acenou. Fazal Elahi não o viu, pois tinha os olhos pousados noutros lugares, a visão tem esse estranho poder de olhar para um lugar e ver outro, ver algo completamente diferente, os olhos não olham sempre para o presente. Fazal Elahi lembrava-se de Bibi, sentia a sua falta, lembrava-se de como a conhecera, de como se atirara para os seus braços como um imprudente, de como ela confiava nas mãos de alguém para a agarrar, e, contudo, nada daquilo parecia Bibi, que era tão distante. Como é que se pode ser tão dependente das mãos dos outros e no entanto revelar uma frieza tão profunda? Mas Bibi não era fria, emendava-se Elahi, era intensa. Tinha momentos de verdadeiro ódio, especialmente contra a religião e os costumes. Mas que somos nós sem os costumes, não é, Bibi? Tornamo-nos fantasmas, porque um homem é um homem pela força do hábito. Se eu aparecer num palco uma vez, não sou um cantor, sou um invasor de palcos. Com licença, Bibi, mas só serei um cantor quando repetir essa circunstância muitas vezes. Se fizer um sapato, não sou nada, mas se fizer muitos, sou um sapateiro. É assim, luz da minha alma, o costume é esta repetição, é algo que faz de nós o que nós somos, é preciso repetir, glória a Alá. Bibi não concordava com aquela maneira de pensar, preferia ser livre. Muçulmano quer dizer servo, dizia ela, e Fazal Elahi argumentava que não é servidão entregarmo-nos à liberdade, Alá é esse espaço, essa prisão onde podemos ser o que quisermos, que nós não somos livres nas ruas, mas fechados dentro de casa. Aí podemos correr nus, podemos ser nós, podemos gritar, até podemos comer porco e beber vinho francês, mas temos de estar fechados. Como uma mulher dentro de uma burca?, perguntava ela. Não, não pode ser, pois não Fazal Elahi? Alá tem de ser como o espaço, como o ar. E Elahi perguntava-lhe: Como quem se atira de um trapézio? Não sei, Fazal, não sei, dizia ela, e depois sacudia os cabelos, acendia um cigarro, sublinhava que Alá não é liberdade, é uma prisão. Fazal Elahi rebatia, repetindo que a liberdade consiste em amar os limites, e quem se entrega a uma prisão, de livre vontade, não encontra um castigo, mas a liberdade e a felicidade. É assim, Bibi. E ela ria-se porque achava ridículo que Deus pudesse ser uma prisão em vez de ser os campos à volta dela.

Por vezes, Elahi dizia-lhe que o seu hálito cheirava a álcool, e ela mostrava um rosto de fúria e dizia: Os muçulmanos não bebem. E Fazal Elahi concordava: Claro, não bebem, peço desculpa.

As memórias são mortas por campainhas (quando tocam). Fazal Elahi desceu as escadas, ainda cheio de lembranças, e viu a silhueta do general na sala. Estava de costas, e Fazal Elahi não pôde deixar de reparar na falta de pescoço, na maneira como a cabeça parecia colada ao corpo, sem aquele segmento que dá tanta elegância às pessoas, militares ou civis. O general voltou-se, sublinhando a impressão de Fazal Elahi, pois a sua cabeça não se mexeu, rodou com o resto do corpo, como um boneco de madeira.

O general disse que vinha buscar Elahi para um grande momento.

— Um grande momento? — perguntou Fazal Elahi.

— Enorme — respondeu o general Ilia Krupin, com os braços abertos como um deus cristão.

O carro alemão avançava a grande velocidade. Fazal Elahi agarrava-se

۴۹

O carro alemão avançava a grande velocidade. Fazal Elahi agarrava-se ao banco. O general conduzia, apitando assiduamente. Onde vamos?, perguntava Elahi, mas o general não respondia à pergunta e dizia apenas que era surpresa.

Todos os sonhos de Gunnar Helveg se passavam

⚘·

Todos os sonhos de Gunnar Helveg se passavam no mesmo mês, em Fevereiro. Naquela noite acordou sobressaltado porque o seu sonho se passara noutra altura do ano. Seria Verão?, perguntou Helveg a si mesmo, pois sonhara com ameixas e o mar transparente e o Sol profundo. Acendeu a luz, olhou para a sua mala: ainda estava no lugar onde a deixara há algumas horas, quando chegara ao hotel com as preciosas amostras do DNA dos dervixes ladrões. Sentou-se na cama, de cuecas brancas, camisola de alças, meias azuis. Helveg dormia sempre de meias calçadas. Levantou o braço esquerdo e cheirou o sovaco correspondente. Levantou o braço direito e cheirou o sovaco correspondente. Sentiu um cheiro estranho, mas depressa chegou à conclusão de que não provinha do seu corpo. Parecia que alguém se esquecera das torradas a fazer. Ouviu sereias a apitar, coçou os olhos, levantou-se, pisando a carcaça de uma barata morta há dezassete dias, abriu os cortinados vermelho-escuros e viu o incêndio. Estava tudo cheio de fumo, havia pessoas a correr de um lado para o outro. Bateram-lhe à porta, com violência. Já vai, disse Gunnar Helveg. Insistiram. Helveg gritou que estava em cuecas e que estava a vestir-se, já ia abrir a porta. Os bombeiros entraram pelo quarto adentro, derrubando a porta.

O hotel estava a arder, alguém tinha atirado uma garrafa de gasolina, depois outra, depois outra, depois muitas, e quem passou na rua àquela hora pôde reparar que os responsáveis pelo crime eram dervixes furiosos, dervixes vestidos de branco que gritavam ofensas e despejavam gasolina. Nachiketa Mudaliar estava muito nervoso e corria de um lado para o outro, fardado, camisa branca, laço, calças pretas, descalço. Passou por um bombeiro, no worry, no hurry, chicken curry. Singh não queria saber do fogo.

— O que se passa? — perguntou Masih.
— Está tudo a arder — disse Nachiketa Mudaliar.
— A arder? — perguntou Masih.
— A arder — confirmou Nachiketa Mudaliar.

Singh não dizia nada, sentado no átrio a fumar. Foi assim que os bombeiros o encontraram, foi assim que os bombeiros passaram por ele para ajudar Gunnar Helveg a sair em segurança do edifício em chamas e foi assim que Masih passou por ele a perguntar quem teria incendiado o hotel. Os bombeiros pegaram na cadeira onde Singh se sentava e levaram-no assim, como um rei. Da mobília do hotel só sobrou essa mesma cadeira. Gunnar Helveg gritava que tinha a mala lá dentro, a descoberta do século, e Masih perguntou: Que século? Singh agarrou-se à cadeira e, quando todos julgavam que manifestava uma espécie de amor pelo que restava do mobiliário de um hotel com décadas de vida, o que acontecia era mais prosaico, era um ataque cardíaco.

A poeira cobria tudo.
O general Krupin estacionou

۵۱

A poeira cobria tudo. O general Krupin estacionou perto de uma grande multidão. Entrou juntamente com Fazal Elahi num enorme recinto enlameado e rodeado por bancadas de madeira. O general levava um chapéu de astracã e usava a habitual roupa da cor da cereja.

Sentaram-se num lugar especial, mesmo junto aos lutadores. Havia dois, uma grande final. O general perguntou:

— Então, não é uma boa surpresa? Sabes quem é aquele que está a disputar a prova?

— Não sei — disse Fazal Elahi.

— É o meu filho.

— Com licença, o mais novo?

— Não, este é o segundo mais velho.

Os lutadores usavam apenas um pano a cobrir toda a zona pélvica.

— Peço perdão, não o reconheci assim, quase nu — disse Fazal Elahi. — Quando é que o vi pela última vez? Faz muitos anos, com certeza que sim, seria impossível esquecer-me da cara dele, Alá não o permitiria.

— O meu filho aprendeu a lutar com um mestre que foi aluno do grande Gama.

— O leão do Punjab. O grande Gama nunca foi vencido. O meu pai conheceu-o.

— Eu sei, Fazal Elahi, foi o teu querido pai que me pôs em contacto com o ustad que agora ensina o meu filho.

— O meu pai contava-me muitas histórias do grande Gama, que saudade tenho do meu pai, paz à sua alma.

— O que achas disto?

— Disto, o quê?

— Da final.

— Gosto muito. Accha, maravilhoso.

Fazal Elahi não gostava nada de lutas. Diziam-lhe que o pehlwani era um bom desporto, uma atividade saudável, que fazia bem à mente, ao espírito, aos jovens, mas Elahi não acreditava. Era verdade que conhecera lutadores que eram perfeitamente pacíficos, mas pensava: uma arma é pacífica quando não dispara, mas tem sempre a capacidade de matar. O mudo Badini, que, estranhamente, gostava de assistir aos combates de pehlwani, dizia que se aprendia muito com aquilo, tanto a ver quanto a lutar, mas essa aprendizagem era matéria que parecia vedada aos olhos de Elahi.

O general vibrava com o filho, urrava para o recinto e incentivava-o de um modo tão poderoso que parecia uma ordem, algo que o obrigava a ganhar. Não havia espaço para arbitrariedades, só havia espaço para a vitória. Isso era evidente nos seus gestos, nas sobrancelhas, nos olhos claros.

— Sabes que podes contar-me tudo o que te preocupa, Fazal Elahi. Sou teu amigo. O teu pai foi uma pessoa muito importante para mim e eu sei respeitar estas coisas e dar-lhes a importância que merecem. Confias em mim?

Fazal Elahi disse que sim.

O general recomeçou a gritar para o filho. Era como se o outro lutador não existisse e não fosse obstáculo nenhum. O seu filho ganharia porque esse era o único desfecho possível.

— Se, por acaso — disse o general a Elahi —, precisares de conselhos, de um amigo, se alguém te chantagear...

— Chantagear?

— Sim, chantagear. Imagina que aquela adúltera com quem casaste...

— A Bibi, luz... a Bibi?

— Essa.

— Passaram quatro anos desde que ela fugiu. Nunca mais a vi.

— De certeza?

— Absoluta. Que Deus me livre de mulheres como aquela.

— Bem, então, imagina que ela voltou. Se precisares de ajuda, diz-me só onde ela está. Basta isso.

O general continuou a gritar para incentivar o filho. Um bocado de lama salpicou do recinto e caiu junto aos pés de Fazal Elahi.

O mudo Badini levou um borrego

۵۲

O mudo Badini levou um borrego para ser morto no quintal. O animal era branco, dócil, leitoso. Badini afiou a faca (brilhava ao sol, atirando reflexos de luz contra os olhos de Aminah, Salim e Elahi), e, de seguida, cortou o pescoço do borrego sem danificar a espinal medula para que o coração pudesse continuar a bater e o sangue pudesse continuar a correr. O animal caiu de joelhos sem qualquer ruído, lentamente, lentamente, lentamente. Quando todo o sangue foi drenado, Badini cortou a cabeça do borrego. Salim começou a correr de um lado para o outro e, quando o animal ficou estendido, exangue, no chão do quintal, pulou em cima dele. Badini riu-se (silenciosamente) e cortou os chifres do borrego com um machado, dando-os a Salim.

Aminah fez um estufado com a carne. Estendeu no chão do quintal umas mantas (cujo tecido era feito de toalha e as flores eram feitas de jardim, como escreveu o mudo Badini), e povoou-as de vegetais, iogurte, frutos secos e chapati. Os homens sentaram-se à volta da comida, no chão. Comiam com as mãos, com a ajuda do pão, de pernas cruzadas. Fazal Elahi disse a Badini:

— Escreve mais uns versos sobre este momento.

O primo, com a boca cheia, fez um gesto com a mão: Agora estou a comer. Depois.

— Não precisas da boca para falar.

Badini suspirou.

— Há uma semana — disse Elahi —, o general Krupin mandou-me chamar. Estava eu na fábrica quando apareceu um dos seus filhos, o Dilawar. Saí depois das orações e fiz-lhe uma visita no escritório. Sabes o que queria?

Badini disse que não fazia ideia.

— Perguntou-me se tenho visto a Bibi.

— Ela não tinha fugido
  para outro país qualquer,
  daqueles que ficam longe?

— Foi o que eu disse ao general. Que ela tinha fugido e que nunca mais a vi. Mas ele insistiu.

— As intenções dos homens
  são difíceis de perscrutar.
  As do general Krupin ainda são mais.

— Mas não é tudo. Há dias fez-nos uma visita aqui em casa. Queria apenas saber como estávamos, perguntou-me pelo negócio, falou-me do Governo. Visitar alguém sem um propósito muito definido, planeado, não é coisa que ele costume fazer, pois não? Perguntou-me pela Bibi, eu disse-lhe que não sabia de nada. Não percebo o que se passa. Ontem levou-me a ver um combate. O filho, o segundo mais velho, cujo nome não me lembro, era um dos lutadores.

— Gosto de pehlwani.
  Aprende-se muito.

— Sim. Mas o que o general Krupin queria era saber se eu tinha notícias da Bibi. Não é estranho, primo? Tanta insistência?

— As intenções dos homens
  são difíceis de perscrutar.
  As do general Krupin ainda são mais.

Salim brincava pelo meio deles, com os braços abertos, sedfgsdfgsdfgff, sdfhsfghdfghdfdddddd, kkkkhkghfddddd.

Quando se cansou de ser um avião, sentou-se a segurar os chifres do carneiro por cima da cabeça.

— No outro dia tive uma ideia — disse Elahi. — Que tal construirmos uma fábrica de poesia, cheia de homens de fato e gravata a trabalhar durante todo o expediente para produzir versos? Usavam a tua máquina de afinar poemas e podiam criar milhares por dia.

— Era um pesadelo,
   não era?

— Era.

De repente, ouviu-se um tiro na rua, uns gritos alongados, e toda a gente se levantou para ir ver o que se passava. Badini, que tinha a perna esquerda perfeitamente dormente da posição em que estava sentado, coxeou. Abriram o grande portão de metal e espreitaram. A rua parecia calma e Fazal Elahi disse isso mesmo: Está tudo calmo. Badini concordou com um aceno da cabeça silenciosa.

Quando voltaram a sentar-se à volta dos pratos, e para desespero de todos, encontraram Salim ensanguentado, derramado no chão. Aminah começou a gritar e agarrou-o. Abanou-o algumas vezes, sempre a gritar, mas Salim não dava sinal de vida. Fazal Elahi estava paralisado. Uma bala perdida, pensou, uma coisa tão pequena. A desgraça é feita de pequenas coisas, de detalhes, e os detalhes mais perniciosos são de metal. São balas.

A notícia do incêndio focava-se, acima

53

A notícia do incêndio focava-se, acima de tudo, no trabalho de Gunnar Helveg. Um primo seu, um famoso orientalista, ter-lhe-ia garantido que os dervixes ladrões eram gémeos, mas que tinham vivido em séculos diferentes. A intenção de Gunnar Helveg era provar, com um exemplo documentado, a improbabilidade da existência de gémeos sem qualquer laço familiar e com desfasamento temporal. Helveg apareceu na televisão a explicar que a combinação genética, apesar de ter muitas hipóteses, não é infinita, e, apesar de ser altamente improvável, é matematicamente possível que duas pessoas que tenham vivido em épocas diferentes e não tenham qualquer relação de parentesco possam ter nascido com a mesma combinação genética. Uma vez, contou Helveg, uma bióloga dissera-lhe que as combinações possíveis, incluindo mutações, epigenética, etc. seriam quase infinitas. Helveg comentou que "quase infinito" é uma das mais estranhas expressões possíveis, na medida que, se tivermos milhares de coisas, evidentemente, estamos longe do infinito. Se tivermos milhões de coisas, evidentemente, estamos longe do infinito. Se tivermos biliões de coisas, evidentemente, ainda estamos longe do infinito. Na verdade, por mais que tenhamos, temos sempre algo infinitamente pequeno se comparado com o infinito. Não existe nada mais errado do que a expressão "quase infinito" e é patético que seja usada por cientistas. Foi isso que disse Helveg à bióloga.

Nachiketa desligou a televisão do hospital. As pessoas da sala de espera começaram a insultá-lo. Um homem levantou-se, empurrou-o e voltou a ligar a televisão. Helveg já não estava a ser entrevistado, agora era a vez de Kamil Khan, estrela de críquete dos Black Kraits.

Nachiketa Mudaliar subiu as escadas para o segundo piso, procurou o quarto 251 e entrou. Singh estava de olhos fechados, a soro, debaixo de uma cama, pois não havia lugares suficientes para os convalescentes. Por cima dele, deitado na cama, estava um paciente que sofria de elefantíase. Singh olhou para Nachiketa e apontou para cima:

— Ontem rebentou-lhe a elefantíase e acordei com o sangue dele a escorrer para cima de mim. Senti uns pingos, pensei que fosse humidade, depois mais pingos, depois mais pingos, abri os olhos e estava tudo cheio de sangue, cada vez mais pingos, as minhas roupas, mais pingos, a minha cara, tudo. Chamei o médico e implorei pelos deuses. Que se fodam todos.

Nachiketa Mudaliar disse:

— Mas está tudo bem, não é?

— Está tudo bem. O hotel foi-se e só sobrou uma puta de uma cadeira. É para me sentar onde? O cão do Masih nem veio visitar-me. A amizade também deve ter ardido com a mobília.

Perguntou Nachiketa Mudaliar:

— O que vai fazer agora?

— Vou para sul. Tenho lá um terreno. Vou semear arroz e ser feliz. Queres vir comigo? Sabes que és um filho para mim.

Nachiketa Mudaliar quis dizer a Singh que gostaria de ir com ele, plantar arroz e ser feliz, mas não foi capaz. Por causa de Aminah.

— Queres vir comigo? — perguntou novamente Singh, com os olhos marejados.

Nachiketa não respondeu. Levantou-se e saiu. Passou pelos doentes sentados ao longo do corredor e, no átrio, ainda ouvia os insultos de Singh.

Apenas mexia ligeiramente

۵۴

Apenas mexia ligeiramente a perna esquerda, pois ainda a sentia dormente. De resto, Badini mantinha-se parado e não parecia perceber o que havia acontecido.

Aminah caiu de joelhos e agarrou-se às pernas do irmão para não se deixar arrastar pela dor e desaparecer pelo chão como se fosse uma lágrima a cair na areia. Fazal Elahi olhava, incrédulo, para o seu destino opaco. Era tudo sangue. O seu futuro era uma criança estendida num quintal. Podiam fazer o tempo desenrolar-se de todas as maneiras possíveis, mas para ele acabava ali, numa criança que era sangue por todo o lado. Uma criança morta é um abismo muito grande e Fazal Elahi debruçava-se sobre esse vazio, que era o corpo do filho. Parecia e sentia-se outra pessoa, era como se não fosse ele que se debruçava. Depois teve uma vontade urgente de apagar aquilo que via, como os professores apagam os quadros de xisto cheios de números e suras do Alcorão, coisas tão brancas em cima da escuridão. Mas Elahi não conseguia apagar o passado, pois este é mais teimoso do que o giz. Sentia-se uma nuvem, um bocado de mar, separado de si mesmo, sem saber o que era nem porque pairava nem porque não chovia o seu corpo pela terra abaixo. Foi quando Salim se levantou da poça de sangue onde estava.

A rir.

Era um rapaz outra vez e não uma dor qualquer estendida na terra. Elahi pensou que o passado é como o giz, afinal apaga-se, afinal é possível escrever outra frase. Salim ria. Parecia um demónio, cheio de sangue pelo corpo, pela cara e pelas roupas. Começou a dançar e a cantar as mesmas canções obscenas que a mãe cantava. Ouvia-as dos outros miúdos e, por acaso ou herança, gostava daquelas de que a mãe também gostava.

Quando, momentos antes, todos se haviam levantado para ver o que se passava na rua, Salim havia agarrado num pedaço das vísceras cruas do carneiro e passara-as pela cara. Agora ria. Levantara-se e dançava com a cara suja de sangue. Aminah ficou uns momentos parada a olhar para ele, incrédula, perplexa, até perceber que era uma brincadeira, e depois puxou-o para si, com lágrimas nos olhos, dizendo "meu menino, meu menino". Fazal Elahi continuava imóvel, e Badini voltara a sentar-se. O rosto de Elahi começou a ficar vermelho. Parecia mesmo morto, dizia Salim, enquanto ria da cara do pai, da cara de Aminah, de como os tinha enganado. Parecia mesmo morto. Parecia mesmo morto. Parecia mesmo morto. Não parecia, baba? Aminah repetia "meu menino, meu menino". Fazal Elahi entrou em casa e voltou com uma vergasta.

Os gritos de Salim ouviram-se por todo o comprimento da rua.

O cavalo de madeira era invisível. Salim imaginava

55

O cavalo de madeira era invisível. Salim imaginava montá-lo e imitava os gestos que fazem os cavaleiros, esporeava o animal, batia-lhe na garupa. Andava sempre com ele, com o seu cavalo invisível, e, quando saía de perto de alguém, normalmente era a cavalgar. Elahi ficava furioso sempre que o via fazer isso. Badini dizia que era normal, todas as crianças são assim, mas Elahi não tinha paciência e não queria que Salim andasse na rua a montar um cavalo de pau imaginário, já bastava a fixação por aviões e o ruído absurdo que lhe saía dos lábios quando corria com os braços abertos. Fazal Elahi castigava o filho sempre que o via cavalgar a imaginação, especialmente se fossem na rua, pois Fazal Elahi detestava que as pessoas reparassem em si, que dessem por ele. Badini insistia que aquele comportamento era perfeitamente normal, que aquilo era o que todas as crianças faziam, mas Elahi não queria saber. Ficou contente quando o cavalo desapareceu das fantasias do filho e relativamente agradado com uma nova mania que adquirira: havia, em cima do murete verde da cozinha, um pequeno aquário redondo com dois peixinhos vermelhos, peixinhos esses com que Salim garantia conseguir conversar. A primeira reação de Elahi foi tirar o cinto e tentar corrigir o comportamento do filho, mas cedo se apercebeu de que era uma forma de imaginação muito mais inofensiva do que a do cavalo de madeira invisível, já que esta só acontecia em casa, na cozinha, junto ao murete verde. Elahi nunca mais o castigou e por vezes até o incentivava. Quando chegava a casa do trabalho, perguntava-lhe:

— Então, que dizem os peixes?

Salim depressa se fartou daquelas conversas e, um dia, os peixes desapareceram. Aminah tentou perceber o que teria acontecido aos animais, mas sem qualquer sucesso, pois Salim dizia apenas que eles tinham ido embora, há muito que andavam a falar nisso. Só Badini sabia a verdade: no dia em que os peixes desapareceram, entrou na cozinha e viu Salim a engoli-los inteiros. Salim pôs o primeiro peixe na boca e, durante uns segundos, ficou parado a senti-lo mexer-se, a saltar contra o palato, contra os dentes, a enrolar-se na língua. Engoliu-o sem sequer o mastigar. Fez o mesmo, exatamente o mesmo, com o segundo peixe. Badini foi até ao armário, passando a alguns centímetros ao lado de Salim, tirou o saco do chá, um copo de vidro, encheu uma panela com água, acendeu o fogão, pôs a água ao lume. Salim estava completamente imóvel, a olhar para o aquário, e assim permaneceu. Badini observava a cafeteira ao lume. Ambos calados. Badini, quando viu a água a ferver, desligou o fogão, deitou na cafeteira uma colher de chá e outra de salva. Esperou três minutos antes de encher o copo de vidro com a infusão. Passou por Salim, a centímetros dele, segurando o chá com o polegar na borda e os outros dedos na base, onde o vidro é mais grosso e não queima. Sentou-se no chão da sala, encostando-se a uma almofada. Salim continuava na mesma posição, a olhar para o aquário vazio.

Cavalo imaginário

O mudo Badini caminhava

ده

O mudo Badini caminhava em silêncio, como sempre fazia. O seu corpo ia ao fundo a cada passada. Os olhos pequenos, pretos, mantinham-se colados ao céu, presos à sua liberdade. Quando via um pedinte, Badini sentava-se ao lado dele. Evidentemente que não dizia nada, mas ficava a ouvir. Tirava um cigarro e fumava com muita calma, com gestos de fumo. Se sentia necessidade de dar um conselho, apontava para uma frase do livro *Fragmentos persas*. Depois levantava-se e recomeçava a caminhar.

Como existia a crença de que Badini conhecia o futuro, muita gente achava que ele era o homem-destino, tal como é referido no mito persa:

O homem-destino, que parece um pedinte ou um dervixe, imagina o futuro das crianças e decide o que lhes irá acontecer. Escolhe uma e dá-lhe um brinquedo. Brinca com ela uma brincadeira que condicionará o seu destino. Divertem-se durante uns minutos ou durante horas, riem os dois, têm prazer sincero, correm um atrás do outro. E, por causa dessa brincadeira, no futuro dessa criança, no dia seguinte ou muitos anos depois, surgirá uma doença ou um casamento ou descendência ou uma pequena tragédia ou uma grande tragédia.

O mercado estava cheio de gente. Algumas pessoas costumavam aproximar-se de Badini, mas não compreendiam os seus braços, as suas mãos. Por vezes atiravam-lhe moedas e outras vezes tocavam-lhe no kameez branco. Achavam que dava sorte.

Uma mulher de burca aproximou-se.

— Olá, mudo.

Badini reconheceu a voz de Bibi.

— Não dizes nada?

Badini encolheu os olhos para dentro das pálpebras. Afinal, pensou, Bibi não estava no estrangeiro, mas sim dentro de uma burca.

Bibi andou uns metros pelo bazar e Badini acompanhou-a. Pararam debaixo de uma arcada e sentaram-se no chão.

— Não gostas nada de mim, pois não, mudo? Compreendo. Abandonei o teu primo. Pobre Elahi, sempre tão parecido com uma parede de cimento. Mas talvez eu não seja assim tão má. Gosto de me divertir e agora estou presa. Metida dentro disto, escondida debaixo de panos.

Bibi mexia as mãos enquanto falava, como se fosse muda:

— O Elahi haveria de gostar de ser mulher e passar pela vida assim. Fiquei aqui presa nestas roupas por causa de um encontro com o Dilawar. Lembras-te dele? O filho mais velho do general Krupin, o paralítico? Julgava que ia divertir-me, mas era apenas uma armadilha. O imbecil do Dilawar estava apaixonado por mim, não comia nem dormia nem cagava, e o pai não poderia permitir que o seu filho mais velho andasse perdido por esta égua adúltera. Por isso, o cão do general marcou-me um falso encontro com o Dilawar. Esperavam-me quatro homens que me levaram para uma casa nos subúrbios e me fecharam numa cave. Não sei quantos me violaram, era um, era outro logo a seguir, era mais outro, tinha sempre um saco de pano na cara, mas foram mais do que eu sei contar, estás a ver estes dedos, foram muitos mais, durante muitos dias. Finalmente, a certa altura, consegui fugir, lutei como um tigre. Dizem que tu mataste um com as tuas mãos, mas eu duvido, é o povo que não sabe nada de nada, eu é que lutei com um. Sabes quem era esse tigre? Era o próprio general Krupin. Não fugi com um pashtun, como dizem as pessoas nas ruas. Foi o porco do general Krupin que fez correr essa história. Eu deveria ter morrido ali e não se falava mais nisto. Mas vingar-me-ei desse cão, pois o conhecimento é a maior arma e eu sei de algo que pode acabar com ele. Quando dormia com o Dilawar Krupin, ouvia muitas coisas.

Badini acendeu um cigarro, um pobre aproximou-se dele e tocou-lhe nas roupas. Badini sorriu.

— O atrasado do filho do general não sabia estar calado e contou-me que o pai violou uma grande quantidade de mulheres antes e durante a altura em que estava paralisado. Dilawar contou-me quem eram os homens a quem ele pagava para o ajudarem nas suas investidas criminosas. Não quero fazê-lo pagar por isso, mas quero fazê-lo pagar pelo que me fez a mim. Toda a gente sabe disto, fala disto, é o que dizem as ruas.

E o que é que dizem as ruas?

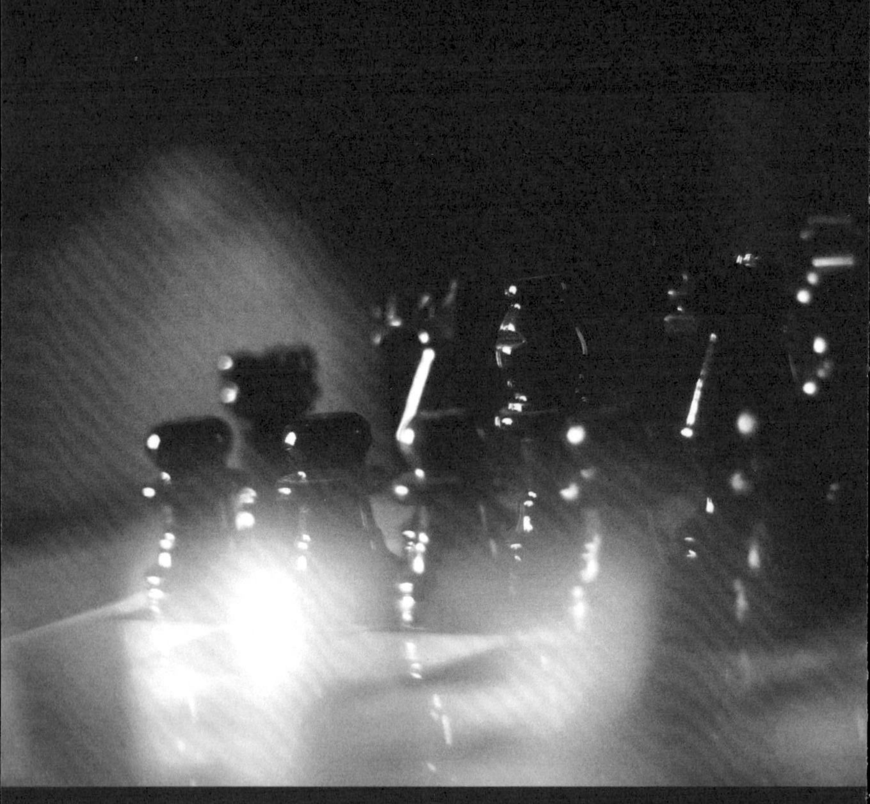

Bom dia/boa tarde/boa noite, conforme o caso

57

Bom dia/boa tarde/boa noite, conforme o caso, eu sou as ruas.

Sim, eu, as ruas, afirmo muitas vezes o seguinte: enquanto todos julgavam que o general Ilia Vassilyevitch Krupin estava paralítico e não conseguia sair da cama, ele andava a violar mulheres. Aquele cão (cão é o nome que eu, as ruas, utilizo antes de general) tinha o costume de se fechar nas gaiolas dos seus galos de luta e fazia-o para ficar como os seus animais, forte e perigoso. Acocorava-se todo nu, debaixo do sol e, quando saía de lá, depois de dias ali fechado — eram os seus filhos que lhe levavam comida —, parecia uma bomba prestes a explodir. Apanhava uma mulher qualquer, e chegou a matar algumas tal era a violência com que as fodia, perdoem-me o calão, mas é assim que eu, as ruas, falo. Mas um dia, como a nossa cabeça é um mundo retorcido, um dia, o general acordou e não se conseguia mexer. Estava preso dentro de uma gaiola de pensamentos e de culpas e tomou isso como um castigo de Deus. Ficou assim durante meses, e não havia médico que fizesse alguma coisa por ele, exceto receitarem-lhe analgésicos. A certa altura, sem qualquer explicação, percebeu que estava curado e que podia levantar-se, Deus tinha-o perdoado e isso queria dizer que o que fazia não era errado. Então, começou a sair de carro e agarrava numa mulher, uma mulher qualquer, do campo, e violava-a brutalmente até a matar, de asfixia ou de tanto lhe bater. Mas uma delas fugiu e fez queixa. Contou que o general Ilia Vassilyevitch Krupin a tinha violado. Era irmã de um dos homens que trabalhavam para ele. Que erro, pessoas da rua, que erro! É claro, ninguém a levou a sério, porque todos sabiam que ele estava paralítico e porque ela era mulher, ainda por cima do campo. Ela foi castigada como é da lei, ao passo que o cão do general Krupin tinha arranjado maneira de poder libertar todo o sol que acumulava, tendo um álibi perfeito. O problema disto tudo é que, depois da acusação, se começou a falar e já ninguém levava a paralisia dele a sério. Então, o general, esse cão, teve uma ideia genial, porque ele é um bom estratega, não é por acaso que todos lhe chamam general: pediu aos filhos que o levassem até à cerejeira do pir Tal Azizi, que morreu engasgado com um caroço. Era preciso fazer aquilo como deve ser: o general curou-se, simulando um milagre, e com isso ainda multiplicou a fortuna com o negócio das cerejas.

Badini fez uns gestos com as mãos e abanou

58

Badini fez uns gestos com as mãos e abanou a cabeça. Tentou tirar o seu caderno para escrever, mas Bibi interrompeu-lhe o gesto, agarrando-o pelo braço. Queria dizer-lhe que o general Krupin andava a perguntar por ela. Acabaria por a encontrar.

— Não percebo as tuas mãos, mudo. Nem quero perceber. Vai para casa e conta ao teu primo que falaste comigo. Ele que passe a vida a olhar para mulheres de burca e tente imaginar em qual delas é que eu estou presa. Sabes, se eu puser a cabeça de fora, o general Krupin apanha-me. Se eu não resolver o assunto antes disso. Mas para isso preciso de dinheiro. Tens dinheiro, mudo? Não tens, não é? Não sabes o que é isso. Viveste sempre com o dinheiro dos outros, do teu primo e do povo idiota que gosta de dar esmolas aos dervixes. Mas eu arranjarei maneira.

Badini voltou a levar a mão à sacola que trazia sempre a tiracolo, mas Bibi voltou a agarrar-lhe o braço.

— Vai-te embora. Vai ter com o teu primo e diz-lhe que eu ainda tenho, debaixo desta prisão, uns belos cabelos soltos.

Badini começou a afastar-se. Ainda ouviu uns sons que poderiam ser uma gargalhada ou soluços de choro, mas deixou-os desaparecer no ar. Quando chegou a casa, viu Fazal Elahi sentado em frente do tabuleiro de xadrez, entusiasmado com a sua última jogada, pois sentia que, desta vez, saberia vencer Badini.

— Senta-te — disse-lhe.

Badini sentou-se e mexeu o seu cavalo. Elahi arregalou os olhos. Tinha acabado de perder o jogo. Levantou-se, soltando um riso nervoso, e foi à cozinha servir-se de um chá.

Badini não lhe disse nada sobre o encontro com Bibi.

Pousou os pedaços de madeira

٥٩

Pousou os pedaços de madeira no chão do pátio. Foi ao anexo buscar uma grosa, pregos, uma plaina, um serrote, lixa, limas, cola, martelo, parafusos e tintas azul e vermelha. Ao final da tarde, Badini tinha uma carrinha de madeira com pouco mais de trinta centímetros. Uma carrinha azul e vermelha que ficou a secar ao sol.

Quando Salim a recebeu das mãos de Badini, disse:
— Prefiro aviões.
Badini fez um gesto de interrogação.
— As carrinhas não voam — disse Salim.
Mas, mesmo assim, apesar de as carrinhas não voarem, brincaram um pouco os dois.

O barulho do guindaste afundava-se

٦٠

O barulho do guindaste afundava-se pela manhã adentro, as betoneiras mastigavam a areia e o cimento e a água. Salim passeava com o pai, apontava para todo o lado, por entre os barulhos da cidade, das vozes, dos carros, das buzinas, das obras. Fazal Elahi dizia: Calma. Mas Salim era um rapaz nervoso, sempre a mexer os braços, sempre a pular para cima das coisas, sempre a pular para cima das conversas. Calma, dizia Fazal Elahi.

— Baba, porque é que os carros deitam fogo pelas costas? — perguntou Salim.

— Não é fogo, é fumo — disse Elahi.

— Devia ser pela boca.

— Nos carros é diferente, é da combustão, o combustível entra no carburador...

— Olha, baba, os corvos são pretos. A noite é preta?

— Sim.

— Os olhos fechados são pretos?

— Nem sempre, porque, com licença, há os sonhos.

— Os cabelos são pretos?

— Há cabelos de outras cores, Alá é grande.

— A luz apagada é preta. Há muitas coisas pretas, não há, baba?

— Sim, mas também há muitas coisas de muitas outras cores.

— Quando acendemos a luz, o preto desaparece, menos o dos corvos. Eles são mais pretos do que a noite, baba?

— É diferente. Uma coisa é uma coisa, outra coisa é outra coisa. Repara, existem mais cores, repara como o céu é azul.

Um carro branco, demasiado velho, passou junto a Fazal Elahi, depois duas motas, mais três carros, um laranja, um preto e um táxi, depois uma mota que levava periquitos numa enorme gaiola. Eram muitos carros. Salim pensou contá-los, mas não tinha assim tantos dedos. Dois polícias entraram num prédio que estava em construção. Alguns rapazes fugiram de lá de dentro. Um deles, um afegão de quinze anos, correu para a estrada. Um carro de cor enferrujada atirou-o nove metros para a frente. As pessoas juntaram-se rapidamente à sua volta.

— Está a mexer as pernas — disse Salim. — Parece que está a dançar.

Fazal Elahi puxou-o pelo braço para o tirar dali, lutando contra a multidão que tentava aproximar-se do acidente. Fazal Elahi sentiu a mão de Salim largar a sua, não conseguiu segurá-lo, e viu o filho correr por entre as pernas das pessoas. Começou a correr, quis gritar o nome de Salim, mas não foi capaz, iria chamar a atenção. A sua boca abriu-se e fechou-se várias vezes, parecia um peixe fora de água. Pensou: estou a correr, de qualquer modo já está toda a gente a olhar para mim, é melhor gritar. Abriu a boca mais uma vez. Não saiu nada. Voltou a tentar e saiu-lhe um som engasgado, tímido, incapaz de se sobrepor ao ruído que o envolvia. Depressa se viu completamente rodeado pelas pessoas que tentavam ver o rapaz acidentado e já não conseguia correr. Uma rapariga de doze ou treze anos passou por ele, levando na mão os sapatos do jovem atropelado, que lhe haviam saltado dos pés com o embate. Está morto?, perguntava um homem. Não o vejo respirar, dizia outro homem. Os polícias chegaram perto do rapaz atropelado. As pessoas sufocavam o acidente, sufocavam a tragédia, o dono do carro gritava e gesticulava. Um dos polícias afastou alguns homens que estavam mais próximos. Outro polícia tentava perceber o estado do rapaz com a ajuda da ponta da bota. Fazal Elahi continuava à procura de Salim, desviava algumas pessoas com a ajuda dos braços, esgueirava-se por entre os corpos que rodeavam o acidente, estava nervoso e tremia: que Alá me ajude, onde estará o meu filho? Que tragédia, onde estará o meu filho? Pareceu vê-lo por entre as pernas das pessoas do outro lado do círculo que, naturalmente, se criara à volta do morto. Não seria capaz de correr ali pelo meio, atravessar aquele lugar para onde todos os olhos convergiam, um morto é um ponto de fuga, é para onde converge toda a perspectiva, para onde vão todas as vidas. Fazal Elahi suava, não conseguia correr ali pelo meio, teria de dar a volta. Mas quanto tempo demoraria a fazê-lo? E Salim ainda lá estaria? E seria mesmo Salim? Enquanto pensava, o seu corpo tomou a decisão de avançar, de correr pelo meio do círculo. O corpo de Fazal Elahi foi barrado por um bastão de polícia. Durante alguns segundos, ficou paralelo ao chão, suspenso no ar, com os olhos no céu.

Caiu de costas. Havia pessoas a gritar com ele.

Fazal Elahi arrastou-se pelo meio da multidão. As costas latejavam e doía-lhe a cabeça, pois havia batido com a parte de trás, com o osso occipital, no alcatrão. Estava meio tonto e desnorteado, sentia as mandíbulas presas e parecia-lhe que estava tudo trocado, tudo confuso, o corpo desmontado e refeito por uma criança, as peças todas no sítio errado, os pés despenteados, os rins a bombear o sangue, as unhas a fazer de pálpebras. E foi nesse estado que chegou a casa.

Antes ainda de passar o portão da entrada, já ouvia

٦١

Antes ainda de passar o portão da entrada, já ouvia Aminah a gritar. Salim estava a brincar com ela, andando com a sua nova carrinha — que Badini havia construído — pelo corpo da tia, que estava deitada no chão. Gritavam de alegria. Salim, quando viu o pai, correu para ele e abraçou-o. Fazal Elahi não sabia o que fazer. Aminah perguntou ao irmão como é que Salim chegara a casa sozinho. Abandonaste-o, irmão? Fazal Elahi não sabia o que dizer. Atravessou o pátio, entrou em casa, subiu as escadas demasiado íngremes, deixou-se cair na cama e adormeceu.

Uma mulher de burca agarrou

۶۲

Uma mulher de burca agarrou o braço de Dilawar quando este saía da casa de ópio. Dilawar soltou o braço com toda a força que conseguiu, mas que não era muita por causa do ópio, e caiu no chão depois de dar meia volta. A mulher de burca debruçou-se e disse: Sou eu, a Bibi. Dilawar começou a chorar e estendeu os braços. Bibi suspirou. Caminharam até ao jipe do filho do general e entraram. Dilawar disse que estava a rebentar de felicidade. Disse que estava com vontade de gritar. Abriu o vidro, debruçou-se, pôs a cabeça de fora, abriu a boca. Vomitou.

Bibi esperou que ele se acalmasse e fez-lhe uma festa na cara. Dilawar sentiu uma ambivalência pela alma dentro, aquilo era um gesto carinhoso mas tão distante que poderia ser o vento a despentear-lhe a bochecha. Bibi riu-se.

— Não esperavas ver-me, pois não?

Dilawar disse que não.

Bibi disse que estava a viver numa barraca, disse que jamais poderia recebê-lo numa casa daquelas.

Dilawar disse que mandaria construir uma casa com mármores e ouro.

Só para ela.

Bibi riu-se.

Disse:

— Preciso do dinheiro para essa casa o mais depressa possível.

— Amanhã.

Quando chegou a casa, Bibi tirou a sua prisão, ficou apenas com o shalwar kameez rosa que vestia por baixo. Penteou os cabelos junto a um espelho pequeno, partido, com bolor. Tenho de comprar um espelho, pensou. Aquele estava todo embaciado, cheio de nevoeiro, cheio de manchas e de velhice. Além disso, distorcia-lhe o rosto à altura dos olhos.

Um homem entrou para falar com Bibi e sentou-se ao lado dela, tirou um cigarro do bolso da sua camisa preta, colocou-lho nos lábios, acendeu um isqueiro de plástico cinzento — com publicidade a uma fábrica de tubos de metal para construção civil, firma Constructiger — e acendeu-o. Bibi deu uma baforada sem tocar no cigarro. Empurrou-o para o canto da boca, deu mais duas baforadas e pousou-o na borda da mesa que tinha ao seu lado. Disse ao homem que haveriam de tramar o general Ilia Vassilyevitch Krupin. O homem tirou uma garrafa de whisky da mala, abriu-a e bebeu da garrafa. Bebo a isso, disse. Bibi tirou-lhe a garrafa da mão, encostou o gargalo aos lábios, engoliu e fez uma careta. Pegou no cigarro. O homem disse: Eles estão dispostos a denunciá-lo, mas precisamos de dinheiro. Bibi voltou a levar a garrafa à boca, voltou a fazer uma careta, atirou o cigarro para o chão e deixou-o morrer ali. Ajeitou a roupa junto aos seios e suspirou. Disse para o homem não se preocupar com isso:

— O Dilawar dar-me-á o dinheiro de que precisamos. Não há nada melhor do que usar o dinheiro do general para levar o general ao cadafalso. O Dilawar dar-me-á o que eu quiser. Só pensa em mim. Pedirá o dinheiro ao pai, e será assim que vocês ficarão cheios de dólares e o general será humilhado, preso, morto. O general pagará a sua própria desgraça, pois é assim que deve ser.

— Bebo a isso — disse o homem, levando a garrafa de whisky à boca.

Quando o hotel Imperial Comfort ardeu e Singh

۶۳

Quando o hotel Imperial Comfort ardeu e Singh partiu para o Sul, para plantar arroz e ser feliz, Nachiketa Mudaliar começou a viver do pouco que havia poupado e de trabalhos esporádicos. Sobretudo, entregava coisas, encomendas que alguém havia feito ao alfaiate, doces da pastelaria, borrego do mercado, peças de automóveis, radiadores velhos, pneus gastos. O facto de não ter horários dava-lhe mais tempo para ver Aminah nas compras, Aminah a passear com Salim, Aminah a comer doces de amêndoa, Aminah a irritar-se com Salim, Aminah a passear com Myriam. Enquanto a observava, Nachiketa Mudaliar passava os dedos pelo bigode fininho, alisava-o com o polegar e o indicador.

Também gostava de passar algum tempo junto ao túmulo de Girijashankar e oferecia-lhe água fresca e, quando podia, uma peça de fruta com um pauzinho de incenso espetado. Ou leite coalhado. Nachiketa passava pelos bodes que andavam por ali, junto do templo, com o pelo ralo e o cheiro intenso. O templo era enorme, com várias colunas ao longo do corredor central. A norte, a pedra era branca como o Taj Mahal, mas a sul era negra. Era um templo duplo, em espelho, uma metade negra, a outra branca. Havia dois túmulos, e ninguém sabia em qual dos dois fora sepultado Girijashankar. O santo, antes de morrer, pedira que colocassem os seus ossos num dos túmulos e os ossos de um burro no outro túmulo, para que assim os devotos jamais soubessem a quem estavam a rezar, se a um homem, se a um onagro. Girijashankar era o mais humilde dos santos, mas as oferendas que lhe faziam eram as mais sumptuosas. Foi o último desejo de Girijashankar: um túmulo de fazer inveja aos reis mais soberanos e dádivas exóticas, imensas. Havia santos que queriam ficar enterrados sem nome, sem placa de pedra, sem nada que assinalasse a vida terrena. Mas Girijashankar achava que essa era uma manifestação de orgulho e que, pelo contrário, se fosse enterrado num túmulo sumptuoso, impressionante, as pessoas olhariam somente para a construção e esqueceriam o santo lá por baixo, verdadeiramente humilde, como a beleza de uns cabelos soltos debaixo de uma burca. Ninguém o acusaria de ser modesto porque ele escondia a sua pobreza e a sua humildade debaixo do ouro e da soberba. Girijashankar dizia: o vício é o esconderijo da virtude, a virtude é o esconderijo do vício.

Nachiketa Mudaliar costumava levar incenso e uma laranja ou uma romã para oferecer, nada de especial, mas sabia que isso não era importante, no worry, no hurry, chicken curry, Girijashankar saberia ler as intenções dos pobres, de pessoas como ele. Nachiketa Mudaliar esperava sempre que o incenso queimasse até ao fim, em silêncio. Pedia felicidade, não pedia mais nada, mas, evidentemente, só pensava em Aminah.

Em Ispaão há uma cerejeira / onde os milagres

۶۴

Em Ispaão há uma cerejeira / onde os milagres acontecem, / como frutos vermelhos, / agarrados uns aos outros, cantava Fazal Elahi enquanto descia as escadas. Aminah lavava roupa e, quando viu o irmão, enfiou uma madeixa de cabelo dentro do lenço.

— Vou levar o Salim à árvore de Tal Azizi. Accha, vou contar-lhe como morreu o pir Azizi, engasgado com uma cereja, e como desse caroço nasceu uma cerejeira, louvado seja Alá.

Aminah abriu a boca e agarrou as vestes de Fazal Elahi:

— A viagem é muito perigosa! Tu, que és tão cuidadoso, vais levar o teu filho até ao Irão?

— Os milagres acontecem à sombra daquela cerejeira. Lembra-te do caso do general Vassilyevitch Krupin, que era paralítico e começou a andar.

— O general Krupin só era paralítico da cabeça para dentro, toda a gente sabe isso. E Azizi não era santo nenhum. Um homem que morre porque se engasga com um caroço de cereja não pode ser um grande sábio.

— Com licença, era o maior santo de todos os sábios e o Salim precisa de um milagre. O que lhe bato não o acalma. O Salim saiu a ti, que nem sequer és mãe dele.

Aminah começou a gritar, a esbracejar, e saiu de casa levando Salim consigo. O rapaz não percebera nada da conversa, mas fazia perguntas a Aminah.

— O Irão é muito longe?
— Sim, é muito longe.
— Os mudos, se comerem cerejas, voltam a andar?
— Já chega de perguntas.
— Os caroços fazem crescer árvores nas pessoas?
— O teu pai é que faz crescer caroços nas pessoas, não tem consideração pela família.

Salim só parou de fazer perguntas quando Aminah lhe deu, com as costas da mão, um estalo na boca. O rapaz começou a chorar e a querer soltar-se da mão da tia. Aminah estava cada vez mais irritada, com os olhos a encherem-se de lágrimas. Empurrou Salim para dentro de um táxi e foi com ele para casa de Myriam.

O mudo Badini sentou-se junto do primo, com o seu semblante calado. Trazia um chá em cada mão e ofereceu um deles a Fazal Elahi. O cheiro da salva envolveu os dois homens e o barulho da cidade entrava pela janela. Ficaram os dois a bebericar o chá durante minutos.

Quebrando o silêncio, Fazal Elahi disse:

— Não sei o que fazer com o Salim. Com licença, primo, educar deveria ser muito fácil, deveria ser uma maneira de deixar que a nossa natureza se manifeste de um modo virtuoso. Se estamos a fazer um esforço para corrigir tudo, peço perdão, é porque é a ação errada, não é? Temos de encontrar uma forma de o fazer sem violência, sem esforço, naturalmente.

213. Faremos com que a coisa mais simples seja a coisa mais complicada de fazer.

Badini disse que as coisas mortas vão com a água, naturalmente, seguem a corrente do rio, é isso que fazem os paus, as pedras, as folhas, os cadáveres, todos são empurrados para a foz, todos eles, enquanto os sábios e os salmões procuram a nascente, as causas das coisas, e, assim, tudo o que contraria a corrente está vivo, e a educação também é isso, é ir contra tantas coisas, não nos deixarmos arrastar para não nos tornarmos um pau seco a boiar nas águas.

250. Os rios são mais longos quando se navegam contra a corrente.

— Mas, primo, não será um procedimento sábio, dos mais sábios de todos, seguir a natureza das coisas em vez de a forçar, não passar a vida em guerra com tudo o que nos rodeia? Deveria ser fácil, tudo deveria ser fácil, mas que sei eu? Devo levar o meu filho à cerejeira de Tal Azizi? Ris-te da minha pergunta, primo? Com licença, pode acontecer um milagre, Alá é grande, pode ser que depois de o Salim comer uma cereja a sua natureza seja corrigida em direção ao bem, inshallah.

Aminah desceu do táxi e percorreu, com Salim pela mão, uma rua sem trânsito automóvel, onde várias bancas tapavam a maior parte das paredes, especialmente as dos vendedores de paan com os seus ingredientes coloridos. Ao fundo da rua, junto ao edifício onde se dera a revolução de Gardezi de Samarcanda, mesmo em frente, num prédio decadente, com o betão à mostra, morava a sua amiga Myriam. Aminah entrou e sentou-se num sofá forrado com plástico, tirou um doce da carteira e deu-o a Salim para que este ficasse quieto. Myriam usava um roupão cor-de-rosa e tinha uma rede nos cabelos.

— É o teu irmão outra vez?
— Diz que quer levar o Salim até à cerejeira de Tal Azizi.
— Que loucura! Uma criança não pode fazer uma viagem dessas.
— Foi o que eu lhe disse.
— O teu irmão é um insensato.
— Mas é família.

— É verdade. Queres comer alguma coisa?
— Só quero um café.
— Tenho barfi.
— De caju?
— Sim.
— Então pode ser.

Myriam foi até à cozinha e voltou com um tabuleiro com café e doces.

— Sabes o que ouvi dizer? — perguntou, enquanto servia o café.
— Conta.
— Não vais gostar de ouvir isto.
— Conta na mesma.
— Ouvi dizer que a Bibi voltou.
— A adúltera? Como assim? Não tinha emigrado? Não tinha fugido para sempre?

Aminah pousou a chávena e entornou um pouco de café.

— Foi o farmacêutico que me contou. Diz que ela foi ter com ele, mas não me disse para quê. Só disse que era ela. Vestia uma burca.
— E o farmacêutico tem a certeza de que era a Bibi? Quer dizer, se ela vestia uma burca...
— Tem a certeza absoluta, mais pormenores não sei, mas lembra-te que ela nunca teve dificuldade em despir-se.

Aminah riu-se enquanto mastigava um doce.

— É verdade, é verdade. Mas não deves contar nada ao meu irmão. Já bastam os problemas que ele tem.

O chão fazia um barulho de dor com as pisadas

۶۵

O chão fazia um barulho de dor com as pisadas de Bibi. Abriu a porta, fechou-a atrás de si, saltou a vala de esgoto que havia mesmo em frente à casa. Algumas crianças brincavam no lixo, atiravam coisas umas às outras, era tudo cinzento-escuro, quase preto, parecia lama feita dos restos dos homens, das suas coisas, do seu trabalho, do seu lazer. Bibi encontrou-se com Dilawar num hotel. Ele já a esperava, sentado num sofá da entrada, a ler a página de desporto de um jornal estrangeiro. Subiram de elevador para o terceiro piso, viraram à esquerda para o quarto trezentos e onze. Dilawar abriu a porta, deixando que Bibi entrasse primeiro. Ela sentou-se na cama e experimentou o colchão, fazendo movimentos com o corpo, para cima e para baixo. Dilawar levava uma mala que pousou em cima da secretária. Abriu-a e disse:

— O meu pai deu-me dinheiro para mandar construir uma casa para o meu irmão mais novo, que não sabe gastar o dinheiro nem dar-lhe valor. O meu pai deu-lhe um carro e ele trocou-o por revistas pornográficas americanas e alemãs, o imbecil.

Bibi riu-se, mexeu a cabeça e os cabelos ondularam como cavalos a correr. Dilawar entregou-lhe a mala cheia de dinheiro, com os olhos a transbordar de Bibi. Ela deu-lhe um beijo na cara, tirou uma garrafa de whisky de dentro da burca e despiu-se. Ficou toda nua, de pé em cima da cama, a pele escura, as mãos pintadas com henna, as unhas das mãos pintadas, as unhas dos pés pintadas, um fio de prata no tornozelo, um fio de prata à volta da cintura, um fio de prata à volta do pescoço, os cabelos pendurados. Dilawar ficou de boca aberta, como sempre ficava, a respirar como se estivesse cansado. Bibi ajoelhou-se na cama, debruçou-se, passou a língua pelos lábios e bebeu um gole de whisky.

E assim comprava a desgraça do general Ilia Vassilyevitch Krupin.

No dia em que tudo acabou, Fazal Elahi recebeu uma má

۶۶

No dia em que tudo acabou, Fazal Elahi recebeu uma má notícia. Um empregado da sua fábrica de tapetes, um rapaz de quinze anos, morrera com uma doença violenta: fora apunhalado. Fazal Elahi tinha acabado de acordar quando a notícia lhe foi comunicada. Não se exaltou com o sucedido. O seu empregado era um rapaz que não sabia desviar-se do destino. Vestiu-se com calma, penteou-se, alisou a barba. Parou em frente do espelho e colocou o chapéu. Inclinou-o ligeiramente. Olhando para si, pensou:

62. Um homem que, ao espelho, veja refletido um homem em vez de um labirinto, não está a ver um homem. Está a ver um reflexo.

Riu-se, mas calou-se de imediato por achar despropositado. Afinal, tinha morrido um dos seus empregados.

Fazal Elahi saiu sem comer nada e, quando chegou a casa da vítima, teve de furar pela multidão. Ninguém reparava nele e isso era algo que lhe agradava. O facto de ter de empurrar pessoas para que saíssem da frente era bom sinal. O mulá Mossud estava junto do corpo ensanguentado, a remexer as contas de oração. Elahi teve um arrepio, não por ver o morto, mas por ver o mulá. Cumprimentaram-se e lamentaram a morte de um jovem tão jovem. O mulá Mossud parece ter lágrimas nos olhos, pensou Elahi, mas as suas lágrimas são uma forma de ironia. Os dedos gordos do mulá desfiavam o rosário sem interrupção, uma conta atrás da outra.

— Era um rapaz que eu acarinhava — disse Mossud. — Era um jovem que respeitava a religião e desprezava os infiéis. Lembro-me bem do dia em que o pai o levou, pela primeira vez, à madrasa. Era tão pequeno e com a boca torta. Apesar disso, falava a direito.

— Era um bom rapaz — confirmou Fazal Elahi. — Um pouco violento, e isso, como se sabe, chama violência, que Alá o perdoe.

— Não seja absurdo. Os pais do rapaz estão a sofrer uma dor impossível e o senhor diz-me que ele era violento? Que a culpa foi dele? Alá saberá dizer de quem foi a culpa, mas o julgamento feito pelos homens também é pertinente e esse selvagem que matou o meu querido aluno irá começar a perceber o que é o Inferno antes de Alá o mandar para lá.

— Com certeza, mulá Mossud, peço perdão, a ignorância sai-me da boca sem que eu tenha controlo, é como um soluço.

— Haveremos de saber quem fez isto a este jovem. O castigo de Alá está mais perto do pecador do que as suas pálpebras.

— Tenho muita pena — disse Elahi. — Era um excelente operário, basta dizer que era trabalhador, chegava a horas, trabalhava mais do que muitos dos outros, muito mais, era um bom rapaz. Das suas mãos surgiram centenas de tapetes que servirão para os bons muçulmanos falarem com Alá. Um bom tapete é como um telefone, não é, mulá Mossud?

Mossud abraçou Elahi com um gesto mecânico, que parecia ensaiado. Esse momento de fraternidade deixou Elahi agoniado. Quando o mulá o soltou, Elahi arquejava como se não soubesse respirar.

Mossud deu-lhe uma palmada nas costas.

Elahi saiu dali visivelmente transtornado.

Na lapela do casaco, tinha baba que não era sua.

Fazal Elahi tinha fechado a fábrica naquele

۴۷

Fazal Elahi tinha fechado a fábrica naquele dia por causa da morte do seu empregado. Assistiu ao funeral, que se realizou nessa mesma tarde, voltando para casa a arrastar os pés e com uma estranha sensação de incómodo. Fazal Elahi andava sempre preocupado, mas aquele dia parecia-lhe diferente, sentia-se aflito, com um aperto no peito e uma ligeira dificuldade em respirar. Pensou que essa sensação fosse causada pelo funeral, talvez devido ao abraço do mulá, mas acabou por se desculpar com o calor. Tinha efetivamente gotas de suor a escorrerem-lhe pela testa e sentia o corpo húmido e as axilas a pingar. Mas não é do calor, pensou Elahi, é outra coisa. Durante o funeral conseguira evitar Mossud e, naturalmente, passar despercebido, como tanto gostava, com os olhos rasteiros, com o seu porte vulgar, ligeiramente baixo e magro, com a sua barba.

Enquanto caminhava para casa, pensava na peregrinação que queria fazer com o filho, haveria de curá-lo daqueles comportamentos extravagantes. Parto logo que as cerejeiras comecem a dar flor, pensou Elahi. Mas o destino não lhe daria essa oportunidade, apesar de as cerejeiras terem florido como sempre nos habituaram.

O vento, nesse fim de tarde, soprava como quem tosse, e o céu mostrava sinais de incómodo. Quando Elahi entrou em casa, Salim estava a brincar com a carrinha de madeira que havia sido construída por Badini. Tinha pouco mais de um palmo de comprimento e algumas horas de trabalho. Elahi sentou-se junto do primo, que dormia no chão, ao lado do tabuleiro de xadrez. De súbito, ouviu-se um silêncio na rua. Era como andar pela floresta sem ouvir os pássaros. Havia alguma coisa errada, absolutamente errada. Fazal Elahi levantou-se, tinha gotas de suor a escorrerem-lhe pela cara — não era do calor —, e mandou Salim para a cozinha. O miúdo, assustado, obedeceu pegando na carrinha. Lamentavelmente, deixou a carga para trás, carga essa composta de cebolas, duas delas já antigas, quase fósseis. Salim não percebeu a urgência do pai, nem Aminah. Badini, que dormia encostado a uma almofada, foi acordado pelo silêncio da rua e estava muito sério, encostado à parede. Fazal Elahi empurrou o filho para o apressar. Aminah gritou qualquer coisa, como sempre fazia, enquanto Fazal Elahi fechava o menino na cozinha. O silêncio mantinha-se no intervalo dos gritos de Aminah. O mundo são quadrados pretos e brancos, silêncios e gritos, risos e gritos. Uma espécie de tabuleiro, daqueles planos e com exércitos, em vez de uma esfera achatada nos polos. A porta da entrada da casa de Fazal Elahi tombou no chão como um lutador de boxe derrotado. O pó da rua entrou com o fim da tarde. Via-se o sol a desaparecer, a luz a ir-se. As trevas misturavam-se com o pó. Fazal Elahi viu a catástrofe que se abria com aquela porta.

58. Todos os homens vivos estão mortos, como prova o esqueleto dentro deles.

A mala de dinheiro estava aberta no pequeno

۶۸

A mala de dinheiro estava aberta no pequeno quarto de Bibi quando um homem entrou. Havia um candeeiro no chão que fazia um esforço tremendo por iluminar o compartimento. As sombras eram espessas e bem recortadas. Bibi sorriu para o homem enquanto este se espantava com o que via.

— Conseguiste o dinheiro — disse ele.

— Sim. E conseguiria mais de onde este veio — disse Bibi.

— O Dilawar é um pobre idiota, mas é preciso ter cuidado com o general Ilia Vassilyevitch Krupin — disse o homem.

— Ele é que vai precisar de ter cuidado connosco — disse Bibi.

— Pode encontrar-nos, pode matar-nos — disse o homem.

— Ninguém vai encontrar-nos — disse Bibi.

— Inshallah, mas há outras maneiras de atingir as pessoas sem sequer lhes tocar, sem saber onde moram — disse o homem.

— Como?

— Eu tinha um amigo de quem gostava como se gosta de um irmão. Íamos à pesca, íamos à caça, e a minha irmã haveria de casar com ele. Mas um dia ele meteu-se com pessoas que não interessam nada, das que roubam, das que matam, e começou a consumir o leite da papoila e a jogar. Quando as coisas se complicaram e deram nós que nem os anjos sabem desatar, o meu amigo fugiu. Apareceu lá em casa, pediu-me ajuda para o esconder. Eu conhecia um lugar nas montanhas onde havia uma cabana e foi para lá que ele foi. Eu levava-lhe comida todas as semanas. Mas andavam à procura dele. Vasculharam em todo o lado. Um dia, mataram-lhe a mãe e o pai. Não sabiam onde ele estava, mas atingiram-no.

Disse Tal Azizi: O coração de um homem não está apenas dentro do seu peito, está também dentro das pessoas que ama, dentro da família, dentro dos amigos. O seu sangue não corre apenas dentro do seu corpo.

— Ao pai do meu amigo — continuou o homem —, Alá o tenha em Sua glória, cortaram-no aos bocados, como se faz ao borrego, costeletas, peito, pernas, mãos, cachaço, e deram-no a comer à mulher. A seguir, pegaram nela e arrancaram-lhe a pele enquanto a sodomizavam em todos os buracos do corpo e noutros que cortaram para o efeito. Foi assim que atingiram o meu amigo sem saber onde ele vivia, onde se escondia, sem lhe tocar. Contei-lhe o que aconteceu com os pais e percebi que, nesse instante, ele tinha morrido também. Três dias depois, quando voltei para lhe dar comida, ele já lá não estava. Já não estava em lado nenhum.

— Matou-se?

— Só Alá saberá.

Bibi encolheu os ombros e riu-se.

— Queres o dinheiro?

O homem disse que sim. A sua saliva espreitava nos cantos da boca. A roupa cinzenta estava suja e manchada de muitas coisas. As unhas eram pretas, cheias de terra.

— Não tenhas receio de nada. É o general que vai cair, não é o teu pai nem a tua mãe.

O homem fez que sim com a cabeça.

— Não sou só eu que tenho pai e mãe — disse o homem.

— Eu não quero saber do meu pai nem da minha mãe — disse Bibi.

O homem agarrou-a e Bibi deixou que as unhas cheias de terra se espetassem no seu corpo, deixou que as roupas dele, manchadas, se juntassem, atiradas para o chão, às suas roupas perfumadas.

Três soldados americanos

٦٩

Três soldados americanos entraram na casa de Elahi. Aminah gritou, um grito agudo como uma doença. Tudo se encheu de medo, até as paredes, que pareciam tão sólidas.

E ali estavam todos naquele momento singular, um tabuleiro medianamente preto com peças desarrumadas, um chá derramado no tapete, Aminah aos gritos, soldados americanos com armas. Fazal Elahi encostou-se à parede, Aminah mantinha o seu grito agudo, o mudo Badini permanecia impassível. O pó invadiu tudo em segundos. Por vezes demora séculos a servir de cobertor ao mundo, outras vezes demora segundos. Os pequenos momentos são os mais dramáticos. Uma pessoa não pode esquecer que o universo, no princípio, era um pontinho minúsculo e depois explodiu em bocadinhos de segundos, nasceu o tempo e o espaço, foi como abrir uma porta. Foi como quando Salim abriu a porta da cozinha porque se tinha esquecido da carga da sua carrinha: duas cebolas desatualizadas, meio apodrecidas. Saiu da cozinha a rir-se. Como tinha nascido a chorar, agora ria-se, para que o mundo se mantivesse perfeitamente equilibrado.

Houve uns segundos, talvez no singular, em que a cara de uma criança olhou para a cara de um soldado: opostos, completamente opostos. Todo o universo parou nessa altura, meio criança, meio soldado. Depois ouviu-se uma arma e o fim do mundo aconteceu. O soldado ganhou a guerra contra uma criança, como aliás acontece quase sempre: as crianças perdem tudo, até a juventude. Perdem guerras, perdem inocência, perdem pureza, perdem o cheiro a bebé. O Mal venceu com todas as armas que tem e o Bem perdeu com todas as armas que não tem. Foi assim que Fazal Elahi viu o filho morrer. Com uma bala do destino, do acaso, mas também do injustificável, de duas cebolas e de uma astrologia pouco benevolente.

Aminah correu para junto de Salim e agarrou-lhe a cabeça desfeita, como uma sombra, como um bocado de naan entregue aos pássaros. Com a cara ensanguentada, ela gritava para o céu, toda vermelha do sangue que tinha por dentro e do sangue que tinha por fora. Fazal Elahi estava de joelhos e levantou-se, muito devagar. Deu uns passos em direção a Aminah e encostou-se a ela enquanto os soldados se retiravam.

Call me Azrael

V.

Call me Azrael. Também podem chamar-me outros nomes, como Malak al-maut ou simplesmente Anjo da Morte, tanto me faz, vai bem com flores e para complicado já basta a minha atividade extremamente especializada e técnica, que consiste em retirar a alma do corpo, exercício que faço a todo o instante e em todos os lugares de todos os universos, mas cuja dificuldade, ó imensuráveis mortais, além da carga emocional envolvida, do nervosismo que não consigo evitar e do equilíbrio absurdamente/moralmente/esteticamente desequilibrado do universo, a dificuldade, dizia, reside na delicadeza necessária para separar algo que não pode ser separado, separar uma gota de água da água que a compõe, separar uma folha verde da sua cor, separar uma vela da sua luz, separar. Ó doces efémeros, pergunto-vos, como é que se retira a alma do corpo, sem qualquer contaminação, ela que está aninhada como um gatinho no colo de uma velha? É que separá-los é como separar o dia da noite. Onde é que está a linha divisória entre ambos, a linha precisa? Para que compreendam a natureza deste milagre, porque é disso que se trata, de um milagre, este consiste, atentai, em separar as palavras do seu significado. O que eu levo de mãos dadas para o lugar para onde vão os guarda-chuvas (como eu chamo à casa de todos nós, à definitiva, desde que ouvi uma senhora a nomeá-la assim) é isso mesmo, significados. O mecanismo é atroz ao mesmo tempo que é admirável: primeiro a diérese, que é o corte dos tecidos que possibilita o acesso à região a ser operada, neste caso específico, a alma; depois, a exérese, que é o retirar da alma; e, por fim, a síntese, que é fechar os tecidos e deixar o corpo tal como o encontrámos, sem qualquer trauma evidente, pois o meu trabalho é imaculado.

Brinquei muitas vezes com Salim, abri os braços como os aviões, edfashdshhhhhh, dsafasdhkkkkkkkk, sadfhhhhhhhh, andei pela sala de Fazal Elahi, pelas ruas da cidade, pelo mercado, visitei o túmulo dos dervixes ladrões. Passei os meus dedos pelos dentes de Aminah, tão desalinhados que chegam a ser sedutores — gosto de usar irregularidades para aliviar o stress, gosto de superfícies difíceis. Adoro — é mesmo paixão, vocação, o que quiserem chamar-lhe — conviver com seres vivos, mas, repetindo-me, é tão difícil realizar a operação derradeira e depois ter de levar o que se extrai, chamemos-lhes almas para facilitar a comunicação, de mãos dadas em direção ao lugar para onde vão os guarda-chuvas. Meu Deus!, a ligação sentimental, as mães a chorar! Sim, as mães é o mais difícil. Ah, se eu fosse um anjo economicista ou assim, daqueles que só veem números, mas não, tenho um coração que ainda por cima é mole, um saco de lágrimas e afectos.

Naquela tarde fatal, estive entretido com o jogo de xadrez. Elahi perdia, como de costume, perdeu dois cavalos em duas jogadas seguidas, meu Deus!, mas devo dizer, contudo, que Elahi é um excelente jogador se o objetivo for perder. E então. E então. De repente, senti o silêncio na rua. Calou-se tudo. Tudo. Até a mim me apanhou de surpresa. Os soldados entraram, eu olhei para eles, eram novos, peguei no meu caderno de páginas imensas onde anoto todas as datas de todas as minhas operações e verifiquei a altura em que deveria revê-los, a sua hora derradeira. Ainda tinham alguns anos de vida. Um deles arrepiou-se quando sentiu as minhas sobrancelhas tocarem-lhe a maçã do rosto. Vi Salim entrar na sala, coitadinho, com as pernas arqueadas, tão feliz, tão pequenino, tão inocente, meu Deus, sou um sentimentaloide sem emenda, olhei para os soldados, virei as costas, olhei para Salim, senti umas balas a atravessarem-me e a desfazerem a cara do miúdo. Vi o terror no rosto de Fazal Elahi, na expressão de Aminah e até no semblante do impassível Badini, cuja mudez se manteve muda. Quando Aminah correu a abraçar Salim, que coisa mais triste, eu já lá estava, ajoelhado. Curiosamente, ela ajoelhou-se exatamente no lugar onde eu estava e por momentos estivemos sobrepostos como se fôssemos uma só pessoa, apesar de eu ser um pouco mais alto e consideravelmente mais gordo, fruto do abuso de lacticínios e de azeitonas, alimentos pelos quais perco qualquer moderação ou sobriedade. Enfim, tirei as minhas pinças enquanto Aminah gritava o meu menino, o meu menino, e enfiei-as no umbigo de Salim, que é por onde costumo começar a operação no caso de crianças tão novas. Nos adultos começo pela garganta, para resgatar palavras, mas nas crianças quase tudo acontece ali, nem sei explicar porquê, não sou um anjo muito intelectual, deixo isso para os meus colegas com vocação para exegetas e pendor filosófico, científico ou simbólico, como Jibril.

Saímos dali os dois, eu e Salim, de maos dadas, mas o rapaz, tão inocente que até custa, largou-me para fingir que era um avião, e eu ri-me, imitámos com a boca o barulho do motor, seesdfgdfdkkkkkk, dfsgfdgfdgggggg, aerfddffffffffff, e foi assim que ele chegou ao lugar para onde vão os guarda--chuvas, como um antigo avião soviético.

O azul dos olhos de Dilawar estava escondido debaixo

VI

O azul dos olhos de Dilawar estava escondido debaixo das pálpebras. Abriu os olhos devagar, muito devagar. Ainda estava tudo muito pouco claro à sua volta. A mesa parecia respirar mal, o tapete parecia ter desenhos indecisos, a mudar de forma como a água, conforme o recipiente que a contém. Os olhos de Dilawar começaram a focar as coisas, uma atrás da outra. Sentada ao lado de Dilawar estava Bibi. Segurava-lhe a mão. Falava com ele.

— O que fazes aqui? — perguntou Dilawar.
— Faço-te companhia — disse Bibi.

Um gato saltou para cima da barriga de Dilawar. Ele fez-lhe festas nas costas, o gato arqueou-as, ronronou, passou o pelo pelo corpo de Dilawar. As papoilas dão leite, são os mamilos da terra, dizem os viyhokim. Dilawar abraçou Bibi. Sentaram-se os dois na cama, um ao lado do outro, Dilawar com a cabeça encostada ao ombro dela. Bibi acendeu um cigarro, pôs o pé esquerdo em cima da cama e arrancou umas peles de entre os dedos. Dilawar deitou-se e adormeceu. Bibi levantou-se, vestiu a burca, calçou-se à porta e saiu da casa de ópio, caminhando lentamente pelas ruas do centro. Entrou numa furgoneta para a periferia e, passados quarenta e sete minutos após sair da companhia de Dilawar, chegou a casa. Eram duas e meia da tarde, estava cansada, não tinha comido nada durante o dia e ansiava por novidades. Esperou pelo homem.

Disse Tal Azizi: Os nossos corpos têm veias para fora deles. Escuta, amado discípulo, essas veias ligam-se a lugares especiais, a pessoas de que gostamos. Um aparelho circulatório que não é ensinado nas aulas de anatomia, que não se aprende nas madrasas nem nas universidades. O nosso coração não bate cá dentro, bate na terra de que gostamos, ó discípulo, nos objetos que nos são especiais, nos peitos dos nossos familiares, em músicas que nos fazem chorar. Nunca ninguém nos ensinou onde estava realmente o coração, aquilo que ouvimos bater no peito é apenas um reflexo de todos os nossos corações, que batem em tantos lugares diferentes. As nossas noções de anatomia, amado Gardezi, estão todas erradas.

O homem entrou na casa de Bibi.

Eram três horas da tarde quando ela ergueu a cabeça ao vê-lo entrar no seu quarto.

— O que se passa? — perguntou Bibi.

— As nossas veias estendem-se por muitos lugares — disse o homem.

— Outra vez essa conversa? — perguntou Bibi.

— O teu filho, o Salim, morreu — disse o homem.

— O quê?

— Um equívoco. Três soldados americanos entraram em casa do Fazal Elahi e cometeram o sofrimento de matar uma criança.

Bibi contorceu-se. A sua frieza temperou a sua reação, mas não conseguiu evitar um grito e algumas lágrimas.

O homem disse que não prosseguiriam com o plano, bateu no peito com a mão e disse que tinha mãe, pai, filhos, irmãos. Disse que não poria isso em risco, disse que não conseguiriam vencer o general Ilia Vassilyevitch Krupin.

— O que é que os soldados americanos têm a ver com o general? — perguntou Bibi.

— Eu não acredito em soldados americanos.

— Não pode ter sido o cão do general...

— Acredito mais nisso do que em equívocos. Acabou-se o nosso plano.

— Mas eu paguei-vos bem — disse Bibi.

— Eu sei, mas o problema não é esse dinheiro. Tenho medo que me apareçam soldados americanos em casa, junto dos meus pais, junto dos meus irmãos, junto dos meus filhos — disse o homem.

— Eu paguei — disse Bibi.

Mas aquilo era um problema grave de anatomia — como as nossas veias saem do corpo e correm pelos corpos dos outros, como o nosso coração é feito de vários músculos que batem em uníssono em peitos diferentes —, não era uma questão de finanças, por isso o homem levantou-se e dirigiu-se para a porta. Bibi agarrou-se à roupa dele, mas o homem bateu-lhe na cara e ela caiu no chão a chorar.

Morte de Salim

Segunda parte

Nachiketa Mudaliar tinha dificuldade em sobreviver

٧٢

Nachiketa Mudaliar tinha dificuldade em sobreviver. Uma pessoa como ele, tão magra, dá sempre a sensação de que não precisa de muito para se alimentar, enquanto um sujeito obeso precisa de uma grande quantidade de comida para satisfazer o seu corpo, mais gordura, mais proteínas, mais vitaminas. Mudaliar achava que as pessoas deveriam pensar ao contrário: o magro é que precisa de muita comida e o anafado de jejum. Lembrava-se de o pai, que era muito grave e solene, obrigar a mãe a tirar água do poço, e acontecia que as pessoas não gostavam, diziam-lhe que ela era muito fraca, não conseguia puxar o balde, os braços eram muito fininhos, então o pai de Nachiketa Mudaliar argumentava que era por isso mesmo que deveria ser ela a ir buscar água ao poço, que ele tinha braços fortes, não precisava de os fortalecer. Independentemente de concordar ou não, Nachiketa Mudaliar ajudava a mãe sem o pai saber.

Ao fim da tarde, Mudaliar costumava sentar-se junto ao túmulo de Girijashankar e comia um pepino. Arquitetava maneiras de ver Aminah, mas nem sequer pensava em abordá-la. Evidentemente, gostaria de o fazer, mas isso era uma hipótese absurda. Nachiketa Mudaliar esperava um milagre e isso não incluía qualquer esforço da sua parte além de estar o mais próximo possível de Aminah, de modo a provocar o destino.

Enquanto Nachiketa Mudaliar pedia ao santo Girija-shankar de Lahore para interceder a seu favor junto dos deuses e, indiretamente, lhe proporcionar uma vida junto de Aminah, Aminah frequentava o santuário dos dervixes ladrões, não para pedir a possibilidade de Dilawar se casar com ela, mas sim para pedir que lhe dessem um unguento para as feridas da perda de Salim, sendo isso algo que nem os dervixes ladrões saberiam onde roubar para lhe oferecer.

O tabuleiro de xadrez foi ganhando

٣٢

O tabuleiro de xadrez foi ganhando pó, sessenta e quatro casas a morrer, pretas e brancas. A dor da família de Fazal Elahi era um assunto muito falado em todo o lado menos no epicentro, aí era completamente calado, a dor é a memória mais persistente. Fazal Elahi recordava sorrisos, acima de tudo coisas pequeninas, episódios sem importância, o modo como as sandálias ficavam vincadas pelo andar de Salim, as caretas que fazia quando se concentrava, as mãozinhas que pareciam dois pássaros frágeis, o modo como chorava e sofria, o modo como ria, coisas pequenas, tão pequenas quanto aqueles quatro anos. Fazal Elahi também se lembrava de outras pequenas coisas, as maiores, que, de tão grandes, cabem nos interstícios das outras. Lembrava-se dos momentos em que tinha recusado brincar com a carrinha de madeira que carregava cebolas fora de prazo, dos momentos em que o tinha castigado em vez de beijado, dos momentos em que estivera ausente — em vez de estar presente — naquela brincadeira com Burak, a égua do Profeta. Lembrava-se de ter dito que não mais vezes, muitas mais vezes, do que tinha dito que sim. O mudo Badini dizia-lhe que a educação se faz através da negação, a educação é uma limitação da nossa liberdade, ensinamos os outros a respeitar fronteiras, a ter limites, a não ser absolutamente livres como são os bebés, que não têm fronteiras nem ego nem "eu". Dizemos-lhes constantemente não faças isso, não mexas aí, a educação é dizer não, primo, mas Fazal Elahi tremia ao pensar naquela palavra. Não era a sua palavra.

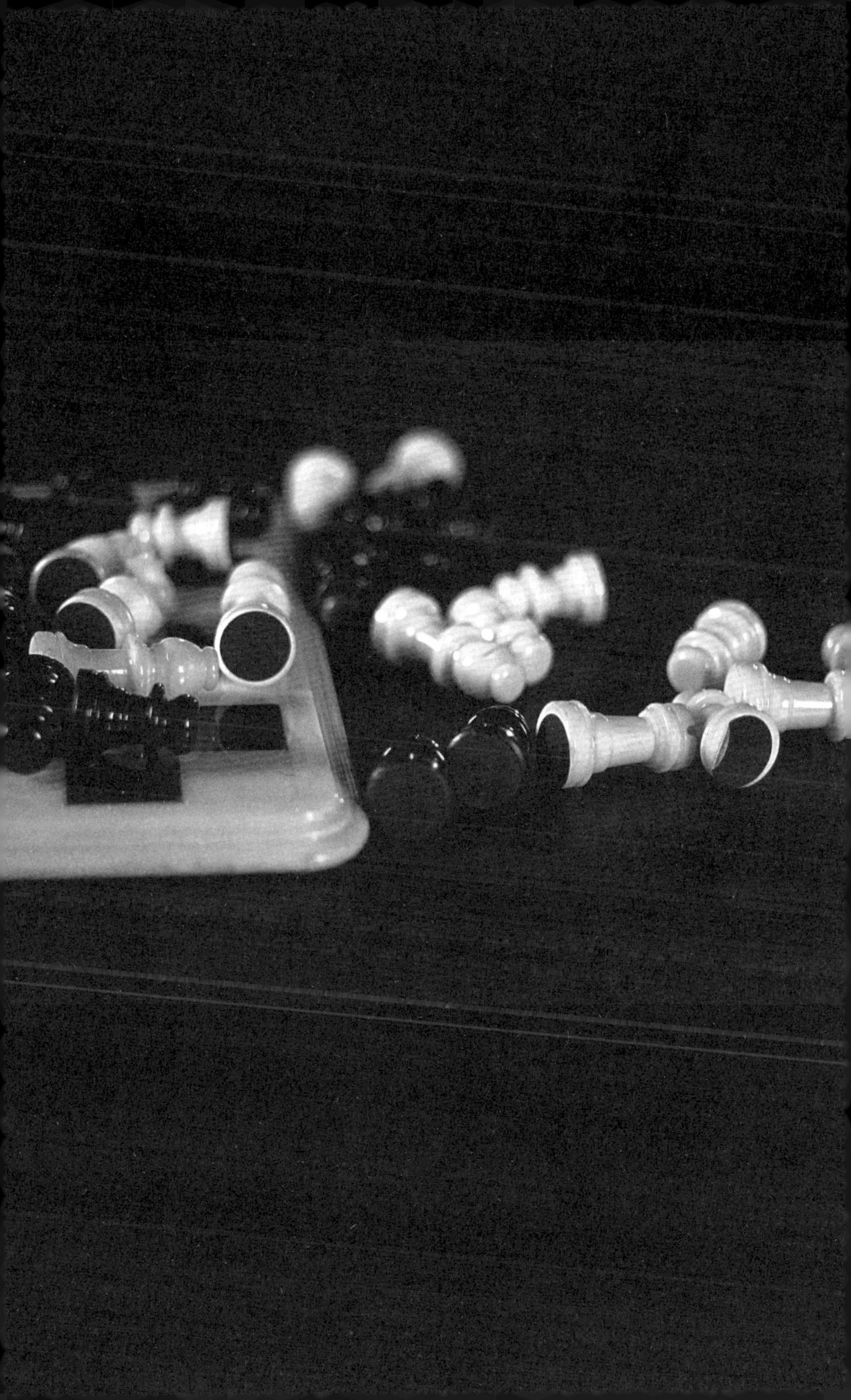

O leite começou a ferver

۷۴

O leite começou a ferver num púcaro de alumínio. Badini, de pé e junto ao fogão, pensava em Salim, em Bibi, pensava no facto de o general Ilia Vassilyevitch Krupin insistir com o seu primo para que este lhe dissesse onde estava a ex-mulher. Imaginou que havia um culpado da morte de Salim. Veio-lhe à boca o nome do general, era quase uma palavra, era quase um som que passava pela barreira dos dentes. O leite saiu por fora do púcaro, fazendo um movimento semelhante ao que o nome do general Ilia Vassilyevitch Krupin fizera pelo corpo de Badini. Foram alguns segundos, talvez minutos, mas uma distração suficiente para deixar o fogão todo sujo e Aminah a gritar, enquanto tirava o leite do lume e desligava o bico do gás. Badini desculpou-se com as mãos. Aminah continuou a gritar, Badini desculpou-se mais uma vez, estava distraído, prima. Mudo idiota, disse ela. Badini abriu o armário ao lado do fogão e tirou um pano. Eu limpo, disse ele. Aminah tirou-lhe o pano das mãos com um gesto brusco e começou a limpar enquanto lhe virava as costas. Esfregava com violência, usando ambas as mãos. Quando se voltou para ir buscar o frasco de detergente, Badini já havia saído da cozinha. O mudo sentou-se no chão da sala, a pensar. Passou várias vezes as mãos de dedos finos pela cabeça rapada e acendeu o cachimbo de água.

Aminah passou por ele, dirigindo-se para a porta. Mudo idiota, disse antes de sair. Badini estava habituado a que a sua vida tivesse aquele som, entre um insulto e uma porta a fechar-se.

Nachiketa tapava uma narina e respirava

૭૩

Nachiketa tapava uma narina e respirava de modo a encher de ar o lado esquerdo do nariz. Depois repetia a operação no lado direito. Então esperava que o ar que tinha ido para o lado esquerdo acasalasse com o que tinha ido para o lado direito e se tornassem férteis e fizessem os seus desejos acontecer. Passava horas assim, sentado na posição de lótus, com o pé direito sobre a coxa esquerda e o pé esquerdo sobre a coxa direita.

Nachiketa Mudaliar vivia com outros indianos num prédio abandonado. Um deles, chamado Uttamesh, cantava muito bem, embora desafinando. Era algo estranho que Nachiketa Mudaliar não sabia explicar, mas sabia sentir que há muitas maneiras de cantar mal e algumas são divinas e só os melhores cantores são capazes de tal coisa. Havia outro, chamado Gokul, que era uma pessoa extremamente organizada e um dia decidiu fazer um mapa com todos os trinta e três mil deuses hindus, suas ligações, avatares, parentesco, afinidades. A isto acrescentou todas as plantas, planetas, chakras e partes do corpo associados a cada um dos deuses. Havia ainda Mandar, um rapaz que queria ser imortal e queria levitar e vencer as doenças todas e ser imune ao veneno das serpentes e nunca mais passar fome. Tudo isso através do yoga. Nachiketa gostava de o ver lavar as narinas, enfiando um fio pelo nariz e fazendo-o depois sair pela boca. A seguir, Mandar engolia uma gaze comprida para lavar o esófago e enfiava uma raiz de curcuma no reto para o limpar. Bebia água morna com sal para vomitar e assim limpar o estômago, e passava mais de uma hora por dia numa posição invertida, cabeça no chão e pés contra o céu.

Um dia, Mandar pediu ajuda a Nachiketa Mudaliar, pois pretendia cortar o freio que une a parte de baixo da língua à boca, para dessa forma conseguir sugar o líquido que escorre de um dos chakras da cabeça. A língua sem o freio teria muito mais elasticidade, ficaria mais comprida, e Mandar conseguiria assim dobrá-la para trás, permitindo-lhe então recolher o tal néctar, alcançar o samadhi e ser, ao mesmo tempo, imune ao veneno das serpentes.

Nachiketa e Mandar acenderam o lume. Nachiketa só pensava em Aminah. Afiaram uma faca numa pedra. Passaram a lâmina pelas chamas. Mandar abriu a boca. Nachiketa puxou-lhe a língua, enquanto pensava em Aminah. Agarrou na faca, com firmeza, e começou a cortar. A certa altura, Uttamesh empurrou Nachiketa Mudaliar, pois Mandar tinha sangue a jorrar pela boca, parecia uma torneira. Correram para o andar de cima do prédio abandonado, onde dormia um antigo médico a quem o ópio arruinara a carreira. Nachiketa Mudaliar só pensava em Aminah. Mandar tapava a boca com o pano de gaze que costumava engolir e que depressa ficou completamente ensopado.

Nachiketa Mudaliar abanava o corpo para trás e para a frente quando Mandar apareceu, amparado pelo médico, com uma ligadura enrolada à volta do maxilar. Nachiketa levantou-se e abraçou-o. Quis dizer alguma coisa para o reconfortar, mas tudo o que saiu foi "Aminah". Mandar não conseguia falar, mas ficou intrigado, via-se na sua expressão. O médico disse que já tinha visto esse procedimento, o tal que pusera Mandar naquele estado, em alguns ascetas. No entanto, faziam-no com relativa segurança, usando uma folha de palmeira para cortar um milímetro de cada vez, depois deixavam cicatrizar, voltavam a cortar mais um milímetro, deixavam cicatrizar, voltavam a cortar mais um milímetro até finalmente soltar aquela parte da língua. Nachiketa Mudaliar perguntou a Mandar por que motivo não fizera o procedimento como deve ser, em vez de lhe pedir para cortar tudo de uma vez só. Porém, pensava: a culpa é minha, que só penso na Aminah. Mas o que disse a seguir foi: Devias, Mandar, ter feito tal como o médico o descreveu, com a folha de palmeira e com calma e com cuidado. E Mandar, que não conseguia falar, fez uma careta suficientemente eloquente para Nachiketa compreender: não tivera paciência. Compreendo, disse Nachiketa, também gostaria de acelerar o destino e fazer com que tudo andasse mais depressa (a culpa é minha, só penso na Aminah), mas os deuses têm uma lentidão muito própria, é preciso insistir, acender incenso, oferecer-lhes leite e manteiga e frutas.

Depois de garantir que Mandar se deitava para descansar um pouco e que não haveria perigo, Nachiketa Mudaliar saiu em direção ao mercado na esperança de ver Aminah a regatear tecidos e especiarias com os seus dentes desalinhados.

Disse Tal Azizi:
Os tapetes servem para limpar

٧٦

Disse Tal Azizi: Os tapetes servem para limpar os pés, mas também para sentar ou para pousar a testa e recitar o Alcorão. Um tapete é uma união entre os pés do homem e a sua cabeça, entre a terra e o infinito, entre a matéria e o espírito, entre os pés descalços e a oração atirada para cima. Atirada muito mais alto do que conseguimos atirar pedras, ó devoto, pois as palavras chegam a outros céus, e assim se vê que: a violência, as pedras que se atiram, acabam por cair, muitas vezes em cima de quem as arremessa, e não chegam tão alto como julgamos. Por outro lado, ó discípulo Gardezi, as palavras não caem e chegam mais alto do que as pedras, ao ponto de deixarmos de as ver. Atingem céus diferentes, as pedras e as palavras. Alá rejeita umas enquanto guarda as outras no peito.

Badini baixava-se no tapete de oração de Fazal Elahi e abraçava o primo. Fazal Elahi soluçava, porque não sabia fazer mais nada. Para Fazal Elahi, o mundo tinha encolhido e resumia-se àquele tapete recheado de lágrimas, húmido como o mar. Quando Badini o abraçava, ele soluçava ainda mais, lembrando-se dos momentos em que vira o filho a rir e a brincar com a carrinha de madeira, a carrinha que tu construíste, primo, dizia ele com os olhos todos inchados. Fazal Elahi chorava por causa de coisas banais. Por causa de coisas. Quando via uma romã aberta, fendida, chorava. Quando pisava insetos, vinham-lhe as lágrimas aos olhos. Se via um pássaro do outro lado da janela, lamentava-se. Chorava quando as cortinas abanavam com o vento. Um dia, Badini encontrou Fazal Elahi — com a mesma roupa que vestia desde a morte de Salim — a passar os dedos pela racha de uma parede. Pensava em Farid Udin-Attar, quando este apontou, num dos seus livros mais célebres, uma racha na parede do mais belo palácio, uma racha que ninguém via, só ele, que era poeta. Essa racha era a morte, a efemeridade das coisas. Era por essa racha que Fazal Elahi passava os dedos, concentrado.

A vida de Nachiketa Mudaliar contada de modo metafórico recorrendo à utilização de um comboio

VV

Nachiketa Mudaliar costumava sentar-se num banco, à espera de ver passar o comboio.
Mas não havia ali nenhuma linha de comboio.

Os galos não veem

VΛ

Os galos não veem galinhas. Os galos do general Ilia Vassilyevitch Krupin nunca veem galinhas. Ficam fechados em gaiolas ao sol, com o qual, desde a Antiguidade, têm uma ligação íntima. O Sol nasce porque os galos cantam. O general Ilia Krupin depena-os para que a pele fique torrada pelo calor. Quando as penas crescem, o general Krupin volta a depená-los e a deixá-los ao sol, até terem uma pele capaz de aguentar tudo, mais dura do que as leis religiosas. Dessa forma, os galos ficam imponentes e olham os humanos sem medo. Sendo mais baixos do que os homens, olham-nos de cima, com as pernas altas e o pescoço esticado, a mostrarem toda a sua força. Os galos passam meses a acumular-se, ficam cheios de sol e, de repente, num pequeno recinto, matam-se uns aos outros.

Esta era uma das atividades de que Vassilyevitch Krupin mais gostava. Não era tão rentável, nem lá perto, como a venda de armas e o contrabando de ópio, mas era uma ocupação que lhe dava um prazer especial. Gostava das tardes que passava a arrancar penas aos galos e a metê-los em gaiolas ao sol, até ficarem com a pele cheia de ódio. O general Krupin orgulhava-se das vitórias dos seus animais, como se fosse ele próprio que entrava no pequeno recinto das lutas e derrotava todos os outros. Quanto ao dinheiro das apostas, não lhe dava valor. Só dava importância à vitória.

As traseiras da sua casa estavam sempre cheias de gaiolas e de sol a cair sobre elas. Alguns galos cacarejavam e mexiam as cabeças de um lado para o outro, com aqueles movimentos típicos, intermitentes e rápidos, que parecem o voo das abelhas.

Badini chegou com a cara inundada de gravidade. O general Ilia Vassilyevitch Krupin cumprimentou-o como fazem os seguidores de Tal Azizi: de pé, os dois homens apertaram as respectivas mãos direitas à altura da cara, como se fossem fazer braço de ferro, e depois, simultaneamente, sem se largarem, beijaram as costas da mão um do outro. Os rostos ficaram muito próximos, como se se beijassem na boca, mas com as suas mãos pelo meio.

— Vês como ficamos fortes? — perguntou o general Krupin enquanto apontava para um galo. — Evitando as mulheres e apanhando sol. Eu também me prendo em gaiolas e me besunto de luz. Faço isso por Deus. Mas o corpo é um animal difícil de combater. Dizem que mataste um tigre com as tuas mãos, não é? Que cara é essa? Não é verdade? O povo é muito ignorante. O que eles inventam. Quando era rapaz, na minha aldeia, apareceu um daqueles tigres que comem pessoas. Os homens juntaram-se e montaram nos camelos e nos cavalos e perseguiram o animal. O meu pai levou-me com ele e durante mais de uma semana perseguimos o maldito tigre. Encurralámo-lo junto a um rio, os cães mordiam-lhe as patas e ele não os atacava, juro que não os atacava. Foi fácil matá-lo. Não é nada de especial, é apenas um gato às riscas que só tem garras e dentes para atacar e para se defender. Não tem Deus. Só tem riscas, uma voz grossa e a selva metida na sua cabeça. É muito fácil matar um animal assim. Tu mataste um, dizem as pessoas, com as mãos. O verdadeiro milagre não é matar um tigre com as mãos, é matá-lo com uma arma. Para o matar com os braços, basta nascer mais forte do que o inimigo, mas para matar com uma arma foram precisos muitos anos. Foi preciso tecnologia, foi preciso inventar.

Matar com o corpo qualquer animal faz, mas para matar com armas é preciso ter Deus, é preciso ser homem. Esse é que é o verdadeiro poder. Não é caminhar sobre as águas, é construir um barco. Não é assim, mudo? Não é levitar, é inventar um balão. Vieste apostar? Hoje não há lutas.

Badini mantinha os olhos fechados. A sua enorme cabeça pendia ligeiramente para a frente.

— Porque é que vieste visitar-me?

Badini olhou para o general Krupin, de olhos fechados. O general acendeu um cigarro e pôs outro nos lábios de Badini. Acendeu primeiro o seu e depois o do mudo. Ficaram os dois a fumar em silêncio com o fumo a abraçar-lhes os rostos. Badini tinha vontade de o acusar, abriu os olhos, mas voltou a fechá--los por causa do fumo, imaginava que havia sido o general a contratar soldados americanos para cometerem um equívoco, para atingirem Bibi disparando em Salim. Os nossos corações não batem somente dentro do nosso peito. Badini deu uma bafo-rada no cigarro, saiu-lhe um suspiro, pensava em Bibi, pensava nela, pois ouvia-se nas ruas que ela teria ousado pagar — onde arranjara o dinheiro para isso? — a uns homens para que eles dissessem a verdade sobre o general e todos os seus crimes.

— Vieste para me acusar, não foi? — disse o general, como se tivesse ouvido os pensamentos de Badini. — Aqui o general Ilia Vassilyevitch Krupin é um excelente bode expiatório. Quando acontece uma desgraça nesta cidade, ele é o culpado. Foi aquela puta que abandonou o Fazal Elahi que andou a envenenar-te com as mentiras dela? Já reparaste bem naqueles idiotas que tocam flauta para as serpentes? Julgam que elas dançam porque eles tocam, mas é exatamente ao contrário. É a serpente que, ao dançar, os faz tocar flauta. Também andas a deitar-te com essa puta? Fazes bem, um dervixe também tem problemas para resolver entre as pernas.

O general Krupin apagou o seu cigarro.

— Aquela cadela dorme com todos os homens da cidade e desonra o nome do Elahi. Sabes muito bem, mudo, que eu devo a minha vida ao pai do Fazal Elahi, que foi por causa dele que fiquei a viver nesta cidade e que foi graças a ele que abracei o Islão. Quando fui preso, em 1980, durante a guerra, o pai do Fazal Elahi salvou-me da morte. Era um bom soldado, um grande mujahedin, nem se percebe como é que foi ter um filho assim, enfim, é a vida. Por isso, jamais permitiria que alguém sujasse o apelido do Fazal Elahi. Não por ele, mas pela memória do pai dele.

Badini manteve os olhos fechados.

— Compreendo — disse Vassilyevitch Krupin, enquanto acendia um cigarro. — Julgas que aquilo dos americanos não foi um equívoco. É mais fácil quando há um culpado, não é?

Badini levantou-se e caminhou para a porta.

— Achas-te muito superior, dervixe idiota, achas que és tolerante e perfeito. Mas se Alá não quisesse que o homem triunfasse e chegasse até Ele subindo degraus feitos de coisas mortas, não teria criado o mundo assim, onde tudo come tudo. Ele fica contente quando os seus galos vencem as suas lutas.

Numa arca, numa pequena arca de madeira, Aminah guardava recortes

89

Numa arca, numa pequena arca de madeira, Aminah guardava recortes de revistas. Não gostava de americanos, mas guardava uma série de caras americanas, fotografias de Paul Newman, Bogart, Elvis Presley, Charles Bronson, De Niro, Jerry Lewis. Na mesma arca guardava uma revista pornográfica cuja capa tinha uma mulher com dois grandes seios, cabelo loiro encaracolado e uma fita branca para jogar ténis na cabeça. Quando Aminah estava muito deprimida com a vida, abria a sua arca, olhava para aquelas caras e sonhava, sentia-se melhor, era como comer doces. Mas, apesar do prazer que retirava da visão daqueles homens barbeados e de olhar azul, sabia, e mantinha presente no seu espírito, que todas aquelas caras eram para ir para o Inferno e que, por mais aliciante que lhe parecesse a vida daqueles americanos, não passava de um isco de Iblis. Aminah, quando refletia sobre estes assuntos, e depois de ver algumas das suas dores amenizadas por atores americanos, fechava a arca, dizia que era uma porcaria, um pecado. Pensava com frequência em deitar tudo fora, mas tinha medo de ser apanhada a fazê-lo, e, por causa disso, mantinha os seus recortes, a sua revista pornográfica com uma tenista de grandes seios na capa, tudo devidamente guardado na sua arca de madeira. Ultimamente, via e revia os seus recortes com mais assiduidade. Gostava especialmente dos olhos azuis de Paul Newman, que lhe faziam lembrar o filho do general Ilia Vassilyevitch Krupin. Gosto tanto do Dilawar, pensava Aminah enquanto olhava para o ator, dizem que é um pouco selvagem, mas também dizem que só precisa de se casar para se acalmar, para ser como um destes recortes que guardo na arca de madeira, Alá me perdoe, que pecado.

No seu quarto, enquanto olhava para as fotografias, ouvia os lamentos do irmão no quarto ao lado. Os lamentos atravessam tudo, todas as paredes. Então, vinham-lhe as lágrimas aos olhos e guardava o Paul Newman na arca.

Todos os dias ia ao jardim para andar um pouco e relaxar. Passava pelos jovens que costumavam banhar-se no canal e que se atiravam para a água das maneiras mais extravagantes, dando piruetas, fazendo mortais, entre outras coisas fatais. Num desses dias, viu que um dos jovens que se atirava era Dilawar. Ficou a olhar para ele como costumava olhar para o Paul Newman, parada no meio da rua. As motas passavam muito junto dela, mas Aminah estava absorta, concentrada num homem que pulava para um canal e que, para ela, era mais do que isso, era um recorte. É isso que fazemos às pessoas de quem gostamos, recortamo-las do resto do mundo. Dilawar havia sido promovido a um bocado de papel de revista, e isso era uma espécie de sacralização, que é o que quer dizer a palavra sagrado: separado do mundo, recortado do mundo. A adoração era fruto de uma tesoura. Era como Salim, pois era assim que ele aparecia nas memórias da sua família, como o Elvis Presley, como o Paul Newman e como o John Wayne: recortado de tudo o resto, com uma luz própria, com um lugar à parte. Salim não pertencia ao tecido das outras memórias, tinha um espaço particular. Aminah voltava para casa dos seus passeios, confusa, com sentimentos misturados: por um lado, a dor de Salim ter morrido, por outro, o erotismo dos recortes, o bigode do Charles Bronson e o corpo de Dilawar a saltar para o canal fazendo uma pirueta impensável.

Em casa, Fazal Elahi continuava a sofrer sozinho. Aminah chegou de um dos seus passeios, foi para a cozinha, dirigiu-se ao samovar e serviu-se de um chá. Tocaram a campainha do portão. Aminah desejou que fosse Dilawar, apesar de saber como o seu pensamento era improvável e, provavelmente, insensato. Foi ver quem era, a insensatez revelou-se: era a polícia, acompanhada pelo mulá Mossud. Aminah gostava de polícias, mas não gostava nada que batessem à sua porta. Ficou em pânico, interrogando-se: o que querem eles?

– Impossível. Não está em condições

∧.

— Impossível. Não está em condições de receber ninguém.

Quando o mulá Mossud, juntamente com dois polícias, bateu à porta da casa de Elahi, Aminah explicou-lhe que o irmão não recebia ninguém, que mal se levantava para ir à casa de banho, que mijava nas calças, que cagava nas calças, não mudava de roupa e não comia nem dormia, apenas sofria.

Mossud insistiu, dizendo que estavam dois polícias consigo, à espera na entrada, e que tinham um assunto a tratar com ele. Aminah subiu as escadas com o coração a galope. Bateu à porta do quarto, de onde vinha um gemido pequeno mas agudo, que parecia um tapete que cobria tudo o que se pisava. Voltou a bater, mas Elahi não se afastava da sua dor para abrir a porta. Aminah chamou-o dizendo que o mulá Mossud queria falar com ele e que estavam dois polícias à espera. Elahi mantinha o seu gemido constante e Aminah deu uns murros na porta antes de desistir e decidir chamar Badini. Foi até ao quarto do primo e, antes ainda de bater à porta, Badini estava à sua frente, com a sua cabeça enorme, vestido de branco, o rosto terrível. Aminah engoliu um grito de susto e disse:

— O mulá está lá em baixo com dois polícias e quer falar com o meu irmão, mas ele não abre a porta do quarto. Devias descer e ouvir o que ele tem para dizer.

Badini fez uma cara de desagrado, mas caminhou até às escadas e desceu até à sala.

— O teu primo não desce? — perguntou o mulá Mossud.

Badini fez que não com as sobrancelhas e com um estalido da língua.

— Ainda sofre por causa do filho — disse o mulá.

Badini assentiu.

— Alá sabe melhor.

— Muito bem. Tenho excelentes notícias, que poderão alegrá-lo. Pode ser que com isto ele saia de dentro do sofrimento em que se encontra. A adúltera que fugiu desta casa foi encontrada morta numa vala de esgoto. A polícia diz que tem o corpo todo torcido, os ossos todos partidos, o corpo esfaqueado. Os pecadores têm o que merecem e o castigo está mais perto deles do que as suas pálpebras. Allahu Akbar!

Badini fechou os olhos.

O mulá Mossud olhou para as escadas. Levou as mãos à boca e gritou para que Fazal Elahi ouvisse:

— A ADÚLTERA ESTÁ MORTA!

Fazal Elahi, fechado no quarto, a murmurar orações, não o ouviu. O mulá Mossud disse a Badini:

— É preciso ir reconhecer o corpo. Se o Fazal Elahi não pode, é melhor que sejas tu a acompanhar a polícia.

Badini assentiu com a cabeça e saíram os dois, com os polícias atrás. Já na rua, Badini tirou uns cigarros da sua mala de couro e ofereceu-os aos polícias. Fumaram os três enquanto Mossud explicava que Badini era mudo, que era primo de Elahi e que este não estava em condições psicológicas para sair de casa. Os polícias já sabiam, conheciam o primo de Fazal Elahi: ninguém esquece aquela cara enorme e sem pelos, sem pestanas nem sobrancelhas. Quando acabaram de fumar, entraram numa carrinha. O mulá sentou-se ao lado de Badini.

— Também vou — disse. — Quero ver o rosto daquela cadela, quero ver-lhe os olhos distorcidos e os lábios impuros fechados para sempre.

A morgue ficava na cave do hospital, com umas janelas minúsculas acima do solo. Mossud mexia nas suas contas de oração sem mostrar qualquer sinal de incómodo. Para o mulá, só os injustos devem temer a morte. Os justos devem amá-la. A uns espera-os o Inferno e aos outros o Paraíso.

Quando destaparam a cara de Bibi, toda cheia de ângulos e manchas, o mulá foi o primeiro a inclinar-se.

— É ela.

Badini confirmou com um gesto. Mossud afastou-se um pouco:

— Tem o rosto inchado de maldade, mas vê-se bem que é ela.

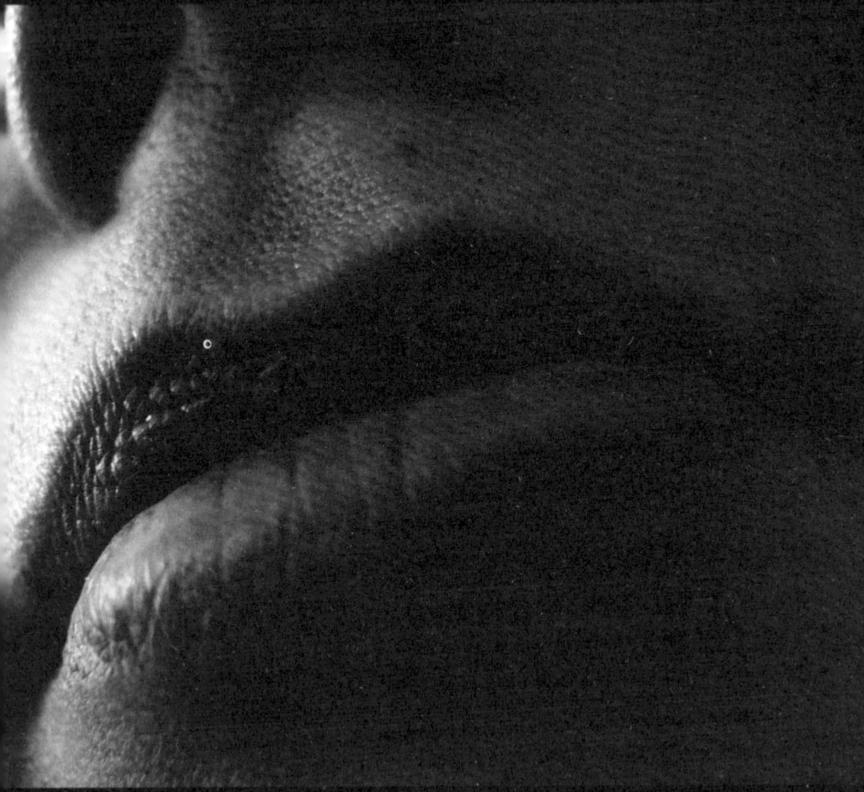

Os dias que compõem a nossa vida são gerados

81

Os dias que compõem a nossa vida são gerados dentro de nós, disse Tal Azizi, como uma gravidez. Quando desejamos alguma coisa que está fora do presente, quando desejamos o futuro, isso faz nascer o embrião do dia seguinte. E esse dia, ó discípulo, vai crescendo dentro de nós, alimentado pelas recordações e pelo desejo de viver, e, passadas umas horas, o dia desponta, naturalmente. E o mesmo sucederá com todos os dias que nos farão velhos. Até, ó devoto, chegar a altura em que nós, gastos, sem desejo, nos esqueceremos de desejar o futuro, e o dia seguinte morrerá dentro da nossa barriga.

Era isso que estava a acontecer a Fazal Elahi, os dias futuros morriam-lhe na barriga sem nunca verem a luz do nascimento. Passado um mês da morte de Salim, um mês inteiro absolutamente eterno, Badini sentou-se junto ao primo. Pousou no chão o seu corpo gigante, como se fosse a própria gravidade. Badini tinha um peito redondo, um corpo que parecia independente das leis físicas. Se Badini mandasse levantar um morto, o morto apressava-se. Por isso, parecia evidente que conseguiria levantar Elahi do seu tapete de oração. Levantá-lo em direção à vida que fica entre os nossos pés e a oração.

Chovia nesse dia de chuva. Aminah serviu um chá bem quente e Badini levou o copo à boca e engoliu o chá sem pestanejar. Um chá que queimaria o Sol, se lhe tocasse.

— Tens de o levantar desse tapete — disse Aminah.
— Quando falo com ele, só tem memórias para me dizer. Acima de tudo, coisas que não fez. Se não passeou com ele, com o nosso cabritinho, com o Salim, é isso que ele conta. Eu, dantes, julgava que as nossas memórias eram feitas de coisas que tínhamos vivido, mas não. Mas não. O que nos dói são as memórias do que não vivemos. Nem consigo olhar para ele.

Badini agarrou Fazal Elahi pelos ombros. Levantou-o e pousou-o na mesa que estava por baixo da janela.

— Vais ter de acordar desse tapete
  onde enfiaste a tua vida — disse Badini silenciosamente.
— Passas horas aí dobrado e deambulas
  pela casa apenas para chorar
  e passar as mãos pelas rachas
  das paredes. Isto — e fez um gesto largo com o braço para indicar tudo o que os rodeava —
  continua. Um homem não pode
  parar todo dobrado sobre si mesmo.
  Tem de se erguer na vertical, porque esse
  é o seu caminho, é para cima,
  sempre para cima. E não para se enrolar,
  como fazem os caracóis. Fomos construídos
  para chegar ao céu
  com a nossa cabeça. Por isso
  é que a erguemos, por isso é que
  a usamos acima de todas as coisas.
  Tens de a levantar do chão.

Fazal Elahi mantinha-se enrolado sobre si mesmo, apesar de estar sentado numa mesa. Badini enrouqueceu a voz das suas mãos e ordenou:

— Levanta-te.

Fazal Elahi voltou para o tapete, dobrando-se contra o chão, ficou arredondado, com as costas viradas para o mundo. Badini deu-lhe um pontapé e o primo caiu de bruços. Quando Fazal Elahi tentou voltar para o tapete, Badini deu-lhe um segundo pontapé que o fez dar duas voltas no ar antes de voltar a cair no chão. Aminah gritava. Badini também, mas apenas com os pés: levanta-te! Isto durou vinte minutos, ao fim dos quais Fazal Elahi passou do tapete para a cama, sem se conseguir mexer, mas foi nesse período, enquanto olhava para o teto e não para o céu das suas orações, o tapete, que viu uma espécie de luz. Fazal Elahi teve uma ideia. De seguida, adormeceu como já não fazia há muito tempo.

Fazal Elahi acordou antes

۸۲

Fazal Elahi acordou antes da alvorada, levantou-se e tomou banho. Já não tomava banho há mais de um mês. Custou-lhe lavar a cabeça. Tinha demasiado lixo misturado com demasiada dor. Ficou muito tempo a secar-se, a pentear a barba e os cabelos. Vestiu uma roupa velha e fez a oração matinal sem chorar ou sentir uma tristeza profunda. Saiu do quarto devagar, fechou a porta atrás de si com muito cuidado, passou a mão pelos cabelos, passou pelo quarto de Badini — ouvia-se o seu ressonar — e desceu para a cozinha. Aminah não estava, mas tinha deixado comida e chá em cima da mesa. Doces variados, fruta fresca, leite e iogurte. Fazal Elahi sentou-se e comeu com calma, chegando mesmo a sentir algum sabor naquilo que levava à boca. Bebeu o chá. Saiu para o quintal, entrou na casota das traseiras que ficava atrás da romãzeira. Pegou num pincel velho com os pelos despenteados, pegou num balde com uma mistura de cola e água e saiu de casa. Dirigiu-se à fábrica. Descalçou-se, cumprimentou cada um dos seus empregados, salam alaikum, alaikum assalam, salam alaikum, alaikum assalam, salam alaikum, alaikum assalam. Ninguém se mostrou particularmente surpreso pelo seu retorno. Fazal Elahi, no entanto, não se tinha dirigido à fábrica para trabalhar. Outra coisa o movia. Entrou no escritório, pousou o balde de cola, pousou o pincel despenteado. Abriu um dos armários do móvel de metal cinzento e retirou uma resma de folhas que usava para esboçar as tramas dos seus tapetes.

Ligou a impressora. Passada uma hora, saiu da fábrica. Levava debaixo do braço esquerdo uma resma de papéis e, no direito, o pincel e o balde de cola. Olhou para a parede do outro lado da rua e avaliou-a: seria um bom lugar para começar a colar os cartazes. Atravessou a estrada, mas, quando chegou ao outro lado, adiante da parede, ficou indeciso. Quem passaria ali? Olhou para a resma de folhas que levava debaixo do braço e pensou: são muitas, posso esbanjar. Com licença, começarei por esta parede. Molhou o pincel na cola e passou-o pela parede a abarrotar de cartazes: propaganda política, um canto rasgado de um cartaz do partido comunista, um cartaz de cinema — uma comédia romântica —, um cartaz de vendas de automóveis, um cartaz de música rock — cantada em urdu.

Fazal Elahi colou o primeiro cartaz com precisão geométrica, como quem pendura um quadro, tendo todo o cuidado de o deixar paralelo ao chão, passou-lhe as mãos para tirar as bolhas de ar, afastou-se três passos, inclinou a cabeça e achou que estava bem. Das centenas de pessoas que passavam sem olhar para ele ou para o que fazia, quatro pessoas pararam a ler o cartaz. Juntaram-se mais quatro. Fazal Elahi contava-os com alguma satisfação, um, dois, três, quatro, vieram-lhe lágrimas aos olhos, são mais de sete. Continuou a colar cartazes na mesma parede, depois procurou outras, entrou em lojas de amigos e passou pelo mercado. Adquiriu alguma destreza e o processo aligeirou-se. Colou cartazes em todos os lugares que pôde, em todas as paredes e, com fita-cola, nas vitrinas das lojas. Ao meio-dia parou para orar na grande mesquita. Comeu qualquer coisa numa venda, passou por casa para reabastecer o balde de cola e retomou o seu trabalho. Colocou cartazes por toda a cidade, desde restaurantes a quartéis, desde postes a lojas.

Ao final do dia, Badini encontrou-o exausto, sentado

٨٣

Ao final do dia, Badini encontrou-o exausto, sentado debaixo de uma mangueira, com o balde quase vazio a seu lado. No tronco da árvore estava colado um cartaz. Badini já o tinha visto por toda a cidade — o cartaz estava escrito em três línguas diferentes, sendo uma delas o inglês —, mas releu aquele acompanhando com as mãos, como quem lê alto:

EU, FAZAL ELAHI, DOU TODA
A MINHA FORTUNA A QUEM
SOUBER CONSOLAR-ME PELA
PERDA DO MEU FILHO SALIM.

— Vais dar
 a tua fortuna? — perguntou Badini.
— Se alguém conhecer a solução para esta dor — disse Fazal Elahi.

Badini abanou a cabeça e pegou nos cartazes que faltava colar. Dirigiu-se para a árvore mais próxima daquela debaixo da qual o primo se sentara. Pincelou o tronco e colou um cartaz.

— Com licença, não tens jeito para colar cartazes — disse Fazal Elahi.

Fazal Elahi quase sorria e Badini sentiu que dar a fortuna por uma mentira poderia ajudar o primo a sorrir.

— Sei que o ódio é um sentimento condenável, um sentimento vergonhoso — disse Elahi. — Tal Azizi alertava tantas vezes contra isso, mas não consigo deixar de odiar todos os soldados.

— Mais perigoso do que um soldado
 é o homem armado
 de fato e gravata.

— Não foi isso que eu vi no dia em que o Salim morreu.
— Os soldados são mãos.
 Deves temer é a cabeça.

Ainda nesse mesmo dia, apareceram, em casa de Fazal Elahi, centenas de pessoas que fizeram fila para receber a fortuna do fabricante de tapetes em troca de um remédio para a perda de um filho. Vinham de todo o lado, formando uma fila quase inacabável.

— A fila é interminável, peço perdão, mas é interminável — disse Fazal Elahi, coçando a cabeça.

— Alá é que
 é interminável — corrigiu Badini, com as mãos de um lado para o outro.

Badini olhou pela janela. Viu uma multidão.

— São realmente muitos, primo, uma grande fila. Talvez venha aí uma solução, louvado seja Alá, o misericordioso.

É preciso impor um horário, pensou Elahi. Hoje é muito tarde. Abriu o portão e disse:

— Com licença, começaremos amanhã a partir da oração matinal, paramos para almoçar e para orar, continuamos até à oração do meio da tarde e acabamos por aí. Amanhã terei este horário escrito e pendurado no portão.

Elahi recebia todos

۸۴

Elahi recebia todos com paciência e bonomia, com hospitalidade. Oferecia chá e ouvia com atenção, mas, ao fim de uns dias, Fazal Elahi viu-se deprimido, desiludido, pois não havia consolo em nenhuma das sugestões que lhe traziam. O seu plano, que antes lhe parecera tão bom, revelava-se um enorme fracasso, e a esperança de conseguir mitigar a dor da perda de Salim desvanecia-se.

Badini pensava que, em vez de as pessoas trazerem ideias, talvez resultasse melhor se trouxessem uns abraços, ou apenas silêncio. Não seria um consolo verdadeiro, Fazal Elahi, isso não existe, mas funcionaria melhor, o corpo deve ser tratado com o corpo, com os braços, com as mãos, com a boca, mas sem ruídos.

Fazal Elahi sentia-se desesperado, olhava para a sua cara no espelho e inclinava a cabeça para o lado, sacudindo as orelhas, como se tivesse saído do banho com água dentro delas. Depois olhava para o chão, para ver se tinha caído alguma coisa, mas era o que suspeitava: não havia nada para cair, era apenas uma impressão que lhe ficava dentro das orelhas depois de um dia inteiro a ouvir pretensas soluções para uma dor sem solução. Enfiava o indicador dentro dos ouvidos e remexia durante alguns minutos. Uma das vezes, chegou a sangrar.

– Soube, no outro dia

١٥

— Soube, no outro dia, que a Bibi foi encontrada morta — disse Fazal Elahi.
— Quem é que
te contou isso? — perguntou Badini.
— Um empregado da fábrica.
— O mulá Mossud apareceu cá em casa
com a notícia da morte dela. Eu
fui reconhecer o corpo porque
tu não te levantavas da tua dor.
— Devias ter-me contado.
— Não achei
que fosse boa altura.
— Nunca é, pois não? Nem nunca será. Sabes que suspeitam que o meu empregado, o que morreu esfaqueado, tinha uns negócios quaisquer com ela?
— Não sabia.
— É o que dizem, mas diz-se tanta coisa, quem poderá dizer o que é verdade e o que não é? Só Alá. Contudo, é provável, peço perdão se me engano, que o rapaz tenha sido morto pela mesma pessoa que matou a Bibi. Que mundo é este, primo, que mundo é este?

Badini pensava no general. Sentia a garganta seca a transformar-se em arestas. O seu corpo repetia a pergunta de Elahi: que mundo é este? Voltava a sentir ódio e tinha vontade de pegar na cabeça do general Ilia Vassilyevitch Krupin e de a desfazer, como uma vez o seu pai fizera com um gato. Ao pensar isto, o seu ódio vacilava de imediato e Badini passava a duvidar: talvez não tivesse sido ele. E, se tivesse sido, que importância poderia ter? Krupin era uma placa tectónica a subir para cima de outra. Há que olhar para os homens como se olha para um terramoto.

— O universo não é perfeito — disse Elahi. — Não é nada perfeito, ou talvez seja, mas é difícil de compreender, há o *equilíbrio notavelmente/absolutamente/absurdamente/ infinitamente /moralmente/esteticamente desequilibrado*, algo com que é complexo lidar, não é, primo? Mais vale sei lá o quê, às vezes tenho vontade de bater em Alá, Alá me perdoe.

Badini inclinou a cabeça em concordância, apesar do fragmento 28 do livro *Fragmentos persas*, que abriu para mostrar ao primo:

28. — Dentro de três dias haverá uma grande festa — disse o xeique Muqatil al-Rashid. — Dar-te-ei um belo presente. Quero que vás, ó vizir, à oficina do nosso melhor mestre artesão e escolhas o vaso de que mais gostares, o mais precioso.

Já na oficina do mais soberbo dos artesãos, o vizir viu em cima da bancada de trabalho dois vasos. Havia apenas dois. Um era disforme, uma amálgama de barro que parecia ter sido moldada por uma criança. O outro, não sendo deslumbrante, era um vaso bonito, enfeitado com pedras preciosas. O vizir, sem hesitar, optou pelo segundo.

Passados três dias, no dia da festa, o soberano passou pela oficina do artesão para ver que maravilhoso vaso teria o seu súbdito escolhido. Espantado ficou quando o mestre artesão o informou da escolha. Porque teria o seu súbdito escolhido um vaso tão banal quando havia outro tão especial?

Respondeu o artesão: — Quando ele aqui veio, só havia dois vasos, estes que vês. Um, de bela execução, mas pobre no refinamento. Falho em proporção e medida, não é equilibrado para ser uma obra de espanto. Na verdade, este vaso foi moldado pelo meu mais recente aprendiz. O outro, que é um regalo para os olhos, tanto pela harmonia da forma como pela riqueza dos adornos, que vão desde ouro a raras pedrarias, quando o teu súbdito cá veio, não era senão uma massa disforme, pois estava ainda a moldá-lo, ainda não estava pronto. Ele, ao ver um bocado de barro, de imediato o rejeitou.

Para alguns homens, o universo é uma peça disforme. Mas, para aqueles que compreendem o Tempo, sabem que vivem no vaso do Rei.

— Compreendo — disse Fazal Elahi. — Mas eu não tenho essa visão vertical, a dos falcões. Vejo as coisas na horizontal, tal como foi dito:

321. Criámos dois tipos de homens, os que veem as coisas do cimo da montanha e os que as veem do sopé.

— Eu já subi a muitas montanhas, peço desculpa, mas vivo cá em baixo, que é onde está o nosso vale de lágrimas, glória a Alá. A vida é a maneira que a morte arranjou de não parecer morta, de não parecer que está tudo morto. Tu lembras-te destas avenidas? Muito bem. Lembras-te que tinham muitas palmeiras e que era onde as mães passeavam os filhos? Agora são feitas de pó e cheiram a mortos. É esse o cheiro do mundo. Em cada coisa bela há um rato escondido, Alá me perdoe.

O mulá Mossud apareceu com a ideia

٨۶

O mulá Mossud apareceu com a ideia de vingança. Bateu à porta da casa, passando ao lado da fila interminável, e entrou. Fazal Elahi cumprimentou-o, perguntou-lhe qual o motivo da visita. O mulá Mossud, com o seu nariz comprido, os olhos escuros e os cabelos flácidos, apontou para um dos cartazes que estavam na sala e disse que tinha a única resposta possível e queria a fortuna do fabricante de tapetes. O mulá Mossud sugeriu bombas, de preferência atadas à volta da cintura, como em órbita à volta de nós mesmos, como uma gravidez de destruição, uma gravidez ao contrário, uma gravidez do avesso. Falava muito bem, sustentado por argumentos, todos eles muito bem definidos, todos eles prontos a explodir.

73. Existem duas portas para se ver Deus: a morte e a oração.

— Quando realmente amamos a vida é quando somos capazes de morrer por ela. E isso tem recompensas — disse o mulá Mossud.

Fazal Elahi disse que não, peço desculpa, mas essa resposta não me dá consolo. Mossud levantou-se, entornou o chá que Aminah lhe servira e saiu furioso. A irmã de Fazal Elahi entrou na sala quando ouviu a loiça a partir-se e levou as mãos à cabeça. O que é que o seu irmão havia feito? O que é que poderia ter deixado o mulá tão enervado? Fazal Elahi disse: O mulá queria que eu me vingasse, disse-me que deveria viver para matar, ouviste irmã? Para matar, mas o mais correto seria dizer morrer para matar, já que todo o processo de consolo envolvia bombas à volta do meu corpo, que Alá o perdoe. Aminah ficou uns segundos sem saber o que dizer até recomeçar a gritar, que loucura, irmão, desafiar o mulá, que loucura. Fazal Elahi pediu perdão e disse-lhe que não daria a sua fortuna a uma resposta daquelas, fosse o seu autor o mulá Mossud ou outro qualquer. Aminah disse que Elahi não sabia onde se metera, que o mulá era vingativo. Elahi respondeu que esse era precisamente o problema da resposta que Mossud lhe dera para o consolar. Aminah gritou que tudo aquilo era uma loucura, que haveriam de ficar pobres em troca de uma resposta que ele deveria procurar na mesquita em vez de deixar toda a família na ruína, já não bastava terem perdido o seu menino, o seu querido Salim, o cabritinho. Fazal Elahi mandou-a calar: com licença, cala-te. Aminah gritou mais ainda. Fazal Elahi ergueu o braço, conteve-se, pediu desculpa, caminhou para a porta e chamou o próximo da fila. Quando voltou para a sala com um novo candidato, Aminah estava agachada, a recolher os cacos da taça de porcelana partida. Dizia a chorar: A minha loiça, tudo partido.

O mulá Mossud não fora o único a sugerir — nem nessa tarde nem nas anteriores nem nas seguintes — bombas em todo o lado. Bombas agarradas à barriga numa camioneta em Telavive, bombas numa estação de Beirute, bombas num hotel de Zanzibar, bombas infinitas. Fazal Elahi rejeitou essas propostas tantas vezes repetidas. Para ele, o ódio não era consolo, nem as bombas na barriga nem as bombas no autocarro para Samara. Foi-lhe sugerida a meditação, a oração, zikhr, mas tudo isso o deixava mais nervoso. A paz também não era solução. Vieram homens com ideias filosóficas que relativizavam o mal, coisas inúteis para quem sofre. Apareceram também pessoas que sabiam de um Céu, um lugar para onde as crianças mortas por soldados poderiam ir. Um espaço que não consola a dor dos pais, isso garantia Fazal Elahi. As respostas que lhe davam estavam todas erradas. Eis um exemplo:

Chegou uma mulher chamada Anoushka, que se convertera ao Islão para se integrar, porque o sistema de castas não lhe dera outra hipótese. Anoushka mendigava à porta dos melhores hotéis da cidade, com a filha de dois meses ao colo, com a mão estendida e os dedos magros. Há oito anos, quando tinha apenas catorze, apaixonara-se por um rapaz da sua aldeia. Um dia, foram apanhados a conversar. Não davam as mãos, não se beijavam. Estavam apenas sentados ao lado um do outro, sem se tocarem, a conversar. Mas eram de castas diferentes. Um vizinho reparou neles e levou-os para casa dos pais do rapaz. Foram ambos fechados num quarto e violentamente espancados. Os gritos ouviram-se pela aldeia inteira. O rapaz foi enforcado pelos próprios pais, à frente de Anoushka. Deixaram-na sozinha junto ao corpo pendurado do rapaz, apagaram a luz, trancaram a porta. Foram a casa dos pais da rapariga e exigiram que estes enforcassem a filha. Anoushka olhou à sua volta, em pânico, olhou para o cadáver pendurado, a morte pendurada como uma lâmpada fundida, olhou para a pequena janela fora do seu alcance, por onde entrava a sombra de uma árvore. Agarrou as pernas do rapaz, começou a trepar pelo corpo. Foi a única vez que se abraçaram, foi a única vez que se tocaram. Anoushka chegou a ter a cara dela encostada à cara desfigurada do rapaz. Estendeu a mão e conseguiu alcançar a janela. Quando os pais dela e os pais dele entraram no quarto, Anoushka já lá não estava. Fugiu durante vários dias e conseguiu emigrar com a ajuda de um comerciante sunita que acabou por, um ano depois, seduzido pela beleza da rapariga, se casar com ela. No entanto,

Anoushka era uma mulher que não dava filhos, e, por isso, o homem divorciou-se dela. Ele, tendo então voltado a casar-se e voltado a divorciar-se — porque a nova mulher não dava filhos —, casou-se e divorciou-se por mais duas vezes. Agora, Anoushka era uma mulher sem qualquer futuro, que vivia da prostituição e da droga. Engravidou duas vezes, tendo dado à luz um rapaz que morrera com um ano e meio e uma menina que nascera há dois meses. Anoushka não tinha qualquer futuro pela frente, nem sequer esperança. Por isso, depois deste sofrimento todo, não haveria nada mais a dizer. A perda de Salim era relativa. Elahi abanou a cabeça, deu-lhe algum dinheiro e mandou-a embora, compadecido, contudo, pela dor da mulher. Mas era um sofrimento que não mitigava o seu.

Eis outro exemplo:

Entre tantas respostas, todas iguais ou desiguais, apareceu um dervixe, um seguidor do pir Mangho, que se sentou no meio da sala de Elahi e começou a rezar. Respirava com grande intensidade enquanto fazia baloiçar o corpo para trás e para a frente. Ao fim de alguns minutos, o corpo dele começou a tremer e os olhos reviraram-se. Uns espasmos muito fortes, como choques elétricos, percorreram-lhe o corpo. Aminah apareceu na sala, com medo de que se partisse mais alguma coisa. Fazal Elahi mandou-a sair. O dervixe deitou-se de lado, com os olhos fechados, e viu imagens surgirem-lhe no avesso das suas pálpebras. Ficou assim uns minutos até a respiração voltar a acalmar-se. Manteve-se em silêncio por mais algum tempo e disse:

— A sua abordagem é errada, Fazal Elahi. Procura uma resposta, mas as respostas são perguntas mortas. São as perguntas que nos fazem mexer. As certezas fazem-nos parar.

As perguntas são a porta da rua. Quando nos interrogamos, quando duvidamos das nossas paredes, é porque estamos a passar pela porta. O facto de nos espantarmos com o que se passa à nossa volta é sinónimo de vida. Os cemitérios estão cheios de pessoas que não se espantam com nada. A perplexidade é que faz mover o mundo. A criação foi feita através de uma pergunta e não de uma resposta. Se fosse uma resposta, uma certeza, estaríamos todos parados, ancorados na verdade, nos factos. Mas, se evoluímos, é porque andamos a erguer um ponto de interrogação como estandarte. O ponto de interrogação é a verdadeira bandeira do homem. É preciso esquecer os países, as fronteiras, as certezas. O futuro é uma pergunta. Se há um terrorismo eficaz, que valha a pena, é perguntar.

— Peço perdão, mas foi o que eu comecei por fazer e acabei por ouvir a sua resposta — disse Fazal Elahi.

— Que o encaminha para as perguntas.

— Que me deixam na mesma. Repito: as suas perguntas não são resposta nenhuma.

— Desilude-me.

Fazal Elahi mandou-o sair, peço desculpa, saia. A sua resposta não teve o poder de amenizar a minha dor, longe disso, apenas me entristeceu mais, pois as perguntas são tudo o que eu consigo afirmar, são precisamente elas que não me deixam dormir, que não me deixam descansar.

Fazal Elahi perguntava constantemente porquê, perguntava onde estaria Salim, perguntava onde estaria Alá, onde estaria o anjo Jibril, onde estariam os mortos, onde estariam os gestos de Salim, por que motivo não lhe dera mais atenção, por que motivo uma vida tão pequena como a de Salim podia ser uma despedida para sempre. Porque é que a vida é finita e a morte infinita, porque é que o mundo tinha um *equilíbrio absurdamente/moralmente/esteticamente desequilibrado*, tão impossível de compreender? Eram as perguntas que o assombravam. Por isso, mandou o dervixe sair, enquanto refletia: com licença, a morte, ao ser eterna, ao durar para sempre, ao estender-se pelo futuro todo, ao caminhar em frente, vai empurrando a duração da nossa vida terrena até sermos uns buracos numa toalha às flores, até sermos menos do que a pulga da pulga da pulga da pulga de um cão, muito menos do que isso, aliás, até sermos infinitamente pequenos, completamente esmagados até ao nada absoluto.

Fazal Elahi bateu na própria cabeça e disse: Que Alá me proteja destes pensamentos.

Aminah voltou a aparecer na sala, disse qualquer coisa que teve o mérito de acalmar Fazal Elahi, que foi abrir a porta para deixar entrar mais um candidato a apaziguar a sua dor. Apareceu um homem vestido de fato e gravata. Fazal Elahi teve medo, lembrou-se das palavras do primo Badini: mais perigoso do que um soldado é um homem armado de fato e gravata.

O dervixe não era tão nocivo quanto Badini sugerira, ou assim pareceu

AV

O dervixe não era tão nocivo quanto Badini sugerira, ou assim pareceu a Fazal Elahi, que relaxou um pouco, sentando-se nas almofadas da sala e convidando o dervixe de gravata a fazer o mesmo.

Outro exemplo sem sucesso:

O dervixe começou por dizer que os sonhos podem ser machos ou fêmeas e que, quando conseguimos sonhá-los ao mesmo tempo, eles tornam-se realidade. Há um truque para ajudar a que esses dois sonhos se encontrem e se cruzem e se abracem: tem de se juntar uma folha da planta do chá com uma outra de tabaco e adormecer com elas enroladas nas gengivas. Tudo aquilo que se desejar enquanto se dorme, fruto do encontro de um sonho macho e de outro fêmea, será então realidade.

— Peço desculpa, mas como é que sonho dois sonhos ao mesmo tempo? — perguntou Elahi. — Parece-me impossível.

— Como é que levanta dois braços ao mesmo tempo e como é que ouve através dos seus dois ouvidos sons diferentes? O seu ouvido direito ouve o tambor e o esquerdo ouve o harmónio, e o cruzamento dos dois é uma bela música. O fígado purifica o sangue ao mesmo tempo que o coração o empurra até aos pés e à raiz dos cabelos. Sonhar dois sonhos ao mesmo tempo é muito fácil.

— Evidentemente. Accha, basta dormir com uma folha de chá enrolada numa de tabaco.

— Isso.

— Os meus sonhos são pesadelos. Eu preciso do oposto do que me vende. Preciso que a minha realidade deixe de ser real.

Fazal Elahi abriu a porta e mandou-o sair. O dervixe de gravata saiu.

Por fim, um último exemplo:

O seguinte candidato a receber uma fábrica de tapetes era uma mulher estrangeira. Fazal Elahi olhou-a desconfiado. Era alta e loira e vivia no Oriente desde criança. Cruzou as pernas compridas, quando se sentou, de calças justas. A mulher disse que era psicóloga e descreveu várias terapias possíveis. Fazal Elahi não se deixou convencer por nenhuma em especial, exceto pela última. A mulher estrangeira aconselhara Fazal Elahi a escrever cartas a Salim.

— Vou tentar — disse ele. — Se resultar, mando-a chamar.

A mulher estrangeira entregou um cartão a Fazal Elahi. Badini acompanhou-a à porta. Elahi informou o primo que naquele dia não receberia mais ninguém. Badini disse que teria de ser ele a dizer isso às pessoas que estavam lá fora, pois a sua mudez não lhe permitiria ser entendido. Fazal Elahi foi até ao portão e esticou a cabeça por cima dele, sem o abrir. Gritou que não receberia mais ninguém. Voltou para dentro de casa, sem ligar aos protestos, fechou-se no escritório com umas folhas de papel e uma caneta.

Escreveu:

Com licença, querido Salim,
Quero dizer-te que és

ΛΛ

Com licença, querido Salim,

Quero dizer-te que és o meu Rostam, o meu herói, e que no dia da Ressurreição estaremos os dois abraçados. Nessa altura já serás mais velho do que eu, pois no céu ficamos logo eternos. E teremos uma relação diferente. Tu serás eterno há mais tempo do que eu, que morrerei depois. Antes, eu era teu pai, depois, tornar-me-ei teu filho, glória a Alá. Serei uma criança, por mais velho que seja. Brincaremos os dois com a carrinha de madeira e as cebolas velhas. Fingiremos ser aviões a voar pelo céu, pelo céu, sdfdfdfdfjjjjjjjj, asdfgasdjjjjjjjj, asdfgjjjjjjjjjjj. Tomarás conta de mim até eu ser uma eternidade como tu. Tomaremos suco de cana e olharemos para as estrelas, e elas já não nos farão sentir pequenos, porque tu e eu seremos grandes, seremos eternos, e não há estrela nenhuma maior do que a eternidade. O universo não terá um equilíbrio notavelmente/absolutamente/absurdamente/infinitamente/moralmente/esteticamente desequilibrado. A tia Aminah estará connosco, assim como o primo Badini. E também estará a tua mãe, a Bibi, que já não será má, mas apenas uma trapezista que nos amará para sempre. Que se atirará para os nossos braços para sempre. Eu e tu correremos, não na relva, mas nas memórias e nos nossos sonhos, nos nossos desejos. Correremos descalços, que bom será correr descalço pelos nossos sentimentos, e, sem surpresa, haveremos de nos encontrar no fim. Porque corremos para as mesmas coisas, não é, Salim? Para as mesmas coisas. A morte é algo que nos faz correr mais rápido. Tu vais à frente, mas vamos encontrar-nos lá onde se diz que está a eternidade, inshallah. Vamos sentar-nos junto ao Profeta a ouvir a sua sabedoria e vamos enrolar-nos em Deus, como nos enrolamos numa toalha. Seremos as estrelas longínquas, em vez de homens, seremos o tempo, em vez do espaço. Seremos certos e errados ao mesmo tempo, seremos pai e filho e filho e pai, e velhos e novos, tudo ao mesmo tempo, e iremos confundir as nossas mãos quando as apertarmos. O destino será o que nós dissermos um ao outro.

O teu baba, Fazal Elahi.

Leu aquilo algumas vezes. Rasgou a folha e deitou fora o cartão da mulher estrangeira.

A fila não ia encurtando com o tempo: os que odiavam

ᐱ९

A fila não ia encurtando com o tempo: os que odiavam insistiam, os que relativizavam insistiam, os que oravam insistiam, os charlatães também. Mas Fazal Elahi mantinha a sua dor intocada.

— Estou farto destes conselhos — disse Fazal Elahi ao primo.
— Tens de te livrar
desta gente.
— Como? A fila é interminável.
— Alá é que é
interminável.
Ouve o conselho de Saadi:
empresta aos pobres e pede
emprestado aos ricos;
é assim que todos
desaparecerão da tua vida.
— Não teria dinheiro para emprestar a todos os pobres que aqui vêm. Esse conselho não me serve.
— Então, o melhor é
arranjares uma solução. A vida
tem de continuar. Quando o antídoto
chegar de longe, a vítima da serpente
já estará morta.
— Com licença, nada disso me ajuda — disse Fazal Elahi, afastando-se do primo.

Fila interminável

O chaveiro de Elahi era um molho

٩٠

O chaveiro de Elahi era um molho obeso. Cada vez que era preciso abrir a porta de casa, havia um momento de pausa. Fazal Elahi debruçava-se sobre as suas chaves e escolhia a certa. Aquilo assumia um carácter de ritual, com muita simbologia, porque, para Fazal Elahi, todas as chaves abriam portas erradas. Ou quase sempre. Todas as vezes que entrava em casa, Fazal Elahi concentrava-se, tentava escolher a chave certa, a da felicidade, mas a chave que usava era a da sua porta, a chave de mais sofrimento, a única que cabia na fechadura. Seria tão bom, inshallah, seria tão bom que um dia, ao entrar em casa, se abrisse outra porta e lá dentro estivesse Salim a correr como um avião, asgdfffff, ffsfsgfffff, sfffffffffff. Alá é grande, porém as chaves não servem para abrir, mas sim para fechar. Eu, por mais que abra coisas, só fecho portas à minha volta, quando giro as chaves para a esquerda, fecho coisas, quando giro as chaves para a direita, fecho coisas.

Nesse dia, ao fazer rodar a chave na fechadura, sentiu alguma esperança, como se realmente alguma coisa se abrisse. Foi uma sensação irracional, mas uma sensação perfeitamente nítida. Fazal Elahi coçou a barba e sorriu para dentro, coisa que já não fazia há muito tempo.

Nesse dia, no meio da fila interminável, apareceu um indiano. Elahi abriu a porta e reparou que Nachiketa Mudaliar era um homem magro, com cabelos lisos, um bigode fininho e rugas que lhe tapavam a cara sem rugas. Tinha os pés descalços, as unhas tensas a ferirem o chão. Fazal Elahi cumprimentou Nachiketa Mudaliar, salam alaikum. O indiano juntou as mãos à frente do peito, namasté. Nachiketa Mudaliar mostrou a Elahi o cartaz que tinha descolado do poste e que garantia oferecer uma fortuna pelo consolo da perda de um filho. Não disse nada, apenas mostrou a folha, tremendo das mãos. O papel batia-lhe na cara como um peixe acabado de pescar, e ele piscava os olhos de cada vez que a folha se agitava. Os dedos dos pés mexiam-se exatamente na mesma cadência dos olhos e da folha. Fazal Elahi olhou para o indiano e deixou-o entrar.

Nachiketa Mudaliar pousou a folha com cuidado, mesmo à sua frente, depois de se sentar com as pernas cruzadas à oriental. Afagou o bigode fininho. Ajeitou as pernas magras. Encostou um dos calcanhares ao períneo. Aspirou o ar à sua volta pelos canais ida e pingala, fez a sua respiração serpentear pelos chakras todos. Tinha ali a sua oportunidade e não podia falhar. Não era a fortuna de Elahi que lhe interessava, era outra fortuna. Era o oposto do dinheiro.

— Tenho uma solução para a perda de um filho, Elahi sahib — disse Nachiketa Mudaliar. — É muito simples, como são todas as soluções, no worry, no hurry, chicken curry. Quando são complicadas, são complicações, não são soluções. O que o Elahi sahib tem de fazer é branco como o leite e transparente como a minha alma: tem de adotar uma criança americana.

— Por Alá, que loucura é essa? — explodiu Fazal Elahi. — Que vergonha!

— Ouça-me, Elahi sahib.

— Não há nada para ouvir. Com licença, a porta é ali.

— Ouça-me até ao fim, Elahi sahib, não há nenhum consolo para a perda de um filho.

— Não? Como é que tem a certeza? Peço perdão, e então o que fazem estas pessoas todas que aqui vêm? Elas acham que sim. Já viu o tamanho da fila?

— Não sei como é que sei, mas tenho a certeza, Elahi sahib, creio que o que existe, tudo o que existe, é uma possibilidade de viver sem ficar acorrentado às suas lágrimas. É isso que eu lhe ofereço.

— Se não é uma verdadeira solução, peço desculpa, não recebe a minha fortuna.

— Não. A sua fortuna não me serviria de nada. Eu detesto dinheiro. Acho que o dinheiro é uma vergonha. Deve ser por isso que nunca tive nenhum. O que lhe proponho é ter um novo filho, mas não um substituto. Um filho que amará igualmente mas que não substituirá o primeiro.

— Nada substituirá o primeiro, repito, nada substituirá o primeiro. Nem pensar.

— Claro, isso é impossível. Pode ter uma fila de sábios até à Índia e não encontrará consolo.

— Portanto, consigo não perco a fortuna, não é? Alá seja louvado.

— Começam aí as suas vantagens. Não perde a sua fortuna. No fundo, estou a mantê-lo rico, impedindo que se torne pobre.

— A minha fortuna é quase tudo dívidas.

— Continuando. Ganhará um novo filho, que amará como o primeiro. A vantagem está no facto de educar um americano. Ele poderá perceber a sua maneira de viver e amar esta sociedade. E Elahi sahib poderá amar os seus inimigos, os americanos. Poderá até compreendê-los e beber refrigerantes e desejar ter um carro comprido e comer um hambúrguer. Foi Ghandi que teve esta ideia lindíssima. Não era bem assim, mas eu adaptei-a. No fundo, sou apenas um mensageiro. Venho aqui com as ideias dos outros e tento semeá-las, que as boas ideias são de toda a gente, especialmente dos pobres, que não têm mais nada. É por isso que, não ganhando a sua fortuna, lhe peço outra. Sou um hindu daqueles intocáveis, sem nada a perder, mas em troca da minha ideia que, não sendo um consolo, é qualquer coisa a caminhar para isso, peço-lhe outra fortuna que sei possuir. Não é feita de ouro, mas é mais valiosa do que o diamante.

— Não possuo nada disso, graças a Alá. Sou quase todo feito de dívidas. Mal posso sair à rua.

— No worry, no hurry, chicken curry, a fortuna que eu quero que me dê — Nachiketa faz uma pausa, inspira, está muito nervoso, no worry, etc., retém a respiração, encaminha o prana para os chakras convenientes, o ar engasga-se nos canais ida e pingala, expira — não é feita de ouro e dessas coisas preciosas. Quero — Nachiketa faz mais uma pausa, treme dos lábios — a sua irmã. Quero casar-me com ela.

— Com a Aminah? Isso seria uma vergonha! — explodiu Fazal Elahi. — O senhor é hindu, que é, por definição, uma pessoa muito pouco muçulmana.

Mas e se ela aceitar? Já não vai para nova.

— O que diz? A minha irmã é jovem, quase não tem idade para casar.

— É o que dizem. Quase passou a idade de casar.

— Não diga disparates. Peço desculpa, mas não posso fazer nada por si. Pede-me o impossível.

— Resolverá duas situações que o afligem. Por um lado, poderá voltar a ter uma vida preenchida e um herdeiro. Por outro, não precisa de preocupar-se mais com a sua irmã.

— Com licença, vou repetir, ouça com atenção: o-sen-hor-é-hi-ndu. Isso não é nada muçulmano, Na-da-mu-çul-ma-no.

— Saberei respeitar a fé da sua irmã e, tenho a certeza, ela saberá respeitar a minha.

Fazal Elahi cruzou as pernas contemplativamente e pousou a mão direita sob o queixo recheado de barbas. Meditou nessa posição durante uns minutos e disse:

— É impossível. Não tenha esperança. Qualquer esperança. Nenhuma esperança.

Aminah, que entrara em pânico ao ouvir a conversa, encostada à porta da sala, acalmou quando ouviu a última frase de Fazal Elahi: É impossível. Não tenha esperança. Qualquer esperança. Nenhuma esperança.

Passaram-se semanas e Fazal Elahi estava fadado

٩١

Passaram-se semanas e Fazal Elahi estava fadado a ficar com a sua dor, ao mesmo tempo que ficava com a sua fortuna. Nachiketa Mudaliar sentava-se todos os dias, durante uma hora ou duas, no muro da entrada da casa de Fazal Elahi. Um dia, o mulá Mossud passou por ele com as suas contas de prata e cuspiu no chão. Nachiketa Mudaliar levantou-se e desceu a rua o mais depressa que conseguiu.

Antes de o mulá Mossud bater à porta, já Fazal Elahi tinha sentido um calafrio. Não o relacionou com a chegada do mulá, por isso foi para mais perto do lume comer uns pistácios. Quando ouviu a campainha, que era um sino pendurado no pequeno portão da entrada do quintal, foi abrir a porta. A repelência de Mossud mal cabia na porta. Fazal Elahi pensou:

42. Daremos aos homens a sabedoria para que aqueles que são puros e aqueles que são maus compreendam que são exatamente os mesmos.

Elahi cumprimentou-o com todos os salamaleques, apressando-se a desligar o rádio enquanto Mossud desfiava o seu rosário de prata. Aquelas contas eram um dos objetos mais conhecidos da cidade, não só pelo valor intrínseco bem como pelas mãos que o manuseavam. O mulá Mossud era um grande perito do Alcorão, decorara-o em criança e sabia-o de trás para a frente. Havia até quem dissesse, por ironia, que só o sabia de trás para a frente. O rosário de prata de que era proprietário tinha a particularidade de ser assinado por Alá. Uma das contas, ao ser moldada, ficara com uns riscos que pareciam as letras da palavra Deus. Aquele tashbi era mais valioso do que o mesmo peso em ouro, há riscos que podem ter valores incalculáveis.

— O seu problema tem solução — disse Mossud a Elahi.

— Tenho esperança, mas...

— Não há esperança — interrompeu Mossud —, há certeza. As pessoas que acreditam em Deus encontram consolo em Deus. Se Ele não puder consolar, ninguém pode. E se me disser que não encontra consolo em Deus, está a dizer-me que não crê.

— Eu creio, mulá Mossud, nem poderia ser de outra forma.

— Ainda bem. Tem o seu problema resolvido. Alá é a solução para tudo. Não se esqueça disso. Amanhã quero todos os cartazes que andou a colar no lixo. Ou melhor, substitua-os por outros que digam (o mulá Mossud juntou as mãos à frente da cara e afastou os braços para os lados, na horizontal, para salientar a importância da frase):

ALÁ É A ÚNICA CONSOLAÇÃO,
NÃO HÁ NENHUMA OUTRA.

— E pode depositar a sua fortuna nas minhas mãos, que eu usá-la-ei na nossa causa e em favor dos pobres.

Fazal Elahi, a tremer, resolveu improvisar, resolveu mentir.

— Impossível, mulá Mossud, peço perdão, um perdão infinito, mas não é possível.

— Nada é impossível para Alá.

— Absolutamente nada, mulá Mossud. Alá é a única consolação, mas eu, na minha ignorância, de tão estúpido que sou, de alto a baixo, desde os cabelos aos pensamentos, desde criança até aqui, cometi um erro e não posso voltar atrás.

— Que erro foi esse?

— Apareceu aqui um homem de frases fininhas que me prometeu consolação pela minha dor segundo um método muito próprio. Eu, na minha imbecilidade comprovada, aceitei, invocando Alá. Um juramento em que já não posso voltar atrás.

— Se deu a palavra. Mas quem era esse homem? Esse sábio?

— Era um homem.

— Daqui?

— Hindu.

— Como?

— Hindu.

Mossud mexeu as contas prateadas com nervosismo. Abriu a boca de peixe das profundidades, que raramente aparecia entre as barbas, mas disse apenas um silêncio profundo. Fazal Elahi tremeu mais um pouco, mas por dentro, para não se ver por fora.

— Não sei se um juramento desses, feito a um indiano, terá valor. Mande esse hindu falar comigo. Pode ser que consigamos resolver a situação de modo a que todos fiquemos felizes e o hindu infeliz.

— Não poderei voltar atrás, mulá Mossud. A minha irmã vai casar-se com ele.

Mossud retirou-se com tanto ímpeto que parecia uma porta a fechar-se com estrondo.

— Sabes o que diria
    Saadi? — perguntou Badini, entrando na sala com os seus gestos de palavras.

— Sabes qual é a diferença entre um sábio
e um devoto como o mulá Mossud?
O devoto, num naufrágio,
salva o seu tapete de orações.
O sábio salva
o homem que se afoga.
O mulá Mossud é um verdadeiro
devoto. Deves afastar-te dele.
— Eu afasto-me, mas a maré continua a trazê-lo para a costa.

Badini sentou-se no chão e acendeu o cachimbo de água. Fazal Elahi andava aos círculos, gesticulava, falava para dentro.

— Com licença, primo, lembras-te daquele hindu que apareceu cá em casa?
— Sim.
— Preciso de falar com ele.
— Ele passa o tempo
à porta de nossa casa.
— Accha! nunca reparei.
— Parece que há muita
gente a saber ser mais
invisível do que tu.

O chá estava demasiado

۹۲

O chá estava demasiado quente para Nachiketa Mudaliar, que quase o entornou depois de o encostar aos lábios e de se ter queimado. Pousou-o com cuidado, limpando o bigode fininho à manga da camisa branca. Estava curioso para saber por que motivo Fazal Elahi o havia chamado.

— Com licença, gostava de saber — disse Elahi — de onde vem essa vontade irrefletida, absurda, de querer casar com a minha irmã.

— É muito simples. Certa vez vi-a negociar uns tecidos. E senti, naquele instante, que aquele rosto era o meu destino. Que só estaria completo quando fôssemos uma família.

— Tal Azizi concordaria com isso.

— O deus da cerejeira?

— Deus? Não! Que heresia é essa?

— Perdão, Elahi sahib.

— Era apenas um homem, mais sábio do que a maior parte de nós, mas apenas um homem, como o profeta Jesus, o que foi crucificado e nasceu de uma virgem, ouça-me com atenção para não cair na heresia.

Fazal Elahi levantou-se, abriu um armário e pegou num livro que abriu nas primeiras páginas.

— Introdução: Tal Azizi acreditava que a alma de todos nós está dividida em duas, uma em cima, no céu, olhe lá para cima, e outra dentro do estômago, aqui, repare, Nachiketa Mudaliar, na barriga. Era um seguidor da filosofia de Yahya ibn Habash as-Suhrawardī, Alá o tenha em sua glória, e dizia que o mundo era como luz a cair na terra e tudo eram gradações dessa luminosidade, desde as almas aos corpos de carne e de ossos. A maior parte dos ensinamentos de Tal Azizi foram escritos pelo barbeiro dele, um homem chamado Gardezi de Samarcanda, um nome a decorar. Repita comigo: Gardezi de Samarcanda. Muito bem, é isso mesmo, accha. O barbeiro Gardezi escreveu que a nossa essência era não a nossa alma, mas a nossa falta de alma. É a ausência que nos faz mexer, é esse o nosso objetivo: aquilo que nos falta. Ora, esse movimento, em termos latos, não é outra coisa senão aquilo a que vulgarmente chamamos amor. Quando desejamos ser completos, desejamos com isso ser tudo. Ao juntarmo-nos com o objeto da nossa paixão, ficamos completos, perfeitos, infinitos. Está a ouvir-me, Nachiketa Mudaliar? Infinitos. Tal Azizi dizia que nós somos esse desejo, e não uma coisa parada, possível de ser descrita por palavras. Para chegar a Deus, que é absolutamente Tudo, temos de nos esvaziar e passar a ser absolutamente Nada. Só assim o absolutamente Tudo poderá ter lugar para ser absolutamente Tudo dentro de nós. Com licença, caro Nachiketa Mudaliar, como pode ver, a sua dedicação, chamemos-lhe assim, à minha irmã está de acordo com os ensinamentos do pir Azizi, Alá o tenha em sua glória. É uma história bonita, a sua, aprecio o repentismo, o ímpeto, a forma como se passou. Eu preciso de algum tempo para me afeiçoar às coisas e para perceber quais são as que me completam e me tornam um homem cheio de humanidade. Mas chamei-o aqui para lhe dar uma boa notícia, accha, consentânea com os seus sentimentos em relação à Aminah. Resolvi aceitar a sua proposta. Parece-me muito boa, esplêndida. Quase divinal.

— Nem imagina como me sinto feliz. Tenho o corpo todo a tremer.

E, de facto, tinha.

— Mas não trema muito, Mudaliar, pois temos um problema. Tenho poucas esperanças de que a minha irmã aceite, tem um feitio complicado, é uma mulher. Falarei com ela, mas, como lhe disse, tenho poucas esperanças. Não sei se sabe, mas o senhor é hindu, Alá o perdoe.

Nachiketa Mudaliar voltou a pegar no copo de chá, com mais cuidado. Bebericou um pouco.

— Muito bem, Elahi sahib. Se chegámos a este ponto, podemos chegar mais longe, no worry, no hurry, chicken curry.

— O seu otimismo deixa-me constrangido.

— É sem intenção, Elahi sahib, é sem intenção.

A porta da rua abriu-se
e Aminah entrou, vestida

٩٣

A porta da rua abriu-se e Aminah entrou, vestida de verde, de lenço cinzento-escuro, com um saco de vegetais. Fazal Elahi caminhava de um lado para o outro da sala, com as mãos atrás das costas. Quando a viu, parou, fez um sorriso que pretendia sincero mas parecia mais uma careta. Cumprimentou-a com uma deferência inesperada, elogiou-lhe a cor do shalwar kameez — irmã, que verde bonito —, disse-lhe que era tempo de ela se casar. Aminah concordou. Fazal Elahi disse que tinha um pretendente. Aminah pensou: Quem será ele? Talvez o general queira que o seu filho Dilawar se case comigo, eu mereço, sou inteligente e darei uma boa mãe, dei de mamar ao Salim sem o ter dado à luz — esse foi o trabalho da adúltera —, mas as minhas mamas deram leite como as mamas de qualquer mãe. Gostaria de ter muitos filhos, sete, talvez oito, talvez nove, e de andar na rua a cheirar a perfume importado e andar de sapatos de salto alto de marca estrangeira. Sentir-me-ia bem com uns sapatos desses, vermelho-escuros, ficaria com mais cinco centímetros do que a minha amiga Myriam. Quem seria o homem? Quem teria falado com Fazal Elahi? Há dias apareceu aqui um hindu, mas o meu irmão soube colocar as coisas como elas devem ser colocadas e disse-lhe que o desejo do indiano era impossível, completamente impossível, que aberração. Deve ter cá vindo outro homem. Quem sabe, o

Dilawar? Gostaria que tivesse sido o Dilawar, que tem uns belos olhos azuis, e poderíamos ter filhos assim, com essa cor nos olhos, como o Elvis Presley e o Paul Newman.

Disse Fazal Elahi:

— Com licença, está na altura de te casares e eu só te casaria com um homem bom, sabes que só penso na tua felicidade.

Disse a Aminah que se sentasse. A irmã manteve-se de pé.

— Vais casar-te com um indiano, será um excelente marido, inshallah.

Os vegetais caíram todos no chão, os pepinos, os tomates, o molho de curcuma, as cebolas, os coentros. Aminah ficou vermelha e atirou-se para o chão. Agarrou os pés de Elahi, que tentava soltar-se. Aminah gritava, dizia que nunca se casaria com o indiano. Fazal Elahi apelava à razão, mas sem parar de dar pontapés, na esperança de se livrar das mãos da irmã, que continuava no chão e a gritar.

- Um copo de água

۹۴

— Um copo de água — pediu o general Ilia Vassilyevitch Krupin.

Tomava sempre calmantes antes de ver uma luta de galos. Ficava tão nervoso que lhe parecia que o corpo se transformava em bocadinhos, pedaços de si a voar sem qualquer nexo, como as borboletas e os vampiros, e não como as flechas disparadas pelo arco de Rostam. Quando acabavam as lutas, depois da excitação do dinheiro e dos gritos e das penas e do sangue, sentia-se desfalecer, e muitas vezes tinha mesmo de ser amparado, acabando por cair sem forças. Ficava então ali mesmo, a arquejar no recinto das lutas de galos, estendido num banco, a descansar com os olhos fechados.

O sol batia-lhe na cara e sabia-lhe bem o peso daquela luz sobre o seu cansaço. Quando recuperou e abriu os olhos, viu a sua mulher, Shabeela, sentada ao seu lado.

— Há quanto tempo estás aí?

— Estou preocupada. O Fazal Elahi diz que vai dar a fortuna dele a um hindu.

— Qual fortuna?

— Não sei. A fábrica de tapetes, algum ouro, talvez.

Vassilyevitch Krupin riu-se. Ela ajeitou o lenço e olhou para ele.

— Alá é o único consolo — disse Shabeela. — Temos de o impedir de passar a mensagem errada: que um hindu é mais capaz do que Deus, que um hindu é capaz de solucionar um problema com mais eficácia.

— A tua estupidez, mulher, ofende-me. Que tenho eu com isso? O Mossud que se preocupe com esses assuntos. O Fazal Elahi é um idiota e, se o hindu lhe agrada, que faça bom proveito. Que lhe dê a fábrica toda, os tapetes todos. Tenho pena, porque uma fábrica de tapetes era o maior desejo do pai dele. E o Fazal Elahi, burro como é, conseguiu, apesar de tudo, concretizar esse desejo. Mas, se o Elahi quer dar tudo o que possui, que dê. A tua conversa parece um discurso do mulá. Tomas demasiados chás com as mulheres dele.

Shabeela mexeu as mãos com nervosismo.

— O Elahi diz que vai casar a irmã com um hindu.

Vassilyevitch Krupin olhou para Shabeela.

— Vai casar a irmã com um hindu?

— Sim. Prometeu.

— Continuo sem perceber. Isso preocupa-te?

— O Dilawar está sempre a arranjar problemas, frequenta prostitutas e apaixona-se por elas.

— Temos um filho insensato. O tempo fará alguma coisa por ele.

— Talvez ele devesse casar-se com a Aminah.

— Que loucura é essa? Com a Aminah?

— Com a Aminah.

— Nem pensar.

— Porque não? É boa rapariga, e o pai dela era quase da nossa família.

— Nem pensar.

— Porque não?

— Porque não.

O general Ilia Vassilyevitch Krupin levantou-se.

— Vamos para casa — e a sua expressão dizia que não queria voltar a ouvir falar disso.

Aminah começou a gritar

۹۵

Aminah começou a gritar "Vergonha!" e rebentou a chorar. Fazal Elahi manteve-se firme na sua resolução e decidiu fazer as malas. Iria até à América adotar um americano e Aminah casar-se-ia com Nachiketa Mudaliar.

Partiram-se duas chávenas que Aminah atirou contra a porta da cozinha. Correu de imediato a limpar os cacos (chorando pelas chávenas partidas) e, de seguida, encaminhou-se para o quarto de Badini, esmurrando a porta.

— Abre! Tens de impedir o teu primo de cometer estas loucuras.

Badini abriu a porta do quarto. Aminah puxou-o pela manga. Badini resistiu. Aminah explicou o que se passava, que o seu irmão pretendia fazê-la casar com um indiano, explicou-lhe que ele tencionava viajar até à América e adotar um americano, um inimigo, um infiel, que aquilo tudo seria uma desgraça para a família, uma família que sempre fora crente. O que diria o seu pai se fosse vivo? Uma tragédia. Como é que ela sairia à rua, como é que poderia encarar as pessoas, como é que voltaria a ir ao mercado para fazer compras? E se não fizesse compras, o que é que ele, Badini, e o seu irmão comeriam? Iriam morrer à fome e no opróbrio, sem vegetais e pão e iogurte e gosht e leite e arroz, porque ela teria vergonha de sair à rua. Obrigou Badini a descer as escadas demasiado íngremes e a falar com Elahi. O primo desceu com uma calma inusitada e Aminah seguiu-o, esbracejando, gritando, incentivando-o a fazer grandes coisas, todas elas contrárias a todas as decisões de Elahi. Mas nada disso deu certo.

— Fico
      feliz — disse Badini ao primo, usando as mãos e um abraço.

— Feliz? Não vês que é tudo uma loucura? — perguntou Aminah.

Fazal Elahi abraçou o primo.

Aminah berrou que eles eram loucos.

— Será feito como combinámos, primo. O Abdul Raheem fica a tomar conta da fábrica. Mas preciso que tu tomes conta do Abdul Raheem. Aparece de surpresa e vê se tudo corre bem na minha ausência.

— Vou tentar — disse Badini. — O dinheiro
    e os negócios são assuntos
    em que naufrago.

— Parto amanhã — disse Fazal Elahi.

— De manhã? — perguntou Badini.

— Sim, o mais cedo possível. Accha, é preciso corrigir o *equilíbrio notavelmente/absolutamente/absurdamente/infinitamente/moralmente/esteticamente desequilibrado* deste universo infame.

Da cozinha chegava o som de mais chávenas a partir-se.

76. Uns caminham na penumbra a acompanhar o sol, outros atravessam a noite e veem o dia.

Fazal Elahi, mal acordou no dia

٩٦

Fazal Elahi, mal acordou no dia seguinte, vestiu um fato ocidental, meio castanho, meio verde-acinzentado, pôs um chapéu, pegou na mala de viagem e abriu-a. Meteu roupa lá dentro, meio ao acaso, shalwar kameez de várias cores, casacos, calças, camisas, meias pretas e brancas e vermelhas e cor-de-rosa e verdes, cuecas, desodorizante, lâminas de barbear, pentes — um de plástico e outro de metal —, uma gravata verde-seco, um par de sapatos, um chapéu de feltro, o Alcorão, o *Fragmentos persas* e um livro de economia.

Saiu de casa logo a seguir à oração da manhã, passou por Aminah sem dizer nada (o primo ainda dormia) e fechou a porta atrás de si. Caminhou trezentos e cinquenta metros e apanhou um autocarro, cheio de gente, para a capital. Foi uma viagem tão apertada que Fazal Elahi quase desistiu, mas pensou: o caminho para o Paraíso é muito apertado, peço perdão, mas estou seguro que é assim mesmo, é estreito como um cabelo. Ficou apreensivo com a sua certeza e segurança, por isso baixou imediatamente os olhos, cravou-os no chão, com toda a força. Relaxou, sentiu alguma tristeza e reformulou o seu pensamento: A vida é um caminho apertado e leva--nos à morte. Ficou a refletir sobre o que acabara de pensar, a morte não tem mal nenhum, pois não? Um muçulmano não deve temê-la, pelo contrário, deve desejá-la, tal como aconselha o Alcorão: Se és justo, deseja a morte. Fazal Elahi estava contente com a sua conclusão, chegou a esboçar um sorriso tímido, quase interior, mas a sua cabeça não parava: Não, não é isso, pensou, é outra coisa, temos de chegar mais longe: com licença, a vida é um caminho apertado e leva-nos para além da morte, ou, pelo menos, pode levar-nos para esse lugar impossível que é a América, por exemplo, Alá sabe melhor. Quando nascemos, é por um caminho apertado, muito apertado, é assim com todos os homens, ricos ou pobres. E depois, quando se vê a luz, é outro mundo, todo espaçoso. Mas primeiro foi preciso passar por um caminho tão estreito como este autocarro.

— Acredito que a ponte para o Paraíso é fina como um cabelo e afiada como uma espada — disse Fazal Elahi ao senhor que estava esmagado contra o seu flanco direito. — Isto — Elahi fez um gesto com o queixo, a única parte do corpo que conseguia ter alguma liberdade — é um longo caminho estreito.

— Este autocarro?
— Este autocarro.

Isa caminhava juntamente

97

Isa caminhava juntamente com o seu amigo Nauman atrás de um estrangeiro que usava um boné dos Yankees. Pediam-lhe dinheiro. Nauman tentava que o estrangeiro comprasse as cinco mangas demasiado maduras que trazia numa caixa de cartão. Isa estendia a mão e fazia um gesto em direção à boca, com os dedos unidos, dizia o seu gesto que queria comer, que tinha fome. O estrangeiro começou por tentar afastá-los, mas os rapazes não desistiram. O estrangeiro parou e sentou-se num banco de pedra, junto a uma árvore. Os dois rapazes sentaram-se no chão, junto aos seus pés. Isa pousou uma Bíblia no colo, andava sempre com ela, nunca se separavam. Nauman perguntou ao estrangeiro se sabia qual era a capital do Peru. O estrangeiro disse que não sabia e Nauman disse: Lima. Isa perguntou ao estrangeiro se sabia qual era a capital da Islândia. O estrangeiro disse que não sabia e Isa disse: Reiquiavique. Nauman perguntou qual era a maior serpente do mundo. O estrangeiro disse que não sabia. Nauman disse: a anaconda. O estrangeiro riu-se, tirou um gravador do bolso e pôs-se a falar para dentro da máquina. Os rapazes olhavam-no. O estrangeiro parou de gravar, disse para Nauman falar para o gravador. Nauman obedeceu e disse: Alá é grande. O estrangeiro carregou num botão e Nauman pôde ouvir a sua voz a repetir Alá é grande. É um papagaio a pilhas, disse Nauman a rir-se. O estrangeiro perguntou-lhe quanto custavam as mangas. Nauman disse que lhe fazia um bom preço. Disse ainda que eram muito doces e trocava as cinco peças de fruta pelo repetidor. O estrangeiro olhou para o gravador e disse: Combinado. Deu o aparelho ao rapaz e foi-se embora.

Nauman estava eufórico e não parava de falar para dentro do gravador. Cantava, citava o Alcorão, pedia coisas, como se a máquina, por as repetir, pudesse torná-las realidade. Agora posso gravar orações, Isa, e já não tenho de as fazer, basta carregar num botão, o tempo que eu vou poupar. O magro e pequeno Isa corria ao seu lado, fascinado com o fascínio de Nauman pelo gravador.

— Fala para aqui — disse Nauman a segurar o gravador à frente da boca de Isa.

Isa não disse nada.

— Não dizes nada?

— Não sei o que dizer.

— Conta a tua vida.

— Toda?

— Pode ser. Temos tempo.

Isa refletiu durante um momento, respirou fundo e começou a contar toda a sua vida:

— Nasci na América. Fui batizado. Os meus pais explodiram quando chegámos ao Oriente. Trabalhei numa fábrica de brinquedos. O meu melhor amigo chama-se Nauman.

— Já está?

— Já está.

- - Vamos ouvir.

Nauman carregou num botão: Nasci na América. Fui batizado. Os meus pais explodiram quando chegámos ao Oriente. Trabalhei numa fábrica de brinquedos. O meu melhor amigo chama-se Nauman.

— Queres ouvir outra vez?

— Já chega.
— Não sabia que eras americano.
— Os meus pais eram daqui, mas emigraram para lá.

O autocarro avariou no meio

۹۸

O autocarro avariou no meio das areias. Fazal Elahi caminhou um pouco e arranjou, juntamente com mais algumas pessoas, um táxi que os levasse para a capital. O motorista não tinha dois dedos. Foi uma kalashnikov que os esmagou, pareciam umas folhas de Outono, vermelhas, disse ele.

Fazal Elahi foi viajando de táxi em táxi, sujando o seu fato ocidental e, ao cabo de quatro dias e várias noites, chegou ao seu destino. Aí, procurou um hotel e hospedou-se num que estava cheio de jornalistas europeus e americanos. O corredor do hotel estava repleto de homens a dormir encostados à parede. Fazal Elahi ficou num quarto grande, com televisão e casa de banho. O empregado do hotel que lhe levou a mala estava vestido à empregado de hotel, mas com as calças rasgadas. O colarinho estava devastado pelos anos, e o branco da camisa era amarelo. Parece os meus dentes, pensou Elahi. O tempo faz as coisas brancas ficarem amarelas.

Na banheira, no ralo, havia várias baratas mortas. Elahi abriu a mala e tirou a roupa, arrumando-a em montinhos dentro do armário. Despiu-se e tomou um banho. Olhou para o teto e viu uma seta a apontar para Meca. Estendeu o seu tapete e orou. Depois, experimentou ligar a televisão para ficar em silêncio. Não há nada melhor do que os programas televisivos para ficarmos sem pensamentos, vazios como um recém-nascido. O som fica lá atrás e impede-nos de pensar, não nos deixa preocupar. Foi assim que Fazal Elahi conseguiu adormecer em cima da colcha de flores coloridas. Lubna, uma bela atriz do Baluquistão, continuava a cantar, apesar dos roncos de Elahi.

Farooq agarrava na cabeça

٩٩

Farooq agarrava na cabeça de um rapaz da sua idade. Tinham seis anos, talvez sete, talvez menos, quem é que conta essas coisas? Farooq agarrava-lhe na cabeça e fazia-a embater contra o chão. O sangue começava a encher as pedras da estrada e os sapatos das crianças. Farooq pegou no pequeno gravador de voz que um estrangeiro havia dado a Nauman e que este ainda agarrava com toda a força que já não possuía. Farooq abriu-lhe os dedos da mão, um a um, primeiro o polegar, depois o indicador, depois o médio, depois o anelar. O mindinho foi atrás. Agora Nauman já não poderia gravar nada. Estava estendido no chão. Isa presenciou aquilo tudo sem se mexer. Farooq experimentou ligar o gravador. Disse para o pequeno microfone incorporado: Alô, alô, eu sou o Farooq. Carregou nas teclas até conseguir que o gravador reproduzisse a sua voz. Ouviu a frase que havia acabado de gravar, três vezes de seguida, com um sorriso nos lábios: Alô, alô, eu sou o Farooq. Alô, alô, eu sou o Farooq. Alô, alô, eu sou o Farooq. Tentou que se ouvisse mais alto, mas não conseguiu. Concluiu que já deveria estar no máximo. Farooq estava contente. Meteu o gravador no bolso das calças e saiu dali, deixando o corpo de Nauman estendido no chão e Isa, em pé, sem dizer nada, sem fazer nada.

Só quando Farooq desapareceu numa esquina é que Isa conseguiu mexer-se. Não olhou para o amigo, que tinha a cabeça desfeita. Apenas correu para longe dali, para o lugar onde costumava dormir, nas arcadas de uma ruína. Adormeceu passadas três horas. Acordou de repente, a suar, com uma frase na cabeça: Alô, alô, eu sou o Farooq.

– O álcool é um vício saudável

١..

— O álcool é um vício saudável para quem não bebe — disse Fazal Elahi a uma mulher que estava sentada no bar do hotel. — Não agrada a Deus.

A mulher levantou-se com a sua bebida e foi sentar-se mais longe. Fechou a mão e espetou o dedo médio na direção dele.

Fazal Elahi sentou-se para tomar o pequeno-almoço. Começou a beber o seu chá e virou-se para o lado.

— Salam. Bom dia.

O homem louro da mesa ao lado cumprimentou-o, acenando com a cabeça. Tinha um boné dos Yankees, azul, e levou a mão à pala.

— Chamo-me Fazal Elahi.
— John Smith.
— É americano?
— Acho que sim. Lamento...
— Parto em breve para a sua terra, inshallah.
— Negócios?
— Podemos dizer assim. Com licença, vou contar-lhe: tudo começou há uns anos. Nessa altura da minha vida, éramos um casal composto por uma pessoa: eu. Havia também uma mulher ao meu lado, pois quando olhavam para nós viam duas pessoas, no entanto, acho que era só eu, ela não existia muito bem, de tão fria que era. Até que um dia desapareceu realmente, esse outro cônjuge abandonou-me, foi-se com outro homem, Alá a castigue, aliás já castigou, encontraram-na

morta. Deixou-me um filho para eu cuidar, o meu cabritinho, o meu querido filho Salim, mas, peço perdão, alongo-me e isto não tem interesse nenhum (Fazal Elahi tirou um lenço e limpou os olhos). Para resumir a tragédia: uns americanos como o senhor, mas mais soldados, entraram-me pela casa por engano, ao fim da tarde, que Deus os castigue a todos, depois de um dia extenuante em que esfaquearam um empregado da minha fábrica. Foi uma grande desgraça, porque o meu filho Salim saiu da cozinha naquele momento e foi alvejado, Alá o tenha no seu regaço.

— Lamento imenso.

— É o destino. Somos muito pequeninos, sem importância, Alá sabe melhor.

— O problema, Sr. Elahi, não é Deus. O universo resume-se a uma prova da inexistência de Deus. Olhe à sua volta e veja o deserto. São os homens que tomam conta das nossas vidas. Já reparou que entre os animais é o líder que vai combater com o líder rival? Os animais não mandam os peões para debaixo dos cavalos. No reino animal, os líderes são os primeiros. Se nós fizéssemos o mesmo, os conflitos seriam substancialmente diferentes. E o mesmo princípio não seria aplicado apenas em casos de guerra, Sr. Elahi, mas também em todas as vertentes da sociedade. Em todas, sem qualquer exceção. Mas o problema é que o povo é um girassol: volta-se para onde brilha a luz, de forma automática, sem razão, sem discernimento. É assim o povo com os seus líderes. Somos todos uns girassóis. Se ao menos exsudássemos óleo, ainda dava para fritar batatas. Por isso, não me fale em Deus, que eu nunca o vi a lutar por ninguém. E eu já não tenho dezasseis anos, nem cabelo para deixar crescer. O que eu sei é que o mundo está virado do avesso e não se consegue fazer nada. Somos todos culpados. Uns mais e outros menos.

— Disse Rumi: uma opinião é um pássaro com apenas uma asa. Eu não sou culpado de nada, Sr. Smith. Tento passar despercebido e intervir o menos possível, deixo que Alá faça o que tem a fazer sem o estorvar.

— Somos todos culpados, Sr. Elahi. Mas não dê importância àquilo que eu digo. É do whisky. Amanhã, quando estiver sóbrio, vai ver que penso exatamente ao contrário e talvez considere que não somos conduzidos por bandidos.

— O castigo de Alá está mais perto do pecador do que as suas pálpebras. Os bandidos de que fala...

— Esqueça Deus, Sr. Elahi. Eu, quando morrer, doarei tudo: os órgãos à ciência e a alma ao Diabo. Já não acredito em muita coisa, especialmente depois de ter visto o que vi.

— Viu muita coisa?

— Vi de tudo. Vivemos num mundo em que não podemos acreditar em nada, Sr. Elahi, em nada.

– Ainda no outro dia – disse o americano

١٠١

— Ainda no outro dia — disse o americano —, dei a um miúdo um pequeno gravador de voz que usava para as entrevistas. Encontraram-no morto uns dias depois. Quem me contou foi um rapaz que presenciou o crime. Disse-me que a culpa era minha, que foi por causa do gravador. Agarrou-se às minhas roupas enquanto me dava pontapés nas canelas. Um homem que ia a passar agarrou no miúdo e empurrou-o. Ele desatou a correr e nunca mais o vi. O Bem é uma coisa muito difícil de fazer, Sr. Elahi. O Bem não é compatível com gravadores de voz. Quando não sabemos como os outros vivem, qualquer ação é perigosa. Isso deixa-nos sem saber como agir. Uma vez estive na selva, na América do Sul. Eu não podia fazer nada, não podia tocar em nada. O ato mais inocente, como tocar numa folha de uma árvore, poderia sentenciar a minha vida. Dar um passo poderia ser mortal. Um pequeno passo. Para os índios é fácil, sabem onde está o Bem e o Mal na selva. Para quem vem de fora é muito difícil.

— Tem razão, Sr. Smith, tem toda a razão. Certa vez, apareceu-me um cachorro dentro do quintal. Eu pu-lo fora (que erro, se eu soubesse), tive medo que alguém pensasse que eu estava a roubá-lo, a querer ficar com ele, e eu jamais roubaria alguma coisa, muito menos um cão, sempre gostei mais de gatos. Accha, mas uma hora depois, mais minuto menos minuto, não posso afirmar o tempo com precisão, quando saí de casa, encontrei-o morto na estrada. Tinha sido atropelado mesmo em frente ao meu portão, que Alá me perdoe, a minha intenção tinha sido a melhor. Durante vários dias tive pesadelos com aquele cão e acordava a pensar em como o universo tem um *equilíbrio absurdamente/moralmente/ esteticamente desequilibrado*. O Bem é muito difícil de fazer. Dá-se um beijo e, com licença, acaba-se com tudo.

— Há uns anos, li uma história de um cristão que foi parar ao Paraíso muçulmano. Como estava tudo escrito em árabe, ele não percebia nada. Julgava que estava num inferno qualquer, por isso resolveu fugir. A história é sobre a sua tentativa de evasão do Paraíso. Sabe, Sr. Elahi, há pessoas que não suportam o Bem. Nem sequer o compreendem. Para elas, é sempre outra língua. Para mim, é assim: deem-me o Paraíso e uns lençóis e eu evado-me pela janela.

— Opiniões, e isso é um pássaro com apenas uma asa.

— É engraçado como todos os orientais, desde o mais humilde ao mais rico, citam poetas famosos. Mas é como lhe digo, a religião só nos faz mal. É tudo tão mau que parece um filme de ação. Os bons safam-se sempre no fim.

Fazal Elahi remexeu na mala de couro e tirou o seu exemplar de *Fragmentos persas*. Abriu-o e folheou-o. Smith olhava em frente, a chocalhar o gelo no copo. Fazal Elahi começou a ler:

49. Não se exaltem os bons, nem se pisem os maus, deixem o julgamento para Nós, pois vós sois injustos, mesmo os mais justos. O tormento dos anjos são os demónios. O tormento dos demónios são os anjos. Se são ambos tormentos, poderão uns ser bons e os outros maus?

49e. O Bem e o Mal são um nó que a razão jamais saberá desatar.

— Vê, Sr. Smith? Isto é um nó impossível de desatar. É um problema antigo, glória a Alá. Este livro foi escrito no século I depois da Hégira. Já nessa altura o Mal e o Bem estavam entrelaçados como um tapete de oração.

Smith pegou no livro de Fazal Elahi, mas desistiu. Não percebia uma palavra de farsi.

— O Bem e o Mal — disse, enquanto devolvia o livro — ainda são mais difíceis de perceber em farsi. Mas diga-me, Sr. Elahi: o que vai fazer para a América?

— Tento resolver a minha vida.

— O senhor nunca comeu um Big Mac, não é?

— Infelizmente, essa infelicidade está-nos vedada.

O americano ajeitou o boné. Fazal Elahi continuou:

— Quero ir para a América para adotar uma criança americana.

— A sua vida é muito complicada, Sr. Elahi — disse Smith a rir-se. Tirou o boné para limpar o suor da testa com um lenço que trazia no bolso traseiro das calças. Reparou que Fazal Elahi olhava para o boné.

— Gosta dos Yankees?

— Não conheço, peço perdão.

— Tome, ofereço-lhe o boné.

Fazal Elahi pô-lo na cabeça. Estava um pouco húmido do suor americano. Elahi ajeitou a pala e perguntou se lhe ficava bem. O americano riu-se, disse que sim. E a partir de então Fazal Elahi passaria a usá-lo com o seu fato meio castanho, meio verde-acinzentado. Haveria de o pôr de manhã e só o tiraria para dormir. Fazal Elahi agradeceu e despediu-se do americano.

Usou aquele dia para ir à embaixada tentar arranjar um visto. Chegou ao hotel ao final do dia, entrou no quarto e pousou numa janela, como um pardal. Olhou para as pessoas que andavam de um lado para o outro. O que andariam a fazer? Há sempre gente de um lado para o outro, sempre atarefada, como as formigas. Preparou-se para dormir. Tirou o boné e pendurou-o no encosto da cadeira que tinha ao seu lado. Lavou as mãos, os braços, as narinas, a cabeça, os pés, as orelhas, o rosto, e rezou virado para Meca. Foi de novo até à janela, perguntou-se mais uma vez: o que andariam aquelas pessoas a fazer, sempre de um lado para o outro? Depois fechou os punhos e começou a bater com a cabeça no parapeito até sentir sangue quente nos olhos.

Isa olhava para o mar. Ondas a ir

۱۰۲

Isa olhava para o mar. Ondas a ir e a vir, desfeitas em água. Tinha saudades de Nauman. Se ao menos tivesse o gravador, poderia ouvir a sua voz, poderia ouvi-la repetidas vezes até as pilhas se gastarem e ter de comprar outras. Isa olhava para o mar e pensava: Seria bom se tivesse o gravador.

Fazal Elahi sentou-se no autocarro. À sua frente

۱۰۳

Fazal Elahi sentou-se no autocarro. À sua frente estava uma rapariga, turista, provavelmente americana, com uma tatuagem de um pássaro no braço direito. Era uma ave pousada na carne, de penas azuis e amarelas, bico pequeno, cauda curta. Fazal Elahi olhou para a cara dela, para os lábios, depois para as mãos pousadas no colo, para as pernas, para os dedos dos pés com as unhas pintadas de preto. Elahi passou a mão pela cara e olhou pela janela. Ao fundo, viu, em cima de um muro de tijolo, um pássaro igual, exatamente igual, ao da tatuagem da rapariga. Voltou a olhar para ela, quis dizer-lhe alguma coisa, mas a rapariga já tinha saído do autocarro. Voltou a olhar pela janela, reparou que o pássaro já lá não estava. Desceu do autocarro, caminhou cento e quinze metros, pediu direções a um homem vestido de azul com calças verdes — é por ali, disse ele —, retomou a caminhada, virou para uma rua só com um sentido de trânsito, virou de novo, andou vinte metros, chegou a uma avenida larga e viu à sua esquerda a embaixada, que era um edifício de porte inglês com colunas à entrada, meio gregas. Subiu umas escadas, doze degraus, entrou por umas portas de madeira com mais de quatro metros de altura, falou com um segurança, disse qual era o seu objetivo, foi mandado para uma sala a meio do corredor. Sentou-se debaixo de uma ventoinha e esperou longamente.

O sol entrava pela janela e batia nos olhos de um homem gordo que ressonava, tinha ar de estar ali desde sempre, e a baba que soltava dos lábios parecia uma teia de aranha. Fazal Elahi subornou quem pôde, mas mesmo assim não era fácil conseguir um visto americano. Remexeu em inúmeros papéis, uns atrás dos outros, meteu notas de dólares em mãos alheias, mas continuava a ter de esperar. Para se ser virtuoso há que subornar muita gente, pensou Fazal Elahi.

A caminho do hotel, depois de mais um dia de frustração, resolveu comprar umas peças de fruta. Regateou o preço das maçãs e dos damascos. O vendedor, homem de bigode e barba por fazer, sem dentes à frente, disse que baixaria o preço se Fazal Elahi lhe desse o boné dos Yankees. Elahi mostrou-se irredutível. O boné tornara-se essencial, uma peça desmedidamente sua, algo que mostrava muito bem o que lhe ia na cabeça: a América. Pagou o que o outro pedia pelas maçãs e pelos damascos.

Destroçado pelos papéis, pela burocracia, pelo preço das frutas, Fazal Elahi entrou num autocarro para voltar ao hotel. À sua frente estava a mesma rapariga estrangeira que vira de manhã, com uma tatuagem de um pássaro no braço direito. Era uma ave pousada na carne, de penas azuis e amarelas, bico pequeno, cauda curta. Que coincidência, pensou ele, olhando para a cara dela, para os lábios, depois para as mãos pousadas no colo, para as pernas, para os dedos dos pés com as unhas pintadas de preto. Fazal Elahi passou a mão pela cara e olhou pela janela. Ao fundo, viu, em cima de um muro de tijolo, um pássaro igual, exatamente igual, ao da tatuagem da rapariga. Olhou para ela, quis dizer-lhe alguma coisa, mas reparou que, no braço direito dela, já não havia tatuagem nenhuma. Esfregou os olhos, tinha a certeza de que ela tinha ali uma tatuagem, talvez seja do cansaço, pensou, só pode ser, tenho a certeza de que ela tinha uma tatuagem, talvez fosse no outro braço, ou mais para cima, mais junto ao ombro, e agora estava tapada pela camisa. Voltou a olhar pela janela e viu o pássaro levantar voo do muro. Estou a ficar louco, pensou, tenho de descansar, não ando a dormir bem, os pesadelos dão-me cabo dos sonhos. Saiu do autocarro, esbarrou contra um homem e pediu perdão enquanto se equilibrava para não cair. Estava demasiado cansado quando chegou ao hotel. Parou uns instantes, tirou o boné e penteou os cabelos suados.

— Ainda cá está? — perguntou John Smith quando viu Fazal Elahi entrar no bar do hotel.

— Não é fácil sair daqui, a burocracia é a parede mais espessa de todas.

— Continue a tentar, não desista.

— Não desisto. Accha, como é viver na Terra da Liberdade?

Smith bebeu um copo de whisky e coçou a cabeça.

— A Liberdade está morta, Sr. Elahi. Até lhe construíram uma estátua. Se chegar a aterrar nos Estados Unidos, poderá tirar umas fotografias dela em Manhattan.

— Gostava muito, mas as paredes são tão espessas.

Smith pediu outro whisky.

— O mundo é todo igual, Sr. Elahi, todo igual. As pessoas vestem-se todas da mesma maneira e veem todas os mesmos filmes. Não quer um whisky?

Fazal Elahi accitou. Raramente bebia.

Depois de vários copos de whisky, o americano

۱۰۴

Depois de vários copos de whisky, o americano foi deitar-se e Fazal Elahi, apesar do cansaço, foi caminhar pela cidade. Parou numa loja de tapetes que ainda estava aberta. Passou-lhes a mão, desiludido com tudo aquilo. O dono fê-lo sentar-se para beber um chá e ele aceitou. A cabeça de Fazal Elahi mergulhava num mundo confuso a que não estava habituado. Bebeu mais dois copos de whisky num bar de um hotel e viu que o mundo tinha muitas perspectivas, todas elas difíceis de focar. Fumou uns cigarros e disse algumas coisas sem nexo sobre política e críquete, os únicos assuntos, para si, verdadeiramente universais. Fazal Elahi estava rodeado de almofadas quando apareceu uma mulher que lhe pegou na mão. Ele olhou-a nos olhos e depois para um decote que o maravilhou. As mamas saíam dela como uma pergunta. As perguntas são irresistíveis, pensou Fazal Elahi, quando ouvimos uma, queremos logo responder, mesmo que não saibamos a resposta.

65. Disse o Profeta: É mais sábio perguntar do que responder.

65b. Os ouvidos dos homens são duas árvores que dão muitos frutos.

Fazal Elahi focou com força, de modo a ver as formas redondas dos seios. Ao baixar o olhar ainda mais (como era seu hábito), reparou que a mulher lhe pintava a mão com henna. Era indiana. Fazal Elahi poucas vezes se sentira assim. Um homem de bigodes enrolados disse-lhe que lhe arranjava melhor, que aquela já tinha filhos, arranjo-te uma realmente nova, e Fazal Elahi acenou dizendo que não, pedia desculpa, mas não, não queria mulher nenhuma. Olhou para a mão e sentiu-se mal por ter deixado que uma prostituta a pintasse, sentiu-se verdadeiramente irritado, por isso saiu dali a praguejar e a cambalear com as mãos pintadas como uma mulher ou um turista. Andou mais uns metros e apareceu-lhe à frente uma outra mulher, bastante mais velha do que a primeira, que lhe agarrou na mão pintada e disse qualquer coisa em urdu, umas palavras sussurradas que Fazal Elahi não compreendeu. Ele puxou a mão com violência, mas, por algum motivo difícil de explicar, seguiu-a. Entrou num restaurante e atravessou-o. Algumas pessoas, especialmente estrangeiros, bebiam cerveja em bules de chá, para esconder que bebiam álcool num local proibido. Fazal Elahi entrou por uma porta, nas traseiras do restaurante. A mulher que o trouxera até ali acendeu uma luz e apareceram na sala várias outras mulheres. Fazal Elahi apontou para uma, sem muito discernimento do que fazia, e seguiu-a até um quarto sem janelas que cheirava a usado. A mulher despiu-se, ficando totalmente nua em frente de Fazal Elahi, que disse qualquer coisa quando esta abanou os cabelos negros. Quem é a Bibi?, perguntou ela, e Elahi respondeu, é a luz da minha vida, mas agora está morta, acho que está morta, não tenho a certeza de nada, ando muito cansado, peço desculpa. A mulher deu uma gargalhada e disse que ele poderia chamar-lhe como quisesse, Bibi ou outra coisa qualquer. Os seios dela pareciam que tinham cometido suicídio há pelo menos uns dez anos, agora eram dois pedaços de carne morta pendurados no peito, chatos como duas medalhas de um general reformado. Fazal Elahi riu-se da situação em que se encontrava, ou de si mesmo, e despiu-se. Ficou de pé durante uns segundos, todo nu, com um boné dos Yankees na cabeça, e de seguida caiu no chão, completamente sem sentidos.

Isa dormia debaixo de uma arcada em ruínas, na periferia, onde dormiam

١٠٥

Isa dormia debaixo de uma arcada em ruínas, na periferia, onde dormiam outras crianças. A zona estava sempre cheia de toxicodependentes. Os rapazes entretinham-se a atirar pedras a coisas e aos drogados. Um dia acertaram num com tantas pedras que pensaram que ele tinha morrido. Mas, passados alguns dias, viram-no a andar na rua. Isa ficou contente com isso.

Na manhã seguinte, Fazal Elahi apareceu

۱۰۶

Na manhã seguinte, Fazal Elahi apareceu no hotel ainda bêbedo. Só dizia meias incertezas. O empregado, trajado com farda de hotel de luxo mas com as calças rasgadas e o branco da camisa amarelo, levou-o para o elevador. Fazal Elahi recusou-se a entrar, preferindo ir pelas escadas.

O empregado inclinou a cabeça, deixando-o passar, mas amparando-o ligeiramente. Fazal Elahi entrou no seu quarto, ligou a televisão e adormeceu profundamente, vestido, deitado em cima da colcha de flores coloridas.

Passou o dia seguinte na cama, horizontal e agoniado. Levantou-se apenas as vezes necessárias para orar e para telefonar para a embaixada. Da primeira vez não conseguiu que lhe atendessem o telefone, e da segunda atendeu a mulher da limpeza.

Ao final do dia, o coração pulava-lhe no peito, descompassado. Quando vomitou, tudo verde-acastanhado e demasiado líquido, sentiu-se desfalecer. Lavou a cara com água fria, penteou-se e sentou-se na borda da banheira. Ficou assim durante uns minutos até começar a sentir-se ligeiramente melhor. Precisava de comer, por isso decidiu sair. Andou um pouco e, ainda na rua do hotel, entrou num restaurante. Bebeu um chá e pediu biryani. Sentiu-se melhor no final da refeição e tirou um cigarro indiano. Pô-lo na boca e fê-lo dançar um pouco pelos lábios antes de o acender.

A noite estava agitada, as ruas estavam cheias de gente, cheias de conversas. Fazal Elahi caminhou um pouco, com os olhos no chão, sempre junto às paredes dos edifícios. Passou por uma pequena mesquita e por uma loja de doces. O cheiro a amêndoa e canela parecia sólido. A Aminah haveria de gostar destes bolos, pensou Elahi a olhar para a montra.

Atravessou a rua para passear um pouco pelo jardim de um hotel de luxo. No meio das árvores e dos arbustos encontrou uma grande fonte de pedra, com peixes vermelhos. Salpicou a cara com água. Ao fundo ouvia-se música e ele decidiu entrar para o bar do hotel.

A música era jazz cigano tocado por um guitarrista estrangeiro. Era um homem baixo, de saltos nos sapatos, de cabelo muito penteado e um bigode que vinha dos anos 1940. Tocava bem guitarra, apesar de ser um pouco trapalhão, mais devido aos dedos muito grossos do que à técnica propriamente dita. Tocava com o casaco pendurado nas costas da cadeira e com um whisky junto aos pés, servido numa caneca de leite. Quando não estava a segurar na guitarra, nos intervalos, penteava com frequência as grossas sobrancelhas pretas com os polegares.

Fazal Elahi sentou-se, de pernas cruzadas, junto ao palco. Pediu um sumo, bateu palmas no final de uma música, e acendeu um cigarro. O som moía-lhe a cabeça. Mas o silêncio também. Não havia nada, nem o oposto de nada, que não fosse seu inimigo. Um homem que estava hospedado no seu hotel — e a quem Fazal Elahi contara a sua história — perguntara-lhe se era possível viver depois de perder um filho e Elahi respondera com uma gargalhada. Não. Não. Não.

NÃO.

Fazal Elahi observava atentamente o guitarrista, o modo como mexia os dedos, a rapidez com que eles percorriam as cordas, e pensava: Com licença, tento perceber a lógica daquela dança de dedos ao longo do braço da guitarra. De onde vêm aqueles movimentos? Um homem aprende um acorde, com a graça de Alá, pode pensar nisso e executá-lo, acho que sim, que pode, mas de onde vem a improvisação, aqueles gestos que se fazem sem que haja tempo para serem pensados? Uma pessoa pode saber tocar muitas músicas, mas de onde vem o improviso? Accha, é algo anterior à nossa decisão. Os braços mexem-se, os dedos saltam pelas cordas a uma velocidade impossível de acompanhar pela razão e não conseguimos mandar neles e dizer-lhes para irem por ali, eles têm vida própria. É como a dor, não é? É exatamente como a dor, seria bom que o mundo nos obedecesse e se ajoelhasse. Seria bom que esse mundo começasse dentro de nós, talvez aqui, no peito, aqui mesmo. Ótimo. Nós dizíamos à alma para não sofrer, para ser feliz, e era assim que nós ficaríamos, alegres, porque a alma obedecia, não era como os dedos a improvisar. Mas Alá sabe melhor.

O copo que Fazal Elahi apertava entre os dedos partiu-se. As pessoas olharam para ele, e isso era algo que Elahi detestava. Instintivamente, encolheu-se, como se alguém tivesse levantado a mão para lhe bater. Sentiu o sumo a molhar-lhe as pernas e a camisa e olhou para a mão. Sangrava. Tentou apagar o cigarro à pressa, deixando-o ainda meio aceso no cinzeiro, e foi à casa de banho. Chorou em frente ao espelho, enquanto se ouvia os dedos do guitarrista a não obedecerem à vontade do guitarrista, a moverem-se pelo braço da guitarra com uma espécie de vontade própria.

Foi a espera burocrática que trouxe

۱۰۷

Foi a espera burocrática que trouxe a Fazal Elahi tudo o que desejava. Um dia, estava ele a comer um gelado de baunilha, chocolate e pistácio, quando apareceu um miúdo, magro como uma folha de papel, a pedir dinheiro. Trazia com ele uma Bíblia, ou assim diziam as letras douradas da capa do livro que ele abraçava como se tivesse frio. Fazal Elahi desprezou-o.

— Diga-me um país e eu indico a capital — disse o rapaz.
Elahi encolheu os ombros, entediado:
— Bolívia.
— La Paz.
— Muito bem — disse Elahi, sem saber se a resposta estava certa. — Agora vai-te embora.

O miúdo não desistia. Isa disse que um dia conhecera um estrangeiro com um boné igual ao seu. Fazal Elahi disse que há muitos bonés iguais.

— Sabe qual é a capital do Gana? — perguntou Isa.
Elahi não respondeu.
— Acra. Sabe qual é a capital da Austrália?
Elahi olhou para ele, furioso.
— Camberra.

O miúdo continuava a segui-lo, a perguntar pelas capitais e a pedir dinheiro. Elahi andava cada vez mais rápido e começou a gritar com ele, malditos países, malditas capitais. O rapaz seguiu-o até ao hotel.

Ao segundo dia, quando Fazal Elahi descia as escadas para a rua, viu de novo o miúdo das capitais e dos países. Estava sentado no chão, encostado à parede. Parecia assobiar, mas não lhe saía som nenhum dos lábios esticados. Fazal Elahi tentou passar por ele sem ser notado. Não conseguiu. Mal deu uns passos fora do hotel, o miúdo levantou-se e correu para ele. Não se agarrou às roupas, como faziam muitos pedintes, mas ficou parado, hirto, à frente de Elahi. Este ajeitou o boné de modo a tapar mais os olhos. O rapaz envergava um olhar pendurado — muito parecido com o de Elahi — e algo semelhante a um sorriso. Estendeu a mão.

Elahi mandou-o embora.

— Uma pessoa tem cerca de cem mil cabelos.

— Eu tenho menos — disse Elahi. — Caem muito, os cabelos.

— O nosso corpo tem duzentos e oito ossos.

— Accha.

— Os homens têm seiscentos e quarenta músculos.

Ao terceiro dia, já não sabia o que fazer com o rapaz. Ameaçou-o com o punho erguido, mas sem qualquer efeito.

— Como é que sabes essas coisas?

— Há quem nos ensine — disse o miúdo. — Os turistas gostam de ouvir estas curiosidades e dão-nos dinheiro ou leite em pó ou doces. Acham engraçado e riem-se. Às vezes ficam impressionados. O meu amigo Nauman, que já morreu, é que sabia tudo. Se lhe perguntassem quantos quilómetros são até à Lua, ele sabia. Se lhe perguntassem quantos pelos tem um macaco, ele sabia. Dizem que Deus também sabe estas coisas todas, mas eu não acredito, porque isto dá muito trabalho e Deus não precisa de andar a pedir.

Ao cabo de uma semana, Elahi desistiu de tratar mal o rapaz e deu-lhe uma nota. O miúdo sentou-se ao seu lado.

— Como é que te chamas? — perguntou-lhe Fazal Elahi.
— Isa, mas toda a gente me chama Americano.
— Americano?
— Sim.
— Peço perdão, és americano?
— O meu pai emigrou para a América e depois voltou.
— E o que é feito do teu pai?
— Morreu com a minha mãe num bombardeamento.
— Alá os tenha em sua glória. Vives na rua?
— Quem vive nas ruas tem o maior quintal do mundo.
— Accha, quem é que te disse isso?
— Foi um estrangeiro que estava hospedado no seu hotel. Um dia, eu estava a pedir e aproximei-me dele com a mão estendida. Disse-lhe para ter compaixão, disse-lhe que vivia nas ruas, que não tinha onde dormir, que a capital do Chile era Santiago. Ele olhou para mim e disse-me que quem vive nas ruas tem o maior quintal do mundo. Eu disse que sim com a cabeça, porque gostei daquela frase. Repito-a muitas vezes, e olho para isto tudo à minha volta e vejo o meu quintal. Um dia dará flores.

— Portanto, não tens pai nem mãe?
— Nem um nem outro. Ficaram debaixo das bombas, feitos em bocadinhos de Paraíso.
— Vives de esmolas?
— Sim, mas já fui espanta-moscas.
— Espanta-moscas?
— Sim, trabalhava num talho a afastar moscas da carne — Isa esbracejava, demonstrando no que consistia o seu trabalho —, mas isso fez-me os braços cansados e ainda hoje não melhorei.

Isa estendeu os braços e mostrou-os a Fazal Elahi.
— Sim, são braços cansados.

— E antes de ser espanta-moscas, trabalhava numa fábrica de brinquedos. Era bom. Tinha amigos, como, por exemplo, a Asma ou o Mizra. Mas um dia perdi-os e isso já não foi bom.

— O que é que lhes aconteceu?

— Não sei, sahib, um dia o chefe levou a Asma para o escritório e no dia seguinte eu soube que ela estava demasiado doente para trabalhar. Passado um tempo, aconteceu o mesmo ao Mizra, que era o outro amigo que eu tinha, um rapaz bonito como uma menina, como a Asma. Também o levaram para o escritório e nunca mais o vi. Ou melhor, vi-o duas vezes, mas não falei com ele. Vi-o entrar no escritório outra vez na manhã seguinte. E depois vi-o sair, no dia a seguir. Dizem que foi enviado para outra fábrica mais a norte.

— Quanto tempo trabalhaste nessa fábrica?

— Não sei, mas quando a Asma e o Mizra se foram embora, também decidi que era melhor fazer outra coisa qualquer. Não era mau, mas não podia brincar, e ganho mais dinheiro nas ruas.

— Portanto, és órfão e americano, completamente americano?

— Nasci na América.

— Perfeito, estou muito contente com isso tudo. Os teus pais explodiram, foi? É uma pena, mas agora Alá fez surgir uma grande solução e fez com que eu te encontrasse perdido nas ruas. Que tal vires viver comigo? Há comida e tudo o mais. Temos um quintal com palmeiras que dão umas tâmaras mais doces do que o mel das abelhas e do que as palavras das mulheres mais bonitas. Viverás comigo e com o meu primo e com a minha irmã e com um indiano. A casa é grande, tem muitas divisões, e poderás brincar à vontade em cima dos tapetes. Que dizes?

— O homem que tinha um boné igual a esse foi a causa de uma grande infelicidade.

— Mas eu sou o contrário disso. Com licença, não olhes para o boné, olha para o que o boné tem dentro. Isso é que conta, Alá é minha testemunha, isso é que conta. O interior dos chapéus é a parte mais importante do chapéu. Eu, ao contrário do outro homem, trago-te felicidade. Que dizes?

— Posso continuar cristão?

Fazal Elahi coçou a barba e condescendeu:

— Podes, desde que sejas um bom muçulmano.

Para legalizar a situação da adoção, Fazal Elahi apoiava-se

١٠٨

Para legalizar a situação da adoção, Fazal Elahi apoiava-se num princípio moral universal: a menor distância entre dois pontos é o suborno. Assim, Fazal Elahi evitou viajar até à América e adotou um americano.

Enquanto Fazal Elahi dobrava meticulosamente a sua roupa para a arrumar na mala, Isa passava a mão pela colcha de flores coloridas. Parece um jardim, pensava ele. Chegou a encostar o nariz à cama para ver se as flores cheiravam como as outras. Fazal Elahi tirou um chocolate de dentro do bolso das calças e deu-o a Isa, que abriu a embalagem com os dentes e meteu o chocolate inteiro na boca. Fazal Elahi disse-lhe que não precisava de comer com aquela voracidade, que de ora em diante não lhe faltaria comida. Isa disse que sim, mas as palavras tinham dificuldade em passar por entre o chocolate mastigado. Fazal Elahi abriu um saco de plástico que estava no chão junto aos seus sapatos e mostrou-o a Isa. O rapaz olhou para dentro do saco, depois para Fazal Elahi. Sorriu. O saco estava cheio de rebuçados. Podes tirar um, disse Fazal Elahi, não mais do que um, não deves comer muitos doces, senão, qualquer dia, caem-te os dentes todos, acordas e caem-te no chão, um atrás do outro, e depois, que coisa mais triste, ninguém perceberá o que dizes. Isa sentou-se em cima da sua Bíblia a chupar um rebuçado de funcho e a cantarolar qualquer coisa. Fazal Elahi continuou a dobrar a roupa, fechou a mala, observou todos os cantos do quarto para ter a certeza de que não se esquecia de nada. Viu debaixo da cama, debaixo do roupeiro, na casa de banho, não ficaria nada para trás, nem pensar, já bem basta tudo aquilo que perdemos, que nos é retirado sem que possamos fazer algo para o impedir. Abriu a porta e disse a Isa: vamos. Desceram os dois para a recepção, Fazal Elahi pagou o que devia no hotel, despediu-se, agarrou na sua mala, deu a mão ao rapaz e juntos apanharam uma série de autocarros apertados até chegarem a casa.

Fazal Elahi explicava-lhe que o caminho para casa era estreito, tal como o do Paraíso. Isa acreditava no que ouvia e insistia:

— Posso continuar cristão?

— Claro, podes ser o que quiseres.

98. E, para que ninguém Nos compreenda, inventaremos a religião.

– Uma vergonha! – gritava Aminah

١٠٩

— Uma vergonha! — gritava Aminah. — Uma vergonha! — E todos aqueles gritos enchiam a casa de vergonha. — E nem sequer é louro e de olhos azuis como os outros americanos. É uma vergonha.

Isa tremia enquanto ouvia a sua nova mãe gritar. As bochechas carnudas tremiam com os berros que ela dava e as mãos viravam as palmas para o céu em forma de pergunta. Isa observava-a, reparava nas unhas muito compridas, pintadas de vermelho, e nos braços, que, quando os levantava, deixavam ver a miríade de pulseiras que usava.

Badini estava cerimoniosamente afastado — ao lado da mala que Fazal Elahi pousara à entrada, juntamente com os sapatos —, não queria assustar o rapaz. Sabia que o seu rosto, com sobrancelhas e pestanas rapadas, provocava medo em algumas crianças. Isa, no entanto, não se assustou e até chegou a sorrir quando o viu.

Fazal Elahi ainda tinha o boné dos Yankees na cabeça, esquecera-se de o tirar.

Aminah continuava a gritar.

Isa não se atrevia a mexer-se, agarrado à sua Bíblia de letras douradas, receoso daqueles gritos. Madrid é a capital de Espanha e Ancara é a capital da Turquia, pensava Isa. O Salto Ángel é a mais alta queda de água do mundo.

Fazal Elahi sentou-se e fez com que Isa se sentasse ao seu colo. Adotava-o e não havia grito nenhum que o pudesse impedir.

— Com licença, agora o teu mundo parece estar todo ao contrário, mas verás que é apenas uma maneira de ver as coisas. Vou contar-te uma anedota, escuta: um dia, o mulá Nasrudin montou no seu burro para ir trabalhar. Então, começou a gritar, cheio de espanto, dizendo que o burro não tinha cabeça. O vizinho, ao ouvir os berros, percebeu de imediato o que se passava. Nasrudin tinha montado o burro ao contrário, e então disse-lhe: A cabeça do burro não desapareceu. Olhe para trás, vizinho, olhe para trás. O mulá Nasrudin olhou para trás e recomeçou a gritar, dizendo assim: Pior do que ter um burro sem cabeça é ter um burro com a cabeça a nascer no rabo.

Fazal Elahi riu-se muito, mas Isa continuava calado.

— Vês? O mundo parece que nasce do rabo, mas está tudo no lugar certo. Pelo menos, às vezes é assim, acho eu. Só tens de montar nesta vida na posição correta, Alá sabe melhor, apesar de por vezes se dar aquele problema do *equilíbrio absurdamente/moralmente/esteticamente desequilibrado*, mas não ligues a isso, Isa, tudo correrá pelo melhor, vais ver. Eu não posso ter a certeza do que afirmo, só Alá é que tem, mas temos de acreditar, não é? Temos de acreditar.

— Uma vergonha! — gritava Aminah.

Badini sorria.

– Dormirás na cama do Salim – disse

110.

— Dormirás na cama do Salim — disse Fazal Elahi, enquanto despia o casaco do fato verde-acastanhado. Isa não tirava os olhos dele e, com uma das mãos, agarrava-lhe as calças. Fazal Elahi tirou o boné, olhou para o símbolo dos Yankees e sorriu. A parte mais importante de um chapéu é a cabeça, disse para si mesmo. Pendurou o boné no bengaleiro. Badini abraçou-o.

Fazal Elahi virou-se para Aminah:

— O Isa vai dormir no quarto do Salim.

Aminah recomeçou a gritar. Fazal Elahi agarrou-a e abanou-a. Aminah ainda gritou mais. Fazal Elahi deu-lhe um estalo. Aminah dobrou-se e começou a chorar, a repetir é uma vergonha, é uma vergonha, é uma vergonha. Fazal Elahi disse-lhe para preparar o quarto de Salim, pois agora seria o quarto de Isa. Dormiria na mesma cama, brincaria com os seus antigos brinquedos. Aminah disse que já não havia brinquedos.

— Como assim?

— Foste tu, irmão, que os atiraste fora, depois da morte do nosso cabritinho.

— Não me lembrava, por Alá, juro que não me lembrava. Peço perdão. Não importa, compram-se outros. Até é melhor, há males que vêm por bem, não é assim?

Isa pensava: a capital da Venezuela é Caracas, a capital da Holanda é Amesterdão, o tigre siberiano é o maior felino, as nádegas são o maior músculo do corpo humano. Fazal Elahi deu-lhe a mão e subiram as escadas. Elahi disse-lhe para tomar cuidado, que eram demasiado íngremes. Isa subia agarrado à sua Bíblia, em vez de se agarrar ao corrimão, um livro dá mais segurança. Badini subiu as escadas atrás deles. Fazal Elahi abriu a porta do quarto de Salim, já não o fazia desde que fora buscar os brinquedos para os deitar fora, e disse a Isa:

— Com licença, este é o teu novo quarto. Muito bem. Olha pela janela, verás um jardim e umas palmeiras.

Isa pousou a sua Bíblia numa cadeira, correu para a janela, espreitou para o outro lado do vidro. Disse que não havia tâmaras.

— Ainda não é tempo delas — explicou Fazal Elahi.

Badini observava o rapaz.

— É pequeno.

— Que idade tem? — perguntou com as mãos.

Fazal Elahi disse que não sabia ao certo.

— E que importa isso?

Badini disse que não importava nada. Era só para saber.

Aminah entrou no quarto em silêncio, com roupas lavadas para fazer a cama. Tirou a colcha velha, dobrou-a. Tinha os olhos cheios de lágrimas, de raiva contida. Limpou os olhos ao braço, estendeu os lençóis lavados. Fazal Elahi olhava pela janela, Isa olhava pela janela (o K2 é a segunda maior montanha do mundo e mede oito mil seiscentos e onze metros; o cérebro humano é composto por oitenta por cento de água e consome vinte por cento do oxigénio que nos corre nas artérias e gasta a mesma energia que uma lâmpada de dez watts), Badini olhava pela janela. Aminah acabou de fazer a cama e saiu, reprimindo os seus gritos. Isa voltou-se, correu para a cama acabada de fazer, pulou em cima dela. Estava feliz. Parou de pular, pois lembrou-se do seu amigo Nauman e dos seus pais. Parecia-lhe estranho que conseguisse pular de alegria. Era melhor parar com isso. Sentou-se na cama, muito calado, e disse para si que:

Para o coração caber no tórax, o pulmão esquerdo é menor que o direito.

O Vaticano é o país mais pequeno do mundo.

Madrid é a capital de Espanha.

Agarrou na sua Bíblia e abraçou-a contra o peito.

Badini disse que o melhor seria deixá-lo sozinho, e Fazal Elahi concordou. Os homens saíram e Isa ficou sentado na cama, abraçado à sua Bíblia, a pensar em capitais e curiosidades sobre a natureza e sobre o homem.

Na sala, Elahi tinha uma cara cor de enjoo. Não falava

)))

Na sala, Elahi tinha uma cara cor de enjoo. Não falava com Aminah, pois ela obrigara-o a ser violento. Aminah, por seu lado, queria ser castigada para que o irmão continuasse a gostar dela e deixasse de estar zangado. Bate-me, pensou Aminah, mas automaticamente se apercebeu do problema: Elahi ficará ainda mais zangado comigo, pois terá de me bater novamente. E, se o fizer, ainda ficará mais zangado e mais tarde ou mais cedo terá de me expulsar de casa, pois é insuportável viver com alguém que nos obriga a ser violentos, especialmente se essa pessoa for tão pacífica como é o Fazal Elahi. E depois como é que eu farei para viver, como é que farei para comprar comida e para cozinhar, se não tiver casa? E, sem lar, sem dinheiro, não poderei beber suco de cana e comer doces de amêndoa e pistácio e ovos e gengibre e canela. Eu adoro canela. Dizem que há um estúdio junto ao jardim que faz filmes ilegais, filmes pornográficos, e que não pagam mal. Mas será que querem mulheres sem experiência? Não devem querer e não haveria pior vida do que essa degradação toda.

Aminah virou-se para o irmão e implorou, levantando os braços à altura do peito:

— Por favor, irmão, não me castigues, que eu não quero degradar-me e viver em constantes pecados e quero beber suco de cana e comer doces de amêndoa e canela.

Fazal Elahi olhou para ela, fazendo um movimento lento com a cabeça. Não percebeu nada do que a irmã queria. Peço perdão, disse, e tirou uma nota do bolso para que ela fosse comprar um suco e um bolo.

Aminah agradeceu, caiu de joelhos e agradeceu. Fazal Elahi caminhava para a porta sem lhe dar atenção. Tivera uma ideia para um novo tapete.

Fazal Elahi saiu, deu uns passos, fez meia-volta, voltou a entrar em casa e disse:

— Com licença, lembrei-me de uma coisa muito importante. Temos de comprar roupas para o Isa.

Aminah encolheu os ombros da alma, mas por fora manteve-se impassível.

Fazal Elahi levou a mão ao bolso. Tirou umas notas e deu-as à irmã.

— Mais bolos? — perguntou Aminah.

— Não, é para ires com o Isa comprar-lhe roupa.

Cá está o meu castigo, pensou Aminah.

Com licença, querido Salim,

١١٢

Com licença, querido Salim,

    A estrangeira não tinha razão e escrever-te não ameniza a minha dor, longe disso, mas é essencial que te dê uma novidade, é talvez melindrosa, mas sei que compreenderás, aí em cima deve compreender-se tudo. Irei direto ao assunto, sem pestanejar sequer, pedindo de prevenção que me perdoes se de algum modo te magoar. Enfim, adiante, serve esta missiva humilde para te informar que tens um irmão. E americano. Sinto o teu silêncio, mas pensa comigo, meu cabritinho, em tudo o que isto pode proporcionar-te, teres um irmão aqui na Terra enquanto cresces no céu. Talvez possam os dois correr, como num espelho, tu em cima e ele em baixo, com os braços abertos a imitar um avião soviético.
    Teu baba,
    Fazal Elahi

Desceram uma rua, atravessaram a rotunda com a estátua equestre de Yamin al-Dawlah Abd al-Qasim Mahmud Ibn Sebük Tegin, mais conhecido

١١٣

Desceram uma rua, atravessaram a rotunda com a estátua equestre de Yamin al-Dawlah Abd al-Qasim Mahmud Ibn Sebük Tegin, mais conhecido por Mahmud de Ghazni. Isa olhava fascinado para as patas da frente do cavalo, levantadas sobre cobras. Aminah levava um véu, a cara completamente tapada. Passaram por um barbeiro de rua, por vários vendedores de paan e por três mulheres polícias, vestidas de preto, de lenço azul e metralhadoras. Entraram no bazar e Aminah parou numa venda de roupa, dizendo para o miúdo que trabalhava lá: arranja roupas para este aqui. Segurava Isa pelos ombros. Isa apontou para algumas T-shirts e camisas de várias cores, escolheu uma aos quadrados, como as dos cowboys, e uma lisa, toda laranja. Aminah fez um sinal com a cabeça a dizer que poderia escolher mais três. Isa apontou para uma camisa de flores e cornucópias, depois para uma T-shirt com um taco de críquete e com o número de Kamil Khan nas costas, depois para um kameez vermelho-vivo. Escolheu ainda três pares de calças, todas iguais, todas de ganga. Aminah pagou e puxou Isa pela roupa para o fazer caminhar à sua frente. Pararam junto de um homem que vendia sapatos. Havia centenas deles, empilhados uns em cima dos outros, até ao teto da barraca. Isa escolheu uns sapatos de couro, com atacadores e sola de borracha, baixou-se e calçou-os. Infelizmente, não sabia apertá-los, pois nunca, desde que se lembrava, tivera uns com atacadores. Foi para casa com os sapatos desapertados e tropeçou várias vezes. Fazal Elahi, quando o viu chegar, ajoelhou-se, abanou a cabeça várias vezes e apertou-lhos, disse que era perigoso andar assim, que podia tropeçar e cair, bater com a cabeça numa esquina de pedra e morrer, que Alá não o permita.

— Baba, eu não sei atar os cordões dos sapatos — disse Isa.

Elahi ficou comovido e disse-lhe que ele próprio o ensinaria, pois é muito fácil.

Nachiketa Mudaliar, sempre tão magro

۱۱۴

Nachiketa Mudaliar, sempre tão magro como a chuva no deserto, apareceu no dia seguinte, mal soube que Fazal Elahi havia voltado com um americano. Entrou em casa de Elahi com o seu porte imponderável e sentou-se numa almofada. Cruzou as pernas e foi assim que Isa o viu pela primeira vez.
— Eu agora sou o herdeiro — disse Isa.
— Já ouvi dizer. Apesar de serem quase tudo dívidas. Estás contente com a tua nova casa?
— Temos um quintal que dá para as estrelas e cestos de tâmaras, apesar de ainda não ser a época. A minha mãe, a nova, e não a que morreu, grita muito alto. O meu baba, o novo, e não o que morreu, é simpático e dá-me de comer.
— Isso é o quê?
— Uma Bíblia.
— Sabes ler?
— Não.
— Há tempo, no worry, no hurry, chicken curry.
Fazal Elahi apareceu na sala com o rosto pesado.
— A minha irmã, caro Nachiketa Mudaliar, não quer casar consigo, diz que é uma vergonha, é isso que ela diz, ainda por cima aos berros, fura-me os tímpanos, aquela mulher. Enfim, conheço-a muito bem, é minha irmã, e nem que a espancasse ela mudaria de opinião, nem Alá seria capaz de o fazer. Accha,

peço perdão, Alá talvez o fizesse, sim, fá-lo-ia de certeza, pode tudo, mas o que quero dizer-lhe é que eu, que sou um mero mortal, não faço milagres, seria bom, mas não faço, não consigo mudar a cabeça de uma mulher, muito menos da Aminah.

Nachiketa Mudaliar, com a voz a tremer:

— Deixe-me falar com ela. Saberei convencê-la.

— Está doido? Enlouqueceu? Não a vou deixar a falar com um homem, ainda por cima hindu ou indiano ou lá o que o senhor diz que é, gostei muito da ideia do americano, agradeço muito, mas não posso fazer mais nada por si, absolutamente nada, obrigado, shukran, volte para as suas índias e case-se com uma senhora de lá, tenho a certeza de que também são bonitas. Ou não são? São, com certeza, Alá fez as mulheres hindus para que estas pudessem casar com os homens hindus, se assim não fosse, teria feito só muçulmanas, e os homens hindus não passariam de solteiros sem qualquer esperança de se multiplicarem, que Alá os proteja de tal destino.

— Aprecio a sua lógica, Elahi sahib, mas não vou desistir assim tão facilmente. Usarei todo o charme de Krishna, se for preciso.

— Começa mal, Nachiketa Mudaliar, se pretende invocar os seus deuses falsos. Não tenha esperanças, desista.

Aminah encostou o corpo contra a cama e chorou. Não queria casar com o indiano. Não amava Nachiketa Mudaliar, pelo contrário, odiava-o. Não era um bom casamento, apesar de ser, até à data, o único possível. Aminah preferia ficar sozinha a casar-se com um homem tão magro e com aquele bigode fininho. Mas estava a ficar velha e gorda demais, talvez por causa dos doces de amêndoa. Há dias, no hamã, sentira que a vida se havia perdido algures, a sua juventude tinha-lhe escapado, agora, quando olhava para si, já não via uma pele sedosa, mas algo estranho, algo muito parecido com a pele da sua falecida mãe.

Era como se alguém mais velho estivesse a brotar de dentro de si, aniquilando toda a sua capacidade de sedução. Capacidade que, aliás, era nula ou perto disso. Os banhos davam-lhe alguma vitalidade, mas ao mesmo tempo deixavam-na deprimida. A sua amiga Myriam ajudava-a em tantas coisas, lavava-lhe os cabelos, apesar de a magoar sempre com as unhas, pintava-lhe as mãos e os olhos, e não desistia dela e da sua felicidade, continuava sempre a tentar arranjar-lhe pretendentes, sem qualquer resultado prático que tivesse menos de setenta anos.

Além de se sentir envelhecer e de não ser desejada, havia ainda dois problemas bem mais graves: ter de ser mãe de uma criança infiel e, pior ainda, ter de se casar com um hindu. Saiu de casa e foi ter com a sua amiga Myriam, precisava de consolo.

— Uma vergonha — concordou Myriam, quando Aminah lhe contou que o irmão queria casá-la com o indiano magrinho. — Não podes casar com aquele. Pretendentes é o que não te falta. Isso são lágrimas? Alegra-te, Alá faz tudo pelo melhor.

— Nunca me casaria com ele.

— Jamais! Seria uma desgraça.

— São as ideias do meu irmão. Já bem basta o americano. A nossa família não precisa de mais vergonhas. Se depender de mim, Myriam, ficarei solteira.

— Não digas disparates. Homens é o que não falta. Tu és nova e bonita. O problema dos dentes mal se nota.

— Qual problema dos dentes?

— São um pouco encavalitados, mas quase não se nota. Falas pouco, mal se vê. Mas alegra-te. Pretendentes é o que não falta. O Dilawar ainda no outro dia me perguntou por ti. É um bom rapaz, um pouco tolo, mas daria um ótimo marido.

— Daria um ótimo marido — concordou Aminah.

— E pode vir a fazer parte do Governo. Vira-te de barriga para cima, tenho aqui um excelente esfoliante.

Isa adormecia tapado, não por cobertores

١١٥

Isa adormecia tapado, não por cobertores, mas por pesadelos. Acordava várias vezes a meio da noite, aflito (alô, alô, eu sou o Farooq, alô, alô, eu sou o Farooq, alô, alô, eu sou o Farooq), mas não queria incomodar o pai, o vivo, e não o que morrera. Por isso, ficava muitas vezes a olhar para o teto ou para a janela ou para as mãos. As noites eram lugares para sentir medo e olhar para o teto, que era branco, e para o candeeiro, que era luminoso ou apagado, conforme o interruptor estava para cima ou para baixo. Isa pensava em todas as capitais que conhecia, em todos os países, e ficava espantado com a quantidade que havia: cerca de duzentos de cada. Pensava que o mundo deveria ser grande, aliás, tinha uma superfície de quinhentos milhões de metros quadrados (± 500 000 000 m^2), número que, para ele, era perfeitamente incompreensível e gordo.

Gostava de reter a respiração enquanto pensava nos seus pais, nos que haviam morrido, e não nos novos. A falta de ar dava-lhe uma sensação de vertigem, ao mesmo tempo que tornava mais reais as suas recordações. Isa contava mentalmente, enquanto olhava para os seus pais. Às vezes acenavam-lhe, e ele, nervoso, abria a boca e entrava-lhe o ar nos pulmões, o que lhe punha o coração a bater violentamente enquanto as visões desapareciam. Sentia que o ar era seu inimigo e o afastava das pessoas. Elas tinham mais cores e eram mais vivas quando não respirava.

Não é o mais forte que triunfa, a maior parte das vezes

۱۱۶

Não é o mais forte que triunfa, a maior parte das vezes, o mais forte não é quem julgamos ser, disse Tal Azizi, não é quem subjuga o outro, quem destrói o outro, mas sim quem perdoa. Ó devoto, o perdão fortalece a sociedade, em vez do indivíduo, não matamos o próximo, reconciliamo-nos com o próximo. Um grupo forte, abençoado discípulo, é mais forte do que um grupo de indivíduos fortes.

Era exatamente o contrário disto que pensava Ilia Vassilyevitch Krupin.

O filho mais velho do general entrou no escritório do pai.

— Dilawar, onde é que está a casa que te mandei construir para o teu irmão mais novo?

— Ainda não está pronta.

— Dilawar, faço a pergunta de outra maneira, mais consentânea com a verdade: onde está o dinheiro que te dei para mandares construir uma casa para o teu irmão mais novo?

Entreguei uma parte, nem era a maior parte, à Bibi, pensou Dilawar, para ela me receber numa casa digna, mas de repente ela morreu esfaqueada, teve o que merecia, a adúltera, mas esse dinheiro nunca mais o vi. O resto perdi no jogo, com as papoilas e com outras mulheres. O imbecil do meu irmão mais novo que arranje...

— Então?

— Fui roubado — justificou-se Dilawar.

— Isso é mentira — disse o general, e o filho teve de tentar uma nova explicação:

— Fui enganado pelo construtor.

O general repetiu, com a voz invulgarmente calma, que Dilawar mentia. E acrescentou que sabia muito bem o que tinha acontecido ao dinheiro, que não era parvo nenhum e que gostava muito pouco que o tomassem por idiota. O general Krupin, que tinha as mãos em cima da mesa, fechou os punhos e dilatou as narinas. Dilawar ficou branco, pensou nas gaiolas, não queria que o pai voltasse a fechá-lo debaixo do sol. Passou-lhe pela cabeça uma imagem de Bibi toda nua, em cima da cama, com os cabelos negros espalhados pelos lençóis brancos, eu gosto de ti, Bibi, mas tens de sair da minha cabeça. Dilawar voltou a pensar nas gaiolas, voltou a temer a possibilidade de ficar debaixo do sol, todo queimado. O general disse que não se importava com o dinheiro, Dilawar era o seu filho mais velho, poderia fazer o que quisesse, absolutamente tudo o que quisesse, mas teria de o fazer como deve ser e não como um imbecil, que era tudo o que ele sabia ser. Se a intenção era que ele, o general, ficasse a ignorar o destino daquele dinheiro, era assim que ele deveria fazer as coisas.

Não adianta tentar domar-te. Nunca me obedecerás, e eu fico feliz com isso, mas gostava que o fizesses com inteligência.

Dilawar disse que sim, que a partir de agora tentaria fazer as coisas com mais inteligência.

— A tua mãe acha que deverias casar. Anda preocupada.

Dilawar não disse nada. O general estendeu a face para que Dilawar a beijasse. Quando o filho aproximou os lábios, o general enfiou quatro dedos da mão direita, o indicador, o médio, o anelar e o mindinho, dentro da boca de Dilawar, agarrando-lhe os dentes de baixo. Puxou-lhe a cabeça contra a secretária, agarrando-lhe o maxilar. Dilawar teve vontade de vomitar. O general disse-lhe que estava feliz com ele, mas queria a sua mala de dinheiro.

— O teu irmão mais novo — disse com a sua voz mais pacífica — vai ter uma casa, como lhe prometi. Podes roubar a mesma quantia, podes negociar com o leite das papoilas, com armas, tanto me faz. Mas quero esse dinheiro, ou uma casa, até ao final da semana.

O general abriu a mão e limpou-a à camisa do filho. Dilawar correu para a casa de banho. Tinha vontade de vomitar. Dobrou-se sobre a retrete, com a boca aberta e dorida. Não saiu nada.

Nachiketa Mudaliar todos os dias insistia

117

Nachiketa Mudaliar todos os dias insistia:

— É como lhe digo, Elahi sahib, não desistirei.

— Faz mal, Nachiketa Mudaliar. Ela tem lá as suas ideias e nós somos uma família moderna, até temos um filho americano, e, como é que se diz?, somos progressistas, portanto, se ela não quiser casar, eu não posso obrigá-la. Não é assim? Não posso matá-la de pancada, peço perdão, Nachiketa Mudaliar, mas não posso.

— Bom, mas o que eu tenho a dizer-lhe é o seguinte: preciso que me deixe (Nachiketa tremia, faltava-lhe a respiração, os canais ida e pingala estavam desertos, os chakras abandonados) falar com ela a sós.

— Isso seria uma vergonha!

Fazal Elahi coçou a cabeça e continuou:

— E não levaria a lado nenhum. As mulheres são muito teimosas e a minha irmã ainda é mais mulher. Quer um chá? No fundo, eu reconheço que a sua ajuda foi essencial à minha recuperação emocional, enfim, ainda não estou totalmente bem, mas, com licença, já posso sair à rua sem desatar a chorar. Agora tenho um filho americano, que me trouxe algumas dificuldades sociais, mas algum consolo também, tenho um herdeiro e mostro a minha enorme benevolência. Accha, os meus amigos não seriam capazes de um gesto destes! Se por um lado se fala de mim como um desgraçado e um insensato, sei que falam nas minhas costas, não sou surdo, por outro lado noto alguma inveja. De certeza que não quer um chá? Escute, Nachiketa Mudaliar, sei que garanti que daria a minha fortuna, que não passa de umas dívidas, a quem me consolasse pela perda do meu filho, e o senhor trouxe-me essa hipótese das Índias, a única que me convenceu. Estou-lhe grato por isso, sou um muçulmano e um homem de palavra e saberei retribuir, apesar de a sua solução não ter efetivamente solucionado nada, mas, como já lhe confessei, Alá é minha testemunha, melhorou um pouco a minha vida. No entanto, estou de mãos atadas, sem poder fazer nada, já que o senhor não pretende dinheiro, mas sim casar-se com a Aminah. Saiba que a minha irmã é um caso perdido. Esqueça-a. Aqui entre nós, Alá não permita que eu fuja à verdade, ela até tem um problema nos dentes.

— Um problema nos dentes?

— Quase não se nota, mas tem-nos um pouco encavalitados.

De repente,
uma abertura à Ruy

118

De repente, uma abertura à Ruy Lopez, com peão e cavalo e isso tudo.

Uma abertura que viria a ter um final infeliz, com um xeque-mate dado por Badini. Fazal Elahi ficou a olhar para o tabuleiro, a metade branca e a metade preta, incrédulo. Parecia-lhe impossível ser vencido assim.

— Não compreendo — disse Elahi. — Perco sempre.
— Tens de olhar para os quadrados
    pretos e brancos
    como uma só cor. Ver
    o tabuleiro todo.
— Gostava de te ver jogar contra o Mir Sultan Khan ou contra o Jose Capablanca.
— Perderia
    com o maior prazer.
— Vamos dormir. A minha estratégia acaba sempre nisto: derrotas atrás de derrotas. Vamos dormir.

Badini deitou-se e adormeceu imediatamente, como a chuva a cair no mar, água doce a bater na salgada. Ressonava com a barriga virada contra o céu.

Fazal Elahi não dormia tão bem, mas havia retomado os seus negócios. Continuava a chorar quando olhava para as fotografias que tinha de Salim e quando recordava o modo como o filho deformava as sandálias a andar. Mas tinha reaprendido a negociar. Passava menos tempo em casa e mais tempo a inventar tapetes. Apesar disso, já sentia alguma identificação com Isa. Enquanto Salim tinha um feitio semelhante ao da mãe, Bibi — que andava com os cabelos que pareciam pássaros —, Isa era parecido consigo. Passava despercebido, ao de leve. Sai a mim, pensava Elahi, Alá emaranhou os fios do mundo num tapete cujo padrão ninguém percebe.

Isa punha a sua Bíblia debaixo

۱۱۹

Isa punha a sua Bíblia debaixo da almofada para adormecer. Fazal Elahi passava pelo quarto e dava-lhe um beijo na testa. Isa gostava desse ritual e chegava a adormecer com um sorriso tenso. Era como se sorrisse para dar as boas-vindas aos pesadelos. Contudo, a coisa que mais o afectava era Aminah e o modo como ela o tratava. Gritava-lhe muito. Gritava com toda a gente, no entanto, os seus gritos, quando dirigidos aos outros, eram carinhosos, ao contrário do que acontecia com Isa, que ouvia berros ásperos como dióspiros verdes. Todos os dias serviam para Isa tentar conquistar Aminah, mas ela mantinha-o à distância, chegando mesmo a lavar-se quando Isa a tocava.

À noite, quando ouvia passos no corredor, Isa levantava-se. Os passos eram de Fazal Elahi, que tinha muita dificuldade em dormir. Andava de um lado para o outro e, um dia, reparou que Isa o espreitava através da fresta da porta do quarto. Chamou-o e sentaram-se os dois no corredor, no tapete.

— Não consigo dormir — disse Elahi.
— Eu também não, baba — disse Isa.
— Tens sonhos maus?

Isa inclinou a cabeça para o lado, dizendo que sim. Tinha sempre pesadelos e nem sabia muito bem o que era um sonho.

— Também tinha muitos pesadelos em criança — disse-lhe Fazal Elahi. — Era difícil brincar. Em pequeno já andava a trabalhar em lojas de tapetes, por isso é que eu sei tantas coisas sobre eles, graças ao meu querido pai, Alá o tenha em sua glória.

45. Disse Ali: São como os homens, os tapetes: servem para ser pisados.

Fazal penteou o cabelo. Suspirou para o chão e continuou:

— Nós somos iguais, Isa, nunca aprendemos a brincar. Tu construías brinquedos numa fábrica, vê bem a ironia, sabes o que é ironia? Qualquer dia explico-te. Fabricavas brinquedos, mexias neles, mas não brincavas, era tudo sério.

— Somos iguais, não somos, baba?

— A nossa biologia tem uma opinião diferente, mas somos iguais, acho que sim, quer dizer, não temos a mesma cara, ninguém nos diz na rua, tal pai, tal filho, mas por dentro somos a mesma coisa, glória a Alá. Somos mais parecidos do que alguma vez fui parecido com o Salim, o meu cabritinho. Ele tinha um feitio difícil e fazia barulhos com a boca, andava com os braços abertos, assim, bem estendidos, a imitar aviões. Há uns tempos ouvi uma notícia sobre um homem estrangeiro, devia ser um americano como tu, que garantia que os dervixes ladrões eram gémeos sem serem irmãos. Como é isso possível, Isa, como? Não faço ideia, mas, com licença, parece que pode mesmo acontecer, este universo, apesar do *equilíbrio absurdamente/moralmente/esteticamente desequilibrado*, é maravilhoso e engenhoso, Alá pode tudo. Se calhar, eu e tu, Isa, somos como os dervixes ladrões.

Isa sorriu sem perceber tudo, e Fazal Elahi tirou um cigarro e acendeu-o.

— Queres? — perguntou.

Isa acenou dizendo que não.

— Accha, quando caminhamos é sempre na nossa direção — disse Fazal Elahi. — Sabes porque é que um dervixe atravessa a estrada?

Isa fez que não com a cabeça.

— Para chegar ao mesmo lado.

Fazal Elahi riu-se e depois ficaram os dois calados. Passados minutos, Isa levantou-se e foi deitar-se junto dos seus pesadelos.

A casa cheirava a cardamomo e a cominhos

١٢٠

A casa cheirava a cardamomo e a cominhos e a cravinho. Aminah, de cada vez que deitava leite no fervedor — quando Badini estava por perto —, temia que o leite coalhasse. Que o tempo parasse. Ficava a olhar para as natas que boiavam à superfície, à espera, quase horrorizada, que tudo começasse a solidificar, que o leite perdesse a elasticidade e o seu temperamento líquido. Receava que o tempo ficasse paralítico, como o general Vassilyevitch Krupin dizia ter estado. Não há nada mais temível do que o tempo que para, ficamos iguais para sempre e essa é a maior desgraça.

Mas Aminah não sofria com esse tempo que receava, parado como um queijo, mas sim com o tempo que engorda, pois o tempo tem muitas faces. Por causa das horas passadas a comer doces, Aminah tinha engordado bastante nos últimos anos. Não comia praticamente mais nada senão bolos, guloseimas e sobremesas. Era extremamente frugal com toda a comida que fosse frugal, mas comia doces com um prazer inaudito, com um grande nível de açúcares e gorduras por pedaço de destino.

— Comes demasiados doces — disse-lhe Badini, apontando-lhe a barriga engravidada pelo açúcar.

— E tu falas demasiado. Nunca vi um mudo mexer tanto as mãos.

Badini não respondeu. Ficou a olhar para a prima a cortar legumes. Acendeu um cigarro e ligou o rádio.

— Estou muito gorda?
— Há quem não ache.
  Há quem goste
  muito de ti. Lembra-te:

273. Disse o xeique Yunus: As árvores que crescem sozinhas dão frutos que não se comem.

— Quem? O hindu?
— O Isa também
  gosta muito de ti. Lembra-te:

297. — Ó Inefável — disse o anjo Jibril —, o Teu olho esquerdo é a Lua e o Teu olho direito é o Sol, mas esses astros também acontecem nos olhos dos homens que são olhados com admiração ou com amor.

Badini soltou o fumo da boca. Aminah virou-se para ele. Era realmente enorme, meio quadrado, sem um dedo e com um rosto assustador, sem sobrancelhas, sem pestanas e com o cabelo rapado.

— Pareces um urso sem pelos, a contorcer as mãos para dizer asneiras. O miúdo é um atrasado que mal sabe falar e o indiano é hindu. Nunca me casarei com um homem daqueles. A minha amiga Hajira era muito mais gorda do que eu quando se casou com um engenheiro informático.

Dilawar não sabia o que fazer para recuperar

١٢١

Dilawar não sabia o que fazer para recuperar o dinheiro que gastara, mas começou por tentar recuperar o que dera a Bibi, esforçou-se por encontrar o homem ou os homens a quem ela teria pago para testemunharem contra o seu pai. Foi à antiga casa de Bibi. Encontrou uma nova hóspede chamada Anoushka, sentada no chão a comer, de dentro de uma pequena malga, arroz com iogurte e espinafres. Dilawar deu um pontapé na comida, pegou na mulher e levou-a para o quarto. O filho dela, um bebé de poucos meses, estava a dormir. Começou a chorar quando Dilawar entrou no quarto agarrando a mãe pelos cabelos. O choro encheu o quarto, a casa, e fez crescer a fúria do filho mais velho do general Krupin. Dilawar soltou-lhe os cabelos, ordenou-lhe que calasse a criança ou teria de ser ele a fazê-la calar-se. Anoushka pegou no bebé ao colo e embalou-o. Detesto crianças, pensou Dilawar, basta uma começar a chorar, bastam uns segundos de choro para parecer que o fazem há uma eternidade, o tempo fica todo trocado, não se consegue pensar. Há quanto tempo é que este está a chorar? Não dá para contar o tempo. Tenho de arranjar um relógio, pensava Dilawar, um daqueles de bolso como os velhos ingleses usam, de ouro, mas agora tenho de me concentrar, recuperar a mala, e depois talvez até consiga comprar um relógio desses, ou então posso mandar o Bilal roubá-lo a um estrangeiro. Será que o dinheiro que dei à Bibi é suficiente para uma casa? Terá de ser. Há quanto tempo chora este bebé? Dilawar gritou para Anoushka se apressar a fazê-lo calar-se. O bebé, que custava a acalmar-se, assustou-se com o grito e recomeçou a chorar com novo ímpeto. Anoushka levou o berço — que era feito de uma velha gaveta de madeira — para a sala, embalou-o na sala, abriu um frasco que tinha figos secos, trincou um pedaço, mastigou-o, levou o indicador da mão direita à boca trazendo na ponta do dedo um pouco de fruta mastigada e encostou-o aos lábios do bebé. Continuou a embalá-lo e deitou-o no berço quando conseguiu acalmá-lo. Voltou para o quarto e começou a despir-se, primeiro as calças, depois a parte de cima. Dilawar deu-lhe um estalo, não era para isso que estava ali. Perguntou-lhe quem lhe alugara a casa, se conhecia a Bibi, mas Anoushka disse que não, não sabia quem era a Bibi, quem lhe alugava a casa era um homem, não lhe conhecia o nome. Como é que era o homem, perguntou Dilawar, e Anoushka limitou-se a descrevê-lo vagamente, em traços gerais, que não o ajudaram em nada, era apenas um homem.

Dilawar saiu dali frustrado, deixando Anoushka meio despida. Entrou no jipe. Saiu, deu uma volta ao carro, depois outra, depois outra, talvez consiga vendê-lo, deu mais uma volta, deu um pontapé no ar, um murro na chapa quente da porta dianteira, levantou poeira. Chegou à conclusão de que não adiantaria vender o jipe, ninguém lhe daria a quantidade de dinheiro de que necessitava, jamais valeria o mesmo que uma casa. Levou as mãos à cabeça, apoiou os cotovelos no carro, teve vontade de chorar como uma criança de colo. Reteve as lágrimas, entrou no carro e, enquanto conduzia, pensou que poderia assaltar a casa de ópio onde costumava ir, mas teve medo, pôs a hipótese de parte, sabia quem protegia aquela casa.

Parou para abastecer o carro. Apareceram dois miúdos com uma farda para adultos, vinham descalços, um deles com as calças e as mangas arregaçadas, o outro a arrastar as roupas pelo pó. Um lavava o vidro enquanto o outro punha gasóleo. Dilawar via a água escorrer pelo para-brisas e parecia-lhe que aquilo era a sua vida a ser derramada. Tinha de encontrar uma solução. Levou as mãos à cara, mas não chorou, porque isso era coisa de mulheres e bebés. O rapaz que estava a pôr combustível aproximou-se do vidro para receber. Dilawar levantou a cabeça, levou a mão ao bolso das calças, estendeu-lhe umas notas e arrancou. Nem reparou que o outro miúdo ainda estava em cima do capot a acabar de lavar o vidro.

Encontrou-se com o seu amigo Bilal, mas este não o ajudou em nada. Acabaram a tarde a fazer peões num descampado e a noite na casa de ópio. Quando saíram, Bilal disse que havia mais casas de ópio que poderiam assaltar. Dilawar disse que não haveria nenhuma, em todo o país, que não estivesse sob proteção de alguém com quem dificilmente teriam capacidade para lidar. Bilal perguntou se ele tinha a certeza disso, Dilawar respondeu que tinha a certeza absoluta. Não tenho mais ideia nenhuma, disse Bilal.

– Com licença, acorda, Isa

۱۲۲

— Com licença, acorda, Isa — disse Elahi. — Vamos ao bazar.

Isa esfregou os olhos e olhou para o pai, o vivo, e não o que morrera. Fazal Elahi estava muito bem vestido, com um chapéu de astracã cinzento, o bigode penteado em direção ao céu, com cera, e um kameez verde-seco.

— Veste-te — disse-lhe Elahi.

— Sim, baba.

Isa vestiu-se rapidamente e seguiu o pai, descendo as escadas para a sala.

— Cuidado com os degraus. A escada é muito íngreme.

Fazal Elahi tinha pena de que Isa não rezasse como ele, que não fosse muçulmano. Lembrava-se da sua própria infância e de como a religião engordara a sua vida, das sextas-feiras na mesquita com o pai, de orarem juntos, de ouvir a voz paterna dirigir-se a Deus, por entre todas as orações de todos os fiéis, de recitarem o Alcorão. Fazal Elahi gostava especialmente das histórias que os dervixes contavam nos cafés e nos bazares onde parava com o pai depois de saírem da Grande Mesquita. O pai também era um bom contador de histórias e Fazal Elahi tentava decorá-las enquanto as escutava. Ouviu um dia que os viyhokim dominavam uma misteriosa técnica sagrada de fabricação de tapetes, eram capazes de fazê-los voar. Fazal Elahi, incapaz de perceber a diferença entre uma lenda e a realidade

46. Aos homens caberá lutarem contra a realidade.

decidiu então fugir de casa e procurar uma comunidade

viyhokim. Não eram fáceis de contactar, porque eram muito esquivos e certos grupos eram particularmente violentos, mas Elahi, adolescente apagado, conseguiu falar com alguns e até granjear amizades. Ficou a viver com um velho tapeteiro viyhokim durante dois meses, enquanto o pai — e a polícia — o procurava por todo o lado. Passados esses dois meses, voltou para casa, insatisfeito com o seu progresso e com aquilo que já lhe começava a parecer uma impossibilidade: a trama capaz de fazer voar um bocado de tecido. Ou, se quisermos, a realidade entranhava-se pela adolescência de Fazal Elahi e tornava-o um adulto, o quotidiano roubava-lhe a esperança, bem como aquele caroço mágico que a determinada idade parece existir em todas as coisas. A realidade começava a dar a mesma aparência a tudo, a mesma tonalidade.

54. Encheremos o mundo de coisas preciosas, serão tantas que os homens passarão por elas julgando-as banais

Fazal Elahi experimentou todas as geometrias que julgou capazes de fazerem um tapete voar, mas em vão. Porém, um dia, o pai conversava com o general Ilia Vassilyevitch Krupin, e Fazal Elahi, por acaso, ouviu o que diziam, sem que nenhum dos dois se apercebesse disso. O pai dizia que ia mostrar ao general um tapete mágico, um tapete voador. O jovem Fazal Elahi mal conseguia conter a excitação, o pai conhecia a trama viyhokim, sabia tecer tapetes daqueles, apesar de nunca lhe ter dito nada. O general também se mostrava intrigado. O pai de Fazal Elahi tirou o seu tapete de oração de dentro de um armário e deu-o ao general. Disse: todos os tapetes de oração são mágicos, todos os tapetes de oração são voadores. Foi assim que o general se converteu ao Islão.

Estava um dia particularmente quente, mesmo àquela hora da manhã. Isa pegou num pouco de pão e doce (que nunca comia até ao fim: guardava sempre um bocado no bolso) e acompanhou o pai pelas ruas. Custava-lhe ter o mesmo ritmo de um adulto, mas não mostrava as suas fraquezas e fazia um esforço sobre-humano para acompanhar as passadas, nem por isso largas, de Elahi. As ruas estavam cheias de gente e os carros enchiam todos os caminhos de pó e de cheiro a combustível queimado. Ao longe, entre os prédios e os picos gelados, viam-se uns balões enormes que eram mesquitas voadoras.

Elahi parou em frente a uma loja e esperou que Isa chegasse junto dele. Deu-lhe a mão e entraram os dois. Um comerciante gordo, amigo de Fazal Elahi, serviu-lhes chá com leite. Isa bebeu o seu, queimando-se na língua. Fazal Elahi, pousado em cima de um tapete, regateava com o comerciante obeso. A loja era de brinquedos, a maior parte de lata. Elahi, depois de uma conversa longa, levantou-se e apontou para um grande autocarro, com mais de dois palmos, estacionado numa das prateleiras mais altas. O comerciante pegou numa escada. Trouxe o autocarro para baixo e depositou-o nas mãos de Fazal Elahi como se o brinquedo fosse uma cria de gazela. Elahi olhou para ele com uns olhos brilhantes e disse:

— Com licença, foi por aqui que o meu filho viu a vida, a luz que lhe dei, Alá lhe dê um futuro longo e feliz. Foi assim que nasceu, ou, sendo mais preciso, renasceu, através de um autocarro, que é um caminho estreito, tão estreito como todos os nascimentos.

E, emocionado, entregou o autocarro de lata a Isa.

— Toma — disse Elahi, orgulhoso.

Isa não disse nada. Pegou no autocarro e fê-lo rolar pelo chão irregular da loja.

O comerciante esfregou as mãos.

Fazal Elahi tinha uma lágrima nos olhos.

Na rua, Badini apanhava bocados

۱۲۳

Na rua, Badini apanhava bocados de pão como se fosse um pombo. Ajuntava-os com as mãos e, chegando ao pátio, costumava reunir toda a família. Depois, atirava os pedaços de pão ao ar e via o futuro por entre os bocados que caíam, no espaço entre as migalhas do pão. O tempo vê-se em coisas essenciais e só a respiração é mais urgente do que o pão. Um homem deve ser dividido em dois, metade pão, metade ar, dizia Badini. É disso que ele vive. Quando o ar e o pão se juntam, surge o terceiro alimento, que é a sabedoria. Está precisamente entre os espaços que o pão cria no ar. Os prognósticos de Badini eram sempre muito crípticos, mas disso dependia a sua beleza e a sua precisão. Quanto mais ambíguos mais exatos se tornavam. Aminah pedia-lhe constantemente que lesse — apesar de achar que era pecado — o que diziam os bocados de pão apanhados na rua: se diziam com quem se casaria, se seria Dilawar, se seria outro, se seria bonito, se teria os olhos azuis como os artistas americanos. Badini fazia-lhe a vontade e depois vaticinava acontecimentos impossíveis que ninguém compreendia. Aminah entristecia-se depois de cada uma dessas consultas, mas não se cansava de pedir mais. Tinha uma esperança secreta de que um dia compreenderia aquelas estranhas sentenças que o primo dizia com as mãos. Tinha esperança de que a sua felicidade estivesse no espaço entre bocados de pão.

Quando Isa chegou a casa com o autocarro de lata, símbolo de um nascimento, Aminah fingiu não reparar, vinha do quintal com Badini, depois de este ter atirado ao ar uns pedaços de pão que não sabiam dizer frases concretas e objetivas. É a linguagem dos anjos, dizia-lhe Badini. No céu fala-se com muita subjetividade, pois a verdade morre quando se torna objetiva. Aminah encolheu os ombros e estalou a língua.

Fazal Elahi estava muito satisfeito e sentou-se com Badini para jogarem xadrez. Isa brincava com o autocarro de lata que era o seu nascimento.

Por falar em pão:
De manhã, o percurso de Isa

۱۲۴

Por falar em pão:
De manhã, o percurso de Isa, sempre que caminhava pelas ruas, era cheio de pássaros de todo o tipo, desde corvos a pardais. Isa nunca comia o pão do pequeno-almoço até ao fim. Guardava sempre um bocado, que partia em pedacinhos e que ia deixando cair atrás de si enquanto caminhava. Os pássaros pousavam e comiam as migalhas que o rapaz atirava para o chão. Isa gostava muito de criar pássaros atrás de si.

E este era um tipo de poesia de que Badini nunca se havia lembrado.

As pegadas não são as marcas

۱۲۵

As pegadas não são as marcas dos nossos pés, são as marcas das nossas paixões, das nossas obrigações, dos nossos castigos, dos nossos prazeres. São o lugar por onde andamos, e isso revela muita coisa, mais do que impressões digitais e biografias oficiais. As pegadas, por vezes, deixam pássaros atrás delas, outras mostram quem pisamos, evidenciam quem seguimos. As pegadas de Isa eram, sobretudo, os seus pés atrás de Aminah, revelando a sua enorme devoção. As de Aminah eram, sobretudo, os seus pés a afastarem-se de Isa, revelando a sua enorme vergonha.

Aminah virava-se muitas vezes para trás e apagava, com os pés, as pegadas que a perseguiam. Como se a marca no pó do chão a magoasse. Isa parava, a ver Aminah passar os pés por cima da marca das suas sandálias. Isa não se entristecia mais do que era seu feitio. Era um rapaz triste e mais tristeza não parecia afectá-lo. Era como se a dor não fosse cumulativa. A desgraça já não tinha lugar ali.

— Desaparece — ordenava Aminah.

Mas o milagre não acontecia e Isa não desaparecia. Por vezes acontecia como nos espetáculos de prestidigitação: parece que se foi, que desapareceu, mas afinal está lá, algures num recanto secreto, com um fato de lantejoulas, pronto a saltar e surpreender toda a gente. Isa, que era tão invisível, não desaparecia.

Por vezes, quando Aminah estava a cozinhar, Isa surgia ao seu lado, ao ponto de Aminah se assustar. Por vezes, quando acordava, Aminah via a cara de Isa colada à sua, como um espelho viciado. Gritava com ele de todas as vezes que isso acontecia, e ele baixava a cabeça, apertava a sua Bíblia debaixo do braço e saía. A sua vida era sair da vida dos outros.

Quando Aminah lhe batia, Isa permanecia conciso, imperturbável. A cara virava de um lado para o outro com a força das bofetadas, mas Aminah não lhe acertava nas convicções. Os seus tabefes não seriam suficientes para dobrar uma alma.

Os riscos no chão amontoavam-se

١٢٦

Os riscos no chão amontoavam-se. Fazal Elahi, com um pauzinho de romãzeira na mão, ia ferindo o chão com os seus diagramas de tapetes. Isa sentou-se ao seu lado, no quintal.

— Cabem um milhão de Terras dentro do Sol — disse Isa. — A capital da Noruega é Oslo.

— Cabem muitas coisas dentro de muitas coisas, Alá é grande.

— Eu não, baba. Eu não caibo em lugar nenhum.

— Nada disso, Isa, nada disso. O que é que estás a dizer? Que coisa sem nexo! Não, não, não, não, nada disso, escuta, tu cabes em muitos lugares, aqui, no meu peito, olha, Isa, no meu peito, apesar de seres enorme, maior do que o espaço sideral com todas as suas estrelas, cabes nestes pequenos centímetros, és como Alá, que sendo infinito cabe na sua totalidade dentro das veias de um homem.

— Ela não gosta de mim.

— Não, não, não, tens de ter paciência com ela, o seu interior está muito pequeno por causa da morte do nosso cabritinho, não cabe lá mais nada, até Alá tem dificuldade em entrar-lhe pela alma adentro, é muito difícil. Sabes, Isa, tudo desaparece e isso é uma grande tristeza, cria caroços dentro das pessoas, e esses caroços, malditos sejam, dificultam a existência de outras pessoas. Alá nos ajude, é difícil superar essas coisas. A Aminah ainda não conseguiu fazê-lo. Teremos de ter paciência, não é?

— Tudo desaparece?

— Tudo.

— Até pode acontecer que à minha mãe, à viva, e não à que morreu, possam desaparecer-lhe os caroços...

— Sim, até a dor pode desaparecer, mas eu não sei ser muito otimista, peço perdão, não sei.

— E todos nós vamos desaparecer, não é, baba?

— Com certeza, mas Alá sabe melhor.

— Desaparecer até não sobrar nada, como se fôssemos um bolo muito bom?

— Como se fôssemos um bolo muito bom, Isa, como se fôssemos o melhor bolo do mundo.

Fazal Elahi contou a Isa a história do sultão Osman III que, disfarçado de gente do povo, viu um homem a escrever na pedra. O sultão pegou num raminho e começou a escrever na areia. O homem que escrevia na pedra (escrevia a história do sultão) disse que o que escrevia ficaria para sempre, enquanto que aquilo que o outro escrevia era efémero como a chuva. Osman explicou: o que escreves na pedra é a minha vida, o que eu escrevo na areia é a tua. E, com um gesto circular, varreu o chão à sua frente.

Fazal Elahi fez o mesmo gesto. E acrescentou:

— Se apagarem as tuas pegadas, Isa, eu gravo-as em pedra.

— E as pedras, baba, não morrem? Não desaparecem?

— Então, Isa, gravamos as tuas pegadas numa oração e enviamo-la para o alto, para que o anjo Jibril a guarde. E, se isso não funcionar, gravamos as tuas pegadas no meio da estupidez humana, pois isso é coisa para durar até ao fim dos tempos.

Fazal Elahi explicou-lhe ainda, nessa tarde, no quintal, debaixo das palmeiras, como se fazia para que o futuro fosse aquele que desejamos. Disse-lhe que temos de ser muito negativos:

— Com licença, Isa, temos de imaginar o futuro, mas somente o que não queremos, o futuro que não desejamos. Se imaginarmos o que queremos, acontecerá outra coisa, com a graça de Alá. Temos de imaginar o que desprezamos para que aconteça o que almejamos. Era assim que a minha pobre mãe me ensinava e era assim que fazíamos milagres quando éramos crianças e ainda não sabíamos que os milagres eram impossíveis. Accha, se quiséssemos que algo acontecesse, portávamo-nos como se essa coisa não fosse acontecer, imaginávamos que não acontecia, dizíamos aos outros que não acontecia, gastávamos as hipóteses todas que não queríamos que acontecessem, era assim que se fazia, foi assim que a minha mãe me ensinou, e ela era muito boa mãe, não era como certos pais. E os milagres aconteciam todos, Alá é grande, uns atrás dos outros, como se estivessem na fila do autocarro. Mas escuta bem, Isa, presta muita atenção, como dizíamos que não aconteceria, quando os nossos desejos se concretizavam, quando as situações realmente aconteciam, ninguém acreditava em nós, diziam que estávamos sempre errados, que não éramos positivos e que as coisas boas não sucediam por nossa causa. Escuta. Tens de experimentar, meu querido Isa, tens de ser negativo, imaginar que as coisas correm mal, verás que o futuro, que nunca é da nossa opinião, fará os possíveis por te contrariar e, assim, fará a tua vontade. Inshallah.

Isa disse que iria ser negativo. Tentou imaginar o que seria isso, mas não se apercebeu de qualquer diferença entre a sua nova maneira de pensar e a antiga. Se calhar já era negativo. Mas, se era negativo, porque seria que o futuro não acontecia como desejava?

Num dia de Ramadão, Isa ficou

١٢٧

Num dia de Ramadão, Isa ficou com dores de garganta. No dia seguinte, as dores intensificaram-se e apareceram-lhe manchas vermelhas nos braços fininhos. A pele ganhou algum relevo e Isa coçava-se. À noite estava cheio de febre. Fazal Elahi sentou-se à sua cabeceira com a mesma devoção que Isa dedicava a Aminah. A noite foi comprida e Badini fez-lhe companhia. Fazal Elahi rezou várias vezes.

De manhã, Isa não estava melhor, apesar dos antipiréticos que Elahi lhe dera a tomar. Aminah passou pela porta do quarto de Isa, viu o irmão e o primo debruçados sobre a cama do miúdo e apressou o passo. Badini disse a Fazal Elahi:

— Antes que a criança acabe,
   temos de a levar
   rapidamente para o hospital.

Fazal Elahi e Badini levaram Isa ao hospital e esperaram

١٢٨

Fazal Elahi e Badini levaram Isa ao hospital e esperaram seis horas para serem atendidos. A frieza aparente das paredes impressionou Isa, pois eram, na verdade, da cor de gemidos e de ranger de dentes. Isa também ficou impressionado com os doentes que passavam por ele. Havia um homem numa cadeira de rodas com o nariz cortado ao meio, na vertical. Dizia que tinha tido um acidente de mota, que a culpa era do outro, que há demasiadas pessoas na rua, no mundo, que assim não se consegue circular em segurança. Isa não falava, pois não se sentia nada bem, mas evitava gemer como a maior parte das pessoas à sua volta. Quando se sentia pior, soltava-se da sua boca um som muito leve, que tentava disfarçar debaixo dos gemidos dos outros.

    O médico tinha bigode e não usava bata. Vestia uma camisa vermelha. Pegou em Isa e comentou:

    — Quase não se sente a pulsação. É sempre assim?

    Fazal Elahi disse que Isa era muito invisível, que quase não se sentia nada. O médico tinha a unha do polegar preta. Fazal Elahi perguntava-se que médico seria aquele que não sabia curar uma unha.

    Não tirava os olhos do polegar escurecido enquanto os braços de Isa eram apalpados. Disse o médico:

    — É escarlatina.

Fazal Elahi lembrava-se de todos os amigos que haviam morrido com escarlatina, eram, pelo menos, três. Começou a mexer a perna, nervoso, lembrou-se de 1) Jawad, que era mais baixo do que ele, apesar de ser mais velho e, um dia, não apareceu na madrasa, nunca mais apareceu em lado nenhum. Elahi lembrou-se de 2) Waleed, que era um excelente jogador de críquete e que era capaz de fumar trinta cigarros ao mesmo tempo. Um dia viu o pai do amigo atravessar a rua aos gritos, tinha morrido o Waleed, que era capaz de atirar a bola de críquete para o outro lado do bairro. A perna de Fazal Elahi mexia-se com mais vigor e velocidade. Lembrou-se de um amigo chamado 3) Zafar, que era cego de um olho e os pais só perceberam isso quando ele fez sete anos e já sabia ler. Zafar perguntou se todas as crianças viam dos dois olhos e os pais disseram-lhe que sim, evidentemente que sim, Zafar, todas as crianças veem dos dois olhos. Zafar morreu de escarlatina uns dias depois de ter percebido que era cego do olho esquerdo. Sempre fora.

O médico pôs os óculos, sem reparar na perna inquieta de Elahi, sentou-se na secretária e receitou um antibiótico e um anti-histamínico. Deu uma injeção a Isa e este melhorou imediatamente. A perna de Elahi descansou um pouco.

Isa gostou de estar doente, pois era alvo de muita atenção. Fazal Elahi passava muito tempo ao seu lado e cuidava dele. Vale a pena estar doente, pensou Isa, é bom. O Paraíso deve ser uma espécie de hospital. Quando recuperou totalmente, voltou a sentir-se sozinho. Muitas vezes, antes de dormir, repetia a palavra escarlatina. Era a sua prece. Em vez de reter a respiração.

Isa já estava acordado quando Fazal Elahi entrou no seu

۱۲۹

Isa já estava acordado quando Fazal Elahi entrou no seu quarto.
— Veste-te, Isa. Vamos sair.
— Sim, baba [escarlatina, escarlatina].

Apanharam um riquexó para o bazar. Isa pensava: vai oferecer-me outro autocarro de lata. E isso deixava-o feliz. Não era o mesmo que ficar doente, mas era bom.

No bazar, Fazal Elahi pediu um chá para si e um lassi para Isa. Caminharam um pouco (enquanto Isa criava pássaros atrás de si) por entre a multidão, de mãos dadas. Pararam em frente a uma casa de madeira e entraram. Isa saiu de lá com uma bola e um taco de críquete, guardou a bola no bolso e, com os braços fininhos, ensaiou uns movimentos no ar, depois admirou o taco e assobiou. Um pedinte agarrou-se às vestes de Fazal Elahi e este deu-lhe uma esmola. Tal Azizi dizia que jamais, ó discípulo, com todas as minhas técnicas espirituais, conseguiria adquirir aquele verdadeiro estado de desprendimento total que qualquer homem numa grande cidade adquire facilmente. Esses, querido Gardezi, passam ao lado da violência, de pedintes, da injustiça, com um perfeito desprendimento, nem olham duas vezes. Eu, como dervixe, meu abençoado aluno, passei anos a treinar-me para não deixar que o mundo me afecte, para sair da roda do mundo, e, no entanto, jamais consegui o mesmo desprendimento que qualquer cidadão à minha volta consegue ter, e choro quando vejo um pobre.

Isa e Fazal Elahi sentaram-se para comer num restaurante chinês onde, na estrada em frente, um homem deixava que uma serpente encantasse a sua flauta. Depois do almoço, caminharam para o estádio, para assistirem ao jogo de críquete.

Isa estava contente com aquele dia.

Inebriado.

Quando Kamil Khan passou por eles, cheio de multidão à volta, Isa desapareceu entre as pernas das pessoas e voltou passados alguns minutos (que preocupação para Fazal Elahi) com a sua bola assinada pelo melhor jogador da cidade. Fazal Elahi sorriu ao ver Isa, suspirou e pegou na bola para ver a assinatura.

— Com licença, isto vale uma fortuna. Uma fortuna. Uma assinatura de Kamil Khan, que feito, que coragem, glória a Alá!

No fim do jogo, deram as mãos, sorriram, pai e filho, e voltaram para casa de riquexó.

Quando entrou no seu quarto, Isa já não estava feliz, já tinha os cantos da boca a descair, a fazer favores à gravidade, tinha um taco e uma bola, ainda por cima assinada, mas não tinha ninguém com quem jogar. Pousou a bola junto da Bíblia. Ainda ensaiou uns movimentos com o taco, mas vieram-lhe as lágrimas aos olhos. Depois, deitou-se na cama: escarlatina, escarlatina, escarlatina.

Nunca se ouviam os passos

۱۳۰

Nunca se ouviam os passos de Isa. Ele era leve, quase transparente, como Fazal Elahi gostaria de ser. Isa era paisagem, daquelas que não se veem, uma árvore do outro lado do monte, ou aquele lado da Lua que é sempre escuridão. Não sou nada, sou como a Lua quando é nova, dizia Fazal Elahi, mas era Isa que era uma lua nova, era Isa que passava sempre invisível no meio das conversas, como as analogias passam pelo meio das palavras, pelo meio das frases.

Um dia, Aminah descrevia à sua amiga Myriam o horror que lhe despertava a possibilidade de vir a casar-se com um hindu. Isa podia ouvir o que diziam como se estivesse entre as duas.

— E pior do que ser um inimigo é ser tão pobre quanto ele — disse Aminah, referindo-se a Nachiketa Mudaliar.

— Seria um flagelo — concordou Myriam.

— Gostava de um homem que me oferecesse um perfume estrangeiro. Tenho os meus sonhos, e o meu irmão arruína o meu destino. Deus escreve as letras da felicidade e o Fazal Elahi obriga-me a viver numa vergonha perpétua. Se ao menos eu cheirasse a perfume importado. Assim, passaria pela vergonha de me casar com um hindu cheirando bem.

Myriam riu-se. Isa continuava invisível junto das duas mulheres. Olhava ora para Aminah, ora para Myriam, e tentava perceber que flagelo seria aquele, que perfume seria esse, o que será que quereria dizer importado. Isa gostava de

Nachiketa Mudaliar, que lhe dava atenção e era gentil, com os seus gestos magros, o seu bigode fininho. Olhou para Myriam, observou-lhe o rosto, a forma redonda da cara, o modo como mexia as mãos ao falar. Era a melhor amiga de Aminah, mas tinha uma voz escura.

— Tens cada vez menos pretendentes — disse Myriam.
— As escolhas do Fazal Elahi prejudicam-te.

— Ele prejudica-me, mas é família. É o mais importante.

— Não há nada a fazer. Talvez, um dia, ele passe a agir com bom senso. E terás pretendentes capazes de te amar e te dar filhos homens e perfumes importados.

Aminah abraçou-a. Isa afastou-se em silêncio.

Os finais de tarde traziam

١٣١

Os finais de tarde traziam Nachiketa Mudaliar. Ele sentava-se com Fazal Elahi, Badini e Isa a falar sobre a sua vida, ou sobre um dos assuntos preferidos do dono da casa, o *equilíbrio absurdamente/moralmente/esteticamente desequilibrado* do universo, ou sobre Girijashankar, o mais humilde de todos os santos.

— Era muito humilde, Girijashankar. Tão humilde que era capaz de se mostrar pretensioso só para que não achassem que ele era humilde.

Badini abanou as mãos e disse uma longa frase. Fazal Elahi pegou no livro *Fragmentos persas* e leu:

391. Havia um homem, ó crente, que se julgava inferior a todos os homens e a todos os animais e mesmo a plantas e pedras. Um dia encontrou-Nos e disse-Nos: eu até a Ti sou inferior. Era um homem muito pretensioso, que castigámos pela sua soberba. Escuta, ó crente, não existe nada abaixo de Nós. Nem a mais humilde formiga, nem a areia do deserto. E, sendo tão pequenos, não há nada que seja mais alto.

O fragmento ficou a ressoar na sala. Mudaliar sentiu um ligeiro embaraço. Elahi sorria porque reconhecia nos olhos de Badini os mesmos olhos que tinha quando dizia xeque-mate.

Isa disse:

— A Terra tem uma área, à sua superfície, de mais de quinhentos milhões de quilómetros quadrados.

Nachiketa Mudaliar olhou para ele e perguntou-lhe se ele sabia escrever aquele número. Isa disse que não e Nachiketa tirou um papel do bolso e um pequeno lápis, no worry, no hurry, chicken curry:

500.000.000 km²

Isa disse que não compreendia os números muito grandes. Nachiketa disse que também não e virou-se para Fazal Elahi: Não peço muito.
Raramente falavam de Aminah. O assunto estava sempre presente, mas de uma forma silenciosa, tão muda quanto Badini. Nachiketa Mudaliar por vezes mostrava sinais evidentes de nervosismo, mas tinha dificuldade em insistir. Não desistia, mas sentia-se perdido. Quando chegava a casa de Fazal Elahi, conseguia vislumbrar um ligeiro cheiro a canela que andava pelo ar. Mudaliar identificava esse odor com Aminah. Achava que era uns restos dela que andavam pela casa. Tinham-lhe dito, um dia, que o cheiro é composto de partículas sólidas, e Nachiketa Mudaliar, quando inspirava, imaginava estar a engolir pelo nariz bocados de Aminah, bocados inteiros com cheiro a canela, que ele fazia circular pelos canais ida e pingala e pelos chakras todos, do períneo ao alto da cabeça. Aminah usava efetivamente um perfume aromatizado com canela — outras vezes baunilha —, e Mudaliar poderia ter razão quanto às partículas sólidas que inalava. Eram bocados de Aminah.
— Pede o impossível, Mudaliar sahib — disse Fazal Elahi.
— É muito mais do que muito, não concorda? Um pedido maior do que a área da Terra à sua superfície, um pedido com mais de quinhentos milhões de quilómetros quadrados. É demasiado, não é? Eu acho que é, mas Alá sabe melhor.
Nachiketa ficou em silêncio até a conversa voltar aos temas do costume, a Girijashankar de Lahore, a Tal Azizi, aos *Fragmentos persas*. E, enquanto a discussão se desenrolava pela

sala de Fazal Elahi, o general Ilia Vassilyevitch Krupin saía de casa. Entrou no seu carro alemão, vestido com a cor do costume e de óculos escuros. Ligou o rádio do carro, procurou um posto com notícias, abriu o vidro e cuspiu para o alcatrão.

Fazal Elahi foi abrir a porta quando ouviu a campainha. Badini subiu para o quarto, Isa e Nachiketa Mudaliar mantiveram-se sentados. Do lado de fora do portão estava o general Ilia Vassilyevitch Krupin, vestido com a cor do costume e de óculos escuros.

A sala, de repente, tornou-se demasiado

۱۳۲

A sala, de repente, tornou-se demasiado pequena. O general Ilia Krupin sentou-se. Aminah serviu-lhe um chá, perguntou por Dilawar.

— Está bem — disse o general. — Está muito bem.

Aminah enrubesceu.

Aminah enrubesceu outra vez.

Isa reparava na cabeça sem pescoço de Vassilyevitch Krupin, que, quando se virava, levava o resto do corpo atrás. Reparava nas mãos grossas, que deitavam medo como se fossem unhas. Aquela voz, pensou Isa, é como se dissesse:

Alô, alô, eu sou o Farooq, Alô, alô, eu sou o Farooq, Alô, alô, eu sou o Farooq.

O general disse a Fazal Elahi:

— Então, é este o teu novo filho.

Elahi anuiu. O general não olhava para Isa. Levou o chá à boca, bebeu um gole, pousou o copo de vidro em cima da bandeja de metal em que fora servido.

— És americano? — perguntou, ainda sem virar a cabeça e olhando em frente.

Isa não respondeu. Nachiketa Mudaliar disse que precisava de sair, despediu-se, juntou as mãos no peito, namasté. Aminah estava na cozinha, ouvia-se o barulho dos pratos. O general ignorou Nachiketa Mudaliar.

Fazal Elahi respondeu por Isa:

— Sim, general Ilia Vassilyevitch Krupin, é americano.

Krupin olhou para Isa, o rapaz encolheu-se, alô Farooq.

— Parece oriental — disse o general.

— Com licença, os pais biológicos eram orientais. Emigraram.

— Compreendo.

Isa estava agarrado à sua Bíblia. Abraçado a ela.

O general olhou para o livro, mas não disse nada. Levantou-se. Disse que fizera aquela visita apenas por cortesia e para conhecer Isa. Saiu.

Badini, quando ouviu a porta da rua a fechar-se, desceu as escadas, gesticulou perguntando primo, o que é que ele queria, e Fazal Elahi disse que o general fizera apenas uma visita de cortesia, para saber como estavam, para conhecer Isa.

— Foi mais uma
    estranha visita — disseram as mãos do mudo.

Aminah obrigava Isa a caminhar

١٣٣

Aminah obrigava Isa a caminhar uns metros atrás dela, como se não fossem da mesma família, como se não se conhecessem, como se Isa fosse um papel que atiramos para trás das costas, como se Aminah não fosse a sua mãe, a viva, não a que morrera. Isa não se importava e disfarçava o melhor que podia. É claro que toda a gente sabia daquela relação, ninguém ignorava que eram familiares próximos, não havia uma só pessoa que não soubesse que Isa fora adotado por Elahi. Muitos miúdos o insultavam, e Aminah nunca o defendia, caminhava como se não o conhecesse e deixava que ele fosse molestado. Por vezes, atiravam pedras às pernas de Isa e ele chegava a casa com feridas ensanguentadas, dizia que era de jogar à bola e de andar de bicicleta, e Fazal Elahi nem se lembrava de que Isa não tinha bicicleta. Pensava: as feridas são normais, os miúdos andam sempre cheios delas, é assim mesmo.

Num dia como todos os outros, em que Aminah saía de casa para fazer as suas compras e Isa a seguia como um cão, criando pássaros atrás das costas, Aminah decidiu ir a outro mercado, sazonal, bastante longe de casa, e não ao do centro, onde costumava ir. Aminah entrou num autocarro e Isa foi atrás, repetindo para consigo a palavra escarlatina, que deveria funcionar em relação a Aminah exatamente como os pedaços de pão funcionavam com os pássaros, desde corvos a pardais. Saíram num terreno descampado e Aminah chamou um táxi. Quando ia a entrar, viu Isa parado, a olhar para ela. Deixou a porta do carro aberta, mostrando que ele poderia acompanhá-la. Isa estava exultante, aquele gesto significava um avanço tremendo na sua relação com a mãe, a viva, e não a que morrera, por isso entrou no táxi sentindo que todo o seu corpo, por dentro, era um grande sorriso, que felicidade, até tinha cócegas. O mercado estava repleto de gritos, de gente a vender e de gente a comprar, de animais. Aminah saiu do táxi com o seu passo apressado e Isa seguiu-a, guardando uma distância respeitosa.

Aminah regateava tecidos e acumulava coisas num saco de riscas coloridas. Por vezes, levantava o véu e sorria para os comerciantes, quando precisava de um preço mais razoável. Os dentes desalinhados funcionavam mais como uma ameaça do que como sedução. Isa ficava parado, maravilhado, a observar a sua mãe, a viva, e não a que morrera.

Ao final da tarde, Aminah sentou-se numa mesa a beber um chá. Isa sentou-se no chão a uns metros dela. Aminah tinha os olhos semicerrados e não olhava para ele. Era raro fazê-lo. Pagou o chá e levantou-se. Isa foi atrás dela. Há pessoas que caminham a olhar para os próprios pés, há outras que caminham a olhar para os pés dos outros. Isa olhava para os pés de Aminah e seguia-a como um cão. A confusão do mercado tornou-se mais intensa, como uma tempestade. Isa foi varrido pelas pessoas, teve medo, escarlatina, escarlatina, escarlatina,

murmurava, e Aminah, sem qualquer pressa, dirigiu-se para um táxi que ainda tinha um lugar livre. Sentou-se e o carro partiu. Do meio da multidão ainda viu aparecer Isa, empoeirado, a olhar para ela com ar de borrego a morrer. Aminah apontou os olhos para o infinito, como se Isa fosse transparente. E tantas vezes era.

Nunca mais o verei, pensou ela, está muito longe de casa, ficará por ali, pelo mercado, a pedir como fazem os pedintes todos.

O táxi deixou para trás uma nuvem de poeira que, lentamente, bateu no rosto de Isa.

Isa no mercado, a repetir o nome de uma doença

Os nervos de Fazal Elahi tinham atingido um lugar

۱۳۴

Os nervos de Fazal Elahi tinham atingido um lugar difícil de igualar. Onde estaria Isa?, interrogava-se, tinha desaparecido há mais de dois dias, Alá nos ajude. Aminah encolhia os ombros e dizia:

— É assim, é o destino. Tiraste-o da rua mas ele tinha a rua no sangue. Voltou para lá. Será mais feliz a andar pelos cantos do que no meio de uma família.

Fazal Elahi não queria acreditar e a polícia não parecia importar-se com o caso. Pensou pedir ao general Krupin que interviesse a seu favor, visto que era um homem poderoso a quem respeitavam, sim, ouviriam o general, toda a gente o fazia. Fazal Elahi, sendo, também ele, uma pessoa importante na cidade, não era tratado da mesma maneira, e uma criança desaparecida, americana, cristã, não era prioridade nenhuma. Ainda por cima, Aminah havia dito aos polícias que tratavam do caso.

O rapaz tinha a rua no sangue, é lá que ele pertence.

Fazal Elahi andava de um lado para o outro da sala, olhava para Badini e incomodava-o a placidez do mudo. Gritou com ele. Voltou a pensar que deveria pedir ajuda ao general Ilia Vassilyevitch Krupin, sim, haveriam de o ouvir.

— Vou pedir ajuda ao general, ele será capaz de nos ajudar como sempre tem feito, não faças essa cara, primo, ele é um homem duro, mas gosta da nossa família, que Alá o faça viver por muitos anos.

Badini levantou-se, subiu as escadas e foi para o seu quarto. Nem queria ouvir falar nisso.

Fazal Elahi pôs o chapéu, saiu de casa e caminhou até ao escritório do general Krupin. Quando ia a entrar, arrependeu-se (…, …, …). Não tinha uma explicação racional para isso, mas não era capaz de subir e pedir ajuda, repetiu para si que deveria fazê-lo, era muito importante que o fizesse, mas as pernas não lhe obedeciam, peço perdão, peço perdão, disse ele, bateu com a mão fechada na parede, sem muita força ou convicção, e deu meia volta. Caminhou para casa. Ao fundo, viam-se duas mesquitas voadoras.

Aminah estava na sala, a comer um bolo, quando Fazal Elahi entrou. Virou-se para o irmão, que parecia um fantasma, e perguntou-lhe se queria comer alguma coisa. Bolo?, perguntou ela. Fazal Elahi passou pela irmã sem lhe responder, subiu as escadas e entrou no quarto de Isa, olhou para as prateleiras e pegou no autocarro de lata que lhe tinha oferecido. Desceu as escadas e sentou-se junto de Aminah, que ainda comia o bolo e limpava os cantos da boca após cada dentada, usando o indicador e o polegar. Fazal Elahi olhava para o brinquedo, tentando encontrar nele uma solução para o desaparecimento de Isa (ah, o *equilíbrio absurdamente/moralmente/esteticamente desequilibrado*). Fê-lo rolar pelo chão, para a frente e para trás, como se fosse uma criança a brincar. Aminah, com a boca cheia de bolo, olhava para ele.

Badini desceu para a sala, disse que ia procurar Isa. Onde?, perguntou Elahi. Badini disse que não sabia.

— Já perdi um filho, o meu cabritinho, não quero perder outro, farei tudo para que não haja mais uma desgraça daquelas na minha vida, que Alá nos proteja do infortúnio. Vou contigo procurar o Isa, havemos de o encontrar, inshallah.

Pôs o seu chapéu de astracã e saíram os dois à procura de Isa. Percorreram a cidade e perguntaram a todas as crianças que encontraram se não tinham visto o americano. Caminhavam decididos, mas sem destino ou plano, e havia sempre um grupo de crianças atrás deles. Fazal Elahi deu algum dinheiro a algumas, para que o ajudassem a procurar Isa, e vasculharam em todos os lugares por onde ele gostava de andar.

Chegaram ambos exaustos a casa, mais pelo resultado das buscas do que pelo esforço físico. Beberam chá com leite sentados no tapete da sala, sem dizerem uma palavra.

À noite, Fazal Elahi não conseguiu dormir. Deixou-se ficar na cama a olhar para o teto. Quando o sol começou a iluminar o quarto, levantou-se, fez a namaz matinal com um fervor especial, desceu para a sala e pegou nos cartazes que tinham sobrado da altura em que Salim morrera. Virou-os ao contrário e escreveu nas costas de todos eles:

OFEREÇO A MINHA FORTUNA A QUEM ENCONTRAR UM RAPAZ AMERICANO CHAMADO ISA, CRISTÃO, DE BRAÇOS FININHOS E TÍMIDO COMO AS GAZELAS. APARENTA TER SETE ANOS E, NA ALTURA EM QUE DESAPARECEU, VESTIA UM SHALWAR KAMEEZ AZUL. COSTUMA TIRAR OS SAPATOS E USÁ-LOS PENDURADOS NO OMBRO.

Quando Aminah foi para a cozinha acender o lume, Fazal Elahi pediu-lhe para ela o ajudar a colar os cartazes.

— Vou chamar o mudo para nos acompanhar — disse ela, e subiu as escadas para o quarto de Badini.

Fazal Elahi soltava um suspiro a cada cartaz

١٣٥

Fazal Elahi soltava um suspiro a cada cartaz que colava. Aminah reclamava daquela ideia absurda, enquanto caminhava com as pernas abertas, do cansaço, do suor: dar a fortuna por um miúdo cristão e americano, não podia haver maior erro, maior estupidez, maior tragédia. Ao final do dia, começou a sentir-se mal, meio enjoada. Bebeu um chá e foi deitar-se. No dia seguinte, levantou-se muito cedo, tomou banho e depilou-se. Olhou-se ao espelho e viu uma gorda. Sentiu-se mal, prometeu a si mesma mudar, renunciar aos frutos secos, aos doces. Penteou-se, pôs ganchos no cabelo, vestiu-se. Escolheu roupa cinzenta, colocou o lenço e virou-se para Meca para rezar. Ouviu os passos de Fazal Elahi, que continuava sem dormir, pelo corredor. Esperou que ele entrasse no quarto e desceu as escadas. Ficou uns instantes encostada a uma parede com dificuldade em respirar.

Foi até ao mercado onde tinha deixado Isa, no meio da multidão e do pó. Apanhou um autocarro, depois um táxi. Quando lá chegou, não havia nada, nenhum comerciante e, claro, nenhum sinal de Isa. Aminah ficou ali parada, sozinha, como um planeta, a rodar sobre si própria no meio de um terreno descampado. Sentou-se no chão e atirou terra para cima da cabeça.

Com licença, querido Salim

١٣٦

Com licença, querido Salim,

Não sei se me vês daí de cima. Deve ser muito deprimente acordar no Céu, olhar pela janela e ver este vale de lágrimas, este espetáculo absurdo onde vivemos e morremos, este lugar onde até as estrelas nos esmagam. Desconfio, peço perdão, pois posso estar completamente enganado, que a eternidade é obscena, é ela que nos pisa e diz que não somos nada, um vazio, um zero vírgula zeros que nunca mais acabam. A imensidão infinita onde vives, meu querido Salim, é um moinho de carne para transformar tudo o que existe e não existe em kefta, em carne moída, para no fim ir tudo a grelhar. Desfaz os nossos sonhos, desfaz as crianças, desfaz a felicidade, desfaz. Sendo tu parte de uma coisa tão grande, sendo tu parte da obscenidade que nos esmaga e humilha tudo o que é finito e efémero, pergunto-me se consegues ver-me e se notas as olheiras que ferem os meus olhos, se ouves a minha cabeça a bater no chão com a infelicidade. Ouve-se, aí em cima?

Com licença, querido Salim, quando nos hospedamos num hotel escolhemos um quarto com a melhor vista possível, não é assim, meu cabritinho?

Creio que sim. Não sei qual é a paisagem que vês do teu quarto celeste, acredito que haja aí nas Alturas muito melhores coisas para entreter os olhos, mas pedia-te que por uns segundos tentasses olhar aqui para baixo, semicerrar os olhos e focar este espaço perdido. Durante uns segundos, querido Salim, não deve ser preciso mais. E, depois de olhares para este mundo, diz-me se vês, daí de cima, o teu irmão Isa.

Preciso de o encontrar. Basta apontares um dedo. Fico à espera.

Teu baba,
Fazal Elahi

Os bocados de pão que atirava diziam

۱۳۷

Os bocados de pão que atirava diziam muitas coisas, eram um oráculo certeiro, mas os seus pesadelos eram mais loquazes e objetivos. O mudo Badini acordou a meio da noite depois de ter sonhado com Isa e com o general Ilia Vassilyevitch Krupin. Aliás, sempre que no seu sonho havia algo a temer, fosse objeto inanimado ou vivo, a sua forma era a de um general traficante de ópio e criador de mesquitas voadoras. Muitas vezes se interrogava se não estaria a personificar o mal, se não estaria a arranjar alguém para culpar de todos os dramas, se não estaria a pensar que o mal só existe no homem e não é intrínseco na natureza que o rodeia, se não estaria a fazer dos terramotos pessoas, das epidemias pessoas, se não estaria à espera de encontrar uma mão racional por trás de toda a perversidade. Mas naquela manhã nada disso importava. Levantou-se da cama, sacudiu os olhos, vestiu-se, colocou a tiracolo a sua mala de couro e saiu de casa. Acendeu um cigarro enquanto caminhava. O fumo subiu-lhe pela cara. O pequeno cigarro verde dançava-lhe pela boca, enquanto descia a rua cheia de corvos e de gente e de carros.

    O símbolo de uma mesquita voadora encimava o edifício. Badini suspirou, entrou no prédio, apanhou o elevador e foi obrigado a esperar, em pé, mais de uma hora, até finalmente o deixarem entrar no escritório de Ilia Vassilyevitch Krupin. O general estava sentado à frente de duas bandeiras cansadas, rodeado de cachimbos pousados em apoios de madeira trabalhada. Dois em apoio de nogueira e quatro de cedro. Havia também uma moldura dourada que exibia três ferraduras. Ilia Vassilyevitch Krupin acreditava terem pertencido ao cavalo Bucéfalo, que era a montada de Eskander, ou Alexandre, O Grande. O cavalo, diz-se, morreu em 326 a. C., junto ao Rio Jhelum, que antigamente se chamava Hydaspes, e foi enterrado ali perto. Vassilyevitch Krupin gastara uma pequena fortuna em escavações para tentar encontrar o local onde o cavalo fora alegadamente enterrado, e passados dois anos de trabalho, descobriram umas ossadas enormes, de cavalgadura, e encontraram três ferraduras. A datação dos ossos dizia que o cavalo teria morrido há não mais do que quatro séculos, mas o general recusava qualquer contrariedade científica. Para ele, seria impossível que, naquele lugar, tivesse sido enterrado outro cavalo gigante, além, claro, do próprio Bucéfalo. Aquelas ossadas teriam de ser do cavalo de Eskander e as ferraduras ser genuínas. De resto, pouca gente seria capaz de contrariar o que o general dizia, poucas ciências teriam essa ciência, e as ferraduras passaram a ser extremamente valiosas.

— Outra vez por aqui, mudo? — perguntou Vassilyevitch Krupin.

Badini fez um gesto com a mão direita. Os seus olhos pretos, perdidos na sua cabeça enorme, fixavam o empresário que se vestia com a cor da cereja. Por trás do general Krupin, havia duas velhas kalashnikovs penduradas na parede.

— Estás preocupado com o miúdo americano. É compreensível, sei que desapareceu, não só porque ouvi dizer mas também porque pude ler uns cartazes colados na parede pelo tolo do Fazal Elahi. Só não percebo o que é que fazes aqui. Achas que o tenho escondido num buraco onde o sodomizo à noite?

Badini olhou para o general, que soltou um grito cavernoso, e de imediato entraram dois homens, que agarraram o mudo. Ponham-no lá fora, ordenou ele.

Encostado a uma parede, na rua, Badini recuperava a respiração. Talvez não tivesse nada partido. Passou as mãos pelo corpo. Sentiu um alto na parte de trás da cabeça, algum sangue no lábio, e tinha dificuldade em mexer o ombro. De resto, parecia tudo bem. Caminhou para casa e sentou-se no chão da sala, em cima de um tapete. Ficou assim durante mais de uma hora, sem se mexer. Levantou-se quando ouviu Aminah a entrar em casa. Parecia muito nervosa, parecia ter estado a chorar. Tinha as roupas sujas de terra. Badini pensou: talvez não tenha sido Vassilyevitch Krupin que fez desaparecer Isa. Talvez tenha acontecido outra coisa qualquer. Olhou para Aminah e disse-lhe, com as mãos, que estivera com o general Krupin.

— Para quê?
— Para tentar olhar
    para um homem
    como se olha
    para um terramoto.

Aminah fez um gesto de enfado.

– Não é grave – disse o médico –, felizmente os vidros

۱۳۸

— Não é grave — disse o médico —, felizmente os vidros não cortaram nada importante.

Fazal Elahi não disse nada. Ficou a olhar para a mão. Batera com ela contra a janela do escritório. Estava sozinho quando o fez, pois esse ato de desespero seria mais genuíno se não houvesse testemunhas. Badini encontrou-o sentado numa cadeira, com os braços pendurados, o queixo contra o peito, uma poça de sangue no chão. Pegou no primo e levou-o para o hospital, escoltado pelos gritos de Aminah, que acabara de chegar das compras.

Nachiketa Mudaliar apareceu nesse dia, ao final da tarde, depois de Fazal Elahi ter voltado do hospital com a mão ligada. Levou uns doces de amêndoa que ninguém comeu porque ninguém tinha fome. Aminah, como era hábito, nem apareceu na sala. Mudaliar tentou contar uma história de Girijashankar, mais para ver se animava alguém do que para suscitar uma discussão filosófica, mas o bocejo de Elahi foi eloquente. O indiano levantou-se, lamentou o desaparecimento de Isa, manifestou uma tristeza profunda face ao sucedido, há que acreditar nos deuses e ter esperança, temos de confiar, no hurry, no worry, chicken curry, tudo se resolverá. Despediu-se e saiu.

Aminah, quando ia a subir as escadas para o quarto, viu os doces de amêndoa que Nachiketa Mudaliar trouxera, em cima de um tabuleiro de metal, num embrulho de papel cinzento. Atirou-os ao chão e começou a pisá-los, maldizendo o indiano.

De manhã bem cedo, começaram a aparecer pessoas em casa de Fazal Elahi. Traziam o cartaz que dava uma fortuna de recompensa e diziam que tinham visto Isa aqui ou ali. Havia até quem trouxesse crianças abandonadas, crianças de rua, órfãs, e também os próprios filhos. O quintal de Elahi começou a ficar cheio de miúdos, ele era incapaz de os mandar embora, e, ao quarto dia, já tinha doze crianças a viver na arrecadação dos fundos. Elahi mandou Aminah colocar tapetes e almofadas no chão para que pudessem dormir com algum conforto. Comiam na mesa do pátio e Badini entretinha-as com a sua mudez, atirava versos ao ar, feitos de gestos, e os miúdos riam-se. Alguns poemas, traduzia Elahi às crianças, ficam colados nas árvores e no céu, e só se apanham quando estamos suficientemente maduros para o fazermos.

Ao quinto dia, Elahi já não queria ver mais ninguém, estava, mais uma vez, desolado com o resultado dos seus cartazes e começava a odiar tudo, a sentir náuseas. Começou a gritar e a esbracejar, expulsando toda a gente de casa. Correu para os fundos e mandou as crianças embora. Pontapeou as que demoraram mais tempo. Quando Badini e Aminah chegaram a casa, encontraram Fazal Elahi estendido no chão, inerte, sem forças para se levantar. Aminah gritava com os braços no ar, com as palmas apontadas para o céu, como se agarrasse toda a abóbada celeste. Badini agachou-se e pegou nele, levou-o para o quarto e deitou-o.

Acordaram no outro dia com o sino do portão a tocar. Ainda era muito cedo e Elahi desceu as escadas, correndo para a porta. Empurrou Aminah, que se dirigia para o portão. Queria insultar toda a gente, queria expulsar todas as pessoas e dar pontapés a todas as crianças. Abriu o portão com a cara vermelha quase a rebentar de raiva.

À sua frente, parada, estava uma criança.

— A capital de Marrocos é Rabat — disse, quando viu Elahi do outro lado do portão.

Fila interminável

Fazal Elahi abraçou Isa com uma calma que parecia ter

١٣٩

Fazal Elahi abraçou Isa com uma calma que parecia ter perdido para sempre e não lhe fez perguntas. Tomou por garantido que Isa era uma criança relativamente selvagem, que ele não conseguiria domar por completo. Achou normais as feridas que lhe viu nas pernas, bem como as nódoas negras na cara e o sangue seco junto ao nariz. Nunca lhe perguntou o que tinha acontecido. Badini também não o interrogou. De resto, não precisava de lhe fazer perguntas, limitou-se a inclinar a cabeça quando o viu assim, magoado e exausto. Olhou para Aminah, com o seu olhar sem sobrancelhas e sem pestanas, e ela percebeu que Badini tinha percebido tudo. A sua cabeça inclinada estava a ver Isa parado no meio do vendaval de gente, estava a vê-lo olhar para o táxi a afastar-se com Aminah lá dentro, deixando Isa para trás. Badini via tudo e pensava: não deveria ter acusado o general Krupin, deveria, isso sim, ter procurado o culpado dentro da nossa casa. Aminah olhava para os olhos de Badini e baixava os seus. Voltava a olhar, para tentar perceber se ele realmente tinha visto tudo, voltava a baixar os olhos. Voltava a olhar. Voltava a baixar. Aminah sabia que os olhos traem os seus donos, era como o herói Esfandiar, que se banhou num tanque de invencibilidade, mas quando o fez tinha os olhos fechados, e foi através dos olhos, quando estavam abertos, que Rostam o matou. Além disso, Aminah teve medo de que Isa contasse que ela o tinha abandonado, deixando-o no meio do mercado que era uma tempestade de gente. Mas Isa nunca abriu a boca sobre o sucedido. E Badini era mudo, era mudo para muitas coisas.

Um dia antes de Isa aparecer em casa, de manhã, o jipe

۱۴۰

Um dia antes de Isa aparecer em casa, de manhã, o jipe de Dilawar estava estacionado em frente ao santuário do pir Gola. Um homem passava na rua com um carrinho de mão de madeira com roupa empilhada lá dentro. Outro parou para pentear a barba usando a superfície metálica do jipe como espelho. Outro vendia fruta. Outros passavam, simplesmente. Bilal teve uma ideia e resolveu partilhá-la com Dilawar, sugeriu que roubassem as pérolas da confraria do pir Gola. Dariam uma boa mala de dinheiro. Dizia-se que as pérolas eram guardadas no túmulo do santo. Dilawar deu uma palmada na cabeça de Bilal.

— Ninguém sabe onde estão essas pérolas. Quem é que te disse que estavam no túmulo do pir Gola?

— Não sei. Diz-se.

— Isso é tudo uma grande mentira e não há pérolas nenhumas. Se houvesse, já alguém teria roubado aquilo.

— Se calhar pensam todos como tu e ninguém arrisca.

— Se pensam todos como eu, é porque estou certo.

— Não sei. O Abdul tinha uma febre que toda a gente julgava que era gripe e morreu com febre da carraça. Estava escondida num testículo, toda cheia de sangue.

— O Abdul morreu atropelado.

— Não foi de febre?

— Foi atropelado.

— O mulá Mossud também tem umas contas valiosas, uma delas está assinada por Alá.

— Não me vou meter com o mulá. Ainda por cima, é amigo do meu pai. Além de que fortunas para roubar não faltam, a começar pelos bancos.

— Mas roubar bancos não é fácil.

— Roubar não é fácil. É tão difícil viver do trabalho honesto quanto do crime.

Dilawar carregou no acelerador e o pó alastrou-se.

— Para onde vamos? — perguntou Bilal.

— Não sei, mas preciso de andar depressa, pode ser que tenha alguma ideia. O meu pai diz que tenho de ser inteligente e tu não me ajudas nada.

Bilal ligou o rádio, sintonizou num posto que dava música rock.

A cidade via-se ao fundo, como uma miragem no deserto. Isa caminhava nessa direção quando uns rapazes o viram, sozinho, à beira da estrada. Atiraram-lhe pedras, acertaram-lhe na boca e fizeram-no sangrar, acertaram-lhe numa perna e nas costas por três vezes. Isa estava habituado, saltava quando as pedras batiam no chão e levantavam pó, agachava-se quando iam mais altas. Um dos rapazes, ligeiramente mais alto do que os outros, já com uns pelos a despontar no lugar onde viria a ter a barba, resolveu empurrá-lo. Isa caiu de gatas e o outro pôs-se em cima dele. Com os seus movimentos imitava a cópula. Os outros rapazes riam. Isa pensava: Alô, alô, eu sou o Farooq, alô, alô, eu sou o Farooq, alô, alô, eu sou o Farooq. Foram-se embora quando se fartaram, deixando Isa deitado no chão. Isa levantou-se, sacudiu o pó, tentou limpar à camisa o sangue que tinha na boca, no nariz e nos joelhos. Foi caminhando até à cidade. Os pés doíam-lhe, as pernas doíam-lhe. Apanhou um figo-da-índia de um cacto, com a ajuda da roupa. Partiu-o com uma pedra e tentou comer a polpa. Não foi nada fácil e picou-se algumas vezes. Caminhou durante duas horas e meia até chegar ao centro. Depois levou mais trinta e cinco minutos a chegar ao bairro onde morava. Exatamente no momento em que um jipe parou uns metros atrás de si.

O sol refletia-se

١۴١

O sol refletia-se no capot. Dilawar travou bruscamente e mandou Bilal sair do carro e apanhar o miúdo. Bilal perguntou porquê e Dilawar disse: porque eu estou a mandar. Mete-o no porta-bagagens. Bilal abriu a porta do jipe, o som do rádio vazou para a rua. Evitou alguns carros, atravessou a estrada e pegou em Isa pelas roupas. O miúdo tinha várias feridas, estava maltratado, e o vento fazia-o abanar. Bilal meteu-o no porta-bagagens do jipe. Quando se sentou ao lado de Dilawar, perguntou:

— O que se passa? Para que é que queres este miúdo?

Dilawar ligou a ignição, meteu a primeira e arrancou.

— É o miúdo americano que o Fazal Elahi adotou.

Bilal perguntou:

— De certeza?

— Absoluta, já o vi várias vezes, a caminhar junto do Elahi.

Dilawar estava anormalmente contente e cantava todas as músicas rock que davam na rádio, ao mesmo tempo que os intérpretes.

Dilawar voltou-se para Bilal:

— Temos aqui a nossa maneira de reaver o dinheiro perdido. Este miúdo é o filho do Fazal Elahi. Conheço uma maneira inteligente de reaver o dinheiro.

Acelerou até ao escritório do general. Disse a Bilal para esperar debaixo dos reclamos luminosos das mesquitas voadoras.

Subiu os degraus até ao andar do pai. A secretária mandou-o entrar depois de se certificar de que Krupin podia recebê-lo.

Dilawar contou ao general que Fazal Elahi daria a sua fortuna a quem lhe entregasse o seu filho. O general disse que estava a par das imbecilidades de Elahi. Dilawar disse que, quando todas as esperanças apontavam para a tragédia, ele encontrara Isa.

— Onde é que ele está? — perguntou Krupin.

— No porta-bagagens do meu jipe.

— Como assim?

— Não o raptei nem nada. Não faço ideia do que lhe aconteceu, mas encontrei-o.

— E por que motivo me contas isso?

— Porque ele vale muito dinheiro. O Fazal Elahi ofereceu a sua fortuna a quem soubesse do paradeiro do Isa. Há cartazes por toda a cidade. Eu poderia ter lá ido, a casa do Elahi, receber o dinheiro. Uma fábrica de tapetes inteira.

— E porque não foste?

Dilawar disse que sabia o quanto o pai de Fazal Elahi fora importante para o general.

— E então? — perguntou o general Ilia Krupin.

— Então, há duas hipóteses: ou eu vou a casa do Elahi e recebo o que ele prometeu e ele fica na pobreza, podendo eu, no entanto, saldar a minha dívida, ou vejo-a perdoada pelo meu próprio pai, pois sei que não deixaria que o Elahi ficasse sem a fábrica de tapetes que era o sonho do pai dele.

Sim, pensou o general, *há aqui uma estratégia. Nós, os Krupin, somos como Alá, fazemos as coisas como queremos, somos duros como as pedras, é assim que somos, e não como dizem os chineses, que a língua é mole e fica, os dentes são duros e caem, dizem que o carvalho cai com o vento enquanto o junco se dobra para se reerguer depois, como um bailarino. São as pedras*

— Pai?

que dão forma à água. Nós somos assim, Dilawar, como as pedras. A água passa, mas nós ficamos. E tu herdarás as minhas características, se não as tiveres já. Fazemos como Alá. As pessoas pedem-Lhe coisas, e Ele dá não o que elas pedem, mas sim o que é melhor para elas. Nós, os Krupin, somos assim, o meu pai era assim, o pai do meu pai era assim, e o pai do pai do meu pai era assim. Por isso, Dilawar, eu, Ilia Vassilyevitch Krupin, poderia fazer desaparecer o rapaz americano, do mesmo modo

— Então, pai? Devolvo o americano e recebo uma fábrica, ou não devolvo e tenho a minha dívida perdoada?

que poderia fazer com que ele aparecesse em casa do Elahi. Não é o Fazal Elahi que sabe o que é melhor para o Fazal Elahi. Sou eu, somos nós, que fazemos como Alá. Mas percebo o teu raciocínio e até o acho inteligente. Fizeste com que eu pagasse a dívida que me era devida e isso é retorcido, é cerebral. É assim que deves agir, apesar de,

— Pai?

neste caso, não estares à altura. Eu nunca cederia a esse tipo de jogo sentimental. Se o imbecil do Fazal Elahi dá a sua fortuna a quem lhe devolve o americano, isso é com ele. Se ele fica na penúria, isso é com ele. Eu corrigirei as coisas à minha maneira e não como aquele cão vê o mundo. Mas aprecio a estratégia, Dilawar.

O general Ilia Vassilyevitch Krupin sorriu, agarrou nas bochechas do filho e deu-lhe um beijo em cada uma das faces.

— Sim — disse Krupin —, tenho uma grande dívida para com o pai do Elahi e tentarei sempre fazer o meu melhor para proteger o seu filho idiota. A dívida foi-te perdoada, por vários motivos que só a mim dizem respeito, mas também porque encerra a ironia de teres salvo o miúdo asqueroso que, ainda há pouco, o mudo me acusou de ter raptado.

— O mudo?
— Esteve aqui.
— O que é que ele disse?
— Nada. Ele é mudo. Ficou calado a acusar-me com os olhos.

Dilawar disse que o mudo precisava de aprender a baixar os olhos como o primo. O general disse que esse era um assunto dele, que não se preocupasse.

Dilawar saiu e entrou no jipe. Bilal estava com o braço de fora, a cantar.

— Vamos devolver o miúdo — disse Dilawar.
— Então não recebemos o dinheiro, uma fábrica de tapetes?
— Não, mas o problema da dívida está resolvido.
— De certeza?
— De certeza absoluta.
— Vamos devolver o miúdo agora?
— Não é preciso. Vamos beber para comemorar.
— O miúdo fica no porta-bagagens?
— Queres levá-lo contigo?

Dilawar e Bilal saíram já de madrugada, abraçados e a cantar, do bar do hotel onde foram beber para comemorar. Entraram no jipe, ambos a fumar, e dirigiram-se para o bairro onde Fazal Elahi vivia. Dilawar parou o carro numa esquina, uns quinhentos metros antes da casa de Elahi, e mandou Bilal tirar o rapaz do porta-bagagens.

— E se o miúdo disser que fomos nós?

Dilawar respondeu:

— Mas não fomos nós. Além disso, ele só te viu a ti e não sabe quem tu és.

— Mas pode vir a encontrar-me e reconhecer-me. Além disso, pode ver o carro e a matrícula.

— É só um miúdo americano.

— Mas parece oriental.

— Os pais são daqui, mas ele nasceu lá. Ou qualquer coisa assim, é o que se diz por aí.

Dilawar tirou um pano do porta-luvas e deu-o a Bilal, É para tapares os olhos do miúdo.

Bilal saiu do carro, abriu o porta-bagagens, devagar, uma fresta, e espreitou lá para dentro. Isa estava enrolado como um feto. Não levantou a cabeça e esperou o pior, Alô, alô, eu sou o Farooq, alô, alô, eu sou o Farooq, alô, alô, eu sou o Farooq. Bilal pegou nele, tapou-lhe os olhos com o pano que Dilawar lhe dera, o miúdo já não o veria, já não o identificaria, deu um nó ao pano atrás da cabeça de Isa, ergueu-o com algum cuidado, sentiu as pernas a vacilarem do álcool que havia bebido e cambaleou, tentou endireitar-se, corrigir todos os desvios, e, de facto, conseguiu equilibrar-se, tomou fôlego e baixou-se, depositando Isa no chão, exatamente na mesma posição em que o tinha encontrado dentro do porta-bagagens. Bilal entrou no jipe e Dilawar arrancou.

Isa ficou assim uns minutos. As pessoas passavam por ele, algumas olhavam, mas nenhuma se debruçou para ver o que se passava. Um homem com um cartaz do partido comunista e uma mulher cega tropeçaram nele. O primeiro reivindicava menos de doze horas de trabalho diárias e segurava no cartaz com o corpo quase azul do esforço, demasiadas horas a gritar, a segurar as suas pesadas crenças, de madeira pintada a pincel. A segunda bateu com os pés contra o seu corpo, pousou o pé direito em cima das costelas como se subisse um degrau, passou o outro pé para o lado da frente do corpo de Isa (Alô, alô, eu sou o Farooq, alô, alô, eu sou o Farooq, alô, alô, eu sou o Farooq) e continuou a sua caminhada meio desequilibrada pelo obstáculo inesperado. E o resto das pessoas limitaram-se a desviar-se. Isa tirou o pano da cabeça puxando-o para cima até sair, levantou-se quando se sentiu capaz, como quem acorda, e olhou à sua volta. Reconheceu o lugar e caminhou para casa. Quando o pai, o vivo e não o que morrera, abriu o portão, Isa disse:

— A capital de Marrocos é Rabat.

Aminah, sempre que podia, visitava

۱۴۲

Aminah, sempre que podia, visitava o túmulo dos dervixes ladrões e implorava por um marido. A maior parte das vezes, o tolo do Dilawar. Nachiketa Mudaliar já não a seguia com a mesma frequência — pois podia encontrá-la em casa de Elahi, mesmo que de um modo fugaz, uma vez que Aminah não aparecia quando ele estava. Isa, no entanto, ia muitas vezes atrás dela e, por coincidência, sentava-se nos mesmos lugares onde Nachiketa Mudaliar costumava parar a observá-la. Ao fim da tarde, antes de o pai, o vivo, e não o que morrera, voltar da fábrica, Isa gostava de subir um monte onde se viam os minaretes com nuvens espetadas. Lá em cima, repetia a palavra escarlatina e sentia as nuvens envolverem-no com a sua brancura, como se tivesse pele de nevoeiro. Brincava com barquinhos de papel nas poças de água e fugia das pedras dos outros rapazes.

— Ele não quer ir para a escola — disse Fazal Elahi a Badini —, diz que tem medo dos rapazes da idade dele. De qualquer modo, a madrasa fica muito longe.

Não ficava muito longe em termos de passos, mas muito longe no que respeita à maneira de estar de Isa. Badini concordava com o primo: Isa deveria ser o que quisesse, e isso incluía a possibilidade de continuar a ser ahl-i-kitab, um cristão. A madrasa fica muito longe, concordou Badini com os seus pensamentos e disse com as mãos que Isa continuava a ser um rapaz muito triste.

— Com licença, tenho feito os possíveis pela sua felicidade, esforço-me, Alá é minha testemunha. Dei-lhe um autocarro, que é como o seu próprio nascimento, um caminho estreito, como aliás todos os nascimentos, e no outro dia fomos ver um jogo de críquete, o que nós nos divertimos, e, inshallah, iremos ver muitos mais, ouve, primo, será que já te contei isto? Nesse dia do jogo, o Isa foi capaz de furar a multidão e conseguir um autógrafo do Kamil Khan. Do Kamil Khan, subhanallah! Trouxe a bola que lhe ofereci assinada pelo maior batedor de sempre. Fazes ideia do valor daquilo?

Badini assentiu.

— Não é só o dinheiro que dão por um nome assinado numa bola, peço perdão, é pelo facto de o miúdo ter conseguido aquilo que poucos conseguem, mesmo os maiores fãs de críquete. Ele correu por entre as pernas da multidão, abaixado, como eu ando pela vida, e chegou ao outro lado. Foi incrível, quando penso nisto vêm-me as lágrimas aos olhos e só tenho vontade de chorar, que lindo que foi vê-lo chegar junto do Kamil Khan, é como chegar ao Paraíso. E, primo, escuta, chegar à frente é uma coisa, trazer uma bola assinada é outra, Alá é grande. Ele, que é tão invisível, chegou ao ponto mais proeminente de todos, tão visível que o Kamil Khan, o próprio Kamil Khan!, pegou na bola e assinou-a.

— O que prova que ser invisível
    não é uma grande estratégia — comentou Badini.

— Depende, há momentos para tudo, a longo prazo, o melhor é desaparecer por aí, o Isa teve sorte. Esperemos que a morte não o veja como viu o Salim, inshallah.

— Nenhum destino é
    igual a outro. O Isa
    tem o seu e não será
    o mesmo do Salim. No outro dia,
    o Mudaliar contou-me uma história
    que eu anotei.

Badini pegou no seu caderno e entregou-o a Fazal Elahi para que este lesse:

"Krishna, quando era criança, estava um dia a brincar com Balaram e comeu terra. Yasoda, que era a sua mãe adoptiva, resolveu castigá-lo quando um dos amigos correu a fazer queixa. Krishna mentiu, negando que tivesse comido terra, mas Yasoda insistiu para que ele abrisse a boca. Quando espreitou lá para dentro, viu o universo inteiro, planetas a deambular, sóis a brilhar, galáxias, essas coisas."

— E o que é que essa história tem a ver? — perguntou Fazal Elahi.

— Não sei. Mas na altura
escrevi isto no meu caderno
como resposta ao Nachiketa Mudaliar
quando ele me contou essa história:

(Fazal Elahi leu em voz alta) "Isso acontece com todos os pais. Não é preciso ser pai de Krishna nenhum. É assim que se veem os filhos, dentro deles está todo o universo, todos os mundos possíveis e impossíveis."

— Tenho a certeza
de que esse era o teu
sentimento pelo Salim
quando espreitavas para dentro dele,
eram planetas e estrelas,
eram galáxias. Já olhaste
para dentro da boca do Isa?

Fazal Elahi disse:

— Amanhã temos de ir descolar os cartazes.

Comer não era nada fácil. Isa tinha fome, mas a carne

۱۴۳

Comer não era nada fácil. Isa tinha fome, mas a carne, o arroz, o pão, custavam a entrar-lhe no estômago, eram como pobres a entrar num palácio, tinham medo de tocar na mobília, ficavam sentados a um canto com medo de partir alguma coisa. Era assim que Isa comia. Devagar e com hesitações, sempre com medo de alguma coisa.

Tal como Elahi, Isa temia que a felicidade fosse apenas a maneira que o universo tem de nos fazer sofrer, um método atroz que faz com que experimentemos a saciedade e uma espécie de alegria, para depois nos retirar tudo isso, nos puxar o tapete e nos levar a uma infelicidade de efeito mais profundo. A melhor maneira de fazer uma pessoa cair é levá-la para um lugar alto, o universo sabe fazer isso muito bem, sabe levar--nos para cima das coisas para melhor nos empurrar. Não se empurra uma pessoa que está no chão, é preciso ampará-la primeiro, é preciso fazê-la subir umas escadas. É preciso que a pessoa sinta vertigens. É preciso que caia de muito alto. É assim que o universo ri.

Ou seja, Isa temia quase tudo. Temia subir escadas, temia que o destino o empurrasse de lá de cima. Receava alegrias, porque as alegrias são lugares altos, os lugares mais perigosos, os lugares que fazem com que as quedas possam ser dolorosas, violentas e fatais. Badini tentava fazê-lo sorrir com a ajuda das suas palavras de mãos. Isa ria, mas sabia conter-se naquilo que punha dentro de uma gargalhada.

Fazal Elahi tentava ensinar Isa a jogar xadrez. Explicava-lhe que aquelas peças, aquele exército, eram tudo o que temos cá dentro, e que a batalha que se desenrolava no tabuleiro era a batalha que se desenrolava todos os dias em todos os lugares. Isa anuía. Isa concordava sempre com tudo.

No início do Inverno, Fazal Elahi fez questão de o levar a ver o mar. Isa já o conhecia, mas isso não fez com que a surpresa de ver as ondas fosse menos sincera ou genuína. Despiram-se os dois, pai e filho, e correram para a água. O mar estava tão nervoso que não era possível tomar banho, por isso limitaram-se a sentar-se na areia e esperar que as ondas mais compridas lhes molhassem as pernas.

Hospedaram-se num hotel junto ao mar e no dia seguinte voltaram à praia. Estava uma manhã ventosa, nebulosa e fria.

— Parece que andou aqui uma baleia — disse Isa.

Fazal Elahi riu-se.

— Gosto que penses que as ondas são fruto do divertimento dos peixes e das baleias.

— A baleia azul é o maior animal do mundo.

— A baleia azul?

— Sim. Pode medir trinta metros.

— Trinta metros? É mais comprida do que a nossa casa de uma ponta à outra, muito mais comprida.

— São muito grandes. Por isso é que aparecem estas ondas.

— Só pode ser — concordou Elahi. — Só pode ser. Tens frio?

Isa fez que sim com a cabeça e Elahi achou melhor voltarem para o hotel.

Ficaram uma semana junto ao mar e voltaram para casa num dia de sol, o primeiro desde que haviam chegado. Isa, quando viu Badini, explicou-lhe como se formavam as ondas, disse que uma baleia azul era maior do que a casa onde viviam e que era maravilhoso que houvesse animais mais espaçosos do que edifícios. Quando viu Aminah, limitou-se a olhar para os pés, sem dizer nada.

De manhã, à porta do seu quarto, estava um frasco de perfume

١۴۴

De manhã, à porta do seu quarto, estava um frasco de perfume estrangeiro. Aminah baixou-se para o apanhar e abriu a tampa. Inebriou-se com o cheiro que se soltava do frasco. Era um odor estrangeiro, ligeiramente pecaminoso, com cheiro a atriz de cinema americano. Guardou-o dentro do kameez e voltou-se, entrou no seu quarto. O presente deveria ser do indiano abjeto, não imaginava outra possibilidade. Para tirar as dúvidas, perguntou a Elahi:

— Ofereceste-me um perfume?
— Que pergunta é essa, irmã? Um perfume?
— Um perfume importado.
— Com licença, acho que já te ofereci perfumes. O ano passado... E também te deixei ficar com os que a Bibi deixou cá em casa, aquele do frasco verde e o outro que era a silhueta de uma mulher, lembro-me perfeitamente desses dois, que bem que cheiravam, não me podes culpar, tenho sido sempre bom para ti, um excelente irmão, dou-te dinheiro para bolos e frutos secos e tudo isso, que olhar é esse? Peço perdão, há que ter bom senso e não desperdiçar em produtos levianos aquilo que temos, Alá nos proteja da vaidade, mas tenho a certeza de que tenho sido bom irmão, uma pessoa generosa. Ou não tenho?

— Só pode ter sido o indiano.

— O quê?
— Nada, irmão.

Toda aquela situação de sentimentos contraditórios deixava-a ainda mais embriagada. Abriu a sua arca e tirou de lá de dentro os recortes que colecionava de caras de atores de Hollywood. Passou a mão pelo frasco do perfume e cheirou os dedos enquanto olhava para Dean Martin, Robert Redford, Burt Lancaster e John Wayne. E, acima de tudo, Elvis Presley e Paul Newman.

A bola autografada por Kamil
já não pertencia

۱۴۵

A bola autografada por Kamil já não pertencia a Isa. Naquela manhã, tinha saído antes do sol nascente, antes de Fazal Elahi acordar para orar. Vestiu-se, desceu as escadas com cuidado, eram demasiado íngremes, tirou um pouco de pão (para criar pássaros atrás de si) e um bolo seco de canela e pistácio de dentro de um armário da cozinha e saiu sem que ninguém o ouvisse. Isa levava consigo a bola autografada por Kamil Khan. Tinha-a escondido nas calças para que não houvesse possibilidade de a roubarem sem que desse por isso. Caminhou até ao bazar para a trocar por um perfume de mulher. A bola valia vários perfumes, mas Isa tinha pressa. Entregou a bola e apontou para o frasco mais vistoso, cuja tampa era de plástico retorcido como um zigurate e tinha uns lábios vermelhos no rótulo. Pensou: a minha mãe, a viva e não a que morreu, vai gostar. O vendedor tentou regatear, é importado, disse, mas Isa tinha pressa, era a bola pelo frasco e fechava-se o negócio. O vendedor ofereceu chá, Isa recusou, não queria chá, apenas repetiu o que pretendia, o perfume. O vendedor sabia que estava a fazer um excelente negócio e tudo se resolveu com a celeridade pretendida pelo rapaz, o frasco pela bola assinada por Kamil Khan. Quando Isa chegou a casa, ao quarto, pousou o perfume no chão. Viu o seu taco debaixo da cama e pensou: agora tenho um taco, mas não tenho uma bola.

Isa sentia-se assim, como o taco, completamente incompleto.

De madrugada, deixou o perfume importado, sem que ninguém visse, à porta do quarto de Aminah.

Nessa noite, quando Nachiketa Mudaliar tomava chá com Fazal Elahi, Aminah espreitou para observar melhor o indiano e viu-o com outros olhos. Já não lhe parecia um hindu, mas um homem. Especialmente no modo como se sentava. Interrogou-se: aquela pessoa magrinha seria capaz de a fazer feliz? E, olhando para ele, sentiu que era uma possibilidade, uma possibilidade que ainda estava longe, talvez noutro país, à volta com as burocracias das fronteiras, mas uma possibilidade que poderia chegar.

Enquanto Aminah, a cheirar a estrangeira, mudava de opinião (ligeiramente) sobre Nachiketa Mudaliar, este teve uma ideia. Iria concretizá-la o mais depressa possível.

O mulá Mossud não deixou

۱۴۶

O mulá Mossud não deixou entrar Nachiketa Mudaliar. O indiano ficou à sua porta durante toda a manhã, sentado no chão. A uns metros, do outro lado da rua, dois adolescentes jogavam críquete num jardim que ficava em frente a uma mansão abandonada. Nachiketa Mudaliar pegou numa pedra e atirou-a para uma poça. Levantou-se, foi até ao lugar onde ela havia caído e guardou-a no bolso. Voltou a sentar-se em frente à casa do mulá, voltou a atirar a pedra. Numa das tentativas, a pedra caiu dentro da poça. Mudaliar levantou-se, enfiou a mão dentro de água, que era ainda mais suja do que preta, retirou a pedra e voltou para o seu lugar.

O mulá Mossud tinha um criado viyhokim. Quando lhe perguntavam como era possível ter um criado infiel, ele respondia: Tenho cães a guardarem-me o jardim e galinhas a pôr ovos. Não tento converter os animais, do mesmo modo que não tento converter os criados.

O viyhokim aparecera em casa do mulá quando ainda era jovem, porque a certa altura Mossud havia granjeado fama de protetor daquele povo, algo que, na verdade, nunca fora propriamente, apesar de durante a sua adolescência ter defendido uma velha viyhokim. Foi este criado que abriu a porta a Nachiketa Mudaliar, no dia em que o mulá Mossud soube que o indiano queria converter-se.

A casa era grande, comprida e larga, alta e robusta. Ficava num quarteirão cheio de árvores e de casas coloniais.

Nachiketa Mudaliar atravessou o jardim cheio de arbustos e flores de todo o tipo, seguindo o criado. Mudaliar tentou enumerá-las e nomeá-las, mas desistiu rapidamente. São mais do que os deuses hindus, pensou. Aquilo era tudo tão grande que ele mal cabia ali.

A sala onde o mulá Mossud recebia as visitas era sumptuosa. Tinha vários tapetes de várias proveniências, e Nachiketa Mudaliar sentou-se num deles quando o mulá Mossud lhe ordenou que o fizesse.

— Porque é que se quer converter?

— Porque, mulá Mossud, desejo algo com um ardor maior do que quinhentos milhões de quilómetros quadrados, área da Terra à superfície.

— Compreendo, também tenho esse fervor quando se trata de Alá.

Nachiketa Mudaliar fez que sim, mas pensava em Aminah.

O mulá sorriu e observou o indiano, que tremia de nervoso, antes de começar a explicar-lhe o procedimento ritual. Mudaliar ficou a saber que todo o seu pecado, todo o seu passado, seria lavado. Com a conversão ficaria como quando nascera, sem qualquer mancha. Mudaliar esteve para dizer que não nascera assim, que nascera doente, estigmatizado, mas calou-se. Seria tão puro quanto um recém-nascido. Quanto um recém-nascido dos outros. Todo o seu hinduísmo seria apagado, tornar-se-ia um muçulmano. Esqueceria todas as suas reencarnações, como tinha sido uma miríade de pessoas antes de renascer indiano, deixaria isso tudo, voltaria a ser como quando nascera, uma embalagem por abrir.

Ash-hadu alla ilaha illallah-wa ash-hadu anna Muhammadan abduhu wa rasulullah, disse Mudaliar, a que se seguiu o banho ritual. O mulá Mossud ensinou-lhe os preceitos essenciais do Islão. Saíram os dois de casa. Mossud parecia outra pessoa.

— E a fortuna do Fazal Elahi? — perguntou.
— Prescindi — respondeu Nachiketa Mudaliar.
— Isso já sei, só desconheço o motivo.
— Prescindi porque a minha solução não era uma solução verdadeira.

— Ah — disse Mossud. Não estava surpreendido. Acrescentou: — Isso é porque a única solução é Alá. Eu disse isso ao Fazal Elahi, mas ele não me deu ouvidos e já se tinha comprometido com essa estupidez de adotar um americano.

Caminharam até à mesquita para Mudaliar aprender a orar. Passaram por Badini e o mulá Mossud disse:

— Nunca entenderei estes dervixes como o primo do Fazal Elahi. Por um lado, abominam o dinheiro e vivem em pobreza extrema, por outro, intimam-nos a dar dinheiro, essa coisa que detestam e que é suja, aos pobres. Se é assim tão mau, não será sacrifício maior eu ficar com ele, com o dinheiro? Não estarei a fazer o bem quando privo o meu semelhante de coisa tão funesta como é o caso da pecúnia?

— Com certeza — disse Nachiketa Mudaliar. E pensava no que Badini dizia do mulá: 50% dele é falsa devoção, o resto é gordura. No entanto, ao olhar para Mossud, de certo ângulo, reparara em algo difícil de reparar no mulá. Tinha visto a sua solidão. Parecia triste daquele ângulo, e não o homem agreste, cheio de arestas, que andava pelo mundo a abarrotar de verdades. Mudaliar reparou na barba do mulá, como tremia ligeiramente, como todo ele parecia um edifício prestes a cair. Teve uma atitude audaciosa e inesperada e abraçou Mossud. Nachiketa Mudaliar arrependeu-se imediatamente do seu gesto extemporâneo. Esperou o pior.

Ao contrário do que seria

۱۴۷

Ao contrário do que seria de esperar, Mossud abraçou-o também. Mudaliar sentiu-o chorar, ou soluçar, enfim, estava comovido.

Os finais de tarde, quando a noite começava

۱۴۸

Os finais de tarde, quando a noite começava a acariciar o dia, traziam muitas vezes Nachiketa Mudaliar para dentro da casa de Elahi. Mas por vezes traziam também novidades desconcertantes.

— Tornei-me muçulmano — anunciou o indiano. Estava muito direito, de pé, com os braços ao longo do corpo. — O amor transforma a nossa vida e é mais importante do que o modo como vemos Deus. Foi o mulá Mossud quem tratou da minha conversão.

Fazal Elahi abriu a boca de espanto e Badini fez a mesma coisa, mas sem abrir a boca. Da cozinha chegou o som de um prato a cair.

— É boa pessoa — disse Nachiketa Mudaliar. — O mulá é boa pessoa. É talvez um pouco intransigente, mas é sensível.

— Com licença, sensibilidade é exatamente tudo o que lhe falta — disse Elahi. Passava a mão pela barba, olhava para os olhos de Nachiketa Mudaliar. Badini estava ao seu lado, sentado, a coçar o pé direito entre os dedos, com o indicador.

— De um certo ângulo — disse Mudaliar. — De outro, é sensível. É esse o milagre da vida e dos relacionamentos: são os ângulos.

Badini felicitou-o com as mãos. Fazal Elahi também o felicitou.

Nachiketa Mudaliar passou o resto da noite a contar pormenores da sua conversão. Aminah, claro, não apareceu, mas ouviu tudo da cozinha. Badini serviu a refeição e os três homens, sentados no chão, comeram perna de borrego com amêndoas, passas de ameixa e hortelã e arroz. Foi também nessa noite que, pela primeira vez, Nachiketa Mudaliar estendeu o seu tapete (Fazal Elahi censurou-o por não ser um dos seus) para rezar com Fazal Elahi. Badini não rezou, como aliás era costume. Aminah aproveitou para subir as escadas, foi para o quarto e virou-se para Meca. Os homens retomaram a conversa depois da oração.

No final da noite, Nachiketa Mudaliar abraçou Fazal Elahi, mas sentia-se triste, sem que houvesse explicação para isso, além de já não ouvir o barulho dos talheres e dos pratos vindos da cozinha, que eram barulhos de amor, semelhantes a beijos. Nachiketa Mudaliar saiu e parecia derrotado.

A luz enchia o corredor de penumbra. É engraçado que seja a luz a encher as coisas de sombras, pensava Fazal Elahi enquanto caminhava pelo corredor a passear a sua insónia. Aminah ouviu os seus passos e abriu a porta do quarto. Sentaram-se os dois no chão do corredor sem dizer nada. Passaram-se minutos até Aminah começar a chorar.

— O Nachiketa Mudaliar nunca será capaz de me dar aquilo com que sempre sonhei. Uma casa como esta, uns sapatos de salto alto vermelhos de marca estrangeira. Não quero casar com o hindu.

— Com licença, irmã, mas ele tornou-se muçulmano, não deves falar assim, o Mudaliar não merece, é um homem bom, apesar de magrinho.

— Tenho saudades do Salim — disse, recomeçando a chorar. — Lembras-te daquele dia em que o Badini matou um cordeiro e ele se besuntou com o sangue do animal, haram!, e fingiu que estava morto? O susto que apanhámos. Lembro-me como se fosse hoje. Estávamos a comer e ouvimos um tiro. Levantámo-nos para ver o que se passava. Lembro-me de que o Badini coxeava, pois tinha a perna dormente. Eu ri para dentro da maneira como ele andava e tentava espreitar para lá do muro da nossa casa. Ninguém reparou que o Salim não se juntou a nós, e quando nos virámos vimo-lo estendido, imóvel como um pau seco, sem mexer o corpo, retendo a respiração. Depois, de repente, quando íamos a erguer as mãos para o céu, ele levantou-se a rir. Ainda demorei uns segundos a reagir. Nunca senti nada assim. Foi como se me tivessem tirado tudo e depois foi como se me tivessem dado tudo. Nunca o amei tanto. Abracei-o com todas as minhas forças e gritei: o meu menino, o meu menino! Aquele momento mostrou-me qualquer coisa.

— Também penso no Salim todas as noites, e é isso que não me deixa dormir, mas que fazer? Alá parece os sucessivos governos deste mundo, não se preocupa connosco, com os pobres.

— Que coisa para se dizer! Além disso, nós não somos pobres.

— Temos muitas dívidas. Mas tens razão, irmã, peço desculpa, não sei onde tenho a cabeça quando digo estas coisas, Alá me perdoe pela falta de sensatez, as palavras saem-me da boca e é tarde demais para as apanhar, quando quero engoli-las, já elas estão a entrar nas orelhas dos outros.

Nenhum dos dois percebeu, nem Fazal Elahi nem Aminah, que Isa estava sentado ao lado deles, atento, imóvel e silencioso, a reter a respiração. Quando os irmãos se levantaram, Isa já estava no seu quarto, deitado na cama, de barriga para cima, com as palavras de Aminah a ecoarem-lhe na cabeça: Nunca o amei tanto.

Nachiketa Mudaliar passou a visitar Mossud com

۱۴۹

Nachiketa Mudaliar passou a visitar Mossud com frequência. Este servia-lhe doces e chocolates importados e conversavam sobre os assuntos mais triviais. A maior parte das vezes falavam sobre política e sobre críquete, mas por vezes aprofundavam-se um ao outro com conversas do seu passado.

— Eu nem sempre fui este esteio da religião que vês à tua frente.

— Isso espanta-me, mulá Mossud.

— Aprendi a religião nas ruas. Sofri muito, porque nem sempre fui rico. Alá ensinou-me a subir montanhas, louvado seja. Era isso que eu fazia quando era novo. Vês aquelas montanhas ali?

Mossud apontava para a varanda. Mudaliar fez que sim com a cabeça, inclinando-a para o lado.

— Quando era novo, andava de um lado para o outro a vender aqueles bocados de mau gosto que os turistas gostam de pendurar nas casas de campo. Percorria as ruas descalço, mas era um rapaz corajoso e forte. Sempre tive convicções, Nachiketa Mudaliar, grandes convicções. Isso nasce connosco. Pode ser que a madrasa ajude, mas nasce connosco.

Mossud assoou-se antes de continuar:

— Havia uma velha que morava muito perto da minha casa, duas ou três portas ao lado. Era uma viyhokim.

— Já ouvi falar. Chamam-lhes adoradores do Diabo.

— Não, esses são os yazidi. Os viyhokim são um povo nómada originário da Anatólia que foi expulso desse território, nas primeiras décadas do século xx, pelos exércitos de Attaturk. Espalharam-se por toda a Ásia Central até ao Paquistão, Alá os castigue pelas suas heresias. Adiante. A maldita velha todos os dias saía de casa e tentava subir a montanha. Era um esforço ridículo, pois ela mal subia escadas. Mesmo assim, subia uns quilómetros e parava com a neve a bater-lhe na cara, a olhar para o topo da cordilheira.

— Fazia isso todos os dias?

— Todos os dias. Os miúdos atiravam-lhe pedras e ela nem se protegia com os braços. Por vezes, caía, com a cabeça a sangrar ou com a perna ferida. Um dia, porque eu sou de convicções, amigo Mudaliar, pus-me entre as pedras e a velha. E passei a fazer isso todos os dias. Eu era assim, ainda não tinha o coração suficientemente sólido e não via que aquilo que defendia não tinha defesa possível. Sacrificava-me por uma herege. Mas, por causa da minha atitude, nunca mais ninguém lhe atirou nada a não ser neve. De resto, todos os dias a escoltava naquela tentativa ridícula de subir a montanha. Isso ocupava-me as primeiras horas da manhã, até ela desistir, consumida pelo cansaço ou pela velhice, toda desfeita em anos, e se sentar a olhar para o pico da montanha. Depois deixava-a a observar o infinito e ia à minha vida. Por vezes, levava turistas guiando-os pelas escarpas e passava por ela, que continuava parada na encosta. Ao final do dia, ela descia para voltar para casa, e eu esperava-a na rua para garantir que os miúdos não lhe partiam a cabeça com pedras e com paus. A velha tinha uma mala que me intrigava, andava sempre com ela. Um dia, enquanto ela arquejava a olhar para o topo da montanha, abri-a. Tinha um caderno e mais umas coisas a que não liguei, mas não pude deixar de ficar intrigado com uma fotografia. Tinha data e tudo e era um recorte de um jornal. Era a fotografia de um almasty.

— Um almasty?

— Os indianos não sabem o que é, mas é como o yeti, o homem das neves. É peludo como as turistas francesas, mas menos homem do que nós. Está entre o macaco e o muçulmano. Dizem que é um mito, por isso fiquei intrigado com a fotografia. Parecia mesmo um orangotango, todo peludo, mas mais direito, mais homem. Guardei a fotografia para a vender.

— Mas a fotografia era dela.

— Coitada, mal sabia o que possuía. De qualquer modo, o facto de ficar com aquilo não pagava um milésimo de tudo o que eu todos os dias fazia por ela. O que interessa é que guardei a fotografia e tentei vendê-la juntamente com outras fotografias e postais, com contas de oração, facas decoradas e essas coisas. Um dia, perseguia um turista, pois eles teimam em fingir que não nos veem, e ele parou e ficou a olhar para a fotografia. Antes disso esbracejava, parecia que estava a afogar-se, para tentar afastar-me, e de repente parou a olhar para o almasty. Era um velho inglês, com uma bengala, sem a orelha esquerda, e com tudo o que deve ter um velho inglês. Eu disse-lhe que naquela fotografia era o almasty. Ele abanou a cabeça e disse que não. Aquilo foi inesperado. Eu insisti e ele, teimoso, dizia que não era almasty nenhum. Eu sei o que é isso, disse ele. Até me arrepiei.

– Portanto, não era o almasty

\)۵۰

— Portanto, não era o almasty?
— Que sei eu? Mas naquela altura senti-me ultrajado. Vendia muita coisa que podia ter uma origem duvidosa, mas aquela era um artigo de um jornal e os jornais não mentem, pensava eu. Ele, com toda a calma, disse para me sentar e foi o que eu fiz. Então, contou-me a sua história. O velho inglês, quando era novo, andava à procura do almasty, juntamente com um coronel chamado Möller, que acho que era pai dele. Eram patrocinados por um colecionador húngaro chamado Varga. Subiram todas as montanhas da Ásia, desde a Turquia à Índia, e nunca encontraram nada. A certa altura, foram apanhados por guerrilheiros viyhokim, que andavam espalhados pelas montanhas de toda a Ásia Central. O cativeiro foi doloroso, mas tornou-se mais ameno graças a uma mulher que lhes levava comida sem que os guerrilheiros dessem por isso. Apaixonaram-se.
— Quem?
— O inglês e a mulher viyhokim. Completamente apaixonados. Chegaram até a ter sexo ilícito. Ou talvez não tenham tido, mas eu não creio. Seja como for, foi ela que os ajudou a fugir, foi ela que os soltou. E nunca mais se viram.
— Porquê?
— Por causa do destino, porque Alá não quis. Porque sim. O inglês voltou para Inglaterra, pois era casado e tinha filhos. Mas nunca esqueceu a mulher viyhokim. Quando enviuvou,

resolveu voltar, não com esperanças de a encontrar, mas apenas para prestar homenagem à memória. Disse-me assim: essa fotografia que vendes não é o almasty. Era eu quando cheguei à cidade. Tinha passado meses nas montanhas, a minha barba tinha crescido, o meu cabelo tinha crescido, e vestia peles de cabra. Era eu, repetiu ele. Tiraram-me essa fotografia e, na notícia, chamaram-me almasty. É irónico, não é, Nachiketa Mudaliar? Que um inglês ande à procura de um animal e acabe por ver que esse animal era ele mesmo. Na verdade, somos todos nós. Basta que esqueçamos Deus. Os animais não rezam, Mudaliar. A única coisa que eles fazem é comer e deixar crescer os pelos, os dentes e as unhas.

— Não sei, mulá Mossud. Mas espanta-me essa história. Então, julgaram que o macaco das montanhas era o inglês? Era possível reconhecê-lo pela fotografia? Era verdadeiramente ele?

— Dava para o reconhecer pelos olhos. Percebi, nessa altura, quem era a mulher viyhokim que lhe salvou a vida e que nunca deixou de ter esperança de que ele voltasse. Todos os dias ia vigiar a montanha, como se o esperasse, como se um dia o inglês voltasse a descer a encosta com barbas e peles de cabra. Todos os dias a tentar subi-la. Era a velha viyhokim que eu defendia das pedras.

— Que história bonita, mulá Mossud.

— O inglês então começou a falar de guarda-chuvas, muito emocionado. Disse-me que a sua falecida mulher perdia, com alguma frequência, guarda-chuvas. Mas nunca encontrava nenhum. Para onde vão os guarda-chuvas? São como as luvas, são como uma das peúgas que formam um par. Desaparecem e ninguém sabe para onde. Nunca ninguém encontra guarda-chuvas, mas toda a gente os perde. Para onde vão as nossas memórias, a nossa infância, os nossos guarda-
-chuvas?, perguntava o inglês.

— Ah, Mossud sahib, que bela história. Imagino-o a apontar o caminho para a velha viyhokim, dizendo: eis para onde vão os guarda-chuvas, senhor inglês.

— Que tolice, Nachiketa Mudaliar. É claro que não os juntei. A felicidade dela estava nas suas memórias e não no velho inglês, e a dele estava numa jovem belíssima. Era tudo um grande equívoco.

— Talvez não se importassem com os anos, mas com aquilo que tinham vivido em conjunto.

— Que idealismo palerma, amigo Mudaliar. Não. Não é assim, não é nada assim. Aposto que já estava a imaginar uma cena de filme indiano, um campo florido com ele a correr para ela enquanto cantavam? Eu preservei a única coisa boa entre os dois, que foi o sonho de ambos. Permiti-lhes que continuassem a viver as suas ilusões. Se tivessem vivido juntos, Nachiketa Mudaliar, só teriam acumulado desgraças e acabariam por se divorciar, como fazem os estrangeiros logo que se casam. Hoje teria sido mais duro, mas na altura limitei-me a encolher os ombros, a não interferir. E então percebi, nesse instante, qual seria a minha vocação. Vi as lágrimas do inglês e percebi que a felicidade não está naqueles sonhos românticos, nesses filmes indianos, mas sim em Deus. Foi por isso que decorei o Alcorão. Porque sei que os guarda-chuvas desaparecem deste mundo. Não estão em nenhum balcão de perdidos e achados. Desaparecem. Tal como os infiéis e os seus sonhos, sem que eles saibam para onde. É por causa dos infiéis que não há paz no mundo. Quando tivermos todos a mesma lei e obedecermos todos ao mesmo Deus, haverá paz. É preciso erradicar quem se opuser, tal como fazemos com as doenças. Se a perna gangrena, temos de a cortar e atirá-la aos cães.

Mossud mexia as suas contas com nervosismo, e Mudaliar parecia pensativo.

— Ao final do dia, despedi-me do inglês e fui buscar a velha. Fiz isso até ela morrer.

— E o inglês?

— Veio viver definitivamente para o nosso país e até trouxe a família. Seis filhos, todos cristãos. Um deles é padre.

— E eles nunca se encontraram?

— Não. Mas esta história mudou a minha vida. A religião passou a ser tudo para mim. Eu sei onde estão os guarda-chuvas. Os infiéis vivem às escuras. Não têm o mesmo balcão de perdidos e achados que nós temos. E o vazio que pregam é uma doença. Por mim, desapareceriam todos da face da Terra.

— E a velha?

— Morreu pouco tempo depois. Cheguei mesmo a pensar em deixá-la de herança, para que tratassem dela como eu fazia, no caso, improvável, de ela me sobreviver.

— Os filhos do inglês ainda vivem cá?

— Acho que sim, pelo menos o padre. Vejo-o, por vezes, a caminhar até à igreja.

— Qual igreja?

— A igreja. Nesta cidade só há uma.

As lutas tinham acabado

151

As lutas tinham acabado há minutos. Os galos do general Krupin tinham ganho quase todos os combates, como era hábito. As vitórias deixavam-no de rastos, a desfalecer, como se fosse um dos seus galos. Outra pessoa qualquer apenas sorriria, pois era como se já soubesse o resultado, e ninguém fica eufórico quando tem a certeza absoluta de ganhar. Só o inesperado é capaz de nos fazer verdadeiramente felizes, mas para isso precisamos da ignorância, que é o ingrediente mais importante para a felicidade. Saber o futuro, o resultado, não traz mais do que um sorriso patético, como o que Badini parecia ter sempre no rosto, um sorriso de quem sabe o que vai acontecer. Mas para Vassilyevitch Krupin não era assim. Ficava sempre nervoso, vivia uma tensão difícil de suportar, mesmo quando o resultado era garantido ou estava de algum modo viciado.

O general gostava da maneira como os galos eram fiáveis. Se tinha um campeão, era provável que o filho desse galo tivesse características idênticas. Era nisso que se baseava toda a sua ciência das apostas: no sangue. Tudo dependia dos cruzamentos que se faziam, da escolha das galinhas e, depois, do treino, do endurecimento da pele, do isolamento que os enche de força.

Depois de as lutas terminarem, os homens juntavam-se à entrada a discutir os comportamentos dos galos e as melhores estirpes. Discutiam probabilidades e, sobretudo, a importância do treino versus a importância dos genes.

Vassilyevitch Krupin saiu do recinto acompanhado de alguns amigos, depois de descansar um pouco num murete de pedra, e não se alheou de uma ou outra discussão, tomando o partido daqueles que defendiam que acima de tudo estava o sangue e a seguir o treino. Quando viu Badini a caminhar com dois pedintes, despediu-se e aproximou-se do dervixe. Os pedintes fugiram.

— Um dia — disse Vassilyevitch Krupin, vestido, como sempre, com a cor da cereja —, o pai do Elahi disse-me que tinha um tesouro muito grande: um tapete voador. Eu ri-me, mas ele estava tão sério que me arrependi de imediato. Disse-lhe: pois sim, tens um tapete voador. Ele assegurou-me que, além do seu, havia mais. Arranjar-me-ia um, garantiu. Segui-o até casa e ele mandou-me sentar. Lavou as mãos, tirou o seu Alcorão da bolsa, levou-o à testa três vezes, beijando-o outras tantas. Depois apontou para um pequeno tapete que estava junto a ele. É voador, disse. Todos os tapetes de oração nos fazem voar. Foi nesse dia que me converti. Ainda rezo no tapete que o pai do Elahi me ofereceu nesse dia.

Badini ouvia com os olhos espetados no general.

— O Fazal Elahi é um cretino, a ideia de adotar um americano é obscena. Mas eu sou capaz de cortar o meu braço esquerdo, aqui mesmo, agora mesmo, só para defender a memória do pai dele, que me ensinou a voar em cima dum tapete e me salvou a vida quando fui preso durante a guerra. Tenho pensado muito sobre o assunto e acho que o problema do Fazal Elahi é o que está à volta dele. Creio que tem más influências em casa. Acho que ele precisa de espaço, compreendes? Tem pelo menos um hóspede a mais. E não me refiro ao miúdo americano.

Badini sabia onde a conversa iria parar.

— Chamo-me assim, ó mudo, porque a minha trisavó assim o quis. Era um nome que vencia a doença. Já não há nomes desses. Hoje os nomes são tão fracos que um homem mal consegue suster-se nas pernas. Dantes tinham raízes, os nomes. Estavam cheios de histórias e não podiam ser vencidos. Uma pessoa dizia como se chamava e a morte tremia. É por isso que sou respeitado. Ainda sou respeitado. As pessoas ouvem o meu nome e sentem alguma coisa no esterno, algum osso a ceder. É isso que faz um nome.

Badini mantinha-se impassível. O general aproximou a sua cara da de Badini. A pele do general era espessa como a de um elefante velho e os olhos, um pouco oblíquos e azuis, eram afiados. O hálito cheirava a mentol e a tabaco. Disse Krupin:

— Sei que vais peregrinar à cerejeira, como fazes todos os anos. Há, como sabes, um belo mosteiro da Ordem da Cereja perto de Ispaão. Seria um lugar perfeito para desenvolveres a tua maneira distorcida de estar calado. Compreendes o que quero dizer? Existe ainda outra maneira de te calar. Muito mais eficiente, muito mais, como dizer?, fúnebre.

Badini sorriu e olhou para Vassilyevitch Krupin. Os olhos do dervixe, pequenos mas compridos, enterravam-se na pele do general, que era espessa como a de um elefante velho. Este sentiu o corpo arrefecer e o coração a disparar. Estava a ameaçar um homem sem qualquer importância, uma espécie de mendigo, e era ele que se sentia ameaçado. Badini ergueu os braços e o general Vassilyevitch Krupin, sem qualquer explicação, caiu para trás. O dervixe virou-se e caminhou para casa. Algumas pessoas correram a amparar Krupin, que sentia umas gotas frias a escorrerem-lhe pelas costas e um enjoo inexplicável.

Nachiketa Mudaliar esperou

۱۵۲

Nachiketa Mudaliar esperou que acabasse a missa para falar com o padre.

— Gostaria de falar consigo, padre.

— Claro. Siga-me até à sacristia.

— O senhor é filho de um inglês? — perguntou-lhe, enquanto se dirigiam para uma porta ao fundo da igreja.

— O meu pai nasceu em Bratislava.

— Não era aquele inglês, sem uma orelha, que veio procurar o almasty?

O padre abriu a porta e convidou Mudaliar a sentar-se.

— O meu pai fez várias viagens pela Ásia Central — disse o padre — e por todo o Oriente, por motivos diferentes. O almasty foi um deles, mas tudo o que ele encontrou foi uma imagem de si mesmo. Somos cães a correr atrás da própria cauda, sempre à procura, longe de nós, de algo que temos a abanar nas costas. O sentido da vida é como aquela brincadeira perpetuada pelos cretinos que existem em todos os empregos e que consiste em colar um papel nas costas de um colega, com algum insulto escrito. É isso a vida, um papel colado nas costas. Andamos a fazer figuras, a perguntar-nos a que se deve a felicidade dos outros, e o segredo está colado nas nossas costas. Todavia, é como lhe digo: não era inglês. Mas porque me pergunta isso?

Mudaliar sorriu.

— Há pessoas que acham que todos os estrangeiros são ingleses.

— Tem razão, Sr. Mudaliar. Todos fazemos confusões, é a nossa maneira de, errando, acertar no alvo.

— Somos o resultado de grandes equívocos.

— Precisamente. Dos maiores equívocos.

— Era precisamente sobre um equívoco que queria falar consigo.

— Diga.

— Porque é que veio para o Oriente?

— Como lhe disse, o meu pai já cá tinha estado algumas vezes. Numa delas, apaixonou-se por uma mulher viyhokim, julgo que era uma princesa, pelo menos era assim que o meu pai a descrevia. Quando a minha mãe morreu, decidiu voltar e trouxe a família toda com ele. Eu e mais os meus cinco irmãos: Karl, Kaspar, Klaus, Konrad e Kurt.

— Que nomes! — riu Nachiketa Mudaliar. — Parecem cavalos a trotar em cima dum chão de pedra.

— Três morreram entretanto — continuou o padre — e os outros dois voltaram para a Europa. Um vive no sul de Espanha e o outro na Roménia. Esse retorno do meu pai a esta cidade foi a sua tentativa de recuperar algumas das suas melhores memórias. Fez os possíveis por voltar a ver a tal princesa, mas nunca a encontrou. Foi uma coisa muito triste.

— O que eu tenho para lhe contar tem a ver com isso mesmo. Contaram-me a história do seu pai no outro dia. Como ele procurou o almasty e se apaixonou. Vim aqui dizer-lhe que a mulher viyhokim nunca o esqueceu e todos os dias tentava subir a montanha onde tudo se passou com a esperança de voltar a encontrar o seu pai.

— Eles nunca se encontraram.

— Não. O destino tem estas coisas.

— É cheio de desencontros. O pior é quando há maldade humana envolvida.

— Mas não é o caso. De resto, tenho ouvido dizer que devemos olhar para os homens como olhamos para nuvens ou para terramotos.

— Não me parece, não posso concordar. A Igreja diz-nos que temos livre-arbítrio e que devemos responder pelas nossas ações. Os terramotos não têm essa possibilidade. Não têm liberdade e não têm de responder por nada.

— Sim, não têm de responder por nada.

— De qualquer modo, para nós, para mim e para os meus irmãos, a paixão do meu pai por essa mulher, princesa ou não, era-nos dolorosa. A minha mãe era uma pessoa especial, muito apaixonada, e os sentimentos do meu pai eram uma grande traição. Apesar de ele só ter voltado depois da morte da minha mãe, não deixou de ser, pelo menos para mim e para os meus irmãos, uma traição à sua memória. E nós devemos preservá-la, não é, Sr. Mudaliar?

— Com certeza.

— Quando me lembro do meu pai, com os óculos pendurados numa orelha, porque a outra lha arrancaram à dentada num momento trágico da sua juventude, penso que a vida dele foi um conjunto de equívocos, uns atrás dos outros, como um rosário. A primeira vez que o meu pai viajou para estes lados veio com o meu avô e foram visitar a cerejeira de Tal Azizi. O meu pai era muito jovem nessa altura e escreveu nos seus diários que era uma ameixeira. Quando voltou a viajar pela Ásia, veio à procura de flores exóticas. A expedição foi um delírio da sua juventude e dos livros que lia obsessivamente. Numa biblioteca pública encontrou um livro chamado *Flores do bem*. Tinha descrições de flores de que ele nunca tinha ouvido falar. Reuniu-se com Zsigmond Varga, um milionário e colecionador amigo do meu avô, e conseguiu dinheiro para essa expedição. Quando voltou a Bratislava, foi completamente ridicularizado. Veja, Sr. Mudaliar, o livro *Flores do bem* tinha sido escrito por Latour. Esse homem era conhecido como o colecionador de vaginas. Foi um pioneiro da ginecologia e um dos primeiros a desenhar centenas de órgãos sexuais femininos. A certa altura da sua vida, Latour escreveu um livro apenas com descrições das centenas de ilustrações que tinha feito. Para isso, usou o vocabulário técnico da botânica, palavras como pétalas, essência, estigma, sépalas, tubo polínico e ápice do pistilo. Ou seja, as flores não eram bem flores. O meu pai, quando leu aquele livro que Latour assinava com um pseudónimo, quis encontrar esses espécimes, que o próprio autor garantia apenas crescerem no Médio Oriente, junto ao umbigo do mundo. Essa veleidade poética, que constava na introdução do livro, levou o meu pai a empreender a mais ridícula das expedições. Quando voltou e o confrontaram com o verdadeiro teor da obra, o meu pai ficou com a sua credibilidade completamente arruinada. Tanto que o meu avô decidiu abandonar Bratislava. Pegou no meu pai e na mulher dele, a minha mãe, e foram viver para a Alemanha. Quando penso na vida do meu pai, só encontro desencontros. Mas diga-me, Nachiketa Mudaliar, como é que soube da princesa viyhokim, como é que soube que ela ainda esperava o meu pai?

— Soube por acaso. Ouvi contar essa história no bazar e tive vontade de corrigir alguma coisa. Mas chegamos sempre tarde demais, não é?

— Sim. Agora não importa nada.

A janela aberta mostrava Dilawar
com os braços

١٥٣

A janela aberta mostrava Dilawar com os braços levantados. A mulher à sua frente, chamada Diamante, protegia a cabeça com as mãos. Tinha o pescoço esguio, um colar de cobre, dedos compridos. Os punhos de Dilawar estavam fechados e um deles sangrava de dois nós dos dedos. Dilawar havia socado a parede repetidas vezes com essa mão. Bilal entrou no quarto meio destruído pela fúria do filho do general e agarrou o amigo. Desviou-se de um candeeiro partido e levou Dilawar agarrando-o pelos ombros. A mulher chamada Diamante levantou-se da cama, aproximou-se da porta e insultou Dilawar, enquanto Bilal o levava escadas abaixo, e de seguida foi para a janela, esperou que eles saíssem do edifício e aparecessem na rua para voltar a gritar todas as ofensas de que era capaz. Os transeuntes paravam a olhar para ela, paravam a olhar para os dois homens, ouviam o que se gritava, riam, gritavam e insultavam também. Dilawar tentava soltar-se, empurrava o amigo, Deixa-me, Bilal, mas Bilal não o largava, agarrava-o pelas roupas e dizia para Dilawar se acalmar, que estava toda a gente a olhar, que os carros paravam para ver o que se passava. Dilawar não queria saber, sou um Krupin, gritava, faço o que quiser, só tenho de fazer as coisas como deve ser, com inteligência, vou subir, larga-me, Bilal. Os carros e as motorizadas continuavam a parar, uns atrás dos outros, a multidão crescia, o tumulto também.

Aos ouvidos de Myriam chegavam quase todos os boatos. Os pecadilhos e as paixões arrebatadoras de Dilawar por prostitutas não lhe passavam ao lado. Myriam já havia, por diversas vezes, inúmeras, aconselhado Shabeela, a mulher do general, a casar o filho. Sugerira Aminah. Era quase família, o pai dela e de Fazal Elahi fora como um irmão para o general. Shabeela concordava com a escolha de Myriam, Aminah seria uma boa mulher para o filho, não a mais notável, mas era boa muçulmana e saberia domesticar os ímpetos mais selvagens de Dilawar, fazer dele um homem capaz de governar um país, ter atitudes inteligentes e deixar aquela vida vergonhosa em que vivia mergulhado. Shabeela ressalvava apenas o facto de Aminah já não ser assim tão nova, ter aquele problema nos dentes, acrescentando que o difícil seria convencer o general a concordar com o casamento: os homens são muito teimosos.

Agora, Dilawar andava apaixonado por mais uma prostituta. Naquele ano era a terceira que o deixava completamente fora de si. Uma delas desaparecera, talvez tivesse fugido, outra morrera. Myriam pensava: precisa de se casar.

A rua cheia de gente, adornada

۱۵۴

A rua cheia de gente, adornada de gritos e de sol, era demasiado íngreme para uma conversa. A inclinação exagerada das ruas prestava-se a situações meditativas. A respiração ofegante não deixava conversar, por isso os pensamentos viravam-se para dentro, como as cabeças das tartarugas, e as palavras ficavam presas. O que guardava essas palavras e as impedia de serem livres era a falta de ar. Fazal Elahi inclinava o corpo para a frente e abria muito a boca. Badini parecia não ser afectado pelos declives, marchava sempre à mesma cadência e com a respiração muito calma, quase deitada.

Uns homens jogavam críquete na rua. Elahi desviou-se de uma bola. Só jogava críquete dentro da sua cabeça, onde era mais seguro e onde podia fazer funcionar as suas tramas, semelhantes a tapetes.

Quando chegaram a casa, encontraram Nachiketa Mudaliar à sua espera, junto à porta.

— Podia ter esperado lá dentro — disse Fazal Elahi —, este sol é inclemente, não sei como é que Alá, em toda a sua glória, permitiu a existência de uma coisa tão quente.

— Não quero incomodar ninguém.

A barba de Nachiketa Mudaliar crescia a espaços, era como se os pelos não gostassem uns dos outros e por isso crescessem longe dos seus vizinhos. O seu bigodinho fininho começava a transformar-se numa barba rala. Apesar disso, da islamização de Nachiketa Mudaliar, Aminah continuava a não aparecer quando ele estava na sala. Chamava Isa e era este que servia o chá. Fazal Elahi gostaria de tomar uma atitude mais enérgica, mais de acordo com o seu estatuto na família, mas não estava no seu feitio. Por isso, as coisas iam andando, sem progressos. Nachiketa Mudaliar não desistia.

O chá era-lhe servido com abundância e Mudaliar falava bastante, apesar de se manter atento aos barulhos vindos da cozinha: louça a cair, talheres a baterem, que eram como beijos. Mudaliar, apesar da recente conversão, ainda contava histórias hindus, em especial do seu santo, ou ex-santo favorito, Girijashankar de Lahore. Os temas, na sala de Fazal Elahi, variavam sempre entre religião, metafísica, filosofia e críquete.

— A matéria
   não existe — disse Badini.

E Elahi traduzia, para que Mudaliar percebesse os seus gestos, sempre tão precisos como uma máquina de escrever milagrosa.

— Parece-me contrário aos nós dos meus dedos — disse Fazal Elahi, a bater com eles no chão. Depois riu-se.

— Parece ser assim — disse Nachiketa Mudaliar —, parece ser assim, eu também já dei muitas cabeçadas, mas o Badini sahib tem toda a razão. A matéria é bem capaz de nos fazer sangrar, mas não existe. Apesar de ter um passado hindu apagado pela minha nova vida, ainda me lembro dos ensinamentos dos meus gurus: a forma das coisas, todos sabemos, é efémera. A forma passa, mas a matéria fica. Pois desafio-o, Elahi sahib, a imaginar a matéria sem a forma. Faça-o e verá que fica com o nada nos braços. O senhor consegue imaginar uma garrafa. Sabe que tem matéria, mas é matéria com forma de garrafa. Imagine essa matéria, somente matéria, sem forma. Imagine-a sem um volume particular, e o que tem à sua frente não é matéria, é nada.

Isa apareceu junto deles, muito calado, rarefeito, para ouvir como a matéria não passa de imaterialidade.

Fazal Elahi, depois de ouvir Nachiketa Mudaliar, abanou a cabeça e bateu com os nós dos dedos no chão.

No dia em que Aminah teve um par

١٥٥

No dia em que Aminah teve um par de sapatos de salto alto — vermelho-escuros, de um vermelho abundante, uma cor de marca — à porta do seu quarto, ficou comovida. Aquele presente, tal como o perfume com cheiro de John Wayne, só poderia ser oferta de Mudaliar. Era o único a entrar naquela casa e poder ousar tal coisa. Para se certificar, perguntou a Elahi sobre o presente, mas o irmão não sabia de nada e achou tudo muito estranho e irregular. Aminah chamou Isa.

— Foste tu quem colocou os sapatos junto à porta do meu quarto?

Isa inclinou a cabeça, dizendo que sim.

— Foi o Dilawar que os enviou e te pediu para mos dares?
— Não.
— Foi o indiano?
— Sim — mentiu Isa.

Aminah pegou nos sapatos e tentou calçá-los. Não conseguia enfiar os seus pés gordos dentro dos sapatos delicados, pés obesos não combinam com sapatos magros. Acabou por cair com o rabo no chão e enfiou-os, à força, depois de sentada. Olhou para os sapatos com enlevo, sentiu-se uma princesa. Correu para o espelho e virou-se de um lado para o outro, puxando as roupas para cima.

Nessa noite, sonhou com coisas maravilhosas, terrenos que poderiam ser pisados por sapatos daqueles. Parecia um pardalinho a pular no chão, leve como a alma dos mortos, a percorrer campos verdes e relvados de hotéis de luxo. E depois levantava voo, planando por cima das montanhas mais altas do Hindu Kush, por cima das nuvens mais altas da imaginação, por cima das tristezas mais bicudas. Sempre de salto alto, pelo mundo fora. Batia com a cabeça nas estrelas (que nos fazem tão pequeninos) e nos céus, e voltava à Terra, deslizava pelos rios e desaparecia nos mares, para voltar a aparecer na terra, como faz a chuva, a pular em cima das folhas. Sentia-se o próprio orvalho da manhã, mas de saltos altos. No final do sonho, pairava sobre si um homem magro, de bigode fininho e barba a nascer a espaços. Então, acordou em sobressalto, suando, a gritar "vergonha!".

Na manhã seguinte, levantou-se mais cedo do que o habitual, com a ansiedade de calçar os sapatos vermelho-importado. Não tinha coragem de sair com eles para a rua, pois não saberia o que dizer quando lhe perguntassem a sua proveniência. Jamais poderia dizer que haviam sido presente de um hindu. Mesmo que esse hindu fosse, agora, muçulmano. Mas logo que acordou calçou-os, um a seguir ao outro, e andou uns metros pelo corredor até cair. Não estava habituada a saltos daqueles, a saltos para o abismo, saltos para uma vida de casada (mas de vergonha). Ficou parada no chão, sentada, a massajar os tornozelos zangados com o novo calçado. Isa surgiu, invisivelmente, e Aminah apanhou um susto quando percebeu que ele estava mesmo junto a ela, quase encostado. Reteve um grito e, quando recuperou a sua cara feia, virou-a para longe de Isa, americano asqueroso, e levantou-se. Caminhou como um bêbedo até ao seu quarto e fechou a porta com violência. Isa continuava no mesmo lugar, parado como um silêncio, escarlatina, escarlatina, escarlatina, mas com um sorriso na cara. Já não tinha a Bíblia que fora da sua mãe, não da que está viva, mas da que morrera. Nem tinha o taco de críquete. Uma Bíblia pelo sapato esquerdo, um taco pelo sapato direito.

Uma mulher chamada Diamante atirou-se aos pés

١۵۶

Uma mulher chamada Diamante atirou-se aos pés de Shabeela, a mulher do general Ilia Vassilyevitch Krupin. Esta saía de uma loja com um saco cheio de roupas — duas calças, duas camisas de homem, um shalwar kameez com flores — e ficou assustada. A mulher gritava que Shabeela tinha de fazer alguma coisa, que já não aguentava mais. Dilawar partia-lhe a casa com ciúmes, umas vezes bêbedo, outras vezes drogado. Shabeela Krupin não percebia o que ela queria, mas começou a bater na cabeça dessa mulher chamada Diamante. Tinha os punhos fechados e batia-lhe cegamente, falhando a maior parte dos golpes. Alguns homens que passavam na rua naquele momento agarraram em Diamante e empurraram-na. Criou-se um círculo à volta dela e Shabeela deixou de ver a outra, deixou de ver o que se passava para lá daqueles homens todos. Sacudiu as roupas e continuou a andar. Meditou no que havia acontecido enquanto voltava para casa.

Não conseguiu dormir nessa noite. Estava demasiado nervosa, e, no dia seguinte, não saiu de casa senão para visitar Myriam e tentar saber o que se passava com Dilawar. Muitas vezes temos de nos afastar para ver o que se passa dentro da nossa própria casa, pensava ela, a família é como uma montanha, temos de nos afastar para conseguir vê-la inteira. Shabeela sabia que Dilawar era um tolo, que fazia coisas com prostitutas, que pecava de muitas maneiras, mas, de algum modo, era-lhe tudo mais ou menos distante. Não tinha tido nunca contacto com aquela realidade e por isso parecia-lhe apenas o resultado da juventude e de algum ímpeto em excesso. O general também não era desprovido de temperamento. Mas agora tudo mudara. Para Shabeela, o facto de ter aparecido uma mulher chamada Diamante a agarrar-lhe as pernas dera uma consistência especial àquele comportamento do filho. Tornara-o sólido, tornara-o real. Já não eram apenas coisas que se diziam, era uma mulher horrível agarrada às suas pernas.

Shabeela Krupin, nessa tarde, sentou-se na sala a ver televisão, com as suas contas de oração no colo, enquanto esperava o marido. Quando o general chegou, contou-lhe o que se passara no dia anterior, como a mulher chamada Diamante se atirara às suas pernas e dissera que já não aguentava mais os ciúmes de Dilawar, que eram ciúmes que lhe partiam a casa, que estava sempre bêbado ou drogado. Disse-lhe que conversara com Myriam e ela lhe havia dito que a mulher que a agarrara era apenas mais uma das paixões de Dilawar, a terceira desse ano, pelo menos que se soubesse. Shabeela disse que era uma vergonha, que toda a gente sabia, que toda a gente via. E que aquilo não afectava somente Dilawar, manchava toda a família. Ficamos todos sujos, disse, é uma porcaria imunda que desonra a nossa família.

O general soltou uma gargalhada, sabia tudo o que o filho fazia, mas engasgou-se e acabou por ter um ataque de tosse.

Aminah voltou a ser falada e o general Ilia Vassilyevitch Krupin não disse nada. Shabeela assumiu esse silêncio como concordância.

As insónias faziam

١٥٧

As insónias faziam com que Fazal Elahi e Isa se encontrassem no corredor, sentados, com as costas apoiadas na parede e as pernas cruzadas.

As noites eram sempre longas, com as estrelas a mostrarem a insignificância dos homens.

— Tens medo do escuro, Isa? Eu também tinha muito medo do escuro, mas a Ghaaliya, que vivia na minha rua, onde andará ela?, disse-me que isso era uma parvoíce. Que bonita que era a Ghaaliya. Num final de tarde já quase sem sol, glória a Alá, em que ela trazia um vestido castanho, parecia uma menina inglesa, a Ghaaliya levantou as roupas e eu, com licença, enfiei-me lá dentro. Estava tudo escuro, mas eu nunca mais tive medo da noite. Sempre que escurece, lembro-me daquele dia e sei que a escuridão se assemelha à felicidade, que bonita que era a Ghaaliya, mas, claro, ainda tenho muitos receios, especialmente do *equilíbrio notuvelmente/absoluta-mente/absurdamente/infinitamente/moralmente/esteticamente desequilibrado* do universo, essas coisas todas, Alá me perdoe. E das estrelas, Isa, tenho muito medo das estrelas, que nos esmagam sem consideração.

— Eu não tenho medo do escuro. Acho que tenho medo dos barulhos.

— Tens medo dos barulhos?

— Sim, baba.

— São os móveis a ranger, o Badini diz que tudo o que existe está a falar, não há nada no mundo que esteja calado, creio que esses barulhos são o modo como os móveis falam.

— E o que dizem?

— Tens de aprender a sua linguagem de madeira velha.

— Sim, baba.

— E por falar em aprender, Isa, tens também de aprender a ler.

— Sim, baba.

— Para leres o teu livro, a tua Bíblia, e para herdares o meu negócio de tapetes.

— Poderei ler o livro que vocês estão sempre a ler?

— Sim.

8. Disse o Profeta: Um homem, quando aprende, não fica a saber mais. Mas fica a ignorar menos.

Isa encostou a cabeça a Elahi [escarlatina, escarlatina, escarlatina]. Sentia alguma felicidade com a perspectiva de aprender a ler e fabricar tapetes, mas tinha medo dos outros rapazes e não queria ir à escola.

— São nove mil seiscentos e trinta e seis quilómetros de Bagdade a Nova Iorque — disse Isa baixinho, quase para si.

— Ainda no outro dia falei com o Majid, disse-lhe que tinha emprego para o filho dele, disse-lhe que eu, com a idade do filho, com nove, já trabalhava há mais de três anos e que foi assim que fiquei a saber tudo sobre tapetes, aprendi a ser tapeteiro no comércio e nas fábricas, não foi na escola. A escola é muito importante, mas a vida é mais, disse-lhe eu. Escuta, Majid, na minha fábrica não se trabalha mais de dez ou onze horas por dia e deixo, aliás exijo, que os rapazes frequentem a madrasa, glória a Alá. Ouve, Majid, disse-lhe eu, pagarei justamente ao teu filho e aumentá-lo-ei conforme o seu talento e esforço. Accha. Sabias, Isa, que o Majid quase não consegue pagar as contas? Pois bem, não consegue, a vida está difícil, o comércio já não é o que era e é preciso ser inteligente a negociar se não queremos naufragar na miséria e ter de andar a pedir esmola e recolher restos do lixo. Ora, com licença, Isa, se eu faço este favor ao Majid, que não é da família, farei por ti muito mais e, se quiseres, também lá podes trabalhar, se quiseres começas já amanhã, inshallah. Saber manejar as coisas, saber fazê-las, é muito importante para saber criá-las.

— Já trabalhei numa fábrica e não gostei. Vou gostar desta?

— Trabalhar faz bem, e na tua idade é como brincar. Sei que não tens muitos amigos, não é? Eu também nunca tive muitos, na verdade, acho que só tive um, o meu querido primo. Sabias que ele, quando era da tua idade, andava sempre com um gato? Era um gato muito gordo e peludo que ele punha no ombro, e o bicho ficava assim, todo mole, parecia morto, parecia água a escorrer, que bem que eu me lembro desse gato, accha, o animal ficava encaixado no ombro, exatamente como uma alça de uma mala a tiracolo, duas patas para as costas do Badini e duas patas para o peito. O meu primo dizia que o gato, à noite, se transformava no anjo Jibril, de dia era gato persa e à noite era arcanjo persa. O Badini nunca contou isto a mais ninguém além de mim. Eu, além de Alá, é claro, era o único a saber que o gato pendurado no ombro se transformava em Jibril e falava nos sonhos do meu primo. O Badini era um rapaz muito sensível, e ainda é, mas naquela altura tinha a mania de andar com garrafas penduradas à cintura, dizia que conseguia engarrafar djins, espíritos, tinha sempre garrafas para várias ocasiões da vida, para conseguir aquilo que queria. Eu, a princípio, ainda o conhecia mal porque só há pouco é que vivíamos na mesma cidade, imaginava que dentro daquelas garrafas estavam djins capazes de nos fazer correr mais do que os outros rapazes, ou djins capazes de nos dar brinquedos importados, mas não era nada disso, os espíritos engarrafados do Badini eram como ele, muito delicados, e apenas serviam para fazer sorrir quando se está triste ou para ouvir uma melodia na cabeça quando se olha para uma paisagem bonita ou para o céu. Subhanallah! Andávamos sempre juntos, eu e ele, mesmo quando emudeceu e foi viver com o Salam-ud-din, que era um grande poeta, já ouviste o nome dele, Isa? Com certeza que sim, mas antes disso, a certa altura, o meu primo, ao passar com o pai junto de um porco, afirmou ter ouvido a voz de Deus. O pai ficou fora de si, pegou no gato que vivia no ombro do meu primo e esmagou-lhe a cabeça contra uma parede e depois saltou em cima dele com os pés até o animal se desfazer em papa e miados mortos, um gato daqueles, que todas as noites se transformava no anjo Jibril! É um grande pecado matar um gato, mas o meu tio estava cego pela ira, que Alá o perdoe. O Badini começou a emagrecer, ficou meses a definhar, sem soltar uma lágrima sequer, era tristeza daquela seca, que não molha os olhos. É muito difícil lidar com essa agonia mais árida, que Alá nos ajude. Quando o Badini começou a recuperar, chamou-me para irmos abrir as suas garrafas todas, e nós saímos da mesquita, numa sexta-feira, e soltámos todos os djins engarrafados. Foi um dia muito especial, pois havia djins que nos fizeram sorrir e outros que nos fizeram ouvir uma música suave e outros que nos fizeram cócegas e outros que nos despentearam. Pareciam borboletas que não víamos, a voar por todo o lado. Alá é grande.

— Borboletas que não víamos — repetiu Isa.
Elahi olhou para ele e sorriu:
— Isa, com licença, abre a boca.
— Para quê?

— Quero ver uma coisa.

354. Um dia, Deus debruçou-se demasiado sobre um bocado de barro e caiu para dentro do Homem.

Isa abriu a boca e Elahi debruçou-se.

— Chega-te mais para a luz, peço perdão, que aqui não se vê nada.

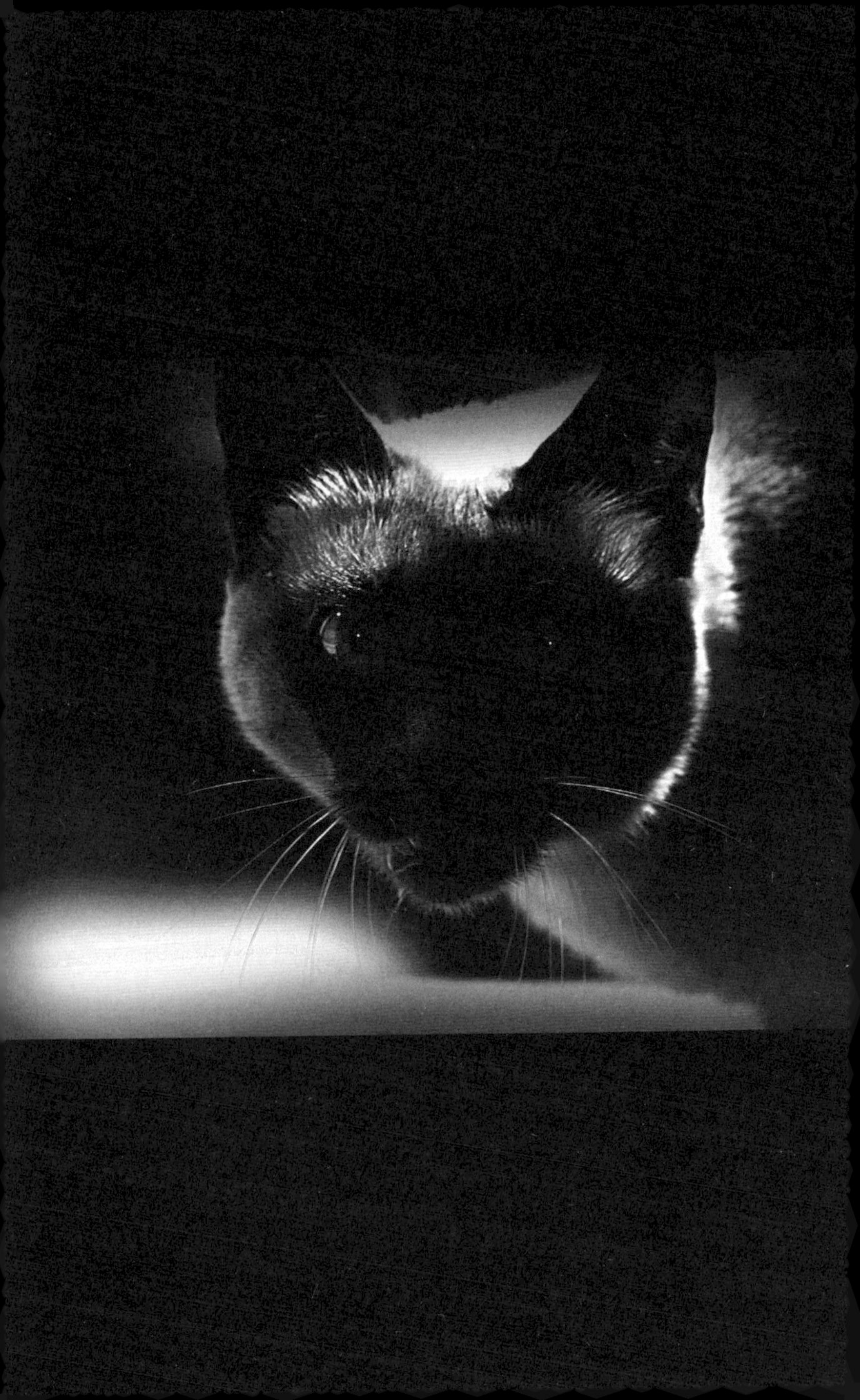

Havia gatos a dormir

۱۵۸

Havia gatos a dormir por todo o lado. Mossud adorava-os e tinha a sua casa cheia deles. Tinha uma predileção muito grande por uma gata gorda que costumava dormir no seu colo enquanto ele praticava caligrafia. Tinha-a batizado de Muezza, que era o mesmo nome da gata preferida do Profeta. As letras de Deus entrelaçavam-se com os miados mais doces e ronronavam pela folha. Mossud, com as mãos embaciadas, desenhava as palavras das suas suras preferidas.

144. O primeiro pincel foi feito com as pestanas de Qabil, o assassino, pois ele foi o primeiro homem a escrever o seu nome.

A voz do mulá Mossud era muito fina, delicada, feminina e, ao mesmo tempo, pastosa. Foi com essa voz que cumprimentou Nachiketa Mudaliar quando chegou. Este sentou-se, cruzando as pernas ossudas, junto ao mulá.

— Visitei o padre.
— Qual padre?
— O filho daquele senhor que andava à procura do almasty.
— O inglês?
— Não era inglês.
— Como assim? É claro que era inglês. Não te contei a história dele?
— Perdão, mulá Mossud. Por vezes engano-me.
— E por que motivo procuraste um padre?
— Queria dizer-lhe que o pai dele talvez tivesse razão em sonhar.

— Que asneira é essa, Nachiketa Mudaliar?
— Foi uma atitude impensada.
— Reprovável.
— Sim, mulá Mossud, por vezes tenho destas coisas.
— A verdadeira religião, juntamente com o tempo, pois tudo precisa de um certo tempo para funcionar, saberão corrigir os teus excessos. Lembra-te de que os ocidentais são o contrário de Deus. Por isso é que são infiéis.

– Acorda!

١٥٩

— Acorda!

Badini abriu os seus minúsculos olhos negros, assustadores pela falta de sobrancelhas e de pestanas. Elahi debruçava-se sobre ele, gesticulava de nervosismo.

— Estamos a meio
    da noite, ainda perdidos
      nos sonhos.

— Desculpa, primo, mas, ouve, tive um pesadelo horrível, um grande desastre.

Fazal Elahi beijou o seu Alcorão e levou-o à testa. Fez isso três vezes. Tinha os olhos vermelhos e estava visivelmente transtornado.

— Escuta, primo, ouve o meu pesadelo, não faças essa cara, sei que não gostas que eu tos conte, dizes que não há nada mais aborrecido do que ouvir os sonhos das outras pessoas, peço perdão, tens de me ouvir, sonhei que o Isa morria, Alá nos ajude.

— Estás sempre
    preocupado,
    sempre receoso, o medo
    preenche-te.

— Tenho as preocupações atadas aos nervos — disse Elahi.

Badini coçou os olhos.

— Vives nessa agonia, temes
    que os cabelos caiam,
    que a chuva caia,

e quando despontam flores,
choras sozinho na sala.

— No meu sonho, o Isa morria sem ar, que Alá não o permita e afaste de nós a tragédia e o infortúnio, sei que Isa quase não respira, quantas vezes, enquanto dorme, tento perceber-lhe a respiração, mas é como se não existisse, parece que está morto, mas é diferente do meu sonho, com licença, no meu sonho ele morria, não acordava de manhã como faz sempre, ficava vermelho, quase a explodir, depois ficava roxo, depois morria em desespero com as mãos estendidas para mim. Escuta, primo, não te rias, o meu Salim, Alá o tenha em sua glória, saía à mãe, mas o Isa sai a mim, só que, acho eu, é muito mais eficiente na sua transparência, muito mais, e no meu sonho asfixiava, que tragédia! Tu adivinhas o futuro, apesar de dizeres que não, apesar de dizeres que nem o passado adivinhas, mas nem preciso da tua clarividência e do modo como sabes que bispo ou peão eu vou jogar, não preciso. Podes não ver o futuro, mas eu sinto-o aqui à minha frente, entranhado nas roupas e na pele como o cheiro do caril a ser cozinhado. É preciso mudar o destino e não deixar que a tragédia volte a vencer, é preciso que fiques e que este ano não partas em peregrinação, peço perdão, precisamos de ti, sim, precisamos.

— É difícil mexer na vida
esperando mudá-la para melhor,
uma mudança aqui
faz uma tragédia do outro lado,
como quem puxa um lençol
para tapar o peito,
destapando os pés,
é como o homem que foge do lobo
para encontrar um urso.

265. — Ó Deus dos Crentes, Clemente e Misericordioso — perguntaram os anjos —, se o Destino está escrito desde o Início, para quê lutar?

— Porque está escrito no Início que será preciso lutar.

— Tens mesmo de ir a Ispaão ver uma árvore, primo, comer uma cereja? As do mercado não servem? Não te rias, tens a certeza de que têm de ser as cerejas que nasceram do corpo do pir Azizi, não podem ser outras, que também são doces? Accha, tu próprio dizes que as cerejas não fazem nada, não têm poderes, não fazem milagres, quantas vezes te ouvi dizer isso?, o que importa são as pessoas que as comem, Alá seja louvado, a sombra debaixo da qual nos deitamos não tem qualquer poder especial, não faz crescer pernas, nem faz andar paralíticos, apesar de o general Krupin ter recomeçado a andar. Sinto-me confuso, meu Deus, tenho a alma a baloiçar ao vento, os meus nervos têm as pernas partidas.

— Sim, primo, e até digo mais. Quando
    nos deitamos debaixo daquela
    cerejeira, é ela que nos impede
    de ver o céu.
    É como toda a religião.

— Então, dás-me razão. Para quê ir até à árvore?

— É verdade, a árvore
    não importa,
    nem as suas cerejas. Mas
    importa a pessoa que as come. Se Alá
    está em todo o lado,
    porquê ir à mesquita? Não é por Alá,
    é por nós. Alá
    está em todo o lado, mas o homem
    sente uma comunhão maior
    quando está na mesquita.

Quando é dia, a luz cerca-me,
como faz Alá, mas se eu
abrir os olhos, a luz é mais
eficiente e a mesquita
é como os olhos abertos.
Não vou até à árvore
de Tal Azizi por causa da árvore
de Tal Azizi, mas porque
me sinto em casa. Não há milagre
nenhum nas cerejas, mas há muitos
milagres na nossa cabeça,
e por vezes vemos melhor o céu
através dos ramos
do que simplesmente olhando para ele.
O céu visto aos bocadinhos, em fragmentos,
é mais fácil de compreender.
O céu, Fazal Elahi, deve ser visto
por entre as cerejas.
É como diz o poema:
Perto de Ispaão
há uma ameixeira
que dá dois tipos de frutos:
as ameixas, que são doces, e
os espaços entre as ameixas,
que são silenciosos. São estes
últimos que, ao fim da tarde,
exibem o pôr do Sol através dos ramos.
— Uma ameixeira?
— Uma ameixeira,
   um marmeleiro, uma cerejeira...
   o que importa?
   Um pequeno engano do poeta.

O que interessa aqui
não são os frutos, Fazal Elahi,
são os espaços entre eles.

Estava um belo dia. O sol parecia

١۶۰

Estava um belo dia. O sol parecia não soprar com força, e a determinação de Fazal Elahi parecia iluminar a cara e os cabelos de toda a gente. Aminah comia um gelado e Elahi levava Isa pela mão (que deitava migalhas para o chão, criando pássaros atrás de si). Caminhavam para o jardim zoológico.

— O maior mamífero terrestre — disse Isa, enquanto olhava para os grandes portões de ferro da entrada — é o elefante, que pesa seis toneladas, e o mais pequeno é o musaranho-
-elefante, que mede apenas trinta e oito milímetros.

Elahi riu-se.

— Com licença, Isa, sabias que dantes os animais não queriam saber da zoologia e tinham características incomuns? Os elefantes não tinham trombas e as girafas não tinham pescoço.

— Que ridículo — interrompeu Aminah —, então como é que elas chegavam aos ramos mais altos das árvores para se alimentarem?

— Voavam para os ramos mais altos. Era para isso que tinham asas.

Isa olhou para Aminah, mas ela já não ouvia o irmão e olhava para os frutos secos que eram vendidos à entrada do jardim zoológico.

— Vais ver muitos animais, Isa, vais ver pandas e leões e elefantes, há aqui de tudo.

— Prefiro os tigres, baba.

— Sim. Ótimo. Mas poderás ver também os outros animais todos. Accha, e qualquer dia vamos ao Museu de História Natural.

— Ver o quê, baba?

— Ver fósseis.

— O que são fósseis?

— Os fósseis são animais que ainda hoje estão mortos, são os animais mais antigos que há.

— Mais antigos do que os dinossáurios?

— Alguns são mais antigos.

Havia crianças por todo o lado, a correrem com balões e cartuchos de frutos secos nas mãos. Elahi comprou pistácios e quis oferecer um balão a Isa, mas este não quis. Pararam durante uns minutos a ouvir um homem tocar rubab.

— Baba, dizem que o primo Badini matou um tigre com as suas próprias mãos.

— As pessoas têm razão, Isa, têm toda a razão, o meu primo derrotou um tigre com as mãos, que glória, mas o tigre é um animal que todos nós temos cá dentro, no peito, na barriga, na cabeça, não é, peço perdão, um tigre como estes do jardim zoológico, é, isso sim, a maneira que os dervixes têm de dizer que venceram tudo o que era predador e carnívoro dentro deles, não sei se me faço entender, enfim, não era um tigre destes que hoje vais ver a rugir dentro das jaulas.

— Ah.

— Com licença, Isa, não fiques desiludido, não fiques triste, o tigre que está dentro de nós é muito mais feroz e muito mais difícil de derrotar, ouve o que te digo. O meu primo venceu-o com as suas mãos, pois ele fala com elas, isso quer dizer que o derrotou com palavras, com as suas orações, com a sabedoria, com poemas atirados para o céu, glória a Alá. É assim que se matam estes tigres, com versos atirados para o céu.

— Os tigres devoram homens, não é, baba?

— Isso, os tigres devoram homens, os tigres que nos habitam só pensam em devorar homens, são as feras mais perigosas desta selva, gostam de ter coisas, gostam de empilhar coisas. Os nossos tigres, os que vivem aqui, olha, na cabeça, e aqui, repara, no peito e na barriga, gostam de ser milionários e de comer tudo o que encontram pela frente, mas estes que vais ver hoje, Isa, são diferentes, têm riscas, têm dentes e pesam quatrocentos quilos. Estes tigres são de outro tipo, são boas pessoas.

— Não comem homens?

— Talvez, mas são boas pessoas.

Aminah comprou mais um gelado. Quando acabou de o comer, limpou os cantos da boca. Aproximou-se do irmão e fez-lhe perguntas sobre o indiano. Fazal Elahi achou esquisito. Perguntou-lhe se estava disposta a casar-se com ele. Aminah começou a gritar — que nem pensar, que vergonha —, chamou-lhe louco.

Badini fez com massa de pão uma série

١٦١

Badini fez com massa de pão uma série de figuras e heróis persas, entre as quais se encontravam Rostam, Esfaiander e Eskander. Amassou o miolo com os seus dedos delicados, que eram palavras com unhas nas pontas, até sentir que o pão se poderia moldar. Deixou-as secar até ficarem duras, como os gritos de Aminah. Depois pintou as figuras com tinta acrílica, coloridas como autocarros, e ofereceu-as a Isa.

— Quem são? — perguntou Isa.

Badini gesticulou, mas Isa ainda não o compreendia. Já reconhecia uma ou outra coisa elementar, como água, como chá, como comer, como beber, como estar feliz, como estar zangado, como ligar o rádio, como os Black Kraits voltaram a vencer, como vai abrir a porta, como está quente, como acorda, como baba, mas faltava-lhe percorrer um longo caminho até conseguir a mesma capacidade de Fazal Elahi de entender a linguagem de Badini.

— Vou chamar o baba — disse Isa.

Fazal Elahi veio agarrado à mão de Isa e olhou para as figuras. Reconheceu algumas de imediato, para outras teve de pedir ajuda a Badini.

No dia seguinte, Elahi entrou no quarto de Isa enquanto este brincava na rua. Pegou nas figuras que o mudo havia moldado e reparou que todos os bonecos estavam mutilados.

Faltavam-lhes braços, mãos, pés, pernas, dedos. Não disse nada, mas pensou: quando ele vivia na rua, faltavam bocados a todos os amigos que ele tinha, é normal que ele veja os seus heróis com menos braços e pernas e mãos e pés. Vou comprar-lhe um terço.

O centro cristão ficava relativamente

١۶٢

O centro cristão ficava relativamente perto da fábrica de tapetes de Elahi. Um dos seus empregados era católico. Era jovem, tinha dezasseis anos, se tanto. Fazal Elahi gostava dele, pois era um rapaz criativo, capaz de fazer com que a trama da vida fosse a trama de um tapete. Fazal Elahi acompanhou-o até ao centro cristão.

— Lê-me um bocadinho da Bíblia — pediu Elahi.
— Está em inglês.
— Não faz mal.

Masih abriu o livro ao acaso e começou a ler:

— A large rose-tree stood near the entrance of the garden: the roses growing on it were white, but there were three gardeners at it, busily painting them red.

— Gosto disso. Pintavam as rosas de vermelho? Continua.

O rapaz voltou a abrir o livro ao acaso:

— "Dear, dear! How queer everything is to-day! And yesterday things went on just as usual. I wonder if I've been changed in the night? Let me think: was I the same when I got up this morning? I almost think I can remember feeling a little different. But if I'm not the same, the next question is: Who in the world am I? Ah, THAT's the great puzzle!" And she began thinking over all the children she knew that were of the same age as herself, to see if she could have been changed for any of them.

— Ótimo. É um livro estranho, mas faz as perguntas certas. Quem sou eu? É uma pergunta que todos devemos fazer, não é?

— É — disse Masih.

— Parece-me que todos os cristãos se chamam Masih.

— Há muitos cristãos chamados Masih. Quer dizer Messias.

— Eu sei o que quer dizer "masih", Masih.

O centro cristão ficava num rés-do-chão com um ar antigo, envelhecido e rugoso. As paredes dos corredores estavam pintadas com cenas bíblicas, em especial do Génesis e dos evangelhos. As cores eram intensas e as perspectivas eram ingénuas. Fazal Elahi olhou para os murais, tentando reconhecer algum episódio. Viu Adão e Eva e os seus filhos: o invejoso Qabil, o primeiro assassino, e o delicado Habil, que era inocente e pastor. Reconheceu o Diabo, Iblis, com o corpo vermelho, asas e dentes afiados. Tentou perceber se haveria pintores de rosas ou meninas que se interrogam sobre a autenticidade do "eu", mas não viu nada que se assemelhasse.

— Chama o padre — disse Elahi a Masih.

— Sente-se aí — sugeriu Masih, apontando para uma porta.

Elahi entrou numa sala com várias cadeiras. As paredes eram verdes e estavam despojadas de quase tudo, exceto uma cruz em que estava pendurado o profeta Jesus que ressuscitou e era filho de uma virgem. Mas não é deus nenhum, dizia Elahi para si mesmo, apenas profeta, apenas homem, ainda que filho de uma mulher que concebeu imaculadamente.

O padre chegou passados minutos, trazia um pequeno cão ao colo.

— Ainda me espanta — disse Elahi ao padre — que representem Iblis como um animal, como uma besta, parece-me infantil, Alá me perdoe a arrogância, mas o anjo caído deveria ser representado de outra maneira, talvez como um soldado ou, pior ainda, de fato e gravata. Mas gosto da Bíblia. Com licença, padre, eu chamo-me Fazal Elahi, sou fabricante de tapetes, e venho aqui porque o meu filho, que é cristão, não sabe ler, e eu gostava de remediar isso. Hoje, enquanto caminhava para aqui, ouvi o meu empregado, o Masih, a ler uns trechos, talvez dos evangelhos, e fiquei comovido, com os olhos marejados.

— Ele não lhe leu trechos da Bíblia.

— Asseguro-lhe que sim.

— Mas olhe que está enganado. Não imagina como a realidade nos engana, como os sentidos erram.

— Mas a capa...

— O mundo é uma capa. Nós lemos o título das coisas e julgamos que conhecemos o conteúdo. Desculpe, como é o seu nome?

— Fazal Elahi, fabricante de tapetes.

— O Masih não gosta de ler a Bíblia, mas os pais obrigam-no. Gostam de o ver, à luz de um candeeiro ou de uma vela, a mexer os lábios, concentrado na leitura dos textos sagrados. Mas ele substituiu o miolo da Bíblia pelo do *Alice no País das Maravilhas* para fingir que lia o livro certo. Acho que foi uma excelente ideia. Para ele, a toca de um coelho é um espaço sagrado. Há muitos caminhos para chegar a Deus, a Bíblia não é certamente o único.

— Não é o único — concordou Elahi. — Enfim, preciso que ensine o meu filho a ler e a ser um cristão, a ler a Bíblia.

O padre sorriu enquanto fazia festas na cabeça do cão.

— Traga-o cá.

— Prefiro que vá primeiro a nossa casa para o conhecer, se isso não for para si um grande transtorno. Eu, é claro, pago-lhe a deslocação e o seu tempo, só temos de acordar um preço, padre, encontrar um entendimento, é que o Isa é uma criança muito especial, quase invisível, tem de ser tratada de outra maneira.

Ao sair, passando pelo corredor, Elahi olhou para a representação do invejoso Qabil, o fratricida, ao lado do seu irmão, o inocente Habil. Tirou um cigarro indiano, cheirou-o e colocou-o na boca, mesmo no meio de um sorriso muito ligeiro.

A primeira flor do tabaco nasceu no umbigo de Qabil.

– Estranho essa amizade

۱۶۳

— Estranho essa amizade com o mulá Mossud — disse Fazal Elahi.

— Tem defeitos — justificou Nachiketa Mudaliar —, mas é como a água enlameada. Abana-se e fica clara. Lá no fundo, o mulá parece-me um ser humano. Toda a vida tentei mergulhar dentro destas poças.

Elahi recostou-se nas almofadas e inalou o fumo do cachimbo de água.

— Gosto muito do seu santo, caro Mudaliar, do seu Girijashankar, é assim que se chama, não é?, creio que sim, um santo dotado de grande modéstia. Sabia que a humildade é o melhor esconderijo? À pessoa verdadeiramente modesta, nem a morte a encontra.

— Agora sou muçulmano e Girijashankar deixou de ser o meu santo. Mas acho que posso continuar a gostar dele como personagem da História, não posso? No worry, no hurry, chicken curry, vou contar-lhe a vida deste santo, Elahi sahib, perdão, deste homem. Nasceu em Lahore no século x, ou por volta dessa altura, e foi um dos maiores estudiosos dos Vedas. Cresceu no meio de brahmins e aprendeu todos os iogas. Nos primeiros tempos da sua aprendizagem, não pousou a perna direita durante quatro anos. Quatro anos, Elahi sahib! Protagonizou grandes feitos ascéticos e era louvado pela sua perseverança e pela facilidade com que, através da vontade, domava as suas paixões. Um dia, percebeu que as suas capacidades, todas as suas virtudes, eram um grande obstáculo ao crescimento espiritual e à sua modéstia. Vivia no meio da lisonja e era adorado, por isso mudou radicalmente e transformou-se no oposto daquilo que deveria ser um santo. Mas apenas por fora, pois por dentro continuava a fazer os mesmos sacrifícios. Aparentava ser um homem rico e exuberante, sempre a cometer excessos, mas na verdade, por trás dessa aparência, continuava a ser o asceta que sempre fora. Tinha conseguido erradicar a vaidade da sua vida, ao parecer vaidoso. Já ninguém lhe gabava as virtudes, pelo contrário, Girijashankar passara a ser a maior desilusão.

Fazal Elahi bebeu uns goles de chá e, com licença, pediu para Mudaliar continuar.

— Quando Yamin al-Dawlah Abd al-Qasim Mahmud Ibn Sebük Tegin, mais conhecido por Mahmud de Ghazni, conquistou Lahore, não viu o santo Girijashankar. Arrasou a cidade, incluindo o seu palácio. Ele vivia no meio do maior luxo para ocultar a sua modéstia. Os exércitos de Mahmud de Ghazni destruíram todo o complexo que escondia Girijashankar, pois ele vivia numa barraca dentro do palácio. O exuberante edifício era apenas uma casca como a das bananas, era para deitar fora. Lá dentro é que estava a polpa, que era o asceta dentro da barraca. Quando os soldados derrubaram a magnífica construção que era a camuflagem da modéstia de Girijashankar, não repararam nele nem na sua barraca. Caiu tudo sob as armas, espezinhado por elefantes e pela fúria dos soldados, mas ninguém reparou no santo, perdão, no homem, todo empobrecido a ler os livros sagrados do hinduísmo.

— A modéstia é o maior esconderijo de todos, tapados pelo manto da humildade nem a morte nos consegue encontrar. Muito bem. E o que aconteceu depois?

— Nada. Girijashankar continuou na sua barraca, apesar da destruição à sua volta. Nem deu por isso, pois estava a ler os Vedas e, quando o fazia, concentrava-se até ao infinito da concentração. Contudo, anos mais tarde, acabou preso.

— Porquê?

— Por opção. Achou que na prisão poderia viver como um asceta sem que reparassem que ele era um asceta. A prisão funcionava como o seu antigo palácio. Vivia na maior das provações, mas sem que as pessoas percebessem que o fazia. A prisão permitia-lhe viver como um pobre, fazer os seus jejuns, e as pessoas não saberiam que o fazia por opção. Julgavam que era uma imposição. Um dia, Yamin al-Dawlah Abd al-Qasim Mahmud Ibn Sebük Tegin ouviu dizer que o santo tinha pena dos homens que estavam presos lá fora. Girijashankar apontava para as pessoas que passavam e dizia isso de dentro do seu calabouço. Quando Yamin al-Dawlah Mahmud ouviu aquilo, disse: soltem-no, para que ele viva na mesma prisão das outras pessoas. E Girijashankar foi realmente preso quando o soltaram.

— Accha, é uma bela história, Nachiketa Mudaliar, uma bela história. Há mais?

— Girijashankar nasceu numa família de nobres. Sempre foi rico. Um dia, quando ainda era criança e estava num banquete com o seu pai e com o rei, Girijashankar serviu-se do maior naco de carne. O rei exclamou: Que impertinência, serves-te do maior pedaço! E Girijashankar disse: Se o rei se servisse antes, o que escolheria? O rei respondeu: O pedaço menor, evidentemente, pois sou modesto. E Girijashankar contrapôs: Então está tudo como agora. O pedaço menor continua à sua espera. Nem eu nem o meu pai nos atreveríamos a tocar no pedaço real.

— Gosto muito do seu santo.

— Já não é o meu santo, Elahi sahib, agora sou muçulmano. Girijashankar passou a ser apenas um motivo de conversa, uma ficção, como ver críquete ou ler um livro. Já não há devoção.

— Quando gostamos, há devoção.

— Sim, mas não podemos dar os mesmos nomes. A heresia é dar nomes que são proibidos. Podemos continuar a sentir as mesmas coisas, mas com nomes diferentes. É por isso que eu continuo feliz, no worry, no hurry, chicken curry.

— Vocês hindus estão sempre contentes, não é?

— Agora sou muçulmano.

— Reencarnam muito. Isso deve ajudar.

— Em parte, mas agora, insisto, sou muçulmano.

— Sim, claro que sim, ainda bem, glória a Alá, mas repare, caro Nachiketa Mudaliar, eu não compreendo isso da reencarnação.

— Eu também não. Vejo as coisas assim: se me perguntarem o que quero salvar, se o corpo ou a alma, eu respondo a segunda. O meu corpo é muito fininho, sem grande protagonismo, e os anos não lhe podem trazer nada de bom. Por isso, sou pela alma.

— Compreendo, mas interrogo-me. Eu também sou assim, mas basta-me acreditar no dia da Ressurreição, não preciso de andar a passear a alma de um corpo para outro.

— Como é que eu lhe explico isto? Está a ver as histórias que lhe contei de Girijashankar? Se me perguntarem o que é que prefiro que sobreviva, o meu corpo ou estas histórias, eu não hesito. Se estiver numa prisão e tiver uma escolha dessas, não penso duas vezes. Tenho de salvar as histórias, salvar as ideias. Se eu as passar a outra pessoa, se ela as amar como eu, passa a ser eu, pois as coisas que amamos confundem-se com as coisas amadas, e só os maneirismos são diferentes. As histórias sou eu, Elahi sahib, sou eu. Sacrificaria o corpo e tudo o resto. O que é tudo o resto? Esta mania que eu tenho de comer pouco? Este feitio tolerante? Isso não vale nada, absolutamente nada. Deito tudo fora para salvar ideias, e cada vez que as passo a alguém, como aquela de adotar um filho americano, reencarno. Nós, hindus, apesar de eu ser um muçulmano, reencarnamos muito. E nem precisamos de morrer para o fazer. Basta contar uma história e lá vai uma reencarnação. O que é curioso é que a alma nem sequer se gasta. Podemos fazer isto milhares de vezes seguidas e até reencarnar ao mesmo tempo em milhares de corpos. Podemos reencarnar numa revolução. Abrimos a boca e as nossas ideias alojam-se nos outros como umas bactérias.

Elahi bebeu um gole de chá e suspirou. Disse:

— Não sei se lhe deva dar esperanças, mas a minha irmã no outro dia perguntou-me por si. Pode ser que o seu desejo, agora que se tornou muçulmano, encontre um final feliz, inshallah.

— Inshallah! — disse Nachiketa Mudaliar, visivelmente comovido.

– Olha, Isa

۱۶۴

— Olha, Isa, o que eu trouxe para ti.
— O que é, baba?
— Um padre.

Fazal Elahi trazia efetivamente um homem agarrado pela mão. Era largo e louro, com uma barriga que vinha mais à frente. Atrás dele vinha um cão de pelo crespo, todo preto, a abanar a cauda, com a boca aberta e a língua pendurada.

Isa olhou para o cão.

— Nós preferimos gatos, não é, Isa? — disse Elahi. — Os gatos são mais parecidos com paredes e não andam a ladrar, passam despercebidos, e o Profeta gostava deles.

O padre baixou-se e fez umas festas ao cão.

— Vais gostar deste — disse o padre. — É um cão muito simpático e divertido. É um cão que faz rir, e isso é preciso nos dias que correm. Além disso, percebe de filosofia e teologia. Não te deixes enganar pela língua de fora.

— Como é que se chama? — perguntou Isa.
— Dogma.
— O Nilo — disse Isa — é o rio mais comprido, mede seis mil seiscentos e noventa mil quilómetros.

O padre riu-se e, desajeitado, deu-lhe umas palmadinhas nos ombros. Badini e Nachiketa Mudaliar aproximaram-se, interrompendo um jogo de xadrez e uns copos de chá.

— Com licença, vamos comer, por aqui, por aqui — disse Elahi, apontando para o pátio.

Os homens sentaram-se todos no chão. Os tapetes estavam cobertos de comida e o cheiro do caril preenchia o espaço entre as palavras.

— *O meu coração* — disse Fazal Elahi — *é pasto para as gazelas, um mosteiro de cristãos, um templo pagão e a Caaba do peregrino, a Torá e o Alcorão. A minha religião é o amor.* Quem disse isto foi Ibn Arabi, conhece-o, padre? Era um homem muito sábio, Alá o tenha em sua glória, mas o que eu queria dizer, talvez manifestar, é que eu acho que também quero ter um coração assim, que albergue o templo pagão e o Alcorão.

— Percebo — disse o padre. — Também já desejei o mesmo, mas neste momento, para ser sincero, prefiro cristãos, sem mais nada alojado nos ventrículos e aurículas.

— Eu sou tal qual o senhor, só que prefiro o Islão, peço desculpa, mas é no Isa que estou a pensar. Ele quer ser, ou é, que sei eu?, cristão, e eu quero aceitar isso, quero ter no peito um pasto para gazelas, um mosteiro de cristãos, um templo pagão e a Caaba do peregrino. É importante para mim, mas sobretudo para ele.

Elahi fez um gesto com o queixo para indicar o rapaz.

O cão pequenino, de pelo crespo, corria atrás da cauda e Isa achava piada. Riram-se todos. O padre também se riu. E acrescentou que aquele cão a correr daquele modo, em círculos, como fazem os planetas, era uma forma de teologia.

— É como a cauda de um cão — disse o padre. — Deus é como a cauda de um cão. Está sempre ali, mas quando nos voltamos para ver o seu rosto, desaparece. Deus só está presente quando estamos ausentes, disse Silesius. Reparo que o seu primo come com a mão esquerda.

— Ele consegue ouvi-lo, padre, pode falar com ele. É mudo, mas eu traduzo os gestos. Tudo o que o meu primo Badini faz são palavras. Quando mexe as mãos, são palavras. Não há diferença, para ele, entre o gesto e o discurso, entre o ato e o pensamento, entre a matéria e o espírito. Accha! É muito bonito que as mãos dele sejam frases e o corpo dele sejam parágrafos. Tenho pena que não o compreenda, com as suas mãos a ondular, pois saem-lhe dos dedos frases tão bonitas. Diz palavras de pendurar na parede, diz palavras de pendurar na sala.

— Vejo que come com a mão esquerda — disse o padre na direção de Badini.

Badini desviou o olhar da comida e, sem as suas sobrancelhas, sorriu para o padre.

— O meu primo está acima dessas leis todas, com a graça de Alá, come com a esquerda como se fosse a direita, como se essa mão fosse pura e não servisse para limpar o rabo.

O padre fez uma cara pensativa e disse:

— Deus gosta de sujidade, gosta da mão esquerda, ou não nos teria feito nascer a todos no meio de fezes, urina, sangue, suor e lágrimas. Ou não é assim que todos nascemos do útero? Lotário de Conti, que depois se tornou Inocêncio III, dizia que nós somos uns sacos de vermes e de mucos. De fezes e de cheiros fétidos. E falava das plantas e das árvores, comentando o facto de exalarem perfume, de escorrerem seiva, vinho, óleos essenciais, enquanto nós, por mais banhos que tomemos, por mais cosméticos que usemos, não passamos deste saco de suores prontos a saltar, de fluidos, gazes, fezes, mucos, urina, dejetos, constantemente a serem produzidos. A verdade é que cheiramos mal e esta mania das higienes, essa que se prolonga para lá do que seria saudável, não passa da hipocrisia de esconder essa condição tão humana que é ser nauseabundo. Já reparou na areia? Aquilo é terra limpinha. E o que o é que cresce nessa terra? Nada, é o deserto. É na terra estrumada que a vida se envolve e desenvolve como a carne num folhado. Adão quer dizer, literalmente, barro, terra vermelha. Somos feitos de lama. Com areia, nem Deus Criador seria capaz de moldar coisa nenhuma. Não há assepsia nenhuma no ser humano.

O padre parou uns instantes para encher a boca com um bocado de borrego. O caril escorria-lhe pelo queixo.

— Não quer lentilhas? — ofereceu Fazal Elahi.

— Obrigado, mas as lentilhas embaciam-me o estômago. Deus, é mais do que sabido, prefere o pecador que se arrepende às ovelhas que obedecem: um pastor tinha cem ovelhas, conta redonda, e fugiu-lhe uma delas, ficou com noventa e nove. E largou tudo para encontrar a tresmalhada. Quando a encontrou, abraçou-a comovido e confessou-lhe: quero-te mais do que às outras noventa e nove. Isto disse o Senhor Jesus, está escrito no Livro. O pecador, tal como o gado que suja as patas no erro e na errância, é mais agradável aos olhos do Senhor. Repare na higiene que assombra as mentes civilizadas e que já fez estragos históricos: Séneca morreu nos banhos. Lucano, poeta e seu sobrinho, também. Fausta, mulher de Constantino, idem. E a minha avó, que Deus a tenha, partiu o fémur na banheira. O rol é grande demais para ser enumerado, mas ficam estes exemplos, que serão suficientes para alertar a humanidade do terror que a espreita na banheira e no bidé. Nada disto augura nada de bom no que concerne à higiene. Este esforço épico contra os germes deu sempre péssimo resultado. Péssimo! Basta dizer que Jesus Cristo não teria sido crucificado se Pilatos não tivesse resolvido lavar as mãos. Já pensou nisso? Se ele não tivesse lavado as mãos?

— Tive um avô — disse Nachiketa Mudaliar — que entrou no Ganges, com água até aos joelhos, e nunca mais saiu. Dizia que o mundo lhe metia nojo. Ficou mais de trinta anos a viver no rio, juro que é a mais pura das verdades, sem sair de dentro de água, até morrer de velho.

— Quando é que — perguntou Elahi ao padre — pode começar a ensinar Isa a ler? E a rezar as coisas que vocês rezam?

— Para a semana. Venho buscá-lo no domingo para irmos à missa.

Aminah entrou nessa altura. Ainda não tinha visto o padre e era sua intenção não o ver. Mas estava curiosa e não resistiu. Mudaliar, quando a viu chegar, sorriu-lhe, e Aminah deixou cair o prato que levava na mão. Ficou vermelha, com os lábios tensos. Elahi repreendeu-a, enquanto ela se recolhia, envergonhada.

— A loiça parte-se com muita facilidade — disse Nachiketa Mudaliar. — É como o coração dos homens.

O padre fez uma festa no Dogma, mais para limpar as mãos da gordura do que por afecto.

Os tapetes amontoavam-se

۱۶۵

Os tapetes amontoavam-se na sala. Isa ouvia Elahi e tentava perceber as tramas, quais eram de Muzaffarabad e quais eram de Lahore. Tentava compreender os de Caxemira e Hazara. Elahi explicava-lhe de que eram feitos os do Baluquistão.

— De camelo, cabra e algodão.

Isa passava as mãos por cada um dos exemplos. Era capaz de decorar facilmente o que Elahi lhe ensinava. Era como decorar capitais.

— Em pouco tempo, vais ficar a saber mais de tapetes do que eu.

— Sim, baba.

— Tenho reparado que sais mais vezes de casa.

— Sim, baba.

— Acho que isso é bom, o ar livre só faz bem, não é saudável estar sempre fechado em casa ou no escritório, como eu faço. Olha, Isa, leva o taco e a bola assinada pelo Kamil Khan e mostra-os aos teus amigos, vão roer-se de inveja.

Isa não tinha amigos da sua idade, mas ia-se acostumando ao bairro onde habitava e reaprendendo a viver como costumava fazer antes de Elahi o adotar. Tinha comida e uma boa casa para viver, mas quase tudo o resto lhe parecia semelhante: os problemas com os outros rapazes, as lutas infindáveis, as fugas infindáveis. Tinha menos companhia do que quando andava pelas ruas da capital, pois agora conhecia menos pessoas e havia menos rapazes como ele. Subia ao monte onde via as nuvens espetadas nos minaretes e pensava que seria bom ver a cerejeira de Tal Azizi, saborear os seus frutos e começar a voar. Se o general Ilia Vassilyevitch Krupin, que estava deitado, começara a andar, ele, que estava em pé, começaria a voar como as andorinhas ou como Burak, a égua do Profeta. Fazal Elahi falava-lhe muitas vezes dessa égua e até lhe tinha oferecido uma de plástico.

A única amizade que havia feito fora de casa havia sido com um pedinte yazidi. As crianças costumavam desenhar uma circunferência no chão, com giz, à volta do homem, e ele não conseguia sair dali. Atiravam-lhe pedras e riam-se dele. Atiravam-lhe insultos e ele agachava-se dentro da circunferência. Nem pensava em tentar sair dali. Apenas se encolhia, resignado, todo enrolado, todo encarquilhado. Era Isa que, quando a noite começava a derramar-se sobre o dia e os miúdos voltavam para casa, apagava os traços e libertava o pedinte do seu cativeiro. O yazidi ficava a tremer e não conseguia levantar as pernas para atravessar os riscos do chão enquanto Isa não os apagava completamente. Era apenas giz para Isa, mas para ele eram barras de metal profundo. Impossíveis de atravessar, como um deserto imenso. Ficavam horas a conversar e Isa ensinava-lhe as capitais todas e outras coisas que poderiam fazer com que ele despertasse compaixão nas pessoas e que lhe dessem algum dinheiro.

— Um homem tem, em média, dois metros quadrados de pele.

— Dois metros quadrados de pele — repetia o pedinte. Mas não tinha muito jeito. O que decorava num dia desaparecia no outro. — Já não me lembro de nada do que aprendi ontem. Desaparece tudo.

— Pois é, desaparece tudo, o meu baba diz que até as pedras morrem. Gostava de te mostrar o meu taco de críquete e a minha bola assinada pelo Kamil Khan, mas já não os tenho.

— Eu também não tenho nada. Desaparece tudo.

A fúria do general Ilia Vassilyevitch Krupin espalhava-se

١۶۶

A fúria do general Ilia Vassilyevitch Krupin espalhava-se pela casa. Dilawar, sentado numa velha cadeira do século dezanove, olhava para o chão, os lábios fechados num só, sem se mexer, enquanto o pai o insultava com a cara colada à dele. O general Ilia Vassilyevitch Krupin tentava esticar o pescoço que não tinha e de vez em quando dava uma palmada na cabeça do filho, com a mão aberta, e Dilawar caía da cadeira, para voltar a erguer-se e voltar a sentar-se. O general Ilia Vassilyevitch Krupin dava umas voltas pela sala e tornava a encostar a cara vermelha de fúria ao rosto do filho. A raiva aproxima as caras, os corpos, as bocas. Tal como a paixão, que também é um sentimento feito de corda, que ata as pessoas umas às outras, e que nasce na língua como um veneno.

A mãe de Dilawar, Shabeela, estava sentada no sofá com os outros três filhos. Nenhum deles se mexia.

Os gritos de Vassilyevitch Krupin eram dentes feitos de palavras, e Dilawar sentia-os espetados pela sua vida toda. Não tinha coragem para erguer os olhos e mantinha-os deitados no chão, rendidos, com as mãos na cabeça.

Naquela tarde, Krupin tinha recebido a visita de um polícia seu amigo que trazia Dilawar consigo. O filho do general, bêbedo, tinha agredido um homem por causa de uma prostituta por quem dizia ter-se apaixonado. Era uma situação que se repetia com frequência e que era urgente resolver.

— Que estupidez é essa? Apaixonado?

Dilawar continuava a olhar para o chão. Levava mais uma palmada e caía da cadeira. Sentia o cheiro a fruta estragada que vinha das axilas do pai.

O general Krupin virou-se para a mulher.

— Temos de resolver esta situação.

Dilawar olhou para o pai e depois para a mãe.

— Vais ter de te casar — disse Shabeela para o filho.

167

— Com licença, padre — disse Fazal Elahi.
— Sim?
— Há progressos com a aprendizagem do Isa?
— Para já, estamos a estabelecer uma amizade. Ele gosta do Dogma. É meio caminho andado para qualquer cristão.
— É muito importante que ele leia.
— Claro. Ele aprende rápido.
— É muito importante, padre.
— Sei.
— No outro dia perguntou-me se o Deus dos muçulmanos era o mesmo Deus dos cristãos, e eu disse que sim, claro, são o mesmo, Isa, só há um Deus, se fossem diferentes era porque havia dois e isso é uma blasfémia. E ele disse-me, mas, baba, se o Deus dos muçulmanos e o Deus dos cristãos é o mesmo, porque é que os muçulmanos e os cristãos são inimigos? Peço perdão, disse eu, não são inimigos. Não são?, perguntou ele. É complicado, disse eu, e mandei-o subir para o quarto, que já eram horas de dormir.
— É complicado, Fazal Elahi, é complicado.
— Padre?
— Sim?
— Ouvi dizer que a muralha da China se vê do céu. Mas uma criança chinesa não.
— Nem as outras.
— Precisamente.

— Não me está a querer dizer que Deus vê muralhas mas não vê pessoas?

— Longe de mim, que heresia, não, não posso pensar assim, mas as ideias aparecem-me na cabeça e eu não consigo varrê-las, e elas crescem, aumentam, engordam, e depois, Alá me perdoe, saem-me da boca.

— Acha que Deus não vê o Isa?

— É que o Isa passa muito despercebido, quase não respira, por vezes olhamos para o lado e ele está ali, mesmo junto a nós, mas ninguém teria dado pela sua presença, quase que temos de focar os olhos para olhar para ele. Eu gosto disso, pois a modéstia é um esconderijo e a morte não nos vê tão facilmente, mas depois vêm-me outras ideias, pensamentos que não deveria ter. Sou nervoso.

— *Lathe biosas*, como dizia Epicuro, mas a Deus ninguém passa despercebido.

— É um menino especial.

— Gosto muito dele.

— Eu também.

Elahi olhou para os pés.

— É um bom menino — disse.

— Sem dúvida.

— Será um bom cristão?

— Isso é outra coisa, mas imagino que sim. Farei os possíveis.

— Fico preocupado, ando constantemente preocupado.

— Com quê, além da impossibilidade de Isa passar despercebido aos olhos de Deus?

— Parece que tudo desaparece.

— Sim, tudo desaparece.

O cão do padre, de pelo crespo, corria atrás da cauda.

— Deus é como um cão atrás da cauda — disse o padre.

— Já sei. Quando nos voltamos, Ele já lá não está. Como a cauda de um cão — disse Fazal Elahi.

— Isso também, mas agora a metáfora é outra, Fazal Elahi, outra: é o infinito. Naquele movimento está o infinito. Um cão atrás da cauda, como já lhe expliquei, é um tratado de Teologia, uma suma mais do que teológica, São Tomás de Aquino que me perdoe. Um cão atrás da cauda é um movimento eterno, um rodar perpétuo até àquele lugar impossível que é Deus, para o crente, e a cauda, para o cachorro. Um homem, quando pensa caminhar, apenas roda sobre si mesmo.

— Como o Mevlana, padre, como o Mevlana, já ouviu falar de Rumi, o dervixe que rodopiava?

— Evidentemente — anuiu o clérigo. — Rodopiava para estar com Deus e pôs os seus discípulos todos a dançar assim para também eles estarem com Deus. Mas todos os homens rodopiam. Pensam que vão a direito, como uma régua, mas andam às voltas, dão voltas a si mesmos. Tudo o que procuram é a sua cauda. Somos uns ouroboros, aquelas serpentes que engolem a própria cauda. Sabia, Sr. Elahi, que Friedrich August Kekulé von Stradonitz sonhou com uma serpente destas, de boca na cauda, e graças a tal onirismo chegou à forma do anel de benzeno? Sabe o que é o anel de benzeno? É um sufi a rodopiar sobre si mesmo. É C_6H_6, um hidrocarboneto. A sua estrutura molecular foi descoberta porque Kekulé sonhou com uma serpente em 1865. Não precisava de ter sonhado com um ouroboro para chegar a tão evidente conclusão, bastava olhar para o modo como um cão persegue a cauda e descobriria a estrutura molecular do benzeno, bem como vários outros mistérios divinos de muito maior relevância. Toda a gente, quando viaja, não faz senão o mesmo que este cão que vê aqui a perseguir o rabo. Dá voltas pelo mundo para se ver a si e, quando não consegue, volta a tentar, viaja mais. E reafirmo:

tudo o que nós, seres quase humanos, procuramos é a nossa própria cauda.

— Deus, para o crente — rematou Fazal Elahi.

— Precisamente, precisamente. Andamos todos em órbita a nós mesmos à procura de uma porta que nos leve para dentro da nossa alma. Procuramos entrar dentro de nós, mas é um mundo que nos está vedado.

— O dia está muito bonito — comentou Elahi.

— Muito bonito — corroborou Isa, que tinha estado junto deles sem que nenhum dos dois se apercebesse.

O cão continuava a rodar sobre si mesmo, como o dervixe persa, o Mevlana e, segundo consta, o anel de benzeno.

OUROBOROS
ESTRUTURA DO ANEL DE BENZENO
C_6H_6

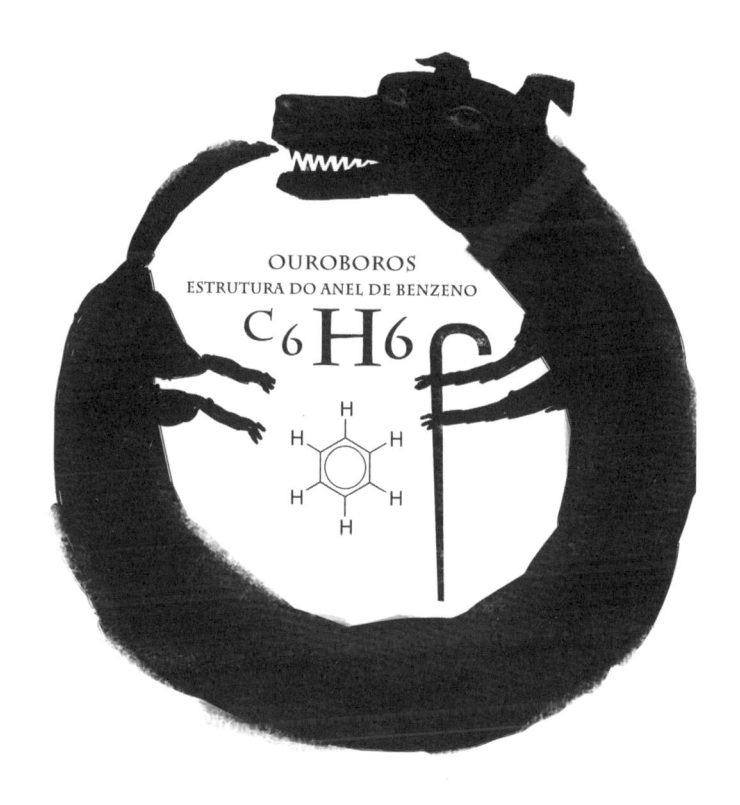

Myriam estava muito contente, pois Dilawar tinha

١٦٨

Myriam estava muito contente, pois Dilawar tinha finalmente tomado a iniciativa, ou tinha sido obrigado, não era importante saber isso, de se casar com Aminah (apesar do pequeno problema dos dentes dela. Que mal se notava). Shabeela passara pela sua loja, estava ela a fazer a contabilidade, para lhe dar a notícia. Pretendia, juntamente com o general, visitar Fazal Elahi o mais breve possível e tratar do casamento de Dilawar com Aminah. Shabeela disse a Myriam: não lhe digas nada. Vou gostar de ver a cara dela quando chegarmos lá a casa, todos solenes.

A primeira coisa que Myriam fez quando Shabeela saiu da loja foi correr para casa de Fazal Elahi e contar a novidade a Aminah. Esta ficou baralhada, a princípio. Depois, como se acordasse, não evitou chorar e agradeceu a Deus e aos dervixes ladrões.

— Estás linda — disse-lhe Myriam. — Que sapatos são esses?

Aminah não respondeu e deixou-a pensar que teriam sido um presente de Dilawar. Nunca deveria tê-los calçado outra vez, pensou Aminah.

— Que boas notícias — insistiu Myriam.

Aminah poderia ter, finalmente, o marido que todas as mulheres ambicionavam. Era alto e elegante, riquíssimo e capaz de vir a fazer parte do Governo. Mas não estava tão feliz como julgava que estaria. Tinha sonhado com isso tantas vezes e tinha ansiado tanto que agora parecia-lhe pouco. Mas livrava-se do indiano magrinho, que nem sabia ter barba. Houve momentos em que pensou que seria esse o seu destino, casar-se com aquele homem, mas agora Deus amparava-a, dava-lhe a mão, fazia justiça.

— Toda a gente sabe que o Dilawar frequenta prostitutas — disse Aminah.

— Os homens são todos uns tolos. Não é grave. Creio que o casamento, o facto de ter uma mulher ao seu lado, irá devolver-lhe o juízo.

Aminah ouviu Elahi a chamá-la e desceu as escadas, demasiado íngremes, para o piso térreo. Myriam acompanhou-a.

Badini estava encostado à porta. Isa estava junto dele, meio apagado. Fixava a cara do primo de Elahi.

— O nosso primo vai-se embora — disse Fazal Elahi —, vai fazer a peregrinação das cerejas, Alá o proteja na sua viagem.

Aminah fez um gesto de enfado, e Myriam pareceu sorrir.

Badini abraçou Elahi e saiu com as malas que não tinha, com as mãos a abanar, como se fosse passear um pouco pelo jardim do bairro. Trajava um pagri, um turbante, que era raro usar. Normalmente andava com a cabeça destapada, mesmo no Verão, mesmo quando as temperaturas subiam acima dos quarenta graus centígrados.

Se tivesse sobrancelhas, Elahi teria reparado que Badini as levava carregadas. Havia dentro dele preocupações que normalmente não tinha. Sentia medo e ódio e todas as emoções que julgava terem sido enterradas, na infância, juntamente com a sua voz. Pensava na ameaça do cavernoso general Krupin e temia que acontecesse alguma coisa. O general era um louco, e é difícil contrariar um louco, especialmente quando as únicas armas que se tem são uns versos, um rosto sem pelos, uma mala de couro a tiracolo e linguagem gestual. Não cedia à ameaça, contudo. Todos os anos peregrinava e, aos olhos de uns, fazia o que sempre fizera, mas, aos olhos do general, fugia da sua ira. Ainda não sabia se voltaria ou não, e era aí que estava a solução para o seu afastamento: se voltasse, teria sido a peregrinação do costume; se não voltasse, teria sido uma cedência às ameaças do general Krupin.

O primo pedira-lhe para desistir da peregrinação:

— Tens mesmo de ir, primo?, fazes falta aqui, lembra-te de que as cerejas são todas iguais, nós é que importamos, os homens, a tua família, e, claro, Alá e os anjos. Gosto mais das palavras de Tal Azizi do que dos frutos que nascem do corpo dele. O próprio general Krupin vende cerejas como as do pir, podias comprar as que ele vende.

Badini riu-se.

— Sabias que uma cerejeira
 precisa de outra para florir?
 Se não vir uma árvore como ela
 perto de si, não dá cerejas. Um pir
 como Azizi não floresce
 sem discípulos.

Isa agarrou-se às pernas do dervixe.

Disse Fazal Elahi:

— Partes numa altura complicada.

Disse Badini:

— Vou contar-te
 uma coisa, Fazal Elahi.

Badini tirou o seu caderno da mala de couro. Começou a escrever contando que:

Uma vez vi um dervixe a curar uma velha. Pegava num coco e encostava-o ao tumor que ela tinha na barriga. Depois pousava-o e, passados segundos, o coco começava a rebolar de um lado para o outro, como se tivesse vida. A doença havia sido aprisionada dentro do fruto. A velha saiu de lá a rir, pois estava curada. Fui assistindo às curas desse dervixe e, um dia, sem ele reparar, peguei num dos seus cocos. Não sei porque fiz aquilo, mas peguei nele, senti alguma coisa lá dentro. Assustei-me, pois pensei que era uma doença qualquer que se remexia e tentava soltar-se. Deixei cair o fruto, que se partiu contra o chão. Saiu um rato de lá de dentro. Nos primeiros instantes pensei que as doenças se transformassem em ratos. Fazia sentido, não era? Mas estava errado. Era o dervixe que abria os cocos, punha um rato lá dentro, voltava a colar a casca, e depois encostava o fruto às partes do corpo afectadas por doenças, pousando-o de seguida no chão. O rato começava a fazer o coco mexer-se e as pessoas ficavam maravilhadas. Eram enganadas. Decidi desmascarar o dervixe e, durante uma das suas sessões de cura, enquanto ele recebia dinheiro, resolvi agarrar num dos seus cocos e parti-o contra o chão, para que todos percebessem o embuste. Estava mesmo nervoso e queria que percebessem o logro e castigassem o aldrabão. Mas as pessoas ficaram ainda mais maravilhadas quando viram o rato a correr de dentro do coco e a fugir pela rua abaixo. Houve até um velho que não via e passou a ver. Saí dali envergonhado, expulso pelos insultos de todos. Ainda consegui ver um ligeiro sorriso na cara do dervixe e percebi. Percebi que ele não era intrujão nenhum. Ele curava realmente. Para as pessoas acreditarem era preciso enganá-las. O maravilhamento cura muita coisa, e hoje tenho pena de que as pessoas já não acreditem em nada e os cegos não possam voltar a ver e os paralíticos voltar a andar. A cerejeira de Tal Azizi ainda resiste aos tempos modernos. É um bocado de magia no meio do deserto.

Elahi fez um gesto de desagrado.
— Volto juntamente
   com o Verão — disse Badini com os dedos e as mãos.

– Com licença, Nachiketa Mudaliar, tenho de lhe contar

۱۶۹

— Com licença, Nachiketa Mudaliar, tenho de lhe contar uma coisa muito triste. Sabe quem é o general Ilia Vassilyevitch Krupin?

— Toda a gente sabe quem é o general e até já o vi cá em casa, vestido com a cor da cereja. Dizem que era paralítico, que nem sequer conseguia andar, e que, um dia, por comer uma cereja, se levantou e saltou de alegria.

— Sim, foi um grande milagre, Alá seja louvado em toda a sua glória. Dantes, o general Vassilyevitch Krupin tinha o corpo parado no meio da vida, encheu-se de tristeza, Nachiketa Mudaliar, e, durante meses, ficou deitado numa cama. Nenhum médico era capaz de o fazer voltar a andar, se calhar nem Alá, perdão, Alá tudo pode, mas o que interessa é que então o general resolveu ir em peregrinação à cerejeira de Tal Azizi. Obrigou os seus quatro filhos a carregarem-no numa maca e, quando chegaram, montaram uma tenda, uma tenda enorme, digna de um rei de outros tempos, talvez do tempo de Musa ou Suliman, e, então, o general Krupin ficava deitado em tapetes enquanto os filhos se revezavam na fila junto à cerejeira do pir Azizi. Ficaram por lá semanas, à espera que a árvore florisse, e não saíram de junto dela enquanto não apareceu a primeira cereja, que é a altura em que se dirigem à árvore milhares de devotos, todos em fila ou ao monte, conforme há mais ou menos polícia, e os frutos desaparecem e são cobiçados e valiosos, glória a Alá. Um dia, o Dilawar, o filho mais velho do general, apareceu na tenda, eufórico, com uma cereja vermelha, pois era proibido apanhar frutos verdes, e o pai comeu-a ali mesmo, deitado nos tapetes. O general Vassilyevitch Krupin sentiu um calor a percorrer-lhe os pensamentos, foi assim que ele me descreveu este momento, um odor a Verão que acontecia a toda a sua volta, e levantou-se com algum esforço. Deu dois passos, Nachiketa Mudaliar, que milagre. Recitava versos de Faradi a cada passo. Um verso era um passo. Os filhos caíram de joelhos, glória a Alá, e as pessoas foram-se aglomerando à volta da tenda, o milagre estava consumado e o general já andava, já dava passos, que coisa admirável, a misericórdia de Alá tinha entrado dentro de uma cereja e realizado o impossível, Nachiketa Mudaliar, o impossível, eram os médicos que o afirmavam. Depois, o general começou a pular de alegria e a partir daquele momento passou a vestir-se da cor da cereja, que é o costume entre os seguidores de Tal Azizi. Enriqueceu ainda mais graças ao milagre e sublinhou o facto de ser o homem mais abastado da cidade e uma das maiores fortunas do país. O mulá Mossud detesta-o, Alá o perdoe, que o ódio é um sentimento desprezível, mas tolera o comportamento do general, pois o Vassilyevitch Krupin tem realmente muito dinheiro. Para o mulá Mossud, Alá é todo poderoso, mas não é tão rico quanto o Krupin. Sabe, Nachiketa Mudaliar, como o general conseguiu aumentar ainda mais a sua fortuna?

— Não faço ideia, Elahi sahib.

— Usou o caroço do seu milagre para plantar uma cerejeira e usou os caroços dessa cerejeira para encher todas as suas propriedades de cerejeiras e passou a vender as cerejas cristalizadas mais caras de toda a Ásia. A ideia não era original e o general Krupin não foi o único nem o primeiro a tentá-la. Mas foi o mais eficiente e, claro, contou sempre com o prestígio de ser um milagrado. Aliás, o general Vassilyevitch Krupin já tinha tentado negócios semelhantes a este da cereja, e com relativo sucesso, que ele é um homem vencedor. Escute, Mudaliar, certa vez comprou um cavalo que, dizia-se, era descendente de Burak, a égua do Profeta, Alá o tenha em sua glória. Fê-lo reproduzir-se com éguas importadas da Arábia Saudita e tem vendido a prole do descendente de Burak, por preços absurdos, a xeques do Médio Oriente. Acho que Alá gosta dele, sim, só pode gostar, favorece-o e, quando é assim, nós temos de aceitar mesmo que ele tenha aquele feitio um pouco complicado, talvez demasiado violento, peço perdão, não queria dizer isto. Adiante. O general Vassilyevitch Krupin, que antes andava deitado por entre os homens, exatamente como os mortos, todo paralítico, agora é como se andasse em cima de um banco, vê o alto da cabeça de toda a gente, como se fosse Alá, e toda a gente lhe vê as narinas. Na verdade, as narinas são a imagem de um homem que chegou muito alto, não acha, Nachiketa Mudaliar? Creio que sim, é isso que os outros veem quando o olham. O sucesso na vida resume-se a dois buraquinhos com pelos, um ao lado do outro, com um bigode por baixo, e até é engraçado que seja assim, mas conto-lhe isto porque gosto de si, quero dizer, gosto muito mais de si do que gosto do general, não quero vilipendiar ninguém, é certo, o general é um grande amigo da família, mas por vezes, enfim, Adiante. É um grande pecado dizer mal das pessoas, ainda no outro dia o disse ao Isa. Expliquei-lhe que nós, muçulmanos, também gostamos de Jesus e até lhe contei uma história que o meu primo Badini me contou a mim, escute com atenção, Nachiketa Mudaliar: Jesus, um dia, passou com os seus discípulos junto de um cão morto. Eles disseram: que cheiro horroroso. E Jesus disse: que dentes tão brancos. É bonito, não é? Que dentes tão brancos.

É melhor, caro Mudaliar, estar calado do que abrir a boca para dizer mal. Mas eu não sou capaz disso, neste caso, Alá perdoar-me-á, mas não posso recomendar o nosso general Vassilyevitch Krupin, apesar de toda a benevolência que ele tem demonstrado com a nossa família, na verdade, sinto uns arrepios quando estou com ele, não consigo explicar, é como quando estou com o mulá Mossud...

— Se nós o conhecermos...

— Já sei, ele é sensível, mas para mim são dois pesadelos, não lhes vejo os dentes brancos, com licença, Nachiketa Mudaliar, conto-lhe isto para contextualizar o que deve ficar a saber de seguida. No outro dia apareceu aqui em casa o general Vassilyevitch Krupin com a mulher e o filho Dilawar, que, ao que parece, irá fazer parte do Governo, apesar de ser um rapaz insensato que se apaixona por mulheres prostitutas e gasta o seu dinheiro no jogo e em casas de ópio, ou pelo menos é o que se diz, não posso confirmar, peço perdão se digo alguma asneira. Cada vez que ele ou alguém da família dele aparece cá em casa, fico com os nervos naufragados. Mas sabe, Nachiketa Mudaliar, o que é que o general pretendia com a visita? O general Ilia Vassilyevitch Krupin queria acertar o casamento do Dilawar com a Aminah.

Mudaliar começou a tremer.

— Acalme-se, que eu estou do seu lado, mas se ela se quiser casar com o Dilawar, que podemos nós fazer? É o filho do general Krupin, não se pode dizer que não, tal como não se pode dizer que não ao destino ou à vontade de Alá.

— Mas se o Elahi sahib nem sequer gosta dele. Casará a sua irmã com um homem desses?

— O amor é uma aprendizagem, Nachiketa Mudaliar, uma aprendizagem.

Isa passava bastante tempo

IV.

Isa passava bastante tempo com o yazidi. Via-o quase todos os dias, exceto aos domingos, em que ia à missa e aprendia a ler. Isa costumava levar-lhe pão (deixou, por causa disso, de criar pássaros atrás de si) e outras coisas que sobrassem do jantar. Gostava de o ver comer, pois, apesar da fome, fazia-o de forma muito ponderada, como se pensasse muito enquanto mastigava. Isa achava estranho que um homem de cinquenta anos ou mais, com rugas pela cara, que vivia há tanto tempo nas ruas, fosse tão inapto no que respeita à sua própria sobrevivência. Isa sabia que um yazidi tinha muita dificuldade em sair de dentro de uma circunferência desenhada no chão, mas também sabia, mais por intuição do que por engenho, que todos os homens têm os seus traços a giz e todos os homens temem ultrapassá-los. Isa ensinou o yazidi a evitar as outras crianças, a despertar a compaixão, a dizer os nomes das capitais de todos os países. Isa sabia que as doenças também ajudam. Os bons compadecem-se e os maus fogem. O yazidi depressa percebeu que poderia afastar os indesejáveis estendendo a mão na direção deles, enquanto dizia alto: escarlatina, escarlatina, escarlatina. Ou o nome de outra doença qualquer, mesmo as que não são contagiosas.

O yazidi acreditava que o mundo era mantido e governado por uma emanação de Deus, um anjo-pavão chamado Tawûsê Melek. Isa achava engraçado que houvesse anjos-pavões. As aves eram comuns nas ruas, entre macacos, camelos, búfalos, riquexós e elefantes. Quando Isa se ria dos anjos e arcanjos do yazidi, este garantia que era uma questão muito séria e que não se deveria apoucar Tawûsê Melek. Isa benzia-se nessas alturas, com alguma ironia. E dizia: um anjo-pavão, essas aves são muito vaidosas. O yazidi contrapunha dizendo que os camelos é que são vaidosos, pois têm o nariz mais acima do que os olhos. E então levantava o queixo, até ficar com o nariz acima dos olhos, para exemplificar toda a soberba do animal.

Com o padre, Isa havia reaprendido a benzer-se. Não se lembrava do gesto, de o ter feito quando era bem mais novo, quando os seus pais estavam ainda vivos, mas depressa o tornou instintivo, como uma parte do seu corpo, como pestanejar ou simplesmente ter um fígado. Benzia-se e levava a mão ao coração, como fazem os orientais.

Aos domingos, Isa ia aprendendo a ler. Já sabia que Jesus sofrera por amor aos homens e que por isso morrera crucificado, com os braços abertos, como se quisesse abraçar a humanidade inteira, todos os homens que existiram e existirão. Isa imaginava-o a fazê-lo, com toda a calma, uma pessoa de cada vez, todos cheios de lágrimas de felicidade. Mas por vezes sonhava que ele próprio o fazia, que ele próprio abraçava toda a gente, mas que a cruz, toda aquela madeira, o impedia de fechar os braços. Então acordava a suar, com o coração aos saltos. Olhava para as mãos a tremer e abria e fechava os braços (escarlatina, escarlatina, escarlatina) para ter a certeza de ser capaz de tal gesto. Parecia uma ave desajeitada. Uma vez, Elahi viu-o a esbracejar assim pelo corredor. Perguntou o que se passava e Isa respondeu que sentia a madeira a prender-lhe os braços. Elahi inclinou a cabeça em sinal de compreensão e disse que, por vezes, sentia o mesmo nas costas e nas pernas, especialmente quando se levantava de manhã. Acho que é reumático, disse ele.

— Deve ser uma cruz — disse Isa muito baixinho. Elahi não ouviu.

Os domingos foram passando e Isa conseguiu escrever as suas primeiras frases. Escrevo o quê?, perguntou ele, e o padre sugeriu que anotasse as suas memórias. Isa pensou que seria bom escrever o que recordava dos seus pais, dos que haviam morrido e não dos que estavam vivos, mas tinha muita dificuldade, pois tudo tende a desaparecer e até as pedras morrem. Compreendia melhor o livro que Elahi e Badini costumavam ler. Eram fragmentos, e era assim que ele se lembrava das coisas: aos bocadinhos, como se as memórias tivessem sido bombardeadas. Tal qual os seus pais, os que morreram, os que se tornaram fragmentos.

– Dantes – disse Fazal Elahi ao padre –, achava que os telescópios

)V)

— Dantes — disse Fazal Elahi ao padre —, achava que os telescópios só serviam para nos fazer pequeninos, porque mostravam um universo enorme, mas agora já não penso assim, com a graça de Alá, aquela imensidão lá em cima, apesar de ser esmagadora, não é assim tão grande, cabe na sua totalidade dentro da boca do Isa, pois ainda no outro dia, padre, me debrucei o suficiente para ver, e senti-me feliz e exultante, apesar de ser noite e a luz ser fraca. Estava tudo lá dentro, o universo todo, com planetas a correr atrás da cauda, estrelas e galáxias, árvores de fruto e aviões comerciais. Enfim, tudo. Alá é grande.

Isa dizia que preferia as histórias dos livros que Fazal Elahi, o padre

١٧٢

Isa dizia que preferia as histórias dos livros que Fazal Elahi, o padre e Nachiketa Mudaliar lhe contavam do que as que habitam as ruas e as vidas das pessoas.

Ao ouvir isso, Elahi levantou-se, desceu as escadas (demasiado íngremes), voltou passados uns minutos com uma toalha de flores, que desdobrou, e disse:

— Não faz mal, Isa, não faz mal nenhum.

Fazal Elahi apontou para os buracos na toalha:

— As traças, por exemplo, preferem as flores de pano às de jardim.

O cordeiro morreu sem dizer

١٧٣

O cordeiro morreu sem dizer nada, com uma faca afiada a percorrer-lhe o sangue, de um lado ao outro da vida. Foi Fazal Elahi que o matou, porque Badini estava no Irão, em peregrinação. O cordeiro caiu morto no chão e Isa sentiu-se mal, como se fosse ele que sucumbia. Cruzou os braços com as mãos nos ombros. Saiu de perto do animal morto e do sangue que se espalhava pelo chão como o vento pelos cabelos. Levava os braços à volta do corpo e entrou em casa, subiu as escadas, foi para o seu quarto e deixou-se cair na cama, parecia um feto, todo embrulhado sobre si mesmo, como fazem os dervixes com o espírito. Isa sentia-se mal, sentia-se a cair num buraco, numa coisa sem fim, sempre a descer pela alma abaixo, alô Farooq, alô Farooq, alô Farooq.

Aminah cozinhou a carne do cordeiro no forno de lenha, com cenouras e hortelã e amêndoas e passas de ameixa e passas de uvas e azeite e cominhos e cebola e cravinho-da-índia. Numa panela de alumínio colocou água a ferver para fazer o arroz temperado com cardamomo, e isso demorou a manhã inteira. A gordura do animal alastrou-se pelo ar, perfumando o jardim como as rosas dos versos de Badini. Aminah serviu toda a comida nos tapetes, no chão do pátio. Fazal Elahi levantou-se e, virando-se para a janela do quarto de Isa, gritou para que ele descesse: a comida está servida! Os homens sentaram-se e começaram a comer com a ajuda do pão. Nachiketa Mudaliar agarrou num grande pedaço de carne e roti. Fazal Elahi fez o mesmo. Foi quando ouviram um barulho vindo da sala, um grito, um corpo a cair. Fazal Elahi correu para o interior da casa.

Junto à escada, numa poça de sangue

۱۷۴

Junto à escada, numa poça de sangue, estava Isa. Aminah não queria acreditar. Era tal como da outra vez com Salim, só que, desta vez, era a sério. Elahi sempre o avisara de que a escada era íngreme. Mudaliar ficou à entrada da casa, e Elahi tentou libertar Isa da posição em que estava, todo torcido, com a cabeça cheia de sangue, com a cabeça inclinada para a eternidade. Aminah nem hesitou e correu para o corpo de Isa, tão morto, e agarrou-o como agarraria num bebé. Fazal Elahi pegou-lhe no pulso para lhe sentir a pulsação: não sentia nada. Empurrou a cara de Aminah, que chorava intensamente, e encostou a cabeça ao peito do filho: não se ouvia nada.

Silêncio

Isa tinha um coração como os seus

١٧٥

Isa tinha um coração como os seus passos. Muito ligeiro, sem fazer pegadas no ar, sem se ouvir. A sua respiração também era lenta, suave, parecia uma paisagem, uma árvore atrás de um monte. Isa estava contente, feliz como há muito não se sentia, nos braços de Aminah. Deixou-se ficar ali, a fingir-se de morto, todo besuntado com sangue de cordeiro. O Evereste mede oito mil oitocentos e quarenta e oito metros, pensava ele.

Aminah voltou-se para o irmão e comentou que toda aquela situação era como da outra vez, quando Salim fingira que estava morto. Fazal Elahi disse que se fosse uma brincadeira o mataria, juro que o mato de tanta pancada, irmã. Isa ficou confuso. Deveria levantar-se e rir ou continuar a fingir? Por um lado, havia a ira de Fazal Elahi, e Isa nunca tinha visto o pai zangado com ele. Por outro lado, havia os braços de Aminah a envolvê-lo. Deixou-se ficar, escarlatina, escarlatina, escarlatina.

Fazal Elahi repetia que o matava se estivesse a brincar, enquanto pensava: é como se o meu corpo tivesse sido devorado por animais selvagens e a minha alma esmagada pelo fogo. Fazal Elahi sentiu a garganta derreter-se. É bílis, pensou, é isso que me faz arder a boca. Depois achou que precisava de se sentar. Pôs a cabeça entre as pernas para não desmaiar. Aminah soluçava e gritava, levantava os braços e atirava palavras para os céus. Passava a mão pela cara de Isa, que só com grande autodomínio se mantinha impassível. A mão gorda de Aminah apertava-lhe a cara, despenteava-lhe os cabelos e as sobrancelhas. Aminah beijava-o nos olhos, nas faces, na testa, no cabelo. Aminah gritava-lhe aos ouvidos. Uns minutos depois, quando Fazal Elahi conseguiu levantar a cabeça exangue, disse, com grande esforço:

— Os cristãos enterram-se num caixão. Usaremos uma caixa de tapetes. Serve perfeitamente.

Depois deixou cair os braços ao longo do corpo, com as sobrancelhas cerradas. Ainda não acreditava que aquilo estivesse a acontecer.

A caixa de tapetes para exportação foi forrada

۱۷۶

A caixa de tapetes para exportação foi forrada por Aminah com uma colcha feita à mão. Antes de pôr o filho lá dentro, Fazal Elahi lavou-o o melhor que pôde. Tirou-lhe as roupas e deitou-o na banheira. Por vezes parecia que Isa respirava. Elahi levava a cara ao peito do filho, mas não sentia nada a bater, exceto o destino contra a sua vida. Limpou-o com cuidado e vestiu-o com o seu melhor shalwar kameez, um branco, que Fazal Elahi havia comprado para ocasiões especiais. E nunca mais haveria uma ocasião como aquela.

O médico chegou passadas duas horas. Estava completamente bêbedo. Fazal Elahi desviou o rosto quando o cumprimentou, tal era o nevoeiro de álcool. Aminah fez um comentário sobre muçulmanos que bebem, mas Fazal Elahi, com um gesto, interrompeu-a. O médico perguntou o que se tinha passado e Fazal Elahi explicou-lhe que a escada era muito íngreme. Apontou para o lugar, baixando a cabeça, culpando-se por não ter corrigido a arquitetura da sua casa. Por não ter corrigido a arquitetura do mundo. O médico debruçou-se sobre Isa e agitou as mãos, cambaleando. Voltou-se para Fazal Elahi e sentenciou a morte de Isa por contusão. Fazal Elahi deixou cair umas lágrimas que a Aminah pareceram o próprio olhar do irmão a derramar-se contra o chão. Fazal Elahi estava tão nervoso, tão confuso, que não sabia reagir. Sentia as suas veias como se fossem mãos fechadas, sentia o corpo aparafusado à dor que o consumia, sentia os órgãos todos trocados, sentia o universo como um grande estômago que só serve para comer tudo e depois defecar os restos, sentia que as estrelas são coisas horríveis que apenas servem para nos fazer pequenos. Dos olhos de Elahi só saíam umas lágrimas. E Elahi perguntava-se como seria possível que a tradução daquilo que se passava dentro dele fossem apenas umas quantas lágrimas. Que coisa tão malfeita, pensava. Com tanto sofrimento, com licença, deveríamos chorar estrelas, para mostrar como tudo o resto é pequenino comparado com tudo o que nos dói. Abriu os olhos e olhou para os seus sapatos, desfocados pela dor. Tenho de os engraxar, pensava Elahi, que vergonha, peço perdão, depois fechou os olhos e pensou que deveria dizer alguma coisa, que talvez esperassem isso dele. Elahi, no entanto, não se sentia capaz de dizer fosse o que fosse. Pensou: tenho de manter a cabeça baixa, talvez assim as pessoas percebam que sofro e não exijam que eu fale, Alá me perdoe. Abriu os olhos. Voltou a ver os sapatos desfocados. Pensou que talvez ficassem assim para sempre, que a partir daquele dia tudo permanecesse desfocado. O mundo, para ser visto com rigor, deveria ser observado através das lágrimas. Ficaria desfocado, mas seria a visão mais próxima da verdade.

Quando Elahi levantou a cara do chão, viu um pedinte yazidi à sua frente. Não sabia como é que ele tinha entrado naquela casa e enxotou-o, esbracejando. Começou a gritar e deu-lhe um pontapé, mas parou quando o pedinte disse, enquanto protegia o corpo com os braços ossudos:

— Um homem tem, em média, dois metros quadrados de pele.

Elahi percebeu que o yazidi conhecia Isa. Ficou todo desfeito, como a manteiga nos Verões da sua infância.

— Morreu — disse Elahi.

— Morreu — disse o yazidi. — É o que se diz na rua. Nem sequer tinha ainda dois metros quadrados de pele.

Fazal Elahi depositou Isa, com todo o cuidado, no caixão, que era uma caixa de tapetes para exportação forrada com uma colcha. Teve de lhe dobrar um pouco as pernas para caber. Fazal Elahi soltou uns soluços imensos ao sentir que aquele momento, ali, enquanto pegava nos pés de Isa para que o seu corpo coubesse dentro da morte, não iria repetir-se. Pegou-lhe na cabeça e abriu-lhe a boca com os dedos. Ainda está quente, pensou Elahi, parece que está vivo. Olhou para dentro da boca de Isa e tentou ver o universo inteiro, os planetas e as estrelas, depois voltou a pousar-lhe a cabeça e fechou a tampa do caixão. Com cuidado e com as mãos a tremer por dentro e por fora. Ficou assim parado durante uns minutos antes de sair para chamar o padre. Aminah correu para a caixa de tapetes para exportação e abraçou aquelas madeiras. Gritava e chorava: o meu menino, o meu menino.

Nachiketa Mudaliar sentou-se junto

\VV

Nachiketa Mudaliar sentou-se junto do caixão. Isa conseguia ver-lhe o queixo através das tábuas. Já quase que tem uma barba a sério, pensou ele. A caixa de tapetes não era de grande qualidade e bastou-lhe afastar a colcha para ver o que se passava à sua volta. O caixão estava em cima da mesa da sala, uma peça de mobiliário que Aminah tinha exigido, pois todas as amigas tinham uma. Contudo, os homens continuavam a sentar-se no chão e a comer com as mãos.

Nachiketa Mudaliar estava muito triste, com o rosto encovado. Isa espreitava para fora da caixa tentando contornar o queixo de Mudaliar [escarlatina, escarlatina, escarlatina]. O yazidi também estava na sala, e isso agradava-lhe, mas o rosto que ele procurava ver era o de Elahi. Tentava perceber se ele continuava zangado. Procurava-lhe os olhos, mas Elahi, quando não estava tapado por Mudaliar ou pelo yazidi, estava sempre com eles inclinados, a cair para o chão, entornados.

Aminah sentou-se junto de Nachiketa Mudaliar. Tinha os sapatos vermelho-estrangeiro-escuros calçados. Aquela proximidade seria uma vergonha em muitas circunstâncias, e Nachiketa Mudaliar teve algum medo, mas deixou-se levar por uma imensa felicidade quando Aminah pousou a cabeça no seu ombro. Que alegria, pensou Mudaliar. E, no entanto, que tristeza. Parece que Fazal Elahi tem razão, quando diz que elas andam sempre de mãos dadas. O bem e o mal são um nó impossível de desatar e nascem um do outro. Andam abraçados e confundem-se, não sabemos se as pernas são deste ou do outro, tal é o amor com que se agarram.

Somos mais pesados quando fechamos

IVA

Somos mais pesados quando fechamos os olhos. Isso acontece porque o nosso mundo interior é maior do que o exterior, pensava Fazal Elahi. A nossa dor não existe fora de nós, o mundo não suportaria esse peso, seria impossível, imagine-se a dor de todos os homens a existir no mundo exterior. Seria uma calamidade e não haveria gravidade capaz de fazer os planetas andar à volta das estrelas. Nós somos muito mais pesados do que o universo que nos rodeia. Temos a dor.

O padre chegou, ofegante. O cão corria atrás dele com a cauda a abanar, distante de qualquer tragédia humana.

— Espero que tenha uma Bíblia — disse-lhe Fazal Elahi. — O meu filho tinha uma, mas não sei onde a meteu.

O padre mostrou o livro que trazia na mão e Fazal Elahi olhou para as letras douradas, comovido. Perante tantas lágrimas, o padre abraçou Elahi e disse:

— É evidente que tenho uma Bíblia, Sr. Elahi.

Olhou para o caixão improvisado e benzeu-se.

— A minha mãe, Sr. Elahi, interrogava-se para onde vão os guarda-chuvas. Sempre que ela saía à rua, perdia um. E durante toda a sua vida nunca encontrou nenhum. Para onde iriam os guarda-chuvas? Eu ouvia-a interrogar-se tantas vezes, que aquele mistério, tão insondável, teria de ser explicado. Quando era jovem pensei que haveria um país, talvez um monte sagrado, para onde iam os guarda-chuvas todos. E os pares perdidos de meias e de luvas. E a nossa infância e os nossos antepassados. E também os brinquedos de lata com que brincávamos. E os nossos amigos que desapareceram debaixo das bombas. Haveriam de estar todos num país distante, cheio de objetos perdidos. Então, nessa altura da minha vida, era ainda um adolescente, decidi ser padre. Precisava de saber para onde vão os guarda-chuvas.

— E já sabe? — perguntou Fazal Elahi.

— Não faço a mais pequena ideia, mas tenho fé de encontrar um dia a minha mãe, cheia de guarda-chuvas à sua volta.

Fazal Elahi sorriu, mas tristemente.

— O meu pai — disse o padre — também se interrogava. Mas as perguntas dele levaram-no à descrença. Era ateu. A mesma pergunta tem muitas respostas.

O padre olhou para a caixa de tapetes. Elahi tinha-lhe pintado uma cruz por cima, toda torta, duas pinceladas a preto.

— Podiam ter-lhe arranjado um caixão melhor.

— Não tínhamos tempo.

— Nos funerais cristãos, os mortos não têm de ser enterrados imediatamente. Há mais tempo, não há tanta pressa.

— Não sabia, peço perdão, como tinha essa caixa de tapetes... Usámos uma colcha para forrá-la. O tamanho é mais ou menos o adequado, tive apenas de lhe dobrar um pouco as pernas.

Isa olhava através das tábuas e via o padre a orar. Via o seu pai, o vivo e não o morto, a chorar. Aminah também chorava, ao mesmo tempo que agarrava a mão de Mudaliar. Os sapatos vermelho-importado apertavam-lhe os pés e ela sussurrava: o meu menino, o meu menino. Isa gostava de ouvir aquelas palavras. Será que o baba ainda está zangado?, interrogava-se Isa.

Escarlatina, escarlatina, escarlatina

179

Escarlatina, escarlatina, escarlatina.

Sem entrar, à porta

18.

Sem entrar, à porta da casa de Fazal Elahi, estava o mulá Mossud a fazer dançar as suas contas pelos dedos gordos. Não gostava de padres, preferia ficar à porta. O general Ilia Vassilyevitch Krupin passou por ele, vestido da cor da cereja e acompanhado pelos seus quatro filhos. Dilawar ensaiava uma cara de tristeza. Ao entrarem na sala de Fazal Elahi, depararam-se com Aminah, de sapatos vermelho-importado, ao lado do indiano, cabeça apoiada no ombro dele, de mãos dadas como os namorados estrangeiros. Nachiketa ficou nervoso e mexeu o corpo ligeiramente. Aminah não se mexeu. Olhou para os homens que tinham acabado de entrar como se não os conhecesse, estava tudo enevoado. Ouviu os gritos e os insultos, a discussão que acontecia à sua frente, mas era algo distante. Os filhos do general agarravam o pai. Os gritos prolongaram-se e Vassilyevitch Krupin acabou por sair. Amaldiçoou Elahi e prometeu que as coisas não ficariam assim. Fazal Elahi já não o ouvia, já estava de novo embrulhado para dentro de si mesmo. Pediu desculpa ao padre e mandou-o continuar.

Lá fora, Mossud ria-se para dentro. Não gostava do general Krupin nem da sua família. Não gostava de Tal Azizi nem dos seus seguidores. Eram todos uns hereges vestidos de cereja. Tolerava o general por causa do dinheiro que este possuía e pelas influências que tinha no Governo, mas, de resto, odiava-o. Olhou para dentro da casa de Elahi e viu o padre, todo de preto, ao fundo. Tinha as mãos levantadas. Viu Nachiketa Mudaliar e teve pena dele. Sabia que o indiano gostava do miúdo americano. Elahi é um homem imprestável, pensou Mossud, e só toma más decisões, tantas vezes contrárias à religião. É um insensato que se dá com pecadores e terá tudo o que merece. Alá sabe melhor. O castigo de Alá está mais próximo do pecador do que as suas próprias pálpebras.

A sensação era de quem tinha

181

A sensação era de quem tinha comido pedras, de quem as mastigara deixando-as resvalar nos dentes, fazendo sangrar as gengivas e depois a garganta toda, ao engolir as pequenas lascas afiadas. Badini, que não falava, sangrava da garganta como se as palavras que não pronunciava lhe furassem a carne, furiosas, à procura de ar. Saltavam-lhe do corpo, devastavam-lhe a traqueia, abrindo caminho até à língua, até à liberdade de se confundirem com um som. Devia gritar, pensou Badini. Isso seria, com toda a certeza, um alívio.

Sendo ele um dervixe que vivia em total liberdade, parecia-lhe até ridículo que as suas palavras estivessem tão mudas, tão absolutamente presas. Talvez devesse gritar. Talvez devesse dizer tudo, e então talvez o mundo se inundasse. Badini gastaria toda a sua alma e ela transformar-se-ia em sons perdidos no ar, e o seu corpo disforme de gigante seria um balão vazio. Deveria gritar, pensava Badini, porque já ninguém sabe gritar, anda tudo calado pela vida, sem indignação. E, por vezes, essas palavras engolidas são confundidas com tolerância.

Badini sentia que os sons que nunca pronunciara estavam a matá-lo, que agora eram caroços, que agora eram bombas a rebentar, que eram letais como sempre haviam sido. Deveria voltar a ser criança, falar outra vez, gritar pelos corredores e pelas ruas, correr atrás de uma bola de críquete ou de um papagaio de papel. E coalhar o queijo de ovelha com versos ingénuos. E então talvez voltasse a sentir aquela alegria de ser leve e o medo de ser espancado. Diziam que tinha derrotado um tigre com as suas mãos, mas agora o tigre que amestrara dentro de si espetava as garras na sua garganta para subir e ser um grito.

****

O mudo Badini coçava os olhos enquanto olhava para longe. A dor na garganta era insuportável. Sentado a vários metros da cerejeira de Tal Azizi, ouvia uma melodia triste. Sentiu um arrepio que identificou com o tempo, com o vento. Os peregrinos davam voltas à árvore e deitavam-se debaixo dela. Viam cerejas e folhas e nunca viam o céu por entre os frutos. O sol estava quente, e Badini, passados tantos anos, soltou uma palavra. Só uma, que lhe pareceu estranha como um caroço na boca:

Isa, disse ele.

Os gritos de Aminah

\ʌ\

Os gritos de Aminah eram impressionantes. Isa ouvia-os com toda a atenção e tinha vontade de os abraçar. Pelas frestas do caixão via o yazidi a chorar enquanto, entre lágrimas, recitava capitais, quase todas atribuídas aos países errados. Raramente acertava e Isa tinha vontade de o corrigir. Elahi maldizia tudo, estava irado com o mundo. Aminah não parava de gritar enquanto tentava agarrar o caixão, que era carregado por quatro empregados da fábrica de Elahi.

Estava um dia claro, sem nuvens. Apenas se ouviam alguns pássaros, além dos gritos de Aminah e do ladrar esporádico do cão do padre, Dogma. Isa sentia muito calor, alguma fome e dificuldade em respirar. Estava ali dentro há horas e o caminho até ao cemitério cristão tinha sido longo. A colcha que forrava a caixa de tapetes não era suficiente para amparar os inevitáveis solavancos. A certa altura da caminhada, um dos carregadores deixou cair o caixão. Isa deu um pequeno grito que foi completamente abafado pelos gritos de Aminah: o meu menino, o meu menino.

O padre deixou-se comover ao pronunciar as últimas palavras do ritual e gaguejou, pois imaginava Isa com as pernas dobradas pela eternidade fora, dentro de uma caixa de madeira mais pequena do que o seu comprimento, a prender-lhe os movimentos como uma cruz.

Nem na eternidade ele cabe, pensou o padre.

Fazal Elahi tapou o caixão com um tapete persa, como se tapasse o filho para dormir. O cão do padre perseguia a cauda enquanto Aminah soluçava ou gritava.

Quando o coveiro atirou as primeiras pazadas de terra para cima do caixão, para cima da caixa de tapetes para exportação, Isa ainda estava indeciso sobre se haveria de gritar ou não. Em todo o caso, rezava, dizia mentalmente:

Escarlatina, escarlatina, escarlatina.

Através das frestas da madeira caíram alguns pedaços de terra, e Isa mantinha-se indeciso. Ouvia Aminah gritar, o meu menino, o meu menino, e sentia-se feliz. Se pudesse, abraçaria aqueles gritos, mas sentia que a madeira não o deixava. Caíram mais algumas pazadas de terra sobre o caixão e Isa não era capaz de tomar uma decisão.

O funeral de Isa

APÊNDICE

Fragmentos persas

(Anónimo, século I depois da Hégira
— Seleção e recolha de Téophile Morel)

٨

8. Disse o Profeta: Um homem, quando aprende, não fica a saber mais. Mas fica a ignorar menos.

٩

9. Disse Ali: O mal é que os homens fazem as coisas erradas corretamente e as coisas certas erradamente.

١٠

10. A pedra onde nos sentamos é precisamente o oposto da pedra que atiramos.

١١

11. A única pessoa rica é aquela que continua rica depois de perder tudo.

١٣

13. A primeira coisa que Deus quis fazer, ainda não tinha ideias de criar o Mundo, foi uma peregrinação a Meca. O arcanjo Gabriel, afoito, disse-lhe:
— Ó Misericordioso, ó Justo, mas Meca ainda não foi criada.
— Então criaremos um mundo e nele erigiremos Meca — respondeu o Todo-Poderoso. — E em Meca poremos uma pedra chamada Caaba à volta da qual daremos sete voltas.

١۴

14. A diferença entre a serpente e o intriguista é que a primeira não morre com o seu próprio veneno. E acrescentou

Ali: As ostras bebem água e produzem pérolas; as serpentes bebem água e produzem veneno.

١٥

15. Faremos com que exista apenas uma coisa absolutamente errada: a verdade absoluta.

١٦

16. Os olhos dos outros fazem más as nossas ações, os nossos fazem-nas boas, mas os Teus olhos, ó Deus [...]

٢٨

28. — Dentro de três dias haverá uma grande festa — disse o xeique Muqatil al-Rashid. — Dar-te-ei um belo presente. Quero que vás, ó vizir, à oficina do nosso melhor mestre artesão e escolhas o vaso de que mais gostares, o mais precioso.

Já na oficina do mais soberbo dos artesãos, o vizir viu em cima da bancada de trabalho dois vasos. Havia apenas dois. Um era disforme, uma amálgama de barro que parecia ter sido moldada por uma criança. O outro, não sendo deslumbrante, era um vaso bonito, enfeitado com pedras preciosas. O vizir, sem hesitar, optou pelo segundo.

Passados três dias, no dia da festa, o soberano passou pela oficina do artesão para ver que maravilhoso vaso teria o seu súbdito escolhido. Espantado ficou quando o mestre artesão o informou da escolha. Porque teria o seu súbdito escolhido um vaso tão banal quando havia outro tão especial?

Respondeu o artesão: — Quando ele aqui veio, só havia dois vasos, estes que vês. Um, de bela execução, mas pobre no refinamento. Falho em proporção e medida, não é equilibrado para ser uma obra de espanto. Na verdade, este vaso foi moldado pelo meu mais recente aprendiz. O outro, que é um regalo para os olhos, tanto pela harmonia da forma como pela riqueza dos adornos, que vão desde ouro a raras pedrarias, quando o teu súbdito cá veio, não era senão uma massa disforme, pois estava ainda a moldá-lo, ainda não estava pronto. Ele, ao ver um bocado de barro, de imediato o rejeitou.

Para alguns homens, o universo é uma peça disforme. Para aqueles que compreendem o Tempo, sabem que vivem no vaso do Rei.

٣٠

30. — Quando nos olhamos ao espelho, a nossa imagem refletida tem a espessura de um homem e é feita de carne, mas quando um homem se olha ao espelho, o seu reflexo tem a mesma espessura da ponte para o Paraíso: é mais fino do que o cabelo mais fino.

— Ó Deus do Universo, Beneficiente e Misericordioso, como irá o homem atravessar essa ponte que é mais afiada do que o fio da espada mais afiada?

— Dar-lhe-emos o pensamento, a reflexão. Só uma coisa tão fina será capaz de atravessar uma ponte tão estreita.

١١

33. — Atiraremos uma serpente para o Abismo. Cairá durante milhões de anos, mas para Nós será apenas um instante, e a serpente, para que não morra da queda, desenvolverá asas e voará. No momento em que a soltarmos das Nossas mãos, criaremos o pássaro.

— E o homem, ó Misericordioso? E o homem?

— Atiraremos uma serpente para o Abismo. Cairá durante milhões de anos, mas para Nós será apenas um instante, e a serpente, para que não morra da queda, desenvolverá um cérebro e rezará.

۳۴

34. Disse Ali: Não é a falta de pessoas à nossa volta que faz a solidão. São as pessoas erradas.

۳۵

35. No deserto as flores desabrocham na imaginação.

۴۲

42. Daremos aos homens a sabedoria para que aqueles que são puros e aqueles que são maus compreendam que são exatamente os mesmos.

۴۳

43. Um rico é o homem que cai ao rio com um saco de dinheiro em cada mão. Quando o tentam salvar, dizem-lhe: dá-me a tua mão. E ele mantém os braços encostados ao corpo.

۴۵

45. Disse Ali: São como os homens, os tapetes: servem para ser pisados.

۴۶

46. Aos homens caberá lutarem contra a realidade.

۴۹

49. Não se exaltem os bons, nem se pisem os maus, deixem o julgamento para Nós, pois vós sois injustos, mesmo os mais justos. O tormento dos anjos são os demónios. O tormento dos demónios são os anjos. Se são ambos tormentos, poderão uns ser bons e os outros maus?

ت۴۹

49e. O Bem e o Mal são um nó que a razão jamais saberá desatar.

ت ۴۹

49f. Há duas razões para se exaltar o Bem que é feito com má intenção: porque demonstra que da má índole pode nascer algo belo e porque, não havendo intenção de fazer o Bem, não se espera recompensa, pelo contrário, talvez castigo. Praticar o Bem quando se quer fazer o Mal, ó crente, é o único Bem verdadeiramente altruísta. Nós, quando criámos o Bem e o Mal, demos-lhes um nó impossível de desatar.

۵۱

51. A vida humana é uma sombra no meio de trevas absolutas.

۵۴

54. Encheremos o mundo de coisas preciosas. Serão tantas que os homens passarão por elas julgando-as banais.

۵۷

57. Quanto menor é a alma de um homem, mais espaço ela ocupa. Não há espaço para ninguém ao seu lado.

۵۸

58. Todos os homens vivos estão mortos, como prova o esqueleto dentro deles.

ب ۵۸

58c. A morte está para o ser humano como o caroço para o fruto. O caroço é, ó devoto, a semente de uma nova vida.

٦٢

62. Um homem que, ao espelho, veja refletido um homem em vez de um labirinto, não está a ver um homem. Está a ver um reflexo.

٦٤

64. O infiel, à medida que envelhece, vai encurtando o seu futuro, aumentando o seu passado, e chega ao dia da sua morte cheio de ontens e sem depois. Depois é o nada. O futuro daquele que não crê em Nós será o seu passado. Mas ao crente acontece precisamente o inverso: à medida que envelhece vai tendo mais futuro, à medida que envelhece, aproxima-se cada vez mais da eternidade.

٦٥

65. Disse o Profeta: É mais sábio perguntar do que responder.

٦٥ب

65b. Os ouvidos dos homens são duas árvores que dão muitos frutos.

٦٥ـب

65c. O silêncio são perguntas. Uma escada tem, entre os degraus, perguntas. É isso que a sustém. Os degraus são respostas, mas o espaço entre os degraus são perguntas. O silêncio de uma pergunta é a única maneira de chegar até Nós.

٦٥ة

65d. Não estamos a fazer a pergunta certa se a nossa pergunta tiver resposta.

۶۷

67. O passado é aquilo que conseguimos fazer do futuro.

۷۳

73. Existem duas portas para se ver Deus: a morte e a oração.

۷۵

75. Disse o Profeta: se tiver dois pães, troco um por uma flor.

۷۶

76. Uns caminham na penumbra a acompanhar o sol, outros atravessam a noite e veem o dia.

۷۸

78. Disse Ali: O azar nunca é da mesma opinião de um horóscopo favorável.

۸۷

87. A alma é dividida em duas: a alma interior, que está dentro do corpo do homem, e a exterior, que está fora do corpo do homem. A alma interior divide-se em três: a alma vegetativa, a alma animal e a alma racional. A alma exterior não se divide, mas mantém-se una.

۹۰

90. Disse o Profeta, referindo-se à alma: O verdadeiro homem é aquela parte do corpo que não tem sombra.

۹۸

98. E, para que ninguém Nos compreenda, inventaremos a religião.

٩٩

99. Vemo-los disputarem objetos, coisas mortas, e construírem barreiras no seu olhar. E Nós forçamos, com os Nossos longos dedos, as suas pálpebras e, no entanto, os seus olhos continuam cegos para além das barreiras que a sua escuridão construiu. [...] E o Nosso nome será para eles um crescente, um doce manto sobre as suas noites.

١٠٠

100. Disse Ali: Deus fez o mundo de modo a que todos encontremos a felicidade, mas nunca saibamos que a encontrámos.

١٠٣

103. Disseram os anjos: O problema da claridade, ó Misericordioso, é que nela é difícil ver a luz.

١١٣

113. A urtiga abana-se ao vento, pelos campos. A rosa chora as suas pétalas numa jarra. Descobre, ó crente, que a felicidade, muitas vezes, pertence aos que desprezamos.

١٢٥

125. Ó Inefável, tudo o que imaginamos torna-se verdade? — Criaremos Iblis, o Mentiroso, para que assim não seja.

١۴۴

144. O primeiro pincel foi feito com as pestanas de Qabil, o assassino, pois ele foi o primeiro homem a escrever o seu nome.

۱۴۷

147. Cada vez que um homem se preocupa, há um anjo que tropeça.

۱۶۰

160. Jawdah recebeu uma pedra do Profeta, bem como Zakariyya. Quando Jawdah chegou a casa, levou a mão ao bolso e tirou uma rosa azul, pois a pedra, por milagre, havia-se transformado. Ofereceu essa flor à sua mulher, que reclamou porque queria ouro. Por outro lado, Zakariyya chegou a casa e tirou a sua pedra do bolso, que era a mesma pedra simples que o Profeta lhe havia oferecido, das que magoam os pés descalços. Ofereceu-a à sua mulher, que o beijou e o abraçou. O milagre, ó crente, está nas pessoas e não nas pedras ou nas flores.

۱۶۰۱

160a. Jawdah e o seu amigo Zakariyya, ao passarem num terreno de cereais, caíram ambos num monte de estrume que servia para adubar a terra. Correram ambos para casa, envergonhados, mas Jawdah, ao passar pelo perfumista Abdul-Khaliq, resolveu pedir-lhe um favor. O homem acedeu e deixou que ele tomasse banho nas traseiras da sua loja, emprestou-lhe roupas e perfumou-o, para esconder quaisquer restos de mau cheiro que pudessem ter ficado entranhados e que tivessem escapado à água do banho. Jawdah caminhou para casa radiante, enquanto o seu amigo Zakariyya chegava a casa cheirando a estrume de cavalo. Quando Jawdah chegou junto da sua mulher, esta começou aos gritos, pois sentiu nele um perfume que não reconhecia e acusou-o de ter estado com uma prostituta. Por seu lado, Zakariyya, cheirando muito mal, não teve problema nenhum. Pelo contrário, pois foi a própria mulher que lhe deu banho.

Lembra-te dos versos da canção, ó peregrino: as flores exalam um belo perfume, mas é no estrume que elas crescem melhor.

ب ۱۶۰

160c. — O que é que aconteceu? — perguntou o xeique Yunus quando Zakariyya apareceu em sua casa com os olhos negros e o nariz desfeito.

— Ontem passeava com o meu amigo Jawdah quando começou a chover. Corremos a abrigar-nos e rimo-nos, pois ficámos completamente encharcados. Pouco depois, mal o tempo melhorou, fomos para casa. Eu fui ao terraço pendurar as minhas roupas, todas molhadas, pois já estava sol. Por coincidência, o meu amigo passou na rua nesse momento, depois de se trocar. Ao passar por baixo do meu estendal, cairam-lhe uns pingos na cabeça. Pensou que estava a começar a chover outra vez, mas eu chamei-o. Quando ele percebeu que os pingos eram da minha roupa, ficou furioso. Insultou-me, subiu as escadas para o terraço e agrediu-me. Um homem suporta muita água, desde que ela venha dos céus, mas é incapaz de suportar umas gotas se elas vierem de um estendal. Nenhum homem dá socos no céu, mas as pessoas ao nosso lado são mais fáceis de culpar. Com um terramoto ninguém fica furioso, mas se eu abanar alguém, sou agredido.

— Os homens — disse o xeique Yunus — deveriam olhar para os outros como se eles fossem uma nuvem ou um terramoto. Era assim que se acabava com os furiosos.

١٨٥

185. Criámos o horizonte para ser o esconderijo dos olhos. E para lá dessa linha, onde só a imaginação pode chegar, fizemos a Nossa casa.

۱۸۷

187. Ó irmão, escuta: Azrael, o anjo da morte, nasce connosco. Não existe apenas um, mas sim um para cada ser vivo, um para cada coisa que tenha uma vontade e um destino. Trazemo-lo dentro do corpo como uma mulher grávida e, à medida que envelhecemos, o anjo vai-se nutrindo. Tem forma de cavalo, leve cheiro a rato, asas de borboleta e cara de criança. Escuta com atenção: Azrael nasce quando morremos. Ele liberta-se do nosso corpo quando expiramos, como um preso que se evade em direção ao céu. A Morte, ó peregrino, é o prisioneiro que alimentamos com a nossa carne e com os nossos gestos. O seu nascimento desfaz-nos o corpo, que é uma porta arrombada, e ele, antes de partir, veste-se com a nossa alma. O momento é delicado, é preciso arte, porque é muito difícil separar uma alma de um corpo, pois estão entrelaçados como areia ensopada em água. Ou como o fogo e o ar. Deves fugir de anjos com dedos grossos e ficar feliz se a tua Morte tiver dedos tão finos que sejam capazes de passar pelas frinchas das portas fechadas e por entre as pestanas de uma mulher a dormir.

۱۹۵

195. Perguntas-me, Ali, de que é composta a alma? É muito simples, é feita de gestos e de uma substância parecida com o fogo, uma espécie de ardência que as palavras têm dentro delas, tanto as que são pronunciadas como as silenciosas. Nunca sentiste, Ali, o calor que as palavras soltam na língua ou no estômago? Por vezes confundimo-lo com acidez ou melancolia, mas é a nossa alma que se esconde por dentro das palavras.

۲۰۰

200. Disse Ali: As árvores que crescem sozinhas dão frutos que não se comem.

٢٠٣

203. Faremos com que as árvores cresçam quando ouvem o canto dos pássaros.

٢١٠

210. Disse o xeique Yunus a um homem que duvidava da existência de Deus: Não é importante se Deus existe, mas sim agir como se Ele existisse.

٢١٣

213. Faremos com que a coisa mais simples seja a coisa mais complicada de fazer.

٢٣١

231. Disse Ali: As árvores procuram a minha boca para darem fruto nas minhas palavras.

٢٣٢

232. A partir do voo da coruja, criaremos a noite. Usaremos o girassol para construir a luz do dia. Das flores murchas criaremos o pôr do Sol.

٢٥٠

250. Os rios são mais longos quando se navegam contra a corrente.

٢٦٥

265. — Ó Deus dos Crentes, Clemente e Misericordioso — perguntaram os anjos —, se o Destino está escrito desde o Início, para quê lutar?

— Porque está escrito no Início que será preciso lutar.

٢٦٥د

265d. Mohamed Ussud descobriu numa gruta o *Livro do destino*. Escrito numa língua estranha, ele levou anos infindáveis a tentar percebê-la. Por fim, lá conseguiu ler umas linhas, que diziam assim: "Quando, enfim, Ussud, nosso servo, conseguiu ler estas linhas, morreu".

٢٦٧

267. Disse Ali: Há corações que batem para fora do corpo e outros para dentro. Os que têm este segundo tipo de coração nunca serão felizes, mas tendem a ser filósofos ou poetas.

٢٦٨

268. Faremos com que o tempo seja uma criança que acabou de aprender a contar. Saberá fazê-lo em ordem crescente, mas não o conseguirá fazer em ordem decrescente. E, por isso, o tempo andará sempre para a frente e nunca para trás, até ao Dia do Juízo.

٢٧٣

273. Disse o xeique Yunus: As árvores que crescem sozinhas dão frutos que não se comem.

٢٩٣

293. Criámos livros que são como flores: louvados pela sua beleza. Mas criámos outro, único, que é como a semente: faz crescer flores dentro da alma.

٢٩٧

297. — Ó Inefável — disse o anjo Jibril —, o Teu olho esquerdo é a Lua e o Teu olho direito é o Sol, mas esses astros também

acontecem nos olhos dos homens que são olhados com admiração ou com amor.

۳۲۱

321. Criámos dois tipos de homens, os que veem as coisas do cimo da montanha e os que as veem do sopé.

۳۲۳

323. Um homem sonhou que adormeceu e então começou a sonhar dentro desse sonho. E nesse sonho dentro do sonho voltou a adormecer e a sonhar. E assim por diante, num sonho que parecia não ter fim. Havia vidas dentro de vidas, cada sonho dentro de outro sonho era uma vida. Quando acordou, percebeu que era Adão — o primeiro homem que criámos — e que sonhava as vidas de todos os homens depois dele. E disse assim o primeiro homem, ao acordar nos Nossos braços, como um bebé adulto: não sou apenas o primeiro homem, sou também o último, pois todos os homens vivem dentro de mim até à consumação dos tempos.

۳۵۴

354. Um dia, Deus debruçou-se demasiado sobre um bocado de barro e caiu para dentro do Homem.

۳۵۹

359. O crente acredita na vida eterna. O ateu, na morte eterna.

۳۶۲

362. Deus criou a música e a música fez nascer ouvidos — disse o xeique Yunus.

۳۶۳

363. Criámos os caracóis para fazer o mundo mais lento.

۳۷۰

370. As flores aprendem a voar nos olhos dos pássaros.

۳۷۲

372. Faremos tudo florir.
— Mas ó Misericordioso, até a madeira morta?
— Até a madeira morta: as chamas serão a sua maneira de florir.

۳۷۶

376. Não há nada que deixe de existir e não há nada que não contenha em si a eternidade. Foi assim que criámos o mundo. As águas do rio passam ao lado das pernas finas das garças. Mesmo depois de elas levantarem voo, a água continua a passar como quando as pernas finas das garças ainda lá estavam.

۳۷۷

377. Disse Ali: Contribuirei apenas com uma gota. É a que fará transbordar.

۳۸۷

387. A verdade é um conjunto infinito de mentiras.

۳۹۱

391. Havia um homem, ó crente, que se julgava inferior a todos os homens e a todos os animais e mesmo a plantas e pedras. Um dia encontrou-Nos e disse-Nos: eu até a Ti sou

inferior. Era um homem muito pretensioso, que castigámos pela sua soberba. Escuta, ó crente, não existe nada abaixo de Nós. Nem a mais humilde formiga, nem a areia do deserto. E, sendo tão pequenos, não há nada que seja mais alto.

۴۰۷

407. [...] Chegarão ao topo apenas para caírem de um lugar mais alto. É assim que faremos a vida: os homens treparão como macacos e, no pico, não estará a glória, mas sim o chão.

۴۰۸

408. Disse Ali: A bondade é um cego a segurar uma lâmpada. Não lhe serve de nada, mas ilumina o caminho aos outros.

۴۱۴

414. Para castigarmos os homens maus e os mentirosos, torná-los-emos ricos.

۴۱۵

415. Daremos ao Homem a chave certa e ele irá usá-la na porta errada.

۴۲۲

422. As montanhas são a prova de que até a terra quer chegar ao céu.

۴۳۵

435. O corpo é um lugar de passagem, mas a oração é o Nosso lar.

۴۸۷

487. Se não conseguires estar em silêncio, fala apenas para dizer bem.

۵۴۳

543. Para que os homens dessem as mãos, Nós fizemos-lhes os braços; e eles usaram-nos para bater. Para que os homens caminhassem, Nós fizemos-lhes as pernas e os pés; e eles usaram-nos para pisar.

۵۴۴

544. Quando um homem profere uma palavra, entra dentro dele o equivalente em silêncio.

۶۳۴

634. Disse Ali: Descasca uma criança e encontras um velho a querer sair. Mas também é bem verdade que, se descascares um velho, encontrarás lá dentro uma criança, como um caroço.

۶۳۴ب

634b. Disse o Arcanjo Gabriel: O homem é como a pedra de um escultor. Quem diria que, desbastada, se encontraria lá dentro uma obra-prima? Dentro do homem, quem diria que poderíamos encontrar Deus?

۷۵۸

758. E para guardar a Sabedoria dos séculos, construiremos uma biblioteca redonda, com um labirinto lá dentro.

۹۶۲ب

962b. Faremos com que os olhos deles vivam ofuscados pela luz do engano, pela luz das coisas que passam, pelo mundo que os rodeia. E diremos ao nosso Profeta para entrar numa caverna e ele, no escuro, ver-Nos-á e ouvir-Nos-á, pois ele, sem ver o que está fora, só poderá admirar o que tem dentro. Sairá da caverna e escreverá os versos que lhe ditaremos no seu coração e esse será um livro sagrado.

۱۱۵۶

1156. Fizemos a liberdade de modo a que ela se coma a si mesma. Se, ó crente, lhe tirares as paredes que a prendem, para onde é que ela vai? [...] Ela [a liberdade] esconde-se nas prisões e nas grilhetas. Se a libertares, ouve com atenção, ela morre de imediato como um peixe fora do mar.

۲۱۴۶

2146. Criaremos o Homem para que ele possa criar-nos a Nós. Para um burro somos um asno, para uma formiga, um inseto. Só aos olhos dos homens somos Deus, o Eterno.

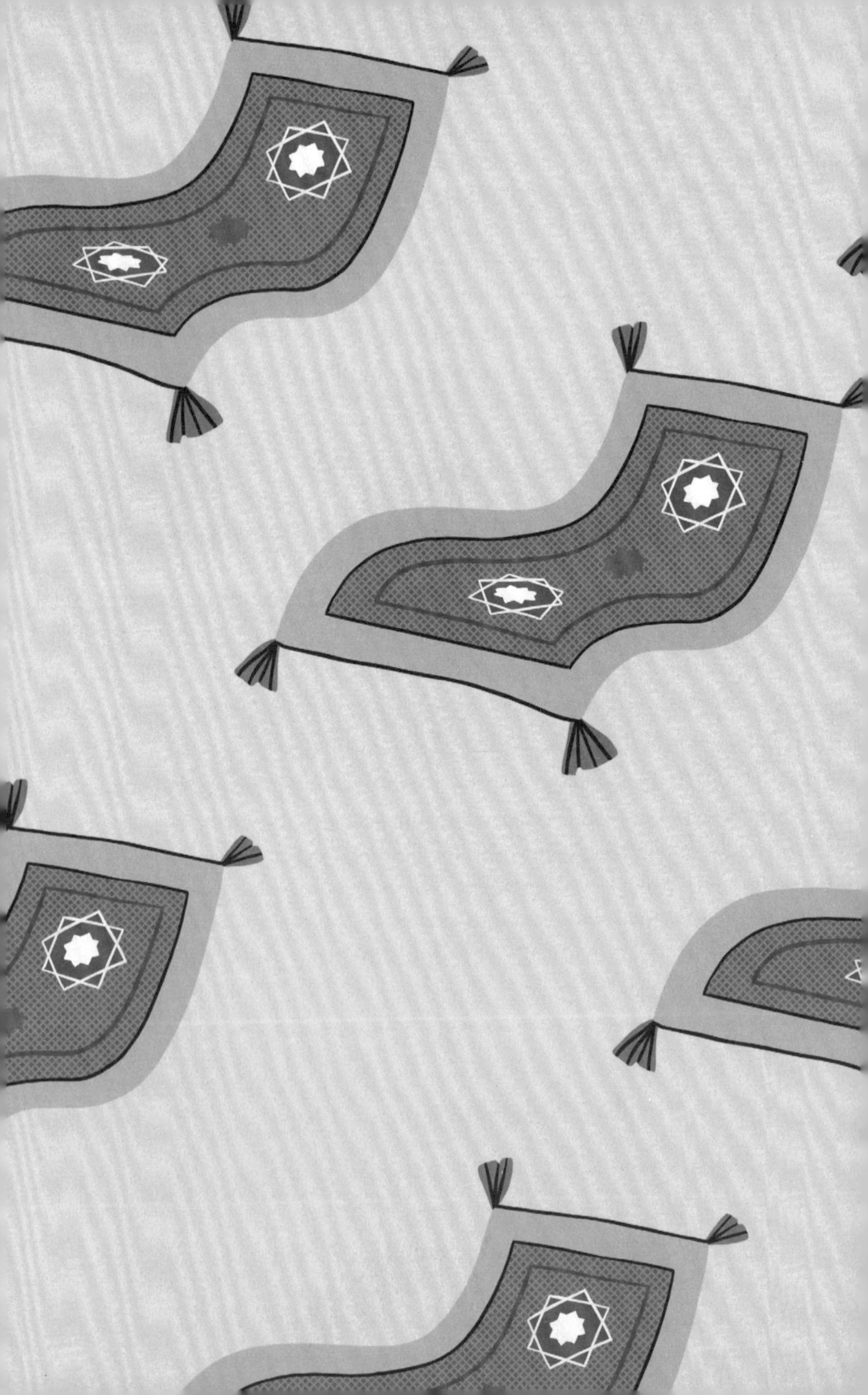

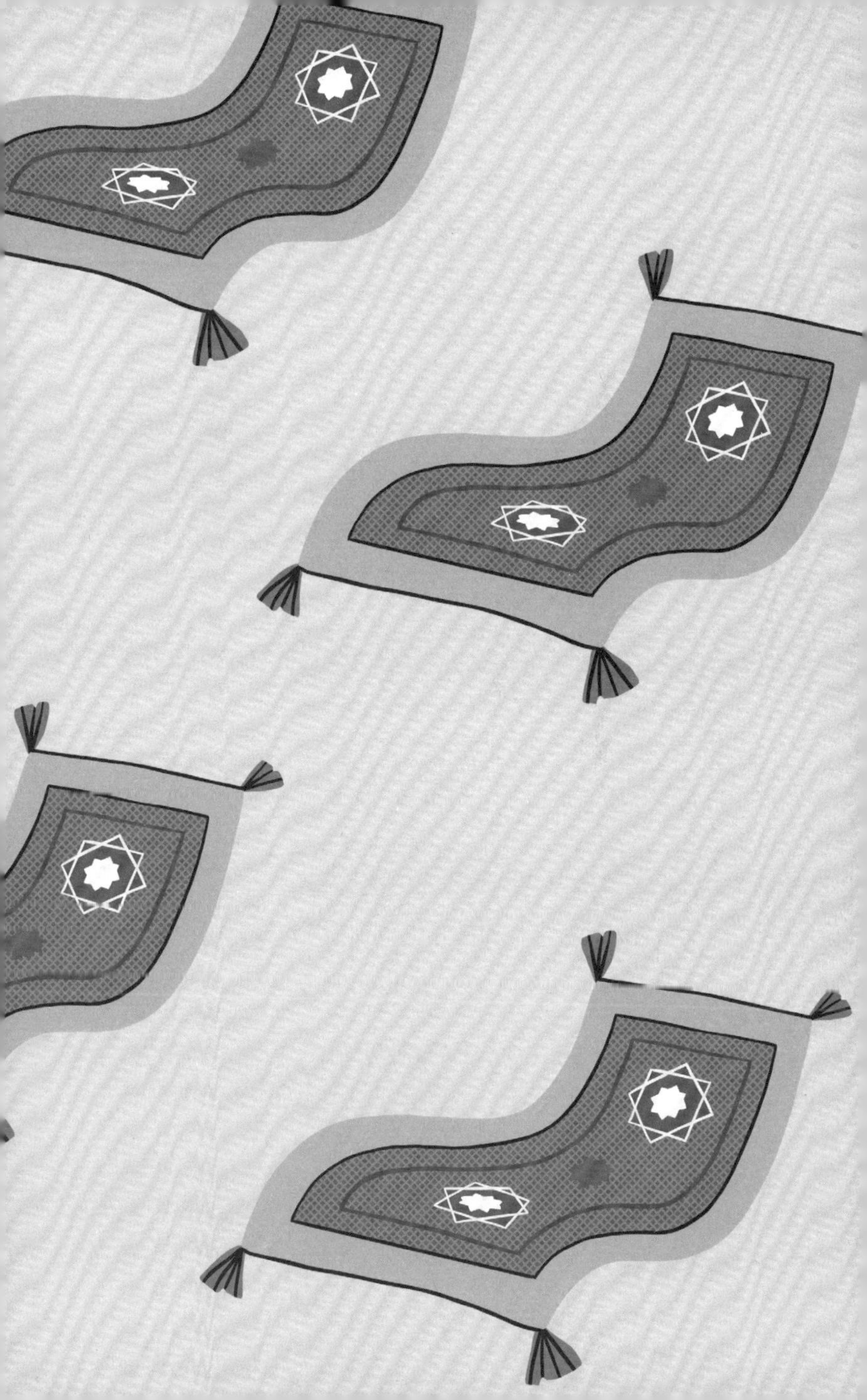

Copyright © 2013 Afonso Cruz
Publicado pela primeira vez em Portugal pela Alfaguara Portugal, 2013
O autor é representado pela Bookoffice (bookoffice.booktailors.com)

Revisado segundo o Novo Acordo Ortográfico da Língua Portuguesa.
Nos casos de dupla grafia, foi mantida a original.

CONSELHO EDITORIAL
Eduardo Krause, Gustavo Faraon, Luísa Zardo
Nicolle Garcia Ortiz, Rodrigo Rosp e Samla Borges
PREPARAÇÃO
Samla Borges
REVISÃO
Evelyn Sartori e Rodrigo Rosp
CAPA E PROJETO GRÁFICO
Luísa Zardo
FOTO DO AUTOR
Arquivo pessoal

DADOS INTERNACIONAIS DE
CATALOGAÇÃO NA PUBLICAÇÃO (CIP)

C957p Cruz, Afonso.
Para onde vão os guarda-chuvas / Afonso Cruz.
— Porto Alegre : Dublinense, 2023.
544 p. ; 19 cm.

ISBN: 978-65-5553-093-3

1. Literatura Portuguesa. 2. Romance Português.
I. Título.

CDD 869.39 • CDU 869.0-31

Catalogação na fonte:
Eunice Passos Flores Schwaste (CRB 10/2276)

Todos os direitos desta edição
reservados à Editora Dublinense Ltda.
Porto Alegre • RS
contato@dublinense.com.br

Descubra a sua próxima
leitura em nossa loja online

dublinense .COM.BR

Composto em MINION e impresso na PALLOTTI,
em IVORY 75g/m², em JUNHO de 2023.